語言的放逐、

楊小濱詩學短論與對話

楊小濱

著

# 目次

## 詩人短評

## 詩學對話

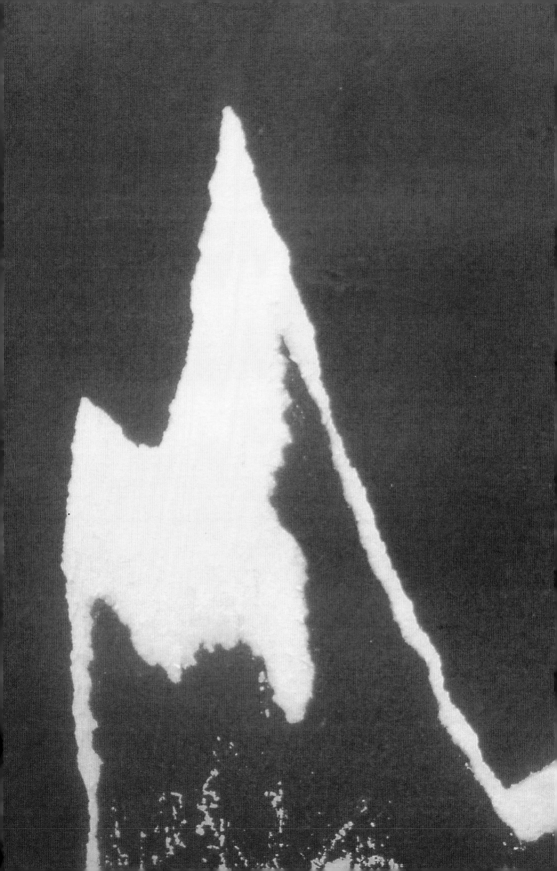

詩學隨筆

# 幽靈主義寫作

- 我看見，我言說，我寫作。
- 我說故它在，我寫故它在。
- 寫作，試圖對抗時間流逝，似乎寫下的可以替代生命中逝去的那些存留下去。
- 寫作從記憶中篩漏出無數的幽靈。
- 寫作是幽靈與幽靈的對話，與逝者、與他人（周遭的幽靈）、與世界（萬物的幽靈）、甚至與虛無（不在的幽靈）對話。
- 寫作意味著幽靈再現──從前人的文字裡，從他人的話語裡，從這個世界的符號痕跡裡。
- 幽靈重新穿越了世界的事件與形象，讓它們變得值得再度被感受。
- 一個幽靈，總是禁不住要喋喋不休，要噤若寒蟬，要欲言又止，要言不及義，要虛與委蛇──
- 一首詩是一個說唱的幽靈，有聲的文字，依賴於節奏、速度、強弱、斷續、旋律、呼吸、心跳的表達──依賴於粗糙或細柔、高亢或低迴、躁動或靜默、急促或舒緩、蒼老或青春、明亮或晦暗──時而呻吟，時而咆哮，時而嘻笑，時而喘息……
- 一首詩是一個表演的幽靈──語言的表情、姿態、動作──是語言的幽靈在舒展、蜷縮、扭曲、跳躍、休止、轉彎、衝鋒、跌倒……
- 是語言的幽靈在替我寫，是他迫使我出軌，在歧路上寫作。是語言的幽靈聚集了所有的力量，發出了摩擦、攪動、爆破。
- 幽靈寫作：沒有真實的人，只有幽靈。不是我在看見，是幽靈。

・我通過我內心的幽靈看見，言說，寫作。

・它看見，它言說，它寫作。

・它說故我在，它寫故我在。

*2007*

# 語言的放逐

## 1

　　被放逐的人不是從某塊地域上消失的人，而是從某種語言中被拋出而突然喑啞的人。我們在異國的人群中穿梭，想像著抒情的片語，想像著謾罵的最惡俗的言辭，想像著雙關、戲擬或反諷的段落，但對象卻無跡可尋。這種語言的衝動是至為尷尬的，它同肉身的無效的激情正可比擬：它成為表達的手淫，從自身抵達自身。

　　因此，被漢語遺棄比被那個叫做「中國」的空間所遺棄更為令人絕望。那個在形式上呈現為空間的國度也許需要「民族」這個範疇才能獲得它的意味，而民族，如本尼迪克特安德森所斷言的，無非是一個「想像的社團」罷了。這個社團僅有的紐帶便是語言。作為符號化的文化，語言不僅曾經是我們日常生活的形式，諸如滲透在家族網絡、以及性的關係下的抽象形式，而且也是維繫著整個政治和文化體系的基本形式。同世界上所有的語種相同，漢語，無庸諱言，是一個龐大的帝國或監獄，囚禁著每一個企圖說話或聆聽的人。然而正是在與之搏鬥的意義上我們混入了其中並且許久以來成為極為聒噪的人，以至於我們在失去了敵人之後（失去了，或者更確切地說是被敵人拋棄了）顯得無所適從。

## 2

　　相對於囚禁來說，放逐畢竟是一種對壓制的解脫。在這個意義上，放逐無疑體現了一種誇張的自由。在這種自由裡，興奮和無聊是同義的。在這種自由裡，聲音穿越了足夠廣袤的空間，卻無人聽見。

我在另一處談到囚禁與放逐這兩個特定時期的政治母題。從語言意義上說，這兩個母題似乎更令人不安。當然，放逐的快樂只有在經歷了囚禁的痛苦之後才能獲得。同樣，對於一個深知語言如何在枷鎖中掙扎的人來說，沒有什麼比逃離這種枷鎖更快慰的事了。也就是說，對於曾經只有將「痛楚」昇華為「堅忍」一詞才能說出他肉體苦難的人來說，直接說出「痛楚」是一次極樂的經驗。但是，這一次說出卻是沒有聽眾的，正如上一次虎視眈眈的聽眾一樣令人沮喪。

　　不管怎樣，語言個體的命運永遠徘徊於囚禁與放逐之間：要麼被那個體系捕捉，成為執意反抗的或者以逕自的、出軌的遊戲來藐視體系規範的不安分的囚徒而時時遭到懲罰，要麼被那個體系所忘卻，享受最自由的無限空間，卻因孤獨無疾而終。

# 3

　　語言社會的基本關係是對話，無論這種對話是對抗式的，或是交流式的。顯然，被放逐者唯一的生存形式便是獨白。在虛擬的語言國境內，獨白便成為孤寂的、唯一的「社會」事件。沉溺於漢語的虛擬國度中，徒勞地尋找說話的對象，我們孜孜不倦的獨白使放逐顯得更為荒謬。然而這種荒謬卻正是被放逐者所註定要面臨的。

　　對於被放逐者來說，做一個局外人，這個簡單而現實的境遇，當然從根本上說是語言性的。從這個意義上說，「他人」連地獄都不是，連地獄所擁有的好客性、親和性和包容性也不可能顯示。「他人」作為一種異己的語言存在僅僅是一個無關的、隔絕的體系，或者一個擦身而過的影子，無法觸摸，更無法進入。也就是說，當我們的獨白沒有人傾聽的時刻，我們自己也無法獲得傾聽的能力。因此，反過來，異己性也是我們對於「他人」所顯示的。在這種情形下，我們變成了「他人」，阻隔了所有自身之外的人。於是，哲學家沙特的存在主義命題被寓言家卡夫卡的城堡意象所替代而顯得不可捉摸，它甚至變成後現代的令人疲耗的迷宮。

# 4

　　被漢語放逐並不僅僅意味著對那個具有四聲系統的說話方式的喪失，它更意味著對語言背後的歷史語境的間離。也就是說，即使某個詞能夠被最精確地轉譯為party、parti或Partei，它的惡毒的、荒謬的、無恥的、殘酷的和虛偽的內涵仍然無法被傳遞。（順便一提，正是在這個意義上，隱喻性的文學從本質上說是不可譯的。）而這正是被放逐者的困境：語種的絕緣被文化的絕緣註定了厄運。

　　同樣，迷失在「洋話」（假洋鬼子說：「這是洋話，你們不懂的」）之間的人毋寧說是徘徊在橄欖球的無聊規則、邁克爾·傑克遜的假模假式以及肥皂劇的笑聲之外的人。被一個語言世界遺棄而在另一個語言世界外徘徊，這種無可名狀的窘境指示了我們的邊緣狀態。這種邊緣狀態會是一個超越的契機嗎？抑或它僅僅是絕望的懸崖？

　　關鍵在於，你如何可能，像歐陽江河曾經看到許多人所擬想的那樣，「從一個象形的人變成一個拼音的人」，變成對那個「想像的社團」毫無記憶和知覺的人，或者，自我狂妄地放逐了那個巨大的國家，作為對被放逐的阿Q式的復仇。

*1992*

# 關於詩歌的先鋒意識

關於詩歌的先鋒意識，我以為，詩歌是一種語言的藝術，或者說是一種非日常語言的藝術，所以它必須是先鋒的，是要和現存語言疏離的。我說的「非日常」當然不是反對口語，因為詩中的口語在表層之下也必然是非日常的。換句話說，詩歌語言必然是既挪用又疏離了現存語言（包括口語和書面語）的東西。所以我的看法一直是，詩的先鋒性是一種形式的、語言的先鋒性。這並不是說詩就沒有觀念上的先鋒性。但是它不是去表達某種觀念，而是通過語言形式上的變化，體現出文化上的獨特意味。這種新往往更加深刻，更加不妥協，因為眾多文化觀念上的新，實際上都落入了舊的表達形式的窠臼。而形式，是那種取消了本體的本體，只有它才能使詩成為詩，而不是別的什麼。

當代詩歌史就是一部先鋒詩歌史。我的意思是說，它可以被看作是漢語在表達形式上的不斷變化、不斷更替的歷史。相對來說，小說，除了個別極優秀的作者之外，沒有形成這樣一個明晰的總體脈絡。而詩歌的發展（如果說「進展」可能有人提出異議）幾乎是不停的，我認為它在近三四十年的變化相當於過去幾百年的變化速度（比如王昌齡的詩跟杜牧的詩最多也就是風格上的差異）。而郭路生和蕭開愚的差別，或者黃翔跟臧棣的差別，就遠遠不止這些。我剛才雖然強調了詩歌先鋒的語言因素，但我同樣認為，這種變化從根本上體現了文化意識或社會精神的變遷。

最近在網上的論壇裡臧棣引起的關於「新」和「舊」的問題討論得頗為熱烈。「先鋒」和「後現代」的關係也是「新」和「舊」的辯證關係。從某個角度來看，先鋒是一種新，而從另一個角度來看，它也是對舊的否定。從否定的的意義上說，它是一種「後」，比如後現代和現代的關係；

從創新的意義上說，它是一種「先」，它先於通常所期待的東西。雖然這也常常像一種「回到未來」的感覺，因為純粹的回到過去是不可能的。對於文學先鋒來說，這種「回到未來」也很可能是對過去的遺忘，雖然我說的遺忘只是意識層面上的，而在深層的無意識中，被遺忘的可能恰恰是決定性的歷史感受（包括個體的和集體的）。換句話說，我其實並不看好一種主動的、有意識的對舊的「繼承」，但是那種「舊」的強行侵入是誰也阻擋不了的，是詩的動力的一部分，哪怕它無法被明確感知。

*2003*

# 關於詩歌與身體

　　說到詩歌與身體，一下就想起了下半身的運動。但實際上卻不是真實的下半身體力活動，而是叫做下半身的詩歌運動。下半身的現象很有意思。它首先是以理論出現的。幾年前去北大宿舍找胡續冬，他極其興奮地告訴我，網上剛發出來一個「下半身宣言」，把我按在電腦前看。弄宣言就像一套叢書，集體性的總比單個的會好賣一點。也就是說，不是說下半身旗下的作品沒有佳作（尹麗川、軒轅軾軻等都有佳作，而沈浩波除了口號就沒別的了），但不見得跟旗幟有什麼關係，甚至讓口號的理論誤導消耗掉了。有一次看一首下半身的詩裡寫了乳房，心裡暗暗著急：怎麼寫上半身了？你以為乳房會長到你腿上？還是上下半身是以脖子為界限的？用下半身這個辭彙無非想要驚世駭俗，實際的意思是要用肉體反對思想。這裡有很多值得辨析的問題。

　　用屁股來反對腦袋，用感性來反對理性，這樣的思想運動（注意，是思想運動而不是文學運動）可以追溯到很遠。比較晚近而為人所知的一次當然是1960年代歐美的解放運動，有很多理論家撐腰，把佛洛伊德和馬克思混在一起，馬庫色稱之為愛欲的解放。當今中國詩歌裡的肉體化運動很顯然是對這樣的解放運動的模擬。問題是，它反抗的對象是什麼？按照宣言的說法，是「知識、文化、傳統、詩意、抒情、哲理、思考、承擔、使命、大師、經典」，等等。這本來也沒錯。但問題是，這些似乎將要被顛覆的東西，其實在我們這個時代早已被顛覆掉了。從某種角度說，雖然它們在主流文化那裡仍然享有美譽，但是實際上已經不再代表這個時代的主流。把一些已經架空了的宏大概念痛打一頓，有一點滑稽的味道。

在某種程度上，世俗化，甚至肉體化，反而是這個時代的主流，哪怕不是被公開宣稱的主流。一種反對主流的口號有時候會隱藏、會掩蓋對主流的依附。回到詩歌的範圍裡來說，我覺得好詩需要反對的也包括粗鄙化的、簡單化的、甚至同樣意識形態化的肉體性。詩歌代表的是一種感性，它當然包括了肉體性，但是也包括身體對世界的各種感知和參與。但是如果把肉體看作唯一，不是又陷入了另一種意識形態上去了嗎？我寧願認為，「身體」是一個更加豐富的概念，詩歌所能夠表達的身體政治應該是一個非常有潛力的道路。其實我在一些詩評中曾經提到過，詩歌語言的社會歷史感是需要通過身體性的感知來表達的，是一種甚至用「甜」、「痛」、「亮」、「軟」這樣的概念化的形容詞都無法概括的具體、豐富、多義的感受。這種感受當然也就更不可能局限於肉體的刺激、性的快感。用肉體來取代身體，表面看來好像更加徹底了，實際上卻以走向另一個極端的方式迎合了主流文化簡單化的惡劣傾向。

肉體的事務，一搞到文學裡，就是一種文化，而不是肉體。對肉體事物的真正實施是不需要搞到文學裡來的。肉體化文學的傾向犯了和現實主義同樣的錯誤：那就是輕信了語言是一種能夠再現客觀的力量，在這裡客觀是肉體的客觀。所以，在我看來，對肉體的詩化必須首先承認：肉體，至少在文學的層面上，是已經被文化化了的，它是不能在文學裡脫離文化的。不承認這一點，只能是一種自我欺騙。也就是說，在文學裡，沒有客觀的、純粹的、光溜溜的肉體。你寫下了乳房、寫下了什麼雞巴，就是寫下了這些辭彙所積澱的文化含義。文字化的性是要承載它的文化負擔的。你要讓它非文化化嗎？對不起，在寫作之外去幹。在寫作之外幹不成，用文字來自慰一下，有什麼好玩呢？

只要是有感性內容的詩，身體的因素肯定是至為關鍵的。感知一定是身體的感知，而不是其他。那麼剩下來的問題就是，只有豐富獨特的身體感受才能產生優秀的詩篇。什麼是豐富獨特的身體感受？文字對性快感的描述其實是很無能為力的，相對於現實的性快感簡直不值一提。文字的長處在於它能夠表達那種純粹快感之外的語言快感，那種無以名狀的快感是

由於語言無法窮盡對身體感受的描述所帶來的。所以也可以說，在一首優秀的詩裡，身體性是對簡單肉體性的反抗、突破、擾亂、甚至狂歡化。那麼，不再有純粹的身體，因為它不可避免地帶有與之有關的一切文化、社會、歷史因素，而這些因素在詩中也肯定是同身體的感知有關的。

*2003*

# 階級的詩，革命的詩
## ——超左派詩學論綱

### 1

　　不容置疑的是，毛在延安的著名論斷「一切文化或藝術都是屬於一定的階級」在今天的東方依然有效，儘管對「階級」的具體分野有待於進一步的理論闡釋。無論如何，從這段毛語錄的意義上說，每一行詩都是一次階級經驗的傾訴，一次階級想像的展示，一次階級疾病的嘔吐。無產階級，不但是喪失生產資料的人，通常也是喪失嚴格意義上的生活（生命）的人，這便是詩歌在語言和物質現實的「他者」之間建立起最個人化的，同時也是最階級化的關係的理由。

### 2

　　在我談到詩的時候，我是以這樣一種詩作為範本的：它們洞察了現實貧困中的戲劇性因素，這種戲劇性作為徹底不可解的、赤裸裸的衝突懸宕於詞語與詞語的危險瞬間，顯示出一種革命的潛能。無產階級，在某種程度上，鑄造了這樣一種潛能，因為它是戲劇性的承載者，是獲得了自我意識而參與到世界舞臺上來的革命主體。因此語言的階級意識便蘊涵在它永遠的缺失狀態中：一種對可能性的渴望，或者一種對罅隙的殘酷展示。沒有終點的詩，亦即永久革命的詩，是乘著眼睛飛翔在黑暗中的語言；它既不在，又永遠以其不在的形式痛哭著在。這便是喪失一詞的全部含義。

# 3

階級是對形而上的罅隙的有力的社會化證明。斷裂在現實中的，也同樣斷裂在詩的語言中：分裂便是主體對「他者」的不可及的訴求。說出一行詩，就是拋出一片沒有回聲的花粉，在那裡階級以欲望的形式犧牲了自己。然而，犧牲本身是同獲得辯證地黏合在一起的，語言在此所充當的略帶絕望意味的贖救儀式便表達了特定階級的烏托邦向度。這種烏托邦向度之所以基於一個否定的語言方式，是因為本原意義上的罅隙是不可逾越的；階級意識，借助符咒的力量展示了自己，同時也展示出這種語言的深淵如何威脅著在虛假的希望籠罩下的歷史。從根本上說，歷史在每一步上的陷阱都是語言設立的，因而另一種語言以自我揭示的場面反過來警醒了歷史：這是詩在對一個階級歷程的經驗和洞察時所必然要遭遇的。

# 4

因此，詩以同樣無法彌合的語言空間（更確切地說，是語言傷口）暗示了這個階級的歷史語境。革命的詩，不是抹殺階級意識，而是使這種意識徹底形式化、現象化。在這種情形下，詩的對象變成為憤怒的階級意識的對敵，成為這種意識的歷史渴望的阻礙物。當然，詩的優勢也恰恰在於它能夠直接將語言傷口轉化為語言鋒刃而毋需通過「意義」的中介。在隱喻的意義上，基督顯示了類似的策略：以被戕害的姿態贖救人性的力量。因而，我們有理由指望詩在一種「偉大的卑微」中道出階級的肝膽欲裂的真理，為喪失的慘劇而歡欣鼓舞，唱出赤裸的、速朽的生命之歌。

# 5

作為世俗的群體結構，階級是被歷史地、權力地模塑而成的。於是，階級意識也毋寧應當看作是對這個起源的認識，它在詩中以感知「我們」與「他們」（或「它們」）之間的錯迕為其基本的運動形式。因此，不管具體的詩以「我們」還是以「我」的形象出現，它總是在階級的音響背景

上縈迴，正如毛澤東在延安所斷言的那樣。語言在此凝聚了一種顯示人的歷史突變的動力，這種動力無疑是由階級這個作為差異的現實結構提供的。革命的詩，從這個普遍的現實結構出發，拒絕被媚俗的夢幻所麻醉，用撕碎的想像啟示出唯物主義的精神風暴。詩由此成為對世俗性的最內在化的洞察，它對階級張力的語言構築幾乎是歷史的最有力的見證或預言。換句話說，革命的詩也就是形式化的革命意識，它以穿透時代的視野否定和創造。

# 6

革命的階級意識以其不妥協的精神成為語言藝術的尖銳、刺耳的衝擊力。當現實張力依舊處於決定性的險境之中的時候，語言張力將是唯一可能的革命形態，它以武斷的毀滅性說出末世學的真理。西方馬克思主義者，二十世紀最冷峻的哲人阿多諾曾經斷言：「自奧斯維辛之後，寫詩就是粗野的了。」現實與詩的關係以這樣的聯接顯示出一種傾向性的先鋒主義，它對階級意識的有力說明包含在語言的極限衝突中，以這種衝突的有效真實揭示現實恐懼的陰影。因此，對階級性的有意識的驅動就是把歷史容納到詩歌語言與現實的間離中，以形式的戲劇性宣諭革命。這種革命撕破了歷史的面具。這種革命把赤裸的未來留給新鮮階級的成長。從這個角度看，詩的啟示將有可能成為純粹的歷史事件：不管世上其餘的耳朵是否聽見，它為那些能夠聽見的耳朵奏響了革命的雷聲。

*1990*

# 語言包裝或詩

## 1

包裝、裝潢、裝幀是這個時代最具豐富現象性的語匯。我極不謹慎地濫用這些詞匯是因為它們像垃圾一樣到處充斥這一事實。它們共同的特徵是：基於商業的需要掩蓋起本有的實在，用鮮艷的、奇異的、「性感」的外飾施展出一個偽像。偽像本身無價值，但它是撩人的商業性色相。包裝化意味著本有的現象被虛制的現象圍困住了。包裝是這個充滿偽飾的世界上隱秘的統治者。

## 2

一張精緻的錫箔紙同它包裝的醇美的中國黃酒是無關的；一場燦爛輝煌的婚禮同它的新婚夫婦的性愛關係是無關的；一件流行時裝同擁有它的軀體也是無關的。「無關的」一詞的意思是「可換的」，無內在結合之合理性的。同一張錫箔紙，同一種婚禮、同一件時裝也可以分配給另一瓶黃酒、另一對新婚夫婦、另一個女郎。我甚至可以推論，某一種知識同某一個學者是無關的，某一首詩同某一個詩人也是無關的，等等。

## 3

我不知道除了純粹的現象以外我們還能從現存感知什麼。所謂「深層的」東西無非也是一種表層，它被另一種表層的東西裹住了。打開酒的包裝之後的東西是這種包裝的本質嗎？

# 4

　　（不談包裝。）一種喪失深層的唯表層主義正在蔓延無際。在電視機前的開懷大笑絕非內在的愉悅，簽訂契約、合同後的握手也毫無友誼的內涵。象徵早已成為一個古老的範疇，它被指令所取代。比如，在不同的指令系統裡，A可以代表我或者大便或者按鍵。

# 5

　　由此我感到，一種維護意義或內涵的詩的語言事實上已經成為漂亮包裝：它似乎要人們相信其中有什麼，但什麼都不再有。意義成為一種幻覺，甚至欺騙，它虛假地規定了一個核心，但是當人們幾乎能觸摸到這個核心的時候，它所能夠作為核心的性質立刻變得十分可疑。仔細想一想，我們已經以及可能獲取的意義究竟在何種程度上是具有終極的本真性的呢？

# 6

　　我們難道不能通過包裝的視感來看詩的語言嗎？現實的包裝不會承認它無關於本質，那麼，如果語言主動成為這種包裝的時候，它實際上就宣告了包裝的無恥——也許它不能規避這種無恥、也許它只能以展露這種無恥為快樂。我毋寧告訴你：我的詩就是純粹的包裝，它就是與本質無關，與意義無關，與所謂的深層無關。這是一次不包裝的功能。

# 7

　　還有什麼必要詢問意義或內涵呢？一次自覺的語言遊戲替代了荒誕的現實遊戲，如此而已。對這二者的區別也可以表示為對遊戲現實的主體和被現實遊戲的客體的區別。生命形式的遊戲正是通過遊戲現實來否定現實遊戲的。

# 8

批判意識的建立。批判意味著一種距離感的產生，即拒絕同化。欣然應現實之邀而無知地加入到語言聒噪中去的詩如今竟贏得了詩壇一席之地，這真是詩的不幸。我不知道倡導現實主義的宗師們是否以為現實主義就是對現實的臣服；但我們的確經常說，某某人是「很現實主義的」，從這個意義上理解的現實主義無疑標示著在現實遊戲的迷宮裡喪失自我的痴愚狀態。反之，一種具有批判意識的詩就是用語言表象摹擬並且耍玩了現實形式的過程。在這一點上，首先是正視（而不是逃遁），其次是蔑視。

# 9

我也極不贊同一種自我膨脹的主體性。如果說現實形式是在詩的藝術中遭到嘲弄的形式的話，那麼它首先是一種遭到自嘲的人的形式。人（包括每個個人）無法超越於現實之上。「在世」這個詞規定了人的命運。「此岸」這個詞意味著不可言說之物是在生命無法逾越的界限之外的。從「在世」的意義上說，自嘲僅僅是沐浴，而不是洗煉；是皮膚的現世快感，而不是靈魂的永恆超度。荒誕、有罪、愉悅、色彩、現象、死亡是此岸的範疇。而超越、無限、清淨、本質、意義，不朽是彼岸的範疇。那種認為語言就是二者間通道的高遠之論事實上在任何時代都不曾實現過它的許諾。

# 10

禪標誌著對有限性的最終瞭悟。無論如何，禪不是從有限性向無限性的徒勞跳躍，相反，它是對這種跳躍的嘲諷：它的摧毀偶像的行動美學表示了對所有虛妄信念的決絕，它知道，信念不是「在世」的義務。禪關註的僅僅是知性，它使無知的智慧外衣在剎那間腐爛。

# 11

　　反諷和戲擬：描述諾言終結（不是終極）的詞彙。把作為包裝的現實語言轉化成赤裸裸的、榨乾了虛假本質的詩的語言，這是一次遊戲和批判的奇異嫁接。包裝秩序的厄運業已降臨到詩的國度裡，在這種情形下，詩之成為包裝就如同禪院裡的春宮壁畫：色即是空。

*1989*

# 存在的神話

臣戈的詩論〈霍拉旭的神話——倖存與詩歌〉是近年來中國詩學領域裡最值得一讀、最富挑戰性，同時也是在觀念上最值得商榷的詩學文章之一。而文章的雄辯風格之下的論述的抽象性也因為形而上的重量缺乏歷史的基點而易於動搖。無論如何，該文提出了對當今漢語詩歌甚至整個文化走向的基本母題的設問：存在還是倖存？

臣戈的論述中令人不安的莫過於把倖存看做是虛構的、飾演的觀念：「……一種危險的傾向：為倖存而倖存。先為自己發明倖存的邏輯，然後再為自己發明倖存的話語。」因此，「我們的倖存是虛構出來的，並且從未掙脫過歷史的詭計的陰影。」換句話說，倖存並不是存在的一種真實的狀態，而僅僅是想像出來的、具有外在目的的偽詞。歷史在這裡被看做是一種「詭計」，同樣是具有目的性的圈套，需要我們通過詩歌的努力去拋棄。然而，真正被虛構的並不是倖存的觀念，而恰恰是這一類對倖存的虛構性的陳述。「倖存的邏輯」不是空想的，而恰恰是歷史的假定，如果不是規定的話；而歷史也絕不是什麼魔術，僅僅玩一通花招或詭計就喚起了倖存的意識。顯然，歷史並不是一場遊戲，我們所面臨的也絕不僅僅是什麼「詭計的陰影」，只要我們不把歷史施加給我們的疼痛、創傷和一切致命打擊有意或無意地忘卻的話，只要我們不把血泊誤認作「陰影」、不把災難淡化為「詭計」的話。而這裡，對倖存的界定卻建立在對外在歷史的現實性的否認之上：「當代倖存實際上是發生在詩人自我意識深層中對存在的剝奪，是對存在的棄絕。……在本質上它首先是一種被剝奪感，這剝奪並非絕對地來自異己力量，而是來自主體選擇。」換句話說，沒有任何「異己力量」「剝奪」過我們，存在的危機僅僅是「主體選擇」的結果，

是單向的對整體存在的遺棄，是純粹的自我的剝奪。當然，從更深層的意義上說，這種自我剝奪的的理論的確是我們需要提出以提醒那些將罪惡徹底推諉給外在歷史的人的，但臣戈在這裡所排除的是歷史的中介，是異化的現實性，而不是異化的根源。或者說，他否認了現實的異化，似乎異化僅僅根植於想像的空間之中，是對存在的現實整體性的虛幻否決。在我看來，真正的幻覺可能正是這種對存在的現實整體性的意識。「對存在的剝奪」恰恰不是自我意識的發明，而是歷史的功能，儘管自我意識無法否認地承擔著對這種歷史功能的罪責。這樣我們也就可以區分臣戈所說的「主體」的兩種實際上的不同層次：歷史的主體和詩的主體。也就是說，正是詩的主體在對歷史的主體進行自我審判，因此這種審判不能越過歷史的空間。

　　儘管我可能扯得太遠，但問題的關鍵看來十分明確：要麼承認歷史的力量，承認詩歌的美學是同歷史意識有關的（如果不是被它決定的話），要麼否認這種力量，把它看做無非是自尋煩惱的、奢侈的使命感下的捏造。臣戈提出的「存在」的概念，正是用來同歷史性對立的一種抽象，在這種「存在」裡，倖存的意識被認為並無典型性可言，因此「也不該享有任何特權」。但問題在於，倖存本來就不是存在的亞範疇。應當提出的命題倒應該是這樣的：在今天，倖存是存在的唯一形式（而不是眾多形式中最重要的一個）。

　　我這樣說自然包含了這樣一個推論：沒有倖存意識的存在反倒是一種虛構。也就是說，臣戈想像的未遭剝奪的存在可以看做是非歷史的幻覺。臣戈所援引的海德格當然沒有讀過阿多諾在《本真性的行話》（JargonderEigenlichkeit）中的批評，但即使海氏對煩、畏、死的沉思也仍然可能不是這種「存在的詩意」所願意包括的，因為它們正是歷史在主體意識中的投影，而不僅僅是一相情願的「發現」或「探尋」。而在臣戈那裡，「發現」或「探尋」被發明出來成為一種超歷史的行動，是同歷史無關的內心獨白。那麼，並不是「倖存被過分地理想化了」，恰恰相反，真正被理想化的是超驗的「存在」，因為它似乎可以不顧現實的損毀而遺

世獨立。而倖存則永遠無法被理想化，因為它永遠是對不可能的意識，對缺憾的意識，對存在的無法理想化的意識。那麼，倖存感正是否定意義上的「發現」或「探尋」，它是從精神和歷史的廢墟中獲得的啟示。

只有當詩人拒絕注視廢墟，才會在「發現」或「探尋」中棄絕歷史（無）意識，直接看到透明的存在的烏托邦。在這種情形下，倖存感的確變成一種奢侈，一種自我折磨，既然歷史能在詩人的心靈中被洗滌得一乾二淨。而見證也變為徒勞的、陳舊的需要，似乎見證只是對現有歷史的肯定的、機械的表達，而倖存感無非是產生這種見證動機的意識形態。我們確實過多地遭遇了「傷痕文學」、「紀實文學」之類的窘境，但這不能成為對見證的狹隘理解的遁詞。臣戈在論述到米沃什時便似乎有些猶豫不決，一邊提出我們無權講述已經發生的事件，一邊強調民族「特定」歷史的差異，一邊認為米沃什的詩歌本質中具有高於見證的東西。可是，既然東亞和東歐的現代史具有相當大的共同性，為什麼我們詩歌本質中不能具有高於見證的東西呢？這裡等於也回答了最先的那個指摘，因為見證的詩必定是高於見證的（不僅是「具有……」），而絕不是複述複述「已經發生的事件」。

由此，對於倖存的另一種似是而非的責難——「主題陷於單一」或者「不可能滋養出高尚的藝術動機」——也就毋需辯解，因為見證的詩絕不是對於某一具體事物的回聲，也絕不可能限於對外在歷史的簡單描摹。除非是對於詩的無知，我們不會因為具有倖存意識就把倖存作為我們每首詩的主題，我們也不會因為懷有見證的責任就把每首詩寫成歷史的證詞。恰恰相反，正是倖存的境遇迫使我們無法直接和完整地說出倖存的觀念，正是歷史的野蠻迫使我們用訴諸瘋狂的意識來顯示理性的見證的虛妄或困境。但這絕不說明我們能夠用存在的整體意識來取代倖存的境遇，因為這種取代的基礎只能是逃避和自我欺騙。而「發現」和「探尋」只能理解為質疑現存話語的基礎上的對內心痕跡的無法理喻的表達，而不是對精神烏托邦的簡易的外向拋射。

　　顯然，所謂「高尚的藝術動機」也很可能成為夢幻的代名詞，這種夢幻可以不顧歷史的真實。的確，我們發現，臣戈提出了「對於詩歌的基本認識——詩歌即幻象」。或許對臣戈來說，歷史代表了某種物質性的東西，世俗的東西，需要我們用純粹精神的、幻想的力量去否定。但是，是否真有與歷史意識相對的純粹精神？是否真有脫離現實歷史的純粹語言？在另一篇文章〈犀利的漢語之光〉中，臣戈斷言優秀的詩人比如戈麥「站在了語言的良知，而非歷史的良知一邊」。但人們的確很難想像，如果沒有歷史的良知，語言的良知是如何建立起來的，正如我們不知道，除去個人的日常活動和經驗的歷史，夢幻的內容是如何獲取的。甚至，如果我們蓄意地將它讀作「『非歷史』的良知」（ahistorical conscience），整個的矛盾修辭（oxymoron）就更為清晰，因為事實上倫理本身在這裡被摒棄了，這種倫理一旦被抽象化就成為空洞的能指。在非歷史的範圍內，語言的良知會落入語言的無知，因為語言必然是歷史的產物，而不僅僅是精神的創造。而詩歌作為幻象也不可能不含有個體和種族的歷史畫面中原有的特質，不可能不回過頭來投射到整個歷史話語的網絡中去。如果倖存意識所依賴的使命感或責任感真是需要質疑的剩餘倫理，我們就不必對良知作過多的思考。臣戈認為這種倫理只是我們對虛構的歷史囑託的反應，而實際上我們並沒有聽到哈姆雷特的遺言。他忽視了這一點：詩人和史官的區別正在於詩的確僅僅是個人的聲音，詩的語言擔負的是對詩人內心的而不是對外部世界的倫理和責任。只要歷史的創傷深植於內心，詩人就無法拋棄對自我的責任，就無法欺騙自我意識。因此，正是由於自我意識（而不是歷史！）對詩人的囑託，詩的幻象（phantasmogoria）不能理解為幻覺（illusion），一種自我膨脹，自我陶醉，自我欺騙。這樣，臣戈所描述的可能的確會成為事實：「倖存拒絕敞開、澄明，轉而變本加厲地沉湎於封閉、緘默。」不過，需要闡明的是，只有有勇氣和力度面對歷史以承擔封閉和緘默的詩，才有可能達到敞開和澄明。這正是可能令人逡巡不前的班雅明的辯證法。而絕對的、單向的敞開和澄明反而成為二十世紀詩歌所最為警惕的浪漫主義的令人生厭的陳詞濫調。因此，在臣戈這篇文章裡最

擊中要害的，並且可能推翻整篇文章基點的說法是：「現代抒情詩……自波特萊爾以後就一直是一種勇敢的、探險的、深入的藝術。」這種勇敢當然是面對外在世界的勇敢，因為幻想是不需要勇氣的；這種探險當然是對歷史的險境的探索，因為幻想是不會遭遇危險的；這種深入當然是對於內心的創傷的穿透（佛洛伊德所說的Durcharbeitung），因為幻想是沒有深度的。波特萊爾正是由此無法成為「敞開」或「澄明」的典型，而被班雅明視為倖存於那個特定歷史空間裡的遊蕩者（flâneur），傾吐著惡（le mal）和憂鬱（le spleen），並且把風格推向臣戈所不願看到的「陡峻、晦澀和大密度」的極端。作為頹廢主義者，波特萊爾也不可能成為健全的或健康的詩的典範。因此，「存在顯示人、表現人，而倖存則轉化人、削縮人」的命題也許應當改寫成：存在的詩或多或少繼承了啟蒙主義人學的意識形態，而倖存的詩則可能通過對「轉化人、削縮人」的人類境遇的描述，否認了任何世俗的烏托邦（現實的或精神的），但這正是語言的自我審判和自我解放的努力。

不錯，一種「緊張、尖銳」的詩正在瓦解著「敞開的、充盈的」存在幻覺，因為正是這種存在的意識，而不是倖存意識，變成「虛偽的」、自我迷幻的詩的內涵。一種單向的、純樸的想像力是令人擔憂的，如今，我們的想像力被迫以對當代人心靈的複雜性、衝突性的表達為法則。在這種情形下，具有倖存意識的詩歌裡的「封閉」或「緘默」的特性就不是對存在的否定，而是對損毀存在的內心壓迫的否定。唯其如此，詩的真理才會迫近對心靈存在之真理的不可表達性的表達，存在的意義才有可能真正澄明地敞開為對不可敞開性的敏感意識。

*1993*

# 為什麼我沒有（拒）簽青海湖詩歌宣言？

8月9日，青海湖邊。

雙語的「青海湖詩歌宣言」印在一張棕色的羊皮上，莊重地躺在一個為它量身定做的匣子內。

打開，它散發出一種酸澀的氣味，如我常常傾心的某種草藥。

在簽名活動的前一天，我就預感到，這可能不是我願意簽名的一個宣言。

我在車上問身旁的張桃洲：我不簽，可以嗎？

張桃洲笑了：有些時候，你身不由己。

我說：要不我乾脆簽你的名字好了。

張桃洲：那我簽你的名。

我打開那個匣子，在那張羊皮上讀到了幾十行震耳欲聾的高亢言辭。

我渺小於「偉大」、「永恆」、「精神」、「崇高」、「聖潔」、「呼喚」、「弘揚」、「使命」……這樣的詞語。

我離這樣的大詞過於遙遠，所以被襯托得渺小。

不過，一個渺小的人也有權利懼怕大詞會成為災難、壓迫和暴力的起源。

宣言中對於「詩意和諧」的強調，無論如何無法擺脫主流話語的影子。


法國詩人HenriDeluy焦急地擺著手指，他拒絕簽名。

他和樹才爭論起來。

他的魯莽舉措使友善的中國詩人頗感惶惑。


我始終不相信對立或決絕。

我在詩歌節上的創意作品，就是在簽名版上莊嚴地簽上了張桃州的名字。

然後拍照留念。

後來我問桃洲，可惜他忘了我們的約定。

那沒關係。

在那塊簽名版上，有兩個張桃洲的名字。


青海湖詩歌節終於混入了一絲後現代的氣息。


我既沒有簽，也沒有拒簽青海湖詩歌宣言。

和諧的真諦是什麼？就是能夠寬容不和諧。

從這個意義上說，我幫助詩歌節實現了它的理念。

*2007*

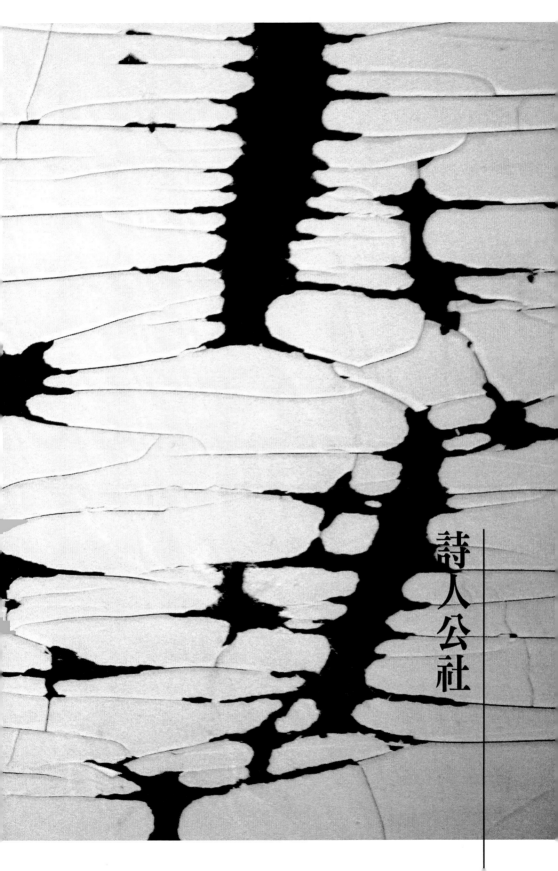

詩人公社

# 有如您依舊在遠方
## ——悼梅新

　　自從去年底今年初編完交出《現代詩》復刊第28期的稿件，由莊裕安接編之後，便疏於同您聯繫。即使在此之前，我們通常的聯絡也大多是來回的傳真，除了偶爾的約稿電話之外，您的聲音始終是繚繞在記憶裡的江南韻味。千里之外的您始終有如在身邊。而今，您的音容卻更加清晰，有如依舊在遠方。

　　您詩中的疏淡和靈動，您性情的儒雅和熱忱，都無法消逝。像過去一樣，您依舊在遠方。

　　最後一次見面，是兩年前您來紐約開會。您也許還記得，我把車開到Queens才得以和鄭義等人共用了一頓巴西烤肉，之後又折回哥大去拜訪了夏志清先生。當時夏先生正處在心臟病的康復中，一邊堅拒您的訪問，一邊不住地興致勃勃地回憶過去，每說一句話都對未遵醫囑而後悔不迭，誓言不再繼續。是您造訪的魅力帶去了現實和記憶的歡愉。

　　您關切的不僅是文學前輩。四年前我離開台灣的前夕，您安排零雨、鴻鴻和我作一次詩的對談。我正處於疲憊的失語狀態，大家的時間也都沒有湊齊，零雨剛到，您就不得不先走。但您對年輕詩人的熱情正是我靈感的來源。我從未見到或聽說一位擔任大陸官方報刊主編的資深作家會對晚輩作家（更不用說是海峽對岸的晚輩作家）給予如此「忘年」式的關懷。當然，大陸的報刊主編極少由詩人擔當。也許正是詩的品性才能帶來寬容和自由。正是您內在的詩的精神從我心裡清洗了在另一個空間裡積聚的文化官僚的濁氣。這樣的精神至今依舊來自遠方的您。

見到過您的大陸朋友都說，梅新是個大好人，他沒有不同地域的隔膜，他沒有不同地位的隔膜，他沒有不同代際的隔膜。

您或許並沒有注意到，我第一次踏入《中央日報》社的時候，神情還帶有些微的緊張。四年前的一個夏夜，我的源自極權制度下的對黨派政治的過敏在幾分鐘內被您的隨和爽朗的談吐一掃而光。畢竟，這不是《人民日報》社。我提到了我碰巧聽到的台灣朋友們對中副的讚揚，這使您欣喜。而您首先遞給我的是由現代詩社剛出版不久的《八十一年詩選》使我感動不已，再度感受到了充滿生命力的台灣詩壇的巨大誘惑。當然，您對這本您和眾多詩友們為使年度詩選不至中斷而籌畫編選的的詩集也充滿了自豪。詩似乎是您唯一鍾愛的珍寶，而日常的生活中您卻不對自己有任何照顧。那天夜裡您和我一起跨上一輛哐當哐當顛簸不已的公車，捷運工地的塵土從窗口迎面撲來。您到站的時候，我也該要換車，您卻攔下一輛出租，把車費搶先塞給司機，把我推上了車。

細算起來，我們之間見面的交往不過四次，通訊的交往也算不上頻繁。這使我相信，生命中持久的感受並不是建立在交往的次數上。是的，遠方的您始終離得很近。和過去一樣，現在我仍然感到您離得很近，有如您依舊在遠方。

*1997*

# 詩人之交醉如酒
## ——閒說芒克

　　在芒克的眾多朋友中，我肯定算不上青梅竹馬或患難與共的那種，但卻一定是情濃於酒的。在我的記憶中，和芒克的漫長的相見史中，未曾對飲便已辭別的情形實在是太少，而我一生中為數更少的酒後「失儀」，卻都有芒克在場。本來喝個半斤八兩的，絕不會出此差錯，唯一的解釋是，詩人芒克是酒上加勁的那另外的半斤八兩。「數年之後，當我想起……」在美國波士頓的一次晚宴上芒克目睹我的第一次病酒，那陣子我不是心太軟而是心太快，被洋的、白的和啤的弄成突發性暈眩，據說是面色慘白地躺在虛汗裡，讓芒克等人也冒了幾身濕冷。不料幾個月前，我平生頭一回醉出了失憶症，又是在芒克為首的酒桌上，事後一無所知（如果不是照片作證……）。而芒克的魅力恰恰在於你總是願意與他暢飲，哪怕清楚地知道他轉嫁酒之罪（醉）的狡詐，有一種寧做花下鬼的悲壯。

　　「花間一壺酒，」是不可少的。芒克有一次不無興奮地轉告我，在他和北島訪日時，日本媒體把這兩位《今天》的元老比作當代的李白和杜甫。想來也是：北島詩的沉鬱、苦吟和社會關懷好比杜甫，而芒克詩中的性情與灑脫可與李白比肩。當然，日常的芒克也承襲了李白的遺韻，我指的還是飲酒。中國的詩酒史可以追溯得很久遠，但到了李白似乎也成了一個巔峰：「李白一斗詩百篇，長安市上酒家

眠。天子呼來不上船，自稱臣是酒中仙。」不過，這個「天子呼來不上船」的太白酒仙比起芒克來卻慚愧了許多。其實，皇帝的委任狀一到，李白就屁顛屁顛的找不著北了，他赴任前抑制不住得志的喜悅，狂喜地吟唱道：「仰天大笑出門去，我輩豈是蓬蒿人！」而芒克呢，我聽說在《今天》被封禁的前夕婉拒了受邀擔任公職，繼續做他的「酒中仙」去了。

不過，芒克怎麼可能是那種超凡脫俗的仙人。既然飲的是酒，力比多也就常常愈發猖狂起來。於是芒克便會摟著他名為無依，實則緊依的嬌妻，藉著酒膽當眾親呢一番，用火熱的情話私語讓或暫時或長期的單身朋友們避之不及，恨不能立馬召回如火如荼的青春愛情。一次在機場偶遇芒克（那便是我稱做無酒而散的一次），巧的是他也是來接女友的，而且她也是從浙江回京。眼見他的她先千嬌百媚地出來，眼見他和她如隔三秋般、如膠似漆般地撇開了我，也只能留給自己興歎和妒羨。

芒克的麻將牌藝則是另一番景象。如果說芒克的示愛通過公開的柔情展示出超乎歷史的驚人舉措的話，如果說芒克的詩正是由於創造性地挪用公共語詞而獲得獨特甚至超現實的效果的話，那麼他的牌風則異常羞澀，因為他從來不苟且取用別人扔出的牌；他對自摸的冥頑自信在斷送了本來足以流暢抒情的無數行之後，卻也能無中生有地、令人暈眩地拼寫出出人意料的絕妙好牌。

芒克朗誦詩的時候是認真的，和飲酒的時候一樣。只不過讓人醉倒的有時候是他的詩，有時候是酒。他自己卻依舊清醒，內省，儘管他呵呵地笑，他的詩句犀利，刺痛著，像他為我斟滿的酒，有灼燒感。我聽芒克正式念詩不算太多，但不管是在大西洋岸，還是在黃浦江畔，他吐字堅定，聲音懇切、不雕琢，詩人芒克正如朋友芒克，有一種樸素的、發自生命自身的感染力。

他當年一喝醉，就把太陽看成血淋淋的盾牌，說出了歪打正著的真理。如今他繼續暈暈地看，暈暈地說，比我們說得更胡亂，更出奇，更肆無忌憚。芒克，這個滿頭銀髮，年過半百的年輕人。

*2003*

# 大隱隱於遊

蔡天新（左）
楊小濱（右）

　　傳說，在一個春光明媚的日子，詩人蔡天新喘吁吁地騎一輛破舊的自行車過蘇堤，迎面看見一隻靚麗的黃眉柳鶯（哦哦，絕不是流鶯）棲息在欄杆上。詩人單腳踮地，問柳鶯道：「你能在飛出一道絕美的拋物線的同時吟唱一首動人的歌謠嗎？」柳鶯眯眼笑了笑，搖搖頭。詩人說：「你看詩人兼數學家的我，就可以幫你啊！我來教你好嗎？」柳鶯吱吱地叫了幾聲，撲剌剌飛走了。詩人望穿西湖，枉自歎息。

　　蔡天新賴以自豪而別人卻每每為他擔心的特異之處，在於他同時佔據了我們這個時代的兩個最無用的位置。一個叫做詩人，一個叫做數學家。

不過，這兩個位置的無用，倒不是因為它們對象的無用：一個叫做文字，一個叫做數字，怎麼會無用呢？可惜，蔡天新的文字沒有用作御用幫閒的傳聲筒，他的數字也沒有用於計算銀行裡的投資款項。文字和數字，都可以弄成玄思，弄成沒有什麼實際利益的東西。

好在一個人迷狂得深，總還是有回報的。這也就是蔡天新在神童的年代就可以靠數學天才在頂級大學裡當上博導的原因。不過他似乎志不在此。上世紀1990年代以來，蔡天新編有一份頗有影響的民間詩刊，名叫《阿波利奈爾》，或者，「啊博你奈何」，不知道是對自己的博士生無奈還是自己的數學教授生涯的無奈？《阿波利奈爾》每期都是一本薄薄的冊子，細草紋的封面，很精緻，很小巧，就像江南的少女，或者西湖上羽翅靚麗的柳鶯，捧在手上有一種惹人憐愛的魅力。

不過蔡天新倒是向來也不耽於杭州的美人美景。對於他來說，最大的樂趣在於周遊世界，或者說，把一次又一次旅行變成一首又一首詩。他行蹤不定地飛越在五洲四海之間，穿行於各類詩歌朗誦或數學演講，以至於我往往能在中國或世界的其他角度與之不期而遇，用費加羅的話來說就是：「蔡天新qua，蔡天新la，蔡天新qua，蔡天新la，蔡天新su，蔡天新giu，蔡天新su，蔡天新giu。」蔡天新常常在MSN上自曝行蹤，為自己起一些即將抵達或業已抵達的國名、地名來令人展開遐想，比如什麼烏蘭巴托的羊、魁北克的雪之類。令人不解的是，你以為他在外蒙古大吃烤全羊之際，卻又會在北京的798畫廊見到他的身影。以至於一個和他多年未遇但並不陌生的朋友始終沒有發現酒桌上亂哄哄的一大堆人裡有蔡天新在，不知道這對他不可思議的神出鬼沒習性是不是一個巨大的打擊。

不過蔡天新最新的一本詩集（還是英漢對照，也就是雙語的）居然叫做《幽居之歌》。我懷疑他是不是要收心，到靈隱寺去當一個當代隱士。打開書頁，首先發現的是每首詩的落款都有寫作時間和地點，卻見證了遊吟詩人蔡天新曾經幽居於羅馬、愛琴海、加利福尼亞、哈瓦那、柏林、貝魯特等等世界上我去過或沒去過的無數角落。作為一隻和我同齡的兔子，蔡天新以狡兔萬窟的精神為我們提供了極為豐富的想像空間。還好，《幽

居之歌》的英文書名叫做《Song of the Quiet Life》，也就是「寧靜的生活之歌」，那畢竟讓我感到了那種「大隱隱於遊」的飄然。從他在花城新出版的兩卷本作品集《南方的波赫士》和《與伊莉莎白同行》來看，蔡天新也絕不僅僅是一個走馬觀花的遊客，而是一個對話歷史與文化的精神遊冶者。

　　不管他怎樣雲遊來雲遊去，杭州仍然是潛在的背景。畢竟那本詩集中大多的詩篇是寫於杭州，並且那個淡妝濃抹總相宜西子湖的影子總是飄忽在詩句的深處。當他在加州看見「斑鳩的飛翔劃破了天空的寧靜／遠處一是一片泛紫色的群山」，我似乎斜倚在西湖的小船上；當他在羅馬古道上驚覺「從前我曾走過這條路／風景依然歷歷在目／隧道、小溪、葡萄園」（《羅馬古道》），我似乎和他一起置身於良渚西子葡萄園的綠蔭中；當他在柏林寫下「我們住在彩虹橋的那一頭」（《朗誦》），我好像又看見他遙望著飛過蘇堤的那隻柳鶯……

*2007*

# 君子，漢子、鬍子、痞子等等
## ——四川青年詩人印象

「新潮」小說近年來被戴花冠，被搧耳光，被親吻，被吐唾沫，總算還眾人矚目。唯獨那些衝在文學前沿的先鋒詩歌和詩人們在很大程度上仍蟄伏於被文壇遺忘的壕裡。1988年11月至12月，當我見到這些在四川盆地裡默默先鋒著的詩人朋友時，我最強烈的衝動就是要向大家隆重推出這些對你們或許還陌生的名字。

## 11・22

和歐陽江河握手的時候他另一隻胳膊夾著一疊唱片，躊躇滿志的樣子。他說這是剛花了二百多元從展銷會上買來的原版鋼琴曲唱片。這些光彩奪目的唱片對我極具誘惑。後來他聲稱能夠在兩三分鐘內辨別出任何一首鋼琴曲的演奏者。當然，在以下這些人當中，他補充道，隨即報出一大摞我熟悉和不熟悉的名字。如布倫德爾阿什肯納齊波利尼霍洛維茨肯普夫魯賓斯坦阿勞阿格里希。歐陽江河對他們每個人都極為推崇。我卻對他的耳朵崇拜備至。我決定寫一首題為〈有耳朵的風景〉的詩來歌頌它們。當時我對他說剛吃完一斤二兩「山城火鍋」差點沒暴卒於大街，他便很人道地讓我坐在社科院的沙發上。我記得那個會客室裡許多蚊子在冷空氣裡優美地舞蹈。歐陽江河不為所動。經過一系列很有學術性的談話之後，他帶我到車棚裡找出一輛被灰塵蒙成雪景的自行車，並且十分慷慨地把新車給我騎。那輛沒有剎車鈴也不響的雪景車讓他騎得搖搖欲墜，幾乎立刻就要散架。但歐陽江河目不斜視，置擱在書包架上的那一疊二百多元於不顧。

每當紅燈轉綠燈的緊要關頭他都要把踏腳板踩上二三十圈，直到紅燈又亮的時候車才能啟動。

晚上我們就這樣騎到女詩人翟永明的住處。說「住處」是因為那個地方不過是她朋友的朋友的家。翟永明及時地提醒我說，主人（也就是她朋友的朋友）不在，我們幾個都是「喧賓」，況且毋需奪他了。我很驚訝於翟永明那一身雅致的咖啡色：羊毛上衣、套裙和靴子。我曾想像她裹在很緊的黑袍子裡像詩一樣顫抖。在川味充溢的這個都市裡翟永明的烹調技術算不上好。幾種菜肴都和她的穿著顏色相似。當然不那麼雅致。這使我下筷的時候少了許多猶豫。尤其是她鄭重推薦給我的土豆燒牛肉，令人陡然吃出了共產主義生活的溫暖與自由。

為了便於飯後消化，歐陽江河決定讓我們欣賞一下音樂。由於沒有高級音響，我們便委屈聽了他前些天買的原版磁帶：拉赫馬尼諾夫鋼琴協奏曲全集，歐陽江河在答錄機上反覆尋找他傾心喜愛的第三協奏曲，連我都替他大汗淋漓。經過仔細鑒定，終於發現貼著第三標籤的和貼著第四標籤的磁帶內容是一樣的。他義憤填膺。嘴裡叨叨不絕發誓要殺回去調換。

翟永明顯然對音樂興趣不大，很孤獨地在看外國電視連續劇。歐陽江河和我喪氣地加入到看電視的行列裡。不過歐陽江河馬上又興致勃勃起來，並且叫翟永明的畫家朋友一起來看「纏粉子」。我不恥下問，翟永明羞澀不答，歐陽江河解釋說是勾搭漂亮姑娘的意思。可是後來發現勾搭者反被勾搭。根據歐陽江河的定義，那姑娘是「有經驗的美」，而毛頭小夥卻不過是「慌慌張張的美」罷了。我永遠也忘不了歐陽江河在判定「有經驗的美」時的狡黠笑容。

畫家朋友被翟永明溫柔地拖過來不久又去畫他的九寨溝了。聽說翟永明以「粉子」的形象上了畫家的作品並且被日本人高價購去，我心中惆悵不已，雖然不是上得了油畫人體藝術展的那種。打開畫家畫冊果然有翟永明坐在空蕩的屋子裡，一束月光鬼一樣刷在臉和身體上，翟永明的一雙大眼睛在黑夜裡更顯慘白而且冰冷。幸好掛在牆上的另一幅倖存的翟永明用書生的寧靜使我稍稍放心。

撇開那個荒唐電視劇的荒唐關係而言，我認為即使翟永明還不是「有經驗的美」，歐陽江河也一定算得上是「慌慌張張的美」。他在臨走時突然發覺心愛的羊皮夾克和唱片封套上沾了無數黑色油畫顏料，於是慌慌張張地拿了布來擦。無奈越擦越糟。我雖然幸災樂禍。但自己褲腿上也有案情發生。還是翟永明熱情地伸出了援助的手。但仍然不斷有新的油漬發現。這些油漬就像歐陽江河那種具有抽象風度的詩句塗抹在他身上。

## 11．23

　　歐陽江河的舌頭和他的耳朵一樣令人欣羨。我懷著極大的敬意在「成都小吃廟」品嘗的蒸餃和燒賣被他大大地貶抑了一通，就像對待某個名詩人的臭詩一樣。於是他帶我到叫做「芙蓉餐館」的地方去「重寫小吃史」。除了蒸餃和燒賣，還增加了抄手。他邊吃邊問我是不是比上次好吃得多。我說極是。吃完之後才明白，我在餓的時候總覺得眼下的食物是最好的食物。

　　他需要回家陳述已吃過晚飯的事實及其原由。於是把女婿、丈夫、父親的角色一一扮演過來。歐陽江河扮演親人的時候總有些牽強，這多少和他的「非情感化」有關聯。唯獨抱起兒子的時候慈父了一番，但也立刻放任自流了。

　　詩評家楊遠宏的家離我住處不遠。他正和石光華對酌。我們進去的結果便是桌上又增加了兩隻酒盅。那一陣四川電視臺正在做「沱牌」酒廣告，於是楊遠宏不住地舉杯叫著「火！火！」我猜出這是讓我們「喝」的意思。他還把皮蛋搗成糊泥狀放上辣椒之類的玩意兒招待我們。石光華白晳的臉上很莊嚴，顯然在和與他的相反的鬍子拉茬的楊遠宏討論要緊的深刻的問題。我不很清楚是因為他們在漫長的時間內用我不能忍受的四川話迅速地你來我往。經我抗議後只有歐陽江河有時照顧我幾句國語，然而很快又融匯到四川話的洪流中去了，石光華是整體主義詩歌鼻祖之一，他當然有理由整體地維護他的四川話傳統。不過這樣卻使我無法整體下去。我喝了幾口便心慌起來，他卻越喝臉越白。

　　楊遠宏無疑是個很厚道的人。他當面攻擊歐陽江河的話終於被我聽懂。攻擊的要點竟然是說歐陽江河的詩〈玻璃工廠〉可以用電腦仿製出來。歐陽江河當即予以駁斥，並且把可用電腦仿製的惡名轉嫁到蕭開愚的〈水〉身上。楊遠宏為了安慰他隨即轉達了人們認為歐陽江河乃是中閃唯一有資格得諾貝爾文學獎的人選的喜訊。在一個莫名其妙的辭彙「諾貝爾情結」在中國如此名聲不佳的形勢下轉達這樣的喜訊是需要一點勇氣的。我非常希望歐陽江河也有勇氣為這個喜訊興高采烈。他卻又「非情感化」了一次。

## 12‧6

　　和北京的詩評家于慈江一頭紮進迷宮一樣的小巷裡找藍馬的家。幸好一位有點慈祥的老大爺知道這位非非主義頭目的筆名，我們便奔向他指引的方向。于慈江在藍馬的門口用四川話大叫了一聲他的名字。卻飄出來一個紮小辮的紅火火的漂亮川妹子。于慈江突然和她沉浸在故友重逢的喜悅裡。這使我很孤立。不過我立刻得知這是非非女詩人兼藍馬的嬌妻劉濤同志。我們理所當然一見如故得更加友誼深厚。劉濤認為藍馬一會兒就會回來。但我們還是等了兩個小時。劉濤為了留住我們便給我們講故事。其實我們不見藍馬也不會撒腿跑的。講得比較精彩的是她的夢。我一聽夢就很眩暈，甚至毛骨悚然。劉濤像女巫一樣豎起手掌前後翻動。我記不住這些她敘述的夢就像記不住自己的夢一樣。只有那個曾被她寫到《阿維尼翁》裡去的把淫亂的國王抬去安上犄角的著名片斷還依稀有印象。可惜我不是佛洛伊德，而且神經脆弱。她可能見我快不行了，便換出一疊詩稿給我們看，並且熱烈地朗誦詩稿後記。為了報答劉濤，我也給她和于慈江念自己的詩。當念完最後一句「女明之邦的旗幟下沒有猿人牙齒廣告」時，我發現這下輪到她不行了。

　　藍馬是和尚仲敏一起回來的。他們坐下來就給我們講述「非非」的古今現當代史。我最感興趣的是他們曾被認定為非法團夥而被勒令每星期到「局裡」去交代一次的出生入死經歷。尚仲敏至今深切懷念「局裡」的

好煙。我擔心他這樣衣冠不整還會被當作不安定因素。藍馬那一組桀驁不馴的絡腮鬍也是明證。藍馬說店裡是不給這樣的臉開綠燈的，只好自己來剪。便剪出無數像「非非」這兩個字一樣的芒刺來。不過經我考證「非非」的名稱蓋源出於「想入非非」。顯然更適合於劉濤而與藍馬的芒刺等等無關。

劉濤下決心趁機再去叫些人來大鬧一番。於是不久萬夏和一幫被稱為「抒情詩人」的朋友們喧嘩著破門而入。楊黎、小安夫婦也提著豬頭肉和啤酒什麼的興高采烈而來。我和于慈江毅然放棄回去參加小吃宴的念頭，豎定了為豬頭肉大腸雞翅花生米和韭菜餃而乾杯的信念。在一張既細又矮的桌子周圍，在昏黃的燈光下，十二個人各自張開了血盆大口。（我試著回憶，這十二個人應該是：我、于慈江、藍馬、劉濤、楊黎、小安、萬夏、趙野、孫文波、鄭單衣、尚仲敏、楊政──補記。）當然不是勃洛克詩裡的十二個，但也似乎不是少了猶大或者耶穌。總之大家都是純種的食欲型中國人。四川人要拉我們猜拳。我們不會猜。他們只好分成兩組，以我們的名義互猜。於是以「探索詩人」為一方代表于慈江，以「抒情詩人」為一方代表我，展開了殊死搏鬥。這樣的分法真是誤會。每猜一回先要嘀咕一句諸如「亂就亂那」或者「向你學習」之類的廢話，然後才是「哥倆好哇」「五魁首哇」的正式吆喝。但後來我覺得「亂就亂那」倒是最精髓的部分。最後「探索詩人」一敗塗地，被抒情拳的潮流所淹沒。「探索詩人」頓時顯示出不屈不撓的氣概，要直接與我比試。於是讓我猜分幣。萬夏的三次詭計都被我一一識破。他便連喝了三口酒，一時不敢再上陣來。

唯獨藍馬輸了拳後在一旁很憨厚地且笑且飲，看不出有高呼「非非萬歲」的囂張氣焰。萬夏的兩隻手也終於停止了在胸前長久的焦慮性揮動，抱來一把吉它開始高雅地彈唱。這和他漂亮的鬍子很相稱。不過我覺得萬夏更有誘惑力的是他高翹著的嘴唇。據說這位莽漢主義詩人最近也寫起「香袋」之類的豔情詩來。大家的嗓子也都開始發癢。劉濤率領大家唱起「姑娘都到哪裡去了／都到小夥那裡去了」的歌。唱到「墳墓都到哪裡去

了／都到鮮花那裡去了」的時候，大家都動情得幾乎要嗚咽起來。尚仲敏卻頭也不抬，猛然殺出「從來就沒有什麼救世主」的高尤激越聲。大家都感到這時來鼓舞士氣是多麼及時。於是跟隨他唱。不料「英特納雄耐爾」還沒有一定要實現，尚仲敏又大唱起「就是好來就是好就是好」。他在每一拍上都把桌子拍得砰砰響。藍馬則用筷子狠命敲碗伴奏。一時天下大亂形勢大好。

　　楊黎喝得爛醉，頭髮耷拉在渾圓的腦袋上再也理不乾淨。他手捧《非非》站起來拖著四川話朗誦他的〈高處〉：「Ａ──或是Ｂ──總之很輕──很微弱──也很短……」大家在他的四川風味裡出神入化。頓時覺得看他的諸如同觀賞魚香肉絲一樣沒道理。楊黎雙眼咪成流線型，厚重的舌頭灑出無數唾沫星子。看來他自己首先味道好極了。念完後掌聲雷動。但立刻有人要我用上海話唸同一首詩。我義不容辭。不料我成功的嘗試卻被當作楊黎的詩可用任何方言朗誦的有力證據。劉濤這時無疑慧眼看破了我懷才不遇的憤慨，轉而極力主張把成績歸功於我出色的語感。我覺得個人的力量算不了什麼。於是楊黎也表示要繼續和藍馬作同一條戰壕裡的戰友，儘管曾經吵過架，儘管多年以前是情敵。小安的臉色驀然嚴峻起來。大家只好為楊黎的醉態說情。楊黎揮手說過去的就讓它過去吧。我也覺得一切恩恩怨怨還是不提為好。既然有詩，有酒，還有什麼不可以在「他人」的地獄中狂歡一陣的呢？

　　最後有必要把標題解釋一下。君子是指歐陽江河和翟永明。他們和鍾鳴、柏樺、張棗被稱為「五君子」。漢子無疑是指萬夏，他曾和李亞偉、胡冬發起莽漢主義詩歌。鬍子自然也包括萬夏，還有藍鬍子馬，楊鬍子遠宏（據我所知四川的鬍子還有惜未欣賞到的，如廖鬍子亦武）。至於痞子則很難確定是誰，從某種程度上說我們都是痞子。女士除外（自願入內亦可）。

*1988*

當代詩論

# 解讀兩岸當代詩的後現代性

　　在談論詩歌的後現代性之前，似乎有必要首先澄清一下後現代一詞的基本涵義。我曾在一篇文章中不無絕望地提到，後現代一詞已經讓理論家們逼良為娼，從窈窕淑女墮落成了人皆可夫的蕩婦。比喻雖然粗俗了一些，卻並非聳人聽聞。事實是，對後現代概念的界定各執己見，莫衷一是，這種可以稱做多元化的情形本身或許就是後現代性的一種體現。

　　不過，並不是所有的後現代理論都擺脫了前現代的和現代的思維模式。在眾多對後現代的理解中，離後現代精神最遠的一種傾向便是把後現代置於線性歷史的最尾端，視為後工業社會對工業社會的超越，或者1990年代對1980年代的決絕。這種思維方式本身就是現代性典型症候。

　　後現代的主要理論家讓－弗朗索瓦・李歐塔（Jean-François Lyotard）曾多次強調，後現代的「後」這個首碼詞「post-」應理解為「ana-」。「ana-」這個首碼來自古希臘文，既有「在後」的意思，又有「往回」的意思，也就是站在時間上稍後的位置採取的一種回溯的姿態。就像在「anamnesis」（回想）、「analysis」（分析）、「anamorphosis」（歪像）等詞裡的涵義。從這個意義上說，「後現代」並不是僅僅包含著歷時性，而同時具有某種共時性，它既是在現代「之後」，又是在現代「之中」，體現了德希達所稱的「延異性」（différance）。那麼，「後現代」對「現代」的解構不是對後者的簡單拋棄，而是對它的「透析」（Durcharbeitung，弗洛依德的這個概念指的是：事後通過某種聯想的契機對無意識裡的震驚體驗或創傷記憶的分析與排解）。德希達也曾用過這個佛洛依德的術語來表明，「延異性」同時包含了時間上的間隔和現象上的差異。

對後現代詩的文本特性的研究已有不少，尤其像孟樊對台灣後現代詩的概述頗為詳盡。本文試圖轉移到從「後現代」一詞的定義所出發的基本問題：後現代詩特有的形式從何而來？所謂的後現代「後」在哪裡？它同現代性的關係究竟如何？

回到修辭的層面上，我們將要看到，後現代性對現代性的「透析」（而不是棄絕）從根本上來說是以一種反諷的方式，在置身於現代性話語之中的同時否定了它的壓制。漢語後現代詩最早的的實踐者之一夏宇在一次書面訪談裡說，「我所能夠瞭解的後現代最多就是引號的概念（copy 就是一種引號）。這是一個大量引號的時代，我們隨時可能被裝在引號裡……。」（夏宇，《腹語術》，119頁）在這篇訪談裡夏宇也提到了反諷、戲仿（parody）、陳詞濫調（cliché）等等同引號相關的概念。這的確是對後現代寫作的一種透徹的理解：後現代性必須看做是打入引號裡的現代性，因為現代性並未遠離我們而去，它甚至就是我們的宿命，是我們需要通過不斷打入引號來回溯、透析、否定並試圖超越的內心體驗。

## 1.「後歷史」

我所說的現代性首先意味著歷史理性。二十世紀上半葉的中國詩人，在時代精神的感召下，或多或少地受到了歷史理性的左右。郭沫若的〈鳳凰涅槃〉當然是歷史辯證法的演繹，包括徐志摩也寫過〈為要尋一顆明星〉，在黑夜裡看到「天上透出了水晶似的光明」。這個我稱為「元歷史象徵主義」（metahistorical symbolism）的傳統一直延續到1970年代末大陸朦朧詩時代的舒婷、北島、顧城，儘管對元歷史的確定性的表達在一定程度上遭到了弱化或轉化。顧城最著名的兩行詩〈一代人〉，「黑夜給了我黑色的眼睛／我卻用它尋找光明」，並沒有一雙在徐志摩詩裡已經尋到了光明的眼睛。當然，這種「元歷史象徵主義」始終遭到另類潮流的質疑，在諸如波特萊爾式的李金髮、里爾克式的馮至等人那裡我們已看到對現代性的不同理解。這種邊緣的傳統一直延續到了台灣五十年代興起的「現代派」和「創世紀」詩群。在瘂弦的現代主義經典詩作〈深淵〉裡，

元歷史被顛倒過來，詩人通過揭示真實的惡與荒誕對抗了現代性的虛假許諾。瘂弦詩作中強烈的諷刺性是現代詩向反諷式的後現代詩轉化的前奏。

　　如果現代主義詩採取的是反歷史的姿態，那麼後現代詩則具有「後歷史」的特性。元歷史的軌跡依舊可見，然而失去了原有的總體性力量。在大陸詩人孟浪的詩〈從四月奔向五月〉和〈從五月奔向六月〉裡，前進的歷史具有了一種自我消解的潛力：

> 留給世界的那些歧路
> 世界自己不會去走。
> ……
> 走在世界上
> 才發現這世界多像一陣倒退的風
> ……
> 世界席捲而去！
>
> 〈從五月奔向六月〉

　　這裡，作為歷史背景的世界同前進（走）的歷史主體之間產生了無法彌合的錯位：歷史強迫世界接受的不僅是那些絕無「必然規律」的道路（「自己不會去走」），而且是充滿不確定的迷宮式的道路（「歧路」）。對孟浪來說，沿著歷史前進的過程只能看做世界「倒退」的過程，是世界用「席捲而去」的方式拋棄了歷史主體而使之徒有虛名的過程。那麼，我們所尋求的歷史終極也許只不過是一種「結束」而已：

> 我尋找結束，漫長的結束
> 回也回不來的結束
> 生命中的烈馬消失在我疲倦的走動之中。
>
> 〈從四月奔向五月〉

但是在這裡，「結束」似乎是早已逝去的、冗長的歲月，而向前的尋找其實不過就是往回的追尋，這種「在後」與「往回」的交織正是我前面說到的李奧塔對「後現代」的闡釋，是對後現代歷史境遇的自我揭示。這樣，奔向歷史終極的生命欲望消失於徒勞所致的「疲倦」，有目的的「走」便降為隨意性的「走動」。

在台灣的後現代詩裡，對現代性的歷史功能的反思或許沒有大陸詩那樣峻切，但同樣具有質疑歷史和自我消解的傾向。比如台灣詩人零雨的寓言式組詩〈箱子系列〉，既是對現實情境的把握，又是對歷史性的冥想。其中的〈既不前進也不後退〉一詩寫道：

> 走進箱子右邊
> 向右拐那是記憶的村落
> 走進箱子左邊向左拐那是
> 前進的出口

「左拐」、「右拐」、「前進」的歷史軌跡似乎都是在箱子裡的徒勞往返和折騰，儘管有過去的「記憶」，有未來的「出口」，卻看不到理性歷史的正道，下一段接著突兀地出現的是「中間是你的囚室」。因為歷史時間被封鎖在現實的／現代的機械性時間格局裡：

> 你練習按時
> 上廁所。按時上辦公廳
>
> 練習在黑暗來臨前
> 跑步回家，以免錯過
> 黃昏

　　零雨詩裡的後現代性既不是對現代性時間的斥責，也不是對它的讚美，而是一種置身其中的反諷。「練習」一詞所表達的目的性（對現代性時間秩序的追求）引向了荒謬的生活邏輯，形成了修辭的衝突，而這也是現代性的內在錯迕。生活的時間運動由於重複和無聊喪失了「進步」的基本意義，在現代歷史的推動下卻進入一種「既不前進也不後退」的休止狀態。

　　在這首詩裡，現代社會對主體的壓迫呈現出比較具體的形態，現代性主要是作為現代性話語的結果。在零雨的另外一些詩裡，同孟浪和李亞偉的詩裡一樣，現代性主要表現為歷史話語本身與寓言化的歷史主體的衝突。比如〈劍橋日記9〉：

> 重複爬梯子。重複。木梯
> 向上。銜接崩坍的過往
> 不斷崩坍。向上攀升直到
> 雙手蒙住臉。崩坍。

　　首先，「向上（攀升）」所象徵的精神歷史向度由「爬梯子」來表達本身就具有某種喜劇色彩，何況這種爬梯向上的行為不可能抵達攀援的頂點，以致於只能是一次次「重複」甚至「崩坍」的過程。同樣，向前的歷史運動被比作夢魘，歷史主體被夾在「追趕你的那人」和「要追趕的那人」之間無法移動：

> 左腳纏住右腳
> 舌頭舐住眼瞼
>
> 　　　　　　　　　　　　　　　〈夢魘系列1〉

　　可以看出，「後歷史」的主體並不是站在歷史過程之外，而是置身其中才審視了自我的尷尬。

## 2.「後主體」

　　現代主義詩對現代社會的批判是一種同現實保持距離的批判，寫作主體，或抒情主體，是站在一個更高的位置上來超越醜惡現實的。典型的現代主義詩作如聞一多的〈死水〉，便是通過批判主體的聲音描繪了必須遭到否定的現實境遇。

　　而後現代詩的反諷意味著對主體的自我參與的批判。比如，對前進的歷史的寓言化處理在另一位大陸詩人李亞偉那裡變得更具喜劇意味，變為歷史主體乃至抒情主體的自我解構。李亞偉在六四事件數月後寫的〈我們〉一開始就把「我們」這一代人比作沙漠裡的駝隊：

> 我們的駱駝變形，隊伍變假
> 數來數去，我們還是打架的人

　　正是從一開始，這個行進的隊伍就無法逃脫「變形」和「變假」的命運，質疑著歷史目的論的真理價值。在「後歷史」的細察之下，這些為元歷史「奮鬥」的「革命」下一代不過只是「打架的人」。並且，這個隊伍在歷史中的真實性也被複製、替代、幻覺等等所擊破：

> 我們的駱駝被反射到島上
> 我們的舟楫被幻映到書中
> 成為現象，影影綽綽
> 互相替代，互相想像出來
> 一直往前走，形成邏輯
> 我們總結探索，向另一個方向發展
> 淌過小河、泥沼，上了大道
> 我們胸有成竹，離題萬里

　　對於李亞偉來說，這個缺乏實體的、映象化的、不得不遭到文本化的歷史隊伍以繼續前進的方式所形成的是一種「邏輯」。所謂「邏輯」，當然是德希達稱作「邏各斯」的歷史理性基礎，一種絕對化的科學話語，一種線性的思維定式。接著，不料作為歷史主體的我們「向另一個方向發展」才經由艱難困苦抵達康莊大道，然而卻又在「胸有成竹」的同時發現了「離題萬里」的荒誕結局。顯然，李亞偉的抒情主體同他詩裡的歷史主體一樣無法確認或保持那種「邏輯」：不斷的非邏輯化，不斷的自我錯位，更揭示了抒情主體對歷史主體的無法理性化的觀照，一種表達邏輯的自我衝突。和德希達的理解不同的是，對於李亞偉來說，一種歷史「邏輯」在很大程度上不是西方哲學家或東方革命家憑空捏造的，而是我們自己自願走出來的，是我們需要自我質疑的內在性的一部分，並且這種自我質疑的過程本身就是充滿著不確定因素的。這首詩結束於這樣的結論：

> 數來數去，都是想像中的人物
> 在外面行走，又剛好符合內心

　　作為主體的歷史戲劇中的「人物」只有在想像或幻覺中才抵達了外在的和內在的同一，歷史邏輯和欲望邏輯的同一，已被整首詩不斷抽空和反諷化的同一。這種「符合內心」的歷史主體在孟浪和李亞偉的後現代詩裡被揭除了面具：無論是孟浪的「我」，還是李亞偉的「我們」，都無法成功地扮演元歷史的主角，反而以丑角的姿態顯示了元歷史的不可靠性和非理性。

　　這種「後主體」的抒情方式在夏宇那裡獲得了既複雜又純粹的表達。正如她的詩集《腹語術》這個標題所暗示的，夏宇的抒情主體往往是以失語的方式在別處或他人處發出聲音的。題為〈腹語術〉的短詩就描寫了一個主體分裂的自己看見「自我」在婚禮的儀式上由被意識馴服的野獸般的舌頭說出不屬於「本我」的話語。這樣，所謂的「引號」法便是一種借屍還魂的狀態，但並不時時易於察覺。比如讀她的〈小孩2〉一詩，我們很

難捕捉抒情主體的聲音究竟來自何處。由於它既不來自「小孩」中間，也並來自俯視「小孩」的成人，唯一可能的定位或許是「小孩」的聲音從另一個音源用第三人稱的角度說出的喃喃「腹語」。這首詩描繪的兒童們的群體運動同李亞偉的詩遙相呼應：

> 狼牙色的月光下
> 所有失蹤的小孩組成的秘密結社
> 他們終於都擁有一雙輪鞋
> 用來追趕迫使他們成長的世界

顯然，「小孩」再度成為寓言化的歷史主體，潛入了現代性的話語系統裡，用「結社」、「追趕」、「成長」的方式逼近歷史的終極。但儘管面對險惡的「狼牙色的月光」，儘管來自具有革命潛能的「失蹤」狀態，「輪鞋」的使用使整個情境發生了遊戲性的變化。這是典型的夏宇式的小小玩笑，一舉顛覆了現代性的可怕的嚴肅。然而這並不是說後現代性徹底取消了現代性的可怕因素。恰恰相反，這首詩的後現代性嚴酷地揭示現代性的恐怖：

> 張大了嘴他們經常
> 奇異突兀地笑著
> 切下指頭立誓
> 無以計數的左手無名指指頭
> 丟棄在冬日的海濱樂園

在我看來，為「立誓」而「切下」的「無以計數的左手無名指指頭」是為現代性的宏偉目標而慘烈犧牲的精確隱喻。歷史主體的形象不但被滑稽化了（「奇異突兀地笑」），而且被恐怖化了（「切下指頭立誓」），

後者的近乎黑道儀式的場景卻的的確確指向了不再眷顧的（而非「未竟的」）目的論歷史：

　　一切只是因為一個
　　許諾已久的遠足在周日清晨
　　被輕易忘記


　　必須強調的是，現代性所設定的總體化歷史正是一次「許諾已久的」超級旅程，強迫所有「一切」僅僅為了這唯一「一個」而行動。但這並不能避免它遭到「被輕易忘記」的命運，這種忘記不能不看做歷史主體性的丟失。由於總體化歷史對個體性的損毀，歷史主體只能回到「集體失蹤」狀態，先是以丑角化的方式「化妝成野狗」，試圖接近前現代的甚至原始的生活；而最後進入了現代社會的標誌是被馴化／家庭化（domesticated）為「牛奶盒上的尋人照片」，仍舊逃脫不了喪失身分的結局。儘管還擁有現代性話語的教誨──那些「為了長大成人而動用過的／100條格言」──卻仍舊只能「張望著／回不去了的那個家」，被遺棄在歷史的假定終點，不知所措。
　　兒童的成長模式是現代性的歷史神話之一。而在夏宇的詩裡，小孩在成長之前就模擬了成人團體的儀式（切指），然而最具反諷意味的是，「切指」的成人儀式必須同時看做是自我閹割的象徵，一次自絕於成人的儀式。這是現代性歷史神話自身的衝突，一種主體速成實驗的失敗記錄。在這首詩裡，夏宇通過同時「徵引」傳統的童話／神話構成與現代性歷史模式，透析了二者的內在失序。

## 3.「後神話」

　　在很大程度上，現代性歷史模式是童話／神話模式的一種，將世界或人類的發展結構抽象為一個基本的公式。童話／神話為元歷史提供了宏大敘述（grand narrative）的初始文本結構。因此，一種後神話的企圖往往

同後現代詩學密不可分。鴻鴻的詩〈超級馬利〉「徵引」了現代電子遊戲中營救公主的童話／神話結構，同時揭示了這種童話／神話結構的單調與虛構。從一開始，詩的修辭策略就集中於一次虛擬旅行所包含的不可逆轉的必然規律：

> 義大利人馬利歐
>
> 出門旅行
>
> 遇到貓頭鷹
>
> 就跳過去
>
> 遇到鴨子
>
> 就踩死
>
> 遇到牆
>
> 就撞
>
> 撞出蘑菇
>
> 就吃
>
> 吃了蘑菇
>
> 可以長高
>
> 吃了星星
>
> 就趕快跑

　　鴻鴻不厭其煩地一連用了好幾個「就」字來連接遊戲中人物的行為（這樣的句式在下文中還繼續出現），以此強化被製作好了的行為模式的不可變更。無疑，這是一次已被設計的旅行，就像目的論的歷史行程一樣，在很大程度上依賴於由指令所安排好的規則。這樣，旅途就成為一條流線型的或線性的歷史行程，必須按照「客觀」規律克服一項接一項的困難才得以走向勝利。這一段的最後四行是對兒歌的戲仿，用整齊劃一的節奏和簡單明確的韻腳表現了電子遊戲的單調法則。同時，馬利歐可以看做是又一個「後主體」的化身，身不由己地向目標挺進，遵循著每一個設計

者和操作者的指令，努力完成一項似是而非的壯舉。像夏宇的小孩一樣，
鴻鴻的「後主體」在旅途接近終結的時刻回顧了艱難歷程：

　　　　他回頭
　　　　眺望
　　　　「我走過很多冤枉路
　　　　我吃過苦
　　　　也做過夢
　　　　……」

　　理想和奮鬥的交織，正是現代性歷史的神話用以誘導人們的常見模
式。不過，本詩的「後神話」歷程在末尾所抵達的不是高潮，而是突降
（bathos）：

　　　　他也不知道
　　　　一得到公主
　　　　遊戲就結束了

　　鴻鴻以他專業的戲劇手段營造了一個反諷式的戲劇性結尾，或者說，
一個讓神話的光環失色的結尾。又一個「就」字，使這個不可避免的結局
不但成為目的完成的瞬間，也成為遊戲終結的瞬間。遊戲的終結瓦解了這
個童話歷程中所有「吃過苦」、「做過夢」的歷史價值，從而也瓦解了現
代性歷史的價值。

## 4.「後現實」

　　現代社會與後現代社會，尤其是後工業社會、資訊社會和跨國資本主
義社會的來臨，無疑是現代性話語最直接的的成果與標誌。正是在這個意
義上，後現代詩通過透視（後）現代社會的種種異象，質疑了建立在現代

性基礎上的生活狀態和生活邏輯的合理性。

作為台灣後現代主義文學較早的宣導者之一，林燿德在他許多詩中所關懷的是現代都市生活的迅疾、雜碎、混亂、無聊、荒誕、淒豔、冷酷……。在〈冷靜的電腦〉一詩裡，他用電腦概括了資訊社會的工具理性對感性的統攝。同現代主義式的憤怒不同，從整首詩裡我們幾乎找不出任何對電腦的貶斥或責難，相反，充斥在全詩中的是一種頌歌式的語調：

> 冷靜的電腦
> 你公正嚴峻一絲不苟

現代性的結晶以理性面貌出現，幾乎完美無缺。而抒情主體卻試圖以情感輸入（詩意的說法是情感投射）的方式佔有電腦的思維空間：

> 讓我的意識
> 潛入你冷靜的身軀
> 啊你的心靈擁有
> 電子和電子
> 記號和記號
> 碰觸的喜悅
> 撞擊的甜蜜
> 這些喜悅和甜蜜
> 又豈是我或她的
> 肉體所能感受

當由「電子」、「記號」等等組合的現代裝置出人意料地複製並「體驗」了凡人的「喜悅」和「甜蜜」的時候，某種乖戾的、不可思議的氛圍瀰漫開來，使投射的的情感變得不真實、空洞、甚至造作。由此，最後三行用「突降」的方式質疑（通過「豈是」反問）了抽象化的情感與

肉體感受的同一性：肉身無法體驗機器的感受，毋寧說真實的「肉體」感受也是機器無法複製的。而從另一個角度來說，所謂的「喜悅」和「甜蜜」已被資訊社會的處理機異化了，成為肉身之外的抽象資料（記號）。電子資料能類比人類情感嗎？當虛擬現實成為布希亞所說的超常現實（hyperreality）的時候，或許真實早晚要被擬像（simulacra）取代，甚至，資料化的「喜悅」和「甜蜜」成為唯一可測量的因而也是唯一可產生／生產的感受。這無疑是現代理性的邏輯結果，也是詩人面對後現代社會的興奮與恐懼。

技術統治並不是（後）現代社會的唯一壓制模式。「冷靜」，或冷酷，在某種程度上是整個社會空間和社會生存的普遍狀態。在陳克華的組詩〈室內設計〉裡，抒情主體被各類日常客體所驚悸，似乎所有工具化的物體都染上了現代的疾病，成為現實壓制和異化的隱喻。〈室內設計〉是詠物詩傳統的變異，通過對缺乏詩意的現代物件的沉思表達了現代環境下主體的疏離感。在陳克華的後現代詩裡，這樣一種存在主義的母題所導向的不是主體的超越性思想或行為，而是主體在種種客觀境遇下的困窘。比如，〈浴室〉一詩展示了現代人解除社會面具之後的無能／陽萎：

依據表格
他依序解下領帶、戒指、假牙
眼鏡、信用卡
以及保險套。直到自己完全
浸入透明

為止。他在鏡子前變得
完全溫柔
淑世
無法辯論以及
勃起。

如果脫衣的過程是自然化的過程，「依據表格」「依序」的行事則指明了這種自然化過程的無非是另一次被現代性時間安排的程式。重複出現的「依」字暗示了主體性在現代社會體系裡的喪失。他似乎只有解除所有外在於自身的飾物或配件——為公務活動而戴的領帶、為象徵財富或家庭而戴的戒指、為裝飾口腔而戴的假牙、為捕捉外在資訊而戴的眼鏡、為適應商業社會而帶的信用卡、為方便交往異性而戴的保險套——才能浸入／進入自然純粹（透明）的狀態。但達到的自然狀態不僅意味著社會話語對象的消失（無法辯論），也意味著自然性的退化和生理對象的不可即（無法勃起）。現代主義詩學常常隱含的對純粹本真狀態（前現代性）的追求在陳克華的詩裡無法達到理想的境界，而滑入後現代的自我消解過程。這組詩裡的各種「室內」風景都無法擺脫現代性的陰影，比如「椅子」被描繪成可以讓人不必僵硬地站立眺望卻迫使「雙膝成直角」的物件，凸顯了它對肉身的量化；「窗」在參與對人的窒息之後被推開，反倒引發了整個建築的「陡然塌陷」；「鏡子」似乎是一個「出口」，卻使人「與自己／互撞」，等等。可能的解放總是淪為終極的解構，現代性的理念從各個方向遭到質疑。

　　二十世紀的歷史本身就充滿了反諷性。作為現代性話語的一部分，人類解放或社會進步的總體化理念在相當程度上成為歷史災難的基礎。從這個意義上說，後現代詩是對歷史記憶／失憶的追索，對現代性經驗的透析，而不是徹底忘卻歷史的狂歡。一種強調全新階段的，試圖同過去絕緣的「後現代」往往只是現代性總體化模式的後遺症。從以上分析的詩作中可以看到，後現代詩正是通過對依附在主體身上的現代性的摹寫，解除了現代性的符咒。那麼，一種對確定的、終極的歷史向度的消解是否恰恰意味著解放的唯一契機呢？後現代詩提供的當然不是答案，而是無盡的探究。

*1998*

# 當詩穿上了謎語的戲裝

接到駐站謎語詩的任務時，我頗有些惶恐：詩與謎語的偷情是一次相當程度的冒險，一次對寫作下的不小賭注。我懷疑一旦詩做成了謎語就不再是詩。從根本的意義上說，詩有著同謎語截然不同的目標，甚至可以說，詩必須避免成為純粹的謎語。此二者間有一個至為關鍵的分別：雖然謎語和詩都在表面的文字背後隱藏著另外的訊息，但謎語的規則是謎面的文字指向僅有一個謎底的明確答案，而詩則需要擺脫意義的單一，追求意蘊的豐富、多義、多層次，甚至神秘、不可破解——所謂的「詩無達詁」。

因此，本次聯副的謎語詩徵稿幾乎是一個安置了誘餌的陷阱，以考驗詩人是否會陷入為謎語而犧牲詩的窘境。我寧可相信，謎語詩應當是披著謎語外衣的詩，而不是用詩的形式製作的謎語。換句話說，一首好的謎語詩不是為了謎語目的所寫的詩，而是擬仿了謎語形態來寫作的詩。詩所真正關注的絕不在於作為謎底的答案，而在於詩（謎面）與答案（謎底）之間所建立起來的多向、多重聯繫。我的那首「示範作」是在一次前往東華大學創研所新詩寫作課的太魯閣號火車旅途中草就的（順便留下了電腦時代寫作幾乎絕跡的手稿），因為當時正在思考新詩寫作上的種種問題，便提筆實驗了八行。我那首詩的謎底是數字0。我料想0的最大好處在於它還具有某些形而上的意味可以挖掘（比如虛無、空無），當然我也試圖從字形、字體、字音等面向上去提示聯想。這樣，詩與其答案的關係就不僅是謎面和謎底的單一關係，也由於謎底本身所具有的不單純特性，回溯性地使得謎面（詩文本）能夠產生多方位的、雜糅的指向——而這，似乎正是一首詩應當具有的品質。

不難看出，即使從這次初選的三十一首謎語詩來看，不少詩仍然有被謎語牽著鼻子走的情形。因此，那些跳脫謎語的束縛，首先「把詩寫成詩」的作品，便能夠脫穎而出。在我最後選出的十首佳作裡，比較突出的是白露這首六行的謎語詩（謎底：窗）：

　　　　天空都切好了，有人要嗎？
　　　　你夾一片雲，我佐一道陽光
　　　　我們都笑了，像秋天
　　　　一葉一葉，紅過臉頰
　　　　有人想飛嗎？那麼難以自拔
　　　　不斷想填補的空缺

　　從第一行開始，這首詩的詩句就是靈動的：「有人要嗎」的徵詢聲似乎只聞其聲不見其人，促使「切好了」的靜態場景變得具有潛在的動感可能。前兩行把從窗戶所看到的被窗框割裂的天空想像成「切好」的食物，切下來的部分裡有的可以用筷子夾，有的可以用來佐餐。但詩裡並未指明是糕點還是酒菜，因而也留下了相當程度的不確定。末兩行的「有人想飛嗎？那麼難以自拔／不斷想填補的空缺」一方面用類似的設問呼應了起始的詩句，另一方面還從全詩的感性描繪轉到貌似知性的陳述上來──但不管是「難以自拔」還是「想填補的空缺」其實都是對謎底「窗」的似是而非的、詩意的指涉，而絕不是精確的評述。換句話說，作為謎語詩，這一首所給予的暗示既貼切，又不完全落到實處，表面的知性成為知性的偏移和「空缺」亟待「填補」。
　　我注意到神神的謎語詩（謎底：吻）貼於情人節，與此詩的主題也正好「吻」合。這首三行的短詩通過「招潮蟹」與「吻」之間的觸覺關聯，繼而由「潮」引申到濕吻或性愛的「大水」上（「大水」既與體液直接相關，又隱喻了洶湧的愛意），使得這首極短詩具有足夠豐富的意涵。另一首巧薇的謎語詩（謎底：海）同樣與「潮」有關，同樣是三行的短詩，用

「柔軟」來暗示波浪的起伏，用「時間」指涉潮汐，然後從與「時間」相關的陳述（包括「日以繼夜」）轉向對「空間」的描述：但「空間」裡的「失落」——比如被沖走的沙，被侵蝕的礁岩——又與「時間」緊密相關（用作動詞的「鹽雕」一詞還暗暗將海擬人化為工匠）。

　　在其餘的佳作裡，也可以讀到不少扮作謎語的精彩詩句。甲木木的謎語詩（謎底：冰）有些不合理之處，不過最後一行——「終其一生都在編輯，曾經是水的記憶」——似乎成為點睛的一筆：用「水的記憶」來意指冰，通過暗示記憶的封凍，深化了對於生命的理解。居雋的謎語詩（謎底：向日葵）也是透過對某物的冥想來指涉存在的意義。「使得我們，啊／使那位畫家／幸福得有時間生病」中的「畫家」應該是指梵谷吧，不過前一行的斷句故意留下缺憾，後一行的矛盾修辭（oxymoron）又特別留下邏輯的裂縫，提請我們注意美學快樂和現實病症的辯證關係。蔡仁偉的謎語詩（謎底：影子）也有類似的處理，用「卻無法……」的否定句式來牴牾上一句描述的實在物性，揭示影子的虛幻存在。

　　這首詩第一行提到的路燈，正是路人甲的謎語詩的謎底。不同於一般謎語所要求的準確對應的意指關係，詩的提示往往是修辭性的、含混的。於是，路燈在黃昏時的閃亮被描述成「一聲羞紅的嬌喘／便響透了大街小巷」，用聽覺的魅惑來暗示視覺的眩目。謎語詩常常用隱喻的方式提示謎底，但也與一般謎語的確定意指關係不同，謎語詩裡的隱喻又往往因為多重的指向，不能簡單地連接到謎底上去。比如在可嵐的謎語詩（謎底：吊橋）裡，「懸空的／神經」一方面是從視覺上跟纖細脆弱的纜索作類比，另一方面也指涉了吊橋令人神經緊繃的狀態（特別是第三行還用了「拉扯」一詞）。而orchis・小捲3隻的謎語詩（謎底：爆竹）則用「番話」來隱喻爆竹聲，因為爆竹聲不僅無法聽懂，而且還具有野蠻的音響效果——「霹靂啪啦！霹靂啪啦！」在這些情形裡，指涉的路徑都不是單向的，而是蘊含了較為豐富的層次。比較特別的是榮恩的謎語詩（謎底：時間），因為抽象的謎底只能用各種具體的狀態來舉證。所以這首詩用「拿走」、「奪走」、「帶走」這樣的詞語指明時間「走」個不停的特性，並且強行

拖曳生命的每一個段落。在詩的結尾，把時間留下的「日記本」用於不是慰藉的紀念或懷念，而是「清算要不回的損失」，可以說在相當程度上作了對時間概念的另類思考，所以也就超出了一般謎語的單向和確定指涉。

我曾經自創過一個讓眾人笑岔氣的謎語（不是謎語詩），猜一位大陸詩人名：謎面是「中山先生的乳房」，謎底是「孫文波」。我想說的是，在這樣的普通謎語裡，謎面和謎底的字詞是必須一一對應，絕無差錯的。由此說來，謎語詩的精采可能反而在於偏離或切割了謎面和謎底間絕對對應的關係，或者說，把這種關係推向了一個通過各類修辭而更具變幻的境界。因此，大概也正因為「遊戲把詩搞大了」（借用林德俊的新書標題）的狀況紛紛出現，謎語的戲裝就特別適合因滿腹狐疑或滿腹經綸而變得大腹便便的詩──我的意思是，雖然由謎語的戲裝遮掩著，詩肚子裡的好胃口仍然孕育著無窮潛在的可能。

*2011*

# 崩潰的詩群
## ——當今先鋒詩歌的語言與姿態

### 「崛起」後的「崩潰」

　　「崩潰」一詞的使用，毫無疑問，是相對於「崛起」而言的。這兩個似乎都與山脈的地貌活動有關的詞顯示了兩種完全不同的構造過程（如果解構也是構造之一的話）：事實是，當徐敬亞於1983年所描繪的「崛起詩群」漸漸失去了其上升的，向天堂攀援的力量的時候，另一種沉陷的、向著深遠或地獄攫住的語言魔爪正在到處伸展和蔓延。這就是「朦朧詩」後的詩歌形式：沒有中心或肯定性的目標，呈現著摧毀和廢墟的形態，以增熵的語言形式同增熵的社會形式相對應。

　　1984、1985年後的先鋒詩歌把「朦朧詩」具有的英雄主義和理想主義抽空了，這裡，「崩潰」意味著對固有的價值（毋寧說是偽價值！）系統的巨大基座的爆破。無論是叛世者還是順世者，遁世者還是棄世者，玩世者還是啟世者，都從不同的方向擊碎了某個莊嚴的「人」的石像，這個石像曾靜靜地站了幾十年，似乎是迎風走向某種世俗的樂園的先驅或代表，這個虛幻的、抽象的人的身影曾經成為北島的無數詩篇中的「原型」：孤獨的、期待的、內心充滿「信念」的形象。在舒婷和顧城那裡，這個原型分別變幻為這個英雄家庭中的另外兩種形象：充滿「幻想」的浪漫女子和「純潔」的、「天真」的兒童。

　　但這一類人的石像似乎始終停滯在原來的地方，並沒有抵達他（她）所許諾的、所面向的那個樂園，甚至，自身的信念和幻想也愈漸虛弱。最初向這個世俗的英雄家庭挑戰的恰恰是「朦朧詩」人之一的楊煉。這個當

初曾經為年輕的太陽或沸騰的鋼花激情歌唱的詩人在九寨溝風景區忽然感悟到某種超自然的、宗教的力量，寫下了著名長詩〈諾日朗〉。在〈諾日朗〉裡，人的形象必須從毀滅中再生，因此走向光明的道路首先是走向死亡的道路：期待被同一於絕望。

　　儘管〈諾日朗〉的象徵性結構整體（同艾略特《荒原》的破碎結果相反）和略帶浮誇的語式仍然指向了一個確定的烏托邦，但由於他假冒了一個君臨萬物的「男神」，楊煉把世俗的人的形象放到了被製造出來的廢墟及在此之上的祭奠中，宣判了世俗的死亡。〈諾日朗〉是先鋒詩歌史上的界碑，標誌了人的世俗偶像的解體。

　　另一些早期的「朦朧詩」人更加地跨越了這個界碑。多多晚近的詩歌是微形化的殘雪小說，語象呈現出屍體的氣味，但不是英雄的輓歌，而接近於某種自我詛咒。同樣，在王小妮1987、1988年那些既冷漠又過敏的詩句裡，四分五裂的說話成為這個女人在這個世界上察覺紊亂和荒謬的唯一可能的精神症候。因此，「崩潰」也是「朦朧詩」群的崩潰，是它在「崛起」之後的自我摧毀。多多和王小妮的詩成為沒有邊緣的廢墟，取消了〈諾日朗〉式封閉的象徵體，向著任何一次閱讀（或崩潰的閱讀）開放。

　　更後期的詩人們決定性地淹沒了「朦朧詩」人所建立的詩歌規範。這個詩群（用來稱謂它的有「第三代詩」、「新生代詩」、「後現代主義詩」、「後崛起派」、「後新詩潮」、「後詩」等）中的每一個人用各自發明的語言舞蹈在詩歌廣場上顯示技藝，擾亂了所有觀賞者的固有的步伐，作為一個「群體」，它完全缺乏「朦朧詩」時代基本一致的精神傾向：它本身就是一個「後現代」的拼貼場景，成為一次精神崩潰的文化寓言。「朦朧詩」之後的詩歌景觀正是這樣顯示了某種從絕對的聒噪向絕對的虛無進發的戲劇事件：以自身語言的死亡（廢墟）為代價，換取生存的僅有的勇氣。（甚至海子也不是一個例外。在寫〈太陽〉一詩的時候，他反覆吟誦著：「與其死去！不如活著！」他此後對死的選擇說明這樣的詩還不足以清償所有內在的絕望。）

　　從這個意義上說，「崩潰」這個詞所意味的無疑是詩的語言事實，而不是詩人的現實。虛妄的人的形象或世俗烏托邦在詩的語言中崩潰，這是詩人自贖的方式之一，通過對世俗性的根基——語言的否定，詩人同時否定了他自身中業已崩潰的世俗內容，這正是當今大部分先鋒詩歌的策略：用語言贖救崩潰了的或正在崩潰的生命。

　　一種向下的、否定的、反叛的詩同懷著「崛起」的光榮夢想的詩的對立含義就在於此。這並不意味著先鋒詩歌從根本上棄絕了烏托邦，恰恰相反，正是由於對偽烏托邦的厭棄，對偽烏托邦的統治性語言的鄙夷，先鋒詩歌才摧毀了它的構築及其基石（語言）。當今先鋒詩歌無法重建烏托邦，因為烏托邦本身及用以描述烏托邦的一切語言都是，至少從來就是，為偽烏托邦服務的，因而任何對烏托邦的肯定性的企及只能落入烏托邦的陰謀之中。烏托邦不是一個「在世」的事實，它絕對不是有限的語言能夠觸及的實在，因此，在先鋒詩歌那裡，對非烏托邦的否定和對偽烏托邦的根除便成為接近烏托邦的唯一方式。

　　在先鋒詩歌中，語言崩潰了。異化的語言、反語言，是先鋒詩歌最顯著的外在標誌。先鋒詩歌使日常語言失敗，也使傳統意義上的詩的語言失敗。「崩潰」意味著語言通過它廢墟的形式同時也使他所指涉的對象世界成為廢墟。這是對客體世界的非烏托邦和偽烏托邦性質的最淒厲的控訴。

　　出發點在於，曾經是規則化的語言構築起來的世界和意識的整體遭到了徹底的懷疑。這正是作為「朦朧詩」之後最具影響的衝擊力的詩歌流派——「非非主義」的詩歌理論（不管其作品多麼蕪雜而且矛盾）所起步的地方。在藍馬看來，從原有的世界、價值、語言、文化和人的體系中退出來，同時就是對另一個世界、價值、語言、文化和人的開創。「非非主義」的「還原論」實際上就意味著將被傳統的語言和文化污染的心理表象清洗到最潔淨的程度。在這裡，一切意識的還原都歸結為語言的還原，而語言還原的根本又在於對固有的價值律詁的廢棄。毫無疑問，「非非主義」語言學的經典就是周倫佑的〈反價值：對已有文化的價值清算〉和藍

馬的〈人與世界的語言還原・形容詞與文化價值〉兩篇文章：對語詞性的專橫價值取向的敏感和憤怒導致了「非非主義」最激進的語言革命。摧毀蘊涵著偽價值的語言（現實及其意義的基座）是對籠罩在世界廢墟周圍聖潔光環的致命一擊。

　　「崩潰」，正是一個主動的而不是受動的事實。「崩潰」的主動性是先鋒詩歌抵禦某種現實中的死亡的操縱而搶先說出的死亡預言。當「非非主義」的兄弟集團──「極端主義」聲稱「垃圾更直截了當地接近世界和事物的真相，更有利於發現、宣洩、蹂躪」的時候，它對「垃圾」的厭惡幾乎是不言而喻的。這就是我把當今先鋒詩歌的崩潰性稱為「自贖」的原因：通過主動的、形式化的毀滅性語言說出並滌蕩了腐朽、罪惡和荒誕等等，一次勇敢的向下的沉淪蘊蓄著向上的解放的最大可能。

　　這使我想起了T. S.艾略特在《四首四重奏》卷首引用的赫拉克利特的哲言：向上的路和向下的路是同一條。這位二十世紀最富於宗教情感的詩人在某種程度上轉達了人類智慧的基本資訊。因此，在〈東庫克〉裡，艾略特基於對世俗性的基本棄絕，喃喃自語：「我對我的靈魂說，靜下來，讓黑暗降臨到你身上，／那將是上帝的黑暗。」還有：「為了另一次結合，一種更深的溝通，／通過那黝黑的寒冷的空洞的荒涼。」在廢墟上的孑然而立，這是現代詩人的最初身影。剩下的便是怎樣表演的問題。這個表演不是職業的、商業的，而是生命本身的，詩人的表演無疑是語言的表演，即用語言來顯示個體自身的一切。艾略特的冥思的姿態當然並未被這個缺乏思辨哲學的土壤上的詩人所仿效，中國的先鋒詩人們仍然在廢墟上表演了足夠豐富的場面。面對這個破碎的、荒誕的無意義的世界，指斥它、玩它、蹂躪它、逃離它、撫摸它、不看它、順從它、哄它、向它求饒、向它獻媚、為它慟哭、誘姦它、唾棄它、鍾愛它、偽飾它、扭轉它、包裝它……，等等，顯示了不同詩人及其詩的不同姿態。詩的語言，正是這些姿態所凝聚的地方。

## 對語言與姿態的理論說明

　　當今先鋒詩歌中的優秀之作無疑建立在這樣一個信念之上：只有詩才最大限度地迫近了本體化的語言，並且在語言隔絕了某日常有效性的意義上，成為個體的（不是公共交往工具）、否定性的（把既有現實拋在後面）創造物。從這個角度說，這些詩人大都是些懷有頓悟企圖的人，他們絕對缺乏小說家那種將冗長的事件敘述到最後的耐心，甚至根本懷疑語言的敘述功能；因為在敘述的時候，語言或多或少將成為表達某一事件的載體。而一句詩卻包含著無數成為通靈式的咒語的可能。這樣我們更不難理解，為什麼每一句詩都顯示了一種姿態，即詩人是怎樣感悟他同那個對象世界的關係的。我正是用姿態來作為分辨先鋒詩的一種尺度，因為姿態就是完全個體的、與個人存在有關的、可觀察的、不指涉任何外在意義的物質化現象。在姿態中，個體的一切就是現象的一切，具體地說，就是語言形式的一切。所以，姿態並不是被「考慮」的（一個詩人並不需要有目的地，有義務地履行某種姿態）。它僅僅顯示。

　　先鋒詩的姿態同先鋒詩人的角色密切相關。角色意味著一次游離於現實的扮演，這正是先鋒詩人在藝術中用詩的語言自我確立的。在本文對朦朧詩之後的先鋒詩歌的分析中，用「角色」來替代「姿態」應當是可以理解的，因為角色畢竟更帶有活的內容，它使被空間化的過程（姿態）再度具有生命：批評將「姿態」回歸到詩人的「角色」（藝術角色而不是社會角色）上，這實際上也承認了「姿態」的戲劇性範疇（正如班雅明在闡釋布萊希特戲劇時所作的那樣），即詩也是一場演出，它可以無關於演出之外的一切。

　　但同時重要的是，演出本身也是「在世」的。因此，我決不避免諸如「社會性」這樣的語彙。恰恰相反正是「角色」本身提供了詩的無窮豐富的社會意味，它是虛構的，但也的確「在世」地表演了。於是，這篇關於當代先鋒詩的批評文章將終止於對語言、角色、社會三者的綜合考察上：

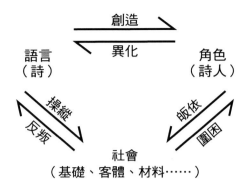

　　兩種迴圈軌跡都是從社會基座開始的。順時針地看，社會通過它規則的語言同時也規則了人的行為方式，使「角色」無法按照表演的內在需要行事，這時唯一的角色便是屈從者的角色：他對社會採取無距離的認同。逆時針的情況是，社會統治下的個人通過自己的角色創造了獨特的語言，這種語言從現實的語言中抽離出來，成為對社會規則的一次反叛。我們不難發現後者的衝擊力量同前者的靜止狀態的對比，我們也毫不諱言這樣一種角色是怎樣通過語言的參與而成為一種歷史的角色的。

　　因此，不管任何一個具體的詩人自己在創作的瞬間思考什麼，他總是客觀地扮演了某個歷史的角色。這個角色不是通過某種荷槍實彈的戰爭或政變，也不是通過某種煽動性的政治演說的宣傳內容，而是通過語言本身，通過處理人的最基本的生命方式之一（從某種程度上說是一種集體方式），超越了它作為個體的限域，成為面對人類生存歷史的一種姿態。

　　這正是朦朧詩之後的先鋒詩歌群體所顯現出來的某種徵兆。它對朦朧詩的揚棄表現在確立了語言在詩歌中的首要地位（反語言的關注當然是始於朦朧詩的），這意味著它棄絕了對語言的外在意義的附麗，把詩首先看做是一件語言的藝術品；至於它的社會、文化、歷史意味，則是這種語言以一種獨立的、獨特的、形式所呈現的姿態。在朦朧詩達到極致的那首北島的一字詩〈生活〉中，「網」這個字曾經包含著極為確定的象徵內涵。

作為語言形式，「網」具有十分有限的自律性，它被一個象徵之「網」捆紮住了，後者的形而上線索把詩的作為語言本身的性質替代了。同這首簡單的詩相對但在意象上基本一致的是楊煉的許多以傳統文化為背景的詩。楊煉這些極為複雜的詩（從〈諾日朗〉開始，經過〈敦煌〉、〈半坡〉等，直到〈自在者說〉）大多指涉了一個永恆的觀念核心；在這裡，語言形式是重要的，但是作為載體的重要。這也就是說，在朦朧詩那裡，語言仍然是符號學意義上的能指，儘管是一個趨向完美的能指：它的所有的權利最終是歸屬於所指的。朦朧詩至少相信，有那麼一個所指可供依賴，可供語言把自身所有的魅力交付於它。

在朦朧詩之後的先鋒詩歌中，情況發生了微妙的，但卻是決定性的變化。這就是一種所謂「後現代主義」的表層化方式，詩歌語言不再顧及它表達的意義，而僅僅關注它語言自身顯示的意味。我想尚仲敏在一篇叫做〈內心的言詞〉的文章中指出的「詩歌從語言開始」以及「反對現代派，首先要反對詩歌中的象徵主義」（見《非非年鑒‧1988‧理論》）也是這一傾向的簡要概括。語言要把權利從外在於它的意義之核那裡奪回來，這首先是基於對「意義」本身的徹底懷疑和否定。也就是說，如果「意義」是虛幻的，是意識形態，那麼它就不具備凌駕於語言之上的權利。而語言要應當是生命自身，是個體體驗的相對真實性所在，它必須是擺脫外在統治的內在感受。對於這個具體的內在個體來說，唯一的「意義」便是無意義性、隔絕性、否定性、衝突性，即，唯一的普遍性便是特殊性。

這樣我們又重新回到了個體的「角色」上來：每一個「角色」無疑都是用語言的方式參與到這個「意義」衰敗的世界上的。那些對此唱輓歌的詩人，那些對此無動於衷而繼續聒噪的詩人，那些痛斥不絕甚至以死殉世的詩人，那些企圖回歸到本真狀態的詩人，以及那些對絕望抱以恐怖幽默的詩人，無不把個人的姿態注入到語言形式中並且用形式來體現他的社會角色的。這樣，外在性事實上是不存在的，而內在性本身就是它的外在意味，這就是朦朧詩之後的先鋒詩歌最基本的文學特徵。

在下文中，我將從三個方面對整個「朦朧詩」之後的先鋒詩歌運動進

行論述性的考察，這一考察便是基於扮演著各自「角色」的詩人在意識崩潰的絕境中用以對應的詩的語言。

## 叛世者還是順世者

叛世的姿態也許是先鋒詩歌最為典型的姿態。「叛世者」的角色使先鋒詩人的身軀從大眾之中凸現出來，他們憤怒的或者蔑視的目光從語言中越歷史，清除歷史，通過塗抹歷史來重鑄歷史，這些正是叛世者的先進性所在。叛世者認定了「世」的歷史走向的虛無，而這種走向被堅定於「在世」的統治性語言之中，可以說，日常的，現實的語言便是「世」的一切罪的起源、基礎、甚至從根本上說，是它的載體。

這並不是說叛世者無一不是某種歷史使命的肩負者，恰恰相反，對於叛世者來說，歷史常識可能是多餘的，他／她唯一關注的僅僅是作為個體的生命體驗，是這個生命同對象世界的語言性衝突：叛世者的詩是這種衝突的最真的體現。拒絕現實語言的操縱、虛偽，這使叛世者的詩發出了和統治者的語言世界相抵的聲音。在翟永明的那些以黑色、夜晚為基本背景的詩裡，這個對世界的親切性懷有深度疑懼的女人時常囈語著極為不諧和的詩句。對她來說，不再會有溫柔的晨曦簇擁著，而是「夜晚似有似無地痙攣，像一聲咳嗽／憋在喉嚨，我已離開這個死洞」（翟永明：〈預感〉）；即使是白晝，事情也並不是變得美妙些：「強姦於正午發生，如同一次地震／太陽在最後時刻鬆弛，祈禱佈滿村莊／抬起的頭因苦難而腫脹」（翟永明：〈靜安莊〉）。無疑，這種面對自然的痛苦正是面對人的絕望的結果：「以心為界，我想握住你的手／但在你的面前我的姿態就是一種慘敗」（翟永明：〈獨白〉），或者，「頭髮被你剪去！被你／興高采烈的劊子手」（翟永明：〈頭髮被你剪去〉）。

這種挫敗感，在女性先鋒詩人中作品中尤為顯著地表現出來。她們天生的現實中的脆弱反倒促使她們成為語言的「獨白」中的強者，被挫敗後的哭泣，顯示了女性敏銳的、源自生命的抗議。正是在這個意義上，她們無法與外在於她們生命的異化性的、壓迫性的世界認同，對於她們來說，

揭示生命與異化生命之物的永恆矛盾便是對後者的有力反抗。如果說在
「朦朧詩」那裡，詩的女性「角色」仍然扮演了被偽烏托邦誘姦後的虛妄
期待者的話，那麼在「朦朧詩」之後的先鋒詩歌裡，這個「角色」就是悲
泣者以至抗議者，以對這種不能忍受的欺騙的控訴貫穿始終。

　　這類「崩潰」的精神碎片被收集在女性詩歌中當然不是罕見的。
相對於翟永明來說，有的詩更為袒露、直接，訴說出遭到強暴後的受難
感：「在女人的乳房上烙下燒焦的指紋／在女人的洞穴裡澆鑄鐘乳石」
（唐亞平：〈黑色洞穴〉）；也有的更為冰冷：「我走了／那就是我的泡
影，發現世界在流亡中馳過／愛是吞噬我睫毛的刀刃」（海男：〈如果有
水〉）；或者，更為絕望乃至恍惚不已：「阿孔老弟／我坐著航空母艦回
來／掀開毯子探出幾顆腦袋來愛你／我拐彎抹角地溜進你的呼吸／翻過這
口氣看另一口氣／我仍舊淹死在某個很髒的日子裡」（丁麗英：〈黑色封
面〉）。不管怎樣，這些女性先鋒詩人都用一種自我參與的方式體驗並且
反抗著圍困她們的世界。她們不是超拔於現世之外的人，即使在想像中也
是如此；於是，她們通過對語言的重塑，揭示出世界對自我的殘酷侵蝕。
這便是女性先鋒詩歌深入生命內部的叛世聲音：拒絕用枯乾的、虛偽的現
實語言將生命與現實欺騙性地同一起來。一種訴諸感觀的（女性絕大部分
的優勢皆在於此）、刺痛的語言成為女性先鋒詩歌對現世的激烈呼救。

　　正是因為基於自我生命的感受，上述詩歌對第一人稱的使用達到了某
種內在性的真實高度。這是一次「本色」表演的結果：詩人把自己投到詩
的角色之中了。這樣一種從自身感受出發的反叛精神當然並不局限於女性
詩歌，儘管相比之下，男性詩歌更帶有理性色彩。

　　宋琳也是一個被現世的異化、紊亂和專制逼迫到生命邊緣的人。在
那裡，幻覺成為現實的唯一真實，這就是以「醉或醒」為總題的組詩所表
現的：「我不能看那些臉／那些浮著灰塵的吸盤／鼻子貼在明亮的空氣裡
／失去了憤怒／在形體古怪的樹下站著／……」（宋琳：〈人群〉）。
這也許可稱為「城市」的代表作，它描繪了城市群生在「我」的視覺中的
變形。而城市正是某個偽烏托邦，它以強加的方式脅迫人們加入到它的群

落中來，並且把一切現代性的允諾慷慨地饋贈給他們。宋琳扮演的是一個在城市中精神分裂的角色，有力地抗議了（如同〈狂人日記〉中的狂人）將他置於絕境的那個曾經被所有光滑的、無恥的語言包裝讚美過的偽烏托邦。因此，「城市詩」（宋琳的或其他人的）可以被看做對人的某種特殊困境的關注，而這個困境同普通困境的關係是不言而喻的。這樣我們也許就不至於驚訝宋琳所扮演的另外幾種角色：「回家了／每日躲在朦朧裡洗一次手／隔著門縫看自己的女人洗澡」（宋琳：〈城市之二：瘋狂的病兆〉），或者「我撒下一根肋骨交給迅速壯大的子嗣／拿去吧我的王／我是你腰間一張蓄水的皮囊「（宋琳：〈生命之晨〉），或者夢中有一隻隱身的鷗／自樹飛入遠空／是夜，我聽見我的身體分裂成一架破琴／在風中四面飄散」（宋琳：〈休息在一棵九葉樹下〉），等等。

人的形象的「崩潰」──猥瑣化、腐朽化、零碎化──從城市或非城市的背景上凸現，這正是卡夫卡式的角色：變形到一個徹底絕望的軀殼中去，以自我否定的方式反叛了企圖使這種異化成為秩序的外在世界。在對人的卑瑣性的處理上，那個以「撒嬌派」自稱的詩歌小團體顯示了更為可愛的令人擔心的姿態。撒嬌者是一些四處碰壁的人，是無力在現實中企及目標的人。因而撒嬌者為自己丑角的命運沾沾自喜：「我確實想脫光衣服／做一個黑奴／我想我的模樣不會太差」（胖山：〈我愛我的情人〉）。選擇小丑的角色，在表面的認同中自我嘲諷，這就是他們對痛苦的一種掙扎式的反應。他們對自我的過分關注反而使他們難以從肉體的容器中跳出來靜觀丑角的戲劇效應，甚至即使運用第三人稱也回到了準自述的樣式中去，「京特先生無話可說／在這個夜晚京特先生變成了一隻蝙蝠」（京不特：〈京特先生〉）。撒嬌派的叛世是一種癡笑，以無知的自嘲來搔荒誕世界的癢。

無論如何，自嘲是一種否定的形式，它通過對世界的龐大與個體的微小的對比揭示出自我崩潰的困境。這的確是「反英雄」的意識，用男扮女裝的可憐相在嚴肅而虛偽的世界中施展了搗亂的魅力。而與「撒嬌派」的雌化姿態相反卻同樣具有幽默感的是所謂「莽漢主義」。「莽漢主義」大

大咧咧地走來，拒絕被指令的任何生活姿態：「我懷抱一家鐵匠鋪朝你衝來」（胡玉：〈求愛宣言〉），這正是在滲透著的偽優雅秩序中的一種異己力量。「莽漢」詩的姿態是憤怒和遊戲交融在一起的姿態，語言俏皮，但有充滿了反叛的力量。在李亞偉早先的許多極富靈感的詩中，自我成為衝突的（同時是）受動者和製造者：「我們驕傲地輟學／把爸爸媽媽朝該死的課本上砸去／和貧窮約會，把手錶徘徊進當鋪／讓打劫莫名其妙地看我」（李亞偉：〈硬漢們〉），甚至：「我建議每年三月七號為中國男人節節日期間必須寫大量詩歌以詠壯志要舉行全國性詩人鬥毆要橫掃一切席捲每個角落毆打要有品質有速度要符合人民生活水準的需要適應生產力的發展最好每人發電子錶毆打時以半小時為宜小兒減半」（李亞偉：〈怒漢〉）。「莽漢」詩人們極不客氣的動詞擲向世界，諸如「衝來」、「砸去」、「毆打」、等等，這無疑襯托出一種語言動亂者的角色，名詞（世界的語言負載）被無情地摧毀著。

　　既不扮演卑瑣者也不扮演狂怒者，另一些詩人把自我在世界中的荒誕用最平易的、通順到極點的語言陳述出來。比如尚仲敏晚近的詩，完全沒有宋琳式的變形，沒有李亞偉式的奇想，有時顯得粗拙，但仍然是孤獨的，被外在世界所拋棄的。尚仲敏喜好靜默的氣氛，並不引發大大小小的衝突，而衝突則掩藏於語言的疏淡與內心的激情之間。在這樣一種張力的驅使下，尚仲敏的詩有時讓人壓抑得啜泣以至窒息：「我不止一次端詳我的面龐／有時一連幾天看著它／有時看見它鼻尖高聳，暗藏殺機／有時看見它眼窩深陷，又悽楚又明亮／此刻我看見它嘴唇緊閉，甚至閉得還要緊些／此刻我看見它猛地一驚，像背後挨了一刀……」（尚仲敏：〈面龐〉）。作為體驗者和抒情者，尚仲敏沒有從現世中竭力掙脫出來的欲望，而是繼續沉浸到現世中去，訴說自我深陷其中卻無法排遣的離異感。在尚仲敏的詩中，日常生活無處不在，但它絕對不是個體生命的一部分，恰恰相反，它是對立於生命本身的，正是在最平淡（一如他詩的形式）的過程中吞噬生命的。

　　這也正是叛世者尚仲敏同順世者們的根本差異。順世者也游離於日常

生活之中，但卻是被日常生活淹沒的，認可了甚至內在地讚美了這種生命在日常生活中的崩潰。順世者的角色是卑瑣的，然而卻還沒有「撒嬌派」的認識並且自嘲這種卑瑣的勇氣，相反仍然津津樂道於卑瑣之中，把現實的衝突和荒誕轉化為語言的愉快絮叨：「後來他忍受了／常常雙手來臨／在這裡吵架在這裡調情／有一天他們宣告分手／朋友們一陣輕鬆很高興／次日他又送來結婚的請柬／大家也衣冠楚楚前去赴宴／……他常常躺在上邊／告訴我們應當怎樣穿鞋子／怎樣小便怎樣洗短褲／怎樣炒白菜／怎樣睡覺／等等」（于堅：〈尚義街六號〉）。順世者的角色正是那些要麼永遠天真地對現實懷有美麗幻覺要麼虛假的對現實搖尾乞憐的人所扮演的，因此，或者由於無知，或者由於屈服，他們（也可以讀做「他們」——那個以此為名的詩歌團體）恰恰缺乏他們自己所崇尚的那種被稱為「生命」的東西，被稱作「個體」的東西；因為生命或個體只有在對現實的無盡的否定才可能自我確立，而不是陽痿地拜伏於現實威脅之下的。而順世者卻把生命供奉給現實及其無特徵的群體：「一切安排就緒／我可以坐下來欣賞／或在房間裡／踱來踱去／這是我的家／……四把椅子／該寫上四位好友的大名／供他們專用／他們來／打牌至天明雞叫」（韓東：〈一切安排就緒〉）這種「就緒」感，「在家」感，正是順世者被虛偽和嚴酷的現實騙懵或嚇懵了的寫照。「他們」這個名稱的確極為精確的表明了順世者的一切特徵：喪失個體及個體的判斷力，把自我物化到外在於自我的大眾群體中去，在那裡，所謂「生命」大概只是一個集體的東西，是盲從的祭獻品。

順世者的姿態確實使「朦朧詩」時代的偽英雄主義徹底崩潰，然而它也同時崩潰了反英雄的內在批判精神。與大眾為伍，向現實諂媚，順世者完全認可了世俗性的一切方面。同樣，順世者對偽理想主義規範的棄絕實際上立刻納入到更危險的奴化規範中去：同叛世者的「反價值」正相反，順世者的詩顯示的是「無價值」，即把價值全部投降到現存的、固有的世俗體系中去。這正是順世者的詩作本身——它們的語言效應而不是它們表述的意念——提供給我們的：毫無想像力及其蘊涵的超越感，拘泥於對現

實的種種語象的崇尚，以及通過對這些語象的絕對日常化、大眾化的處理所顯露的內在虛弱。

　　叛世者與順世者都是人的完整形象崩潰之後殘餘下來的角色。如果說順世者在自我喪失過程中不自覺地充當了生活廢墟的偽飾者，那麼叛世者則是同這個廢墟格格不入的人，堅持用生命和這個廢墟對抗的人。二者都從「我」出發：前者把「我」交付給了現實，而後者以「我」控訴了現實。

## 從遁世者到棄世者

　　企圖把現實懸擱起來的，是遁世者的詩師承東方古典詩歌和西方浪漫主義詩歌，用語言隔絕市井的腐朽氣息，在某種幻覺中獲得想像的超離。因此，遁世的策略是一種以與現實無關的方式來評價現實的策略：在非現實的永恆中，現實的速朽被排除在外了。遁世者的詩始終保持著做夢的姿態。夢見古代，夢見神蹟，夢見各種形而上的樂園。從現世中逃亡出去，這無論如何不是一次純粹的精神事件，它首先是背向現實的姿態。不顧現實便是遁世者面臨絕境的自慰途徑。這正是蓄意謀劃的夢與自然之夢的基本差異。用夢與現實抗衡，遁世者在想像中那結束了現實的壓制和異化，想像的真實性成為遁世者詩歌的共同信仰。

　　這個信仰在「整體主義」詩歌中表現出極為宏大而繁複。「整體」，這個抽象的，帶有黑格爾主義色彩的哲學範疇，竟然成了東方古典自然精神的代名詞。人向自然的語言性回歸始於骯髒的都市現實中，對於宋渠、宋煒來說，這種回歸正是源於人與自然的分裂而產生的幻想〈導書〉（見《漢詩・二十世紀編年史・1987－1988》）。對主客觀分裂的洞察，是「整體主義」和諧之夢的現實起點：人與自然的原始整體，像磁石一樣吸引著在現實中困惑不已的詩人，於是這種洞察即刻轉換為最為「方便」的解脫。在「整體主義」的詩中，閒散的寧靜覆蓋了所有現實衝突：「我舀出昨天接下的雨水／默坐火邊，溫酒／或苦心煎熬一副中藥／不一會天色轉暗，風打窗簾」（宋渠、宋煒：〈候客〉），甚至散淡到了任何激情的

歌唱都失敗的程度:「另一批年事已高的宿老(他們過著/跨代的天堂生活),在有關記載中保持一種古老的交往方式:/一日三餐與世人共進。這正是我所歷來傾慕的事物。」(宋渠、宋煒:〈下南道:一次閒居的詩記〉)不管宋氏兄弟的詩歌理論如何被《易經》或語言哲學攪得千絲萬縷,他們的詩歌角色總是十分堅定地扮演了古裝戲劇中的某種人物。在這種懷舊的表演中,內在和諧是否被真正企及了呢?還是立刻被現實的刺耳聲響淹沒了呢?遁世者的佈景甚至在語言之外都難以共存,如在石光華的詩中,所有的語象乾脆都推向了文物或風景:「一方上好的石頭/在南山背後/想起那晚上有水有月亮/風聲細緻,竹子長得清秀/用祖傳的煙幕細細推磨」(石光華:〈書家〉)因此,「整體主義」的「整體」始終是被製作的「整體」,而不是生命的整體,那些自然的意象被道具般地置於現實維度之外,成為外在於生命的觀賞物。

對整體的回憶,這個柏拉圖式的原始欲望,也許永遠只能存在於想像之中。因此,在面對崩潰的所有人中,遁世者的崩潰是最令人傷感的。如果說叛世者由於醒悟了那個整體的無法獲得而反過來用碎片對抗的行動尚有一息生命的力量的話,那麼遁世者的背影所留下的,則只是生命耗盡後的空幻漂移。它無疑也是一個叛離現實的姿態——但卻已經被現實抽幹了生命,因而遁世者是這個時代最偉大的立法者:全然不顧一切現實的法則,對世俗的腐朽不置一詞,這是一個完美的紙人,宣告著自身的聖潔。

當然,另一些遁世者是關注腐朽和死亡的人,他們以形而上的方式逃離了腐朽和死亡,柏樺和陳東東就是這種徹底棄絕了世俗的人。柏樺,也曾是懷舊者,但充滿歷史感,因而在對李後主的憑弔中注入了某種玄想:「哦,後主/林蔭雨昏,落日摟頭/你摸過的欄杆/已變成一首詩的細節或珍珠」(柏樺:〈李後主〉)。很顯然,在這裡世俗的腐朽變成詩的語言「珍珠」,這類美妙的一瞬,賦予死亡以最明亮的光環。正如他的另一些詩所寫的:「辭彙從虛妄的歌聲暈倒/幽靈開始復活/他穿上春天的衣服」(柏樺:〈青春〉),甚至,「我歌唱生長的骨頭/那些龐大的骨頭/那些吹動的呼喊的骨頭」(柏樺:〈我歌唱生長的骨頭〉)。一種超現

實的美超越了所有具體的、物質的死亡，這也就是陳東東的所謂「禪的超現實主義」。

在陳東東那裡，「無限」就是語言層面上對有形的「有限」世界的超越。所謂「純詩」，也正是在排斥了一切世俗「雜質」的意義上建立起來的詩歌規範，在這種規範裡，遁世者的姿態幻化為中世紀的修士，冥想某種神秘主義的命題：「這樣我們歷經了昏暗，通過一個賣瓜者的指尖／又見到海／它高過我們的每一個夢想，在世界之外／我們則僅僅詩／無數感歎之中的一聲。短促，但真實」（陳東東：〈即景與雜說〉）。這樣我們也就可以理解，陳東東在對音樂性的追蹤當然不僅僅是精神家業的繼承，而更是個體從有形的、物質性現實的堅決撤離。

「在世界之外」，這的確是所有遁世者詩歌的時空背景。然而這並不是說遁世者現實地超越了時空，在這裡，詩仍然是個「姿態」的問題：超越時空的行動在語言中的實現正是詩人企圖從世界的怪圈式圍困中起飛而終於粘附於怪圈之內的假想瞬間。正如音樂改造了物質聲響，卻被更多的雜訊囚禁到音樂廳或居室之中去，——說明音樂不是普遍的自然；「純詩」也是被一個充滿雜質的世界悲劇性地放逐的東西。因此，「純詩」不是對存在的有力把握，它僅僅是對純粹的、非異化的生存形式的語言猜想，這個猜想無時不被現存現實所擊潰。

然而這正是遁世者的角色出場的原因。「純詩」作為遁世者的淨土，使他終於具有捨棄物質現實的精神可能。因而，當遁世者的唯心主義信仰再度為生命的真實痛楚所感動的時刻，棄世者便在世界的懸崖上出現了。這就是海子，用軀體在鐵軌上寫下了最後一首作品之前的身影。棄世者最初當然只是象徵性角色，以唱輓歌的方式傾吐內心的絕望：「我所能看見的少女／水中的少女／請在麥地之中／清理好我的骨頭／如一束蘆花的骨頭」（海子：〈死亡之詩（之二）〉）。對於海子來說，對世界的徹底拋棄就是還原到某個時空的端點，「骨頭」至少是肉體的某種終極。在詩劇〈遺址〉中，「詩人」和「秦俑的聲音」對話，歷史被壓縮到死亡與復活的一剎那：「痛苦流向四面八方／只不過又回到了早就居住過的地方。我

到達了。」這個主題在海子的另一齣詩劇〈太陽〉中再次出現。作為毀滅與再生的見證，太陽目睹了「我」棄絕塵世，化入永恆：「那時候我已經／走到了人類盡頭／那時候我已經來到赤道／那時候我已被時間鋸開／兩端流著血鋸成了碎片／翅膀踩碎了我的尾巴和爪鱗／四肢踩碎了我的翅膀和天空／這時候也是我上升的時候／我像火焰一樣升騰進入太陽／這時候也是我進入黑暗的時候／這時候我看見了眾猿或其中的一隻／回憶女神尖叫——這時候我看見了眾猿或其中的一隻」。

也許我們不用細讀就能想像，海子是如何將這段語言的棄世意識直接付諸實踐的。從這個意義上說，海子是一個同時棄絕了世俗和世俗中的幻想的人，是一個用崩潰的生命作賭注企圖從世界那裡奪回烏托邦的人。海子是就是這個崩潰的生命所做的最後的掙扎：從棄世的姿態贖回原初的、純粹的生命。

## 在玩世者與啟世者之間

玩世者與啟世者，從寬泛的意義上說都是叛世者，由於將內心獨白轉換為旁白，便從叛世者中分離出來，扮演某種宣諭的角色。

周倫佑和「撒嬌派」的差異就在於「撒嬌派」的自嘲到了周倫佑那裡變為對世界整體和本質的嘲諷。玩世者的姿態是徹底領悟並且企圖超越塵世的荒謬性的姿態，周倫佑面對這種荒謬性的後現代主義策略就是將它變成語言遊戲的對象。比如對姿態本身的可信性的懷疑：「姿態是應該考慮的。就像仕女注意自己的表情，比如笑不能露齒，比如目不許斜視，皮爾‧卡丹送你做時裝模特兒，……南面而坐面壁思坐。皆是聖人的坐法。你不是聖人，不想君臨天下。可以坐得隨便一些……」（周倫佑：〈自由的方塊〉）對人的形象的嚴肅性進行戲弄，這是玩世者表示絕望的一種方式。在周倫佑另一首詩〈頭像〉中，附於詩旁的頭像（無名）漸漸失去五官的輪廓，最後詩人宣佈：「大德。真人不露相。總若羚羊掛角，無跡可求。……大德。人格就是面具。給人看的。崇高或典雅決定於劇情。英雄無頭。便無所顧忌了。……」我們不難發現，對詩的抒情語言的拋棄正是

周倫佑對所謂「姿態」的反叛，儘管在這樣做的時候，他不可避免地選擇了另一種「非抒情」的、冷嘲的姿勢。對於玩世者來說，這就是周倫佑把姿勢的設計（即做作）或頭像的完成（即隱滅）用極無聊的說話方式表達出來的理由。

玩世者無疑是不顧或忘卻了自身的荒誕而專注於對對象的嘲弄之中的人。甚至李亞偉有時也會在酒醉後大喊：「陸地上到處都是古人和星星和國境線！／國境線上到處都是核武器和教堂和祖國！／每一個祖國都長著一棵金色的大樹！／滿樹鮮活的小狗！」（李亞偉：〈陸地〉）把「嚴肅的」和「可笑的」、「崇高的」和「卑賤的」語象置於同樣的語境中，這是玩世者對固有價值法則的一種調戲。

和遁世者相反，玩世者把傳統同樣嘲諷得沒有任何聖潔的氣息，而對傳統的否定，本身就是與現實相關的：「他們這樣騎著馬／在古代彷徨的知識份子／偶爾也把筆扛到皇帝面前去玩／提成千韻腳的意見／有時採納了，天下太平／多數時候成了右派的光榮先驅」（李亞偉：〈蘇東坡和他的朋友們〉）不管怎樣，李亞偉扮演的玩世者同他扮演的叛世者一樣，具有某種顛覆的力量。當然，玩世者的顛覆不是通過純粹的內心衝突的噴湧，而是通過保持住外在衝突的不諧和的張力來完成的。

建立起這樣一種語言的張力，是先鋒詩歌，特別是玩世者詩的基本特徵。用一種極認真的語言描述一件極無聊的事物同用一種極無聊的語言描述一件極認真的事物（比如上述周倫佑的詩）一樣具有典型的反諷效果：「一間公共廁所／不是一幢大廈／你走進去／你看見她從一幢大廈／走出來也走進去／隔著一堵牆／你和她同時／褪下褲子和裙子／兩岸便又聲音／淅淅瀝瀝／……你完了走出來／看見她也走了出來」（張鋒：〈你和一個陌生女人同時上廁所〉）這首短詩標誌著玩世者的語言遊戲是在絕對缺乏遊戲的狀態切入現實荒誕性的。因此，玩世者詩中和外部世界之間的張力實際上是詩人自身和外部世界之間的張力；詩人把這種永遠不能合一的矛盾揭示出來，成為對被偽飾為整一、合理的現實無情要弄。

這就是我必須指出的，在玩世者和啟世者之間，並沒有一條鮮明的界

線。如果說順世者的詩意味者主體被客體所操縱和玩弄的話，玩世者的詩則意味著主體反過來操縱和玩弄了客體。從這個意義上說，玩世不是一次癲狂的胡鬧，它恰恰是基於對世界的普遍和永久荒誕的清醒認識，以一種同樣展示出荒誕的語言形式與之對抗的。張鋒正是由此宣稱：「詩應該以她不可代替的精練和奇妙成為對社會的抗議。因此從未來著眼，任何現在形態的社會都是不完善的。」（見《關東文學》1988年第4期）玩世的姿態將世界置於荒誕的極限來否定它，不能不說具有一種內在的革命性。

荒謬是生命的畸形，這是玩世者所關注的。相對而言，啟世者關注的是生命的毀滅。很顯然，畸形本身就是毀滅的一個特殊形態，因而啟世者採取了與玩世者類似的策略：展示這種危險的、佈滿衝突的毀滅性力量。用語言驅除這種力量的現實的陰影；但說出毀滅卻全然失去了說出畸形時所具有的優越感和嘲諷意味。啟世者的姿態由此成為用語言對世界崩潰面目的終極顯示。

人的形象的虛無性，是生命毀滅的徵兆之一。這種虛無性是楊黎用語言還原的方式展現的。比如，在〈語錄與鳥〉這組詩中，「鳥」的身影異常廣袤，完全找不到「人」的情感投射。「鳥」就是純粹的物，失去主體的物件，甚至「鳥」就是「一個字」，對「人」不具備任何感覺價值。生命被「鳥」這個字銜空了，或者說，生命也就像鳥一樣：隨機、單純、無意義。楊黎的〈怪客〉則涉及了一個完全沒有形象特徵的人──「怪客」，「怪客」只是一個物化的符號，加入到假想的語言事件中，似乎在其背後暗藏著某個神秘的核心，實際上卻什麼也沒有。這就是「怪客」這個純粹表象具有的虛無內容，揭示出存在本身的不確定性。

類似的神秘主義往往暗示了世界的始終懸掛著的危險之劍：「你設想你在過樓角／一定會有神秘事情發生／你走過去了／卻什麼事情也沒有發生／於是你蹲在樓角／你在想／這回準有什麼事情就要發生」（封新成：〈犯罪心理學〉）在何小竹的許多詩中，這種充滿不測和恐懼的境界更為敏感地展示出來：「我仍然沒有說／大房屋裡就一定有死亡的蘑菇／你不斷地夢見蘋果和魚／就在這樣的大房屋裡／你叫我害怕／……你還在那個

雨季／用毯子蒙住頭／傾聽大房屋／那些腐爛的聲音嗎」（何小竹：〈夢見蘋果和魚的安〉），在這裡，何小竹的確扮演了巫師的角色，為某種毀滅的徵兆說著神秘的讖語。讖語正是何小竹詩的基本特徵。當何小竹用語言拼搭出各種異象的時候，這些異象的腐爛、死亡的氣息便成為現實崩潰的預言。「大房屋」，這個何小竹詩中典型的對象世界，同影子一樣虛空的「人」的形象形成了強烈對比，「人」總是在世界這個腐爛的大房屋的窒息中面臨著無端的恐懼，面臨著死亡的威脅。這就是「鬼城」——何小竹用以作為組詩的標題——所設立的末日景象。而在「鬼城」之外，在恐懼之外，「天永遠黑下來／門還是大大開著」（何小竹：〈大房屋裡吃蘑菇被毒死的舅舅一家〉）；這個神秘的洞口究竟意味著更大的死亡還是意味著某種世界之外的出路呢？

　　和〈鬼城〉並列，廖亦武的〈死城〉和〈黃城〉也以啟世者的姿態宣告著世俗的毀滅。廖亦武的詩當然不是神秘的讖語，而是啟示錄式的神論。這就是廢墟之城的展示：「於是警車驟然尖叫。大橋坍塌。高速公路墜毀於萬丈溝壑。一對對壯漢應召開進宮廷。像互相廝拼的木偶。大廈如紙塔在海子胯間萎縮。紙屑橫飛，……」（廖亦武：〈死城〉）崩潰的語象在破碎的形式結構中炸彈一樣橫飛，廖亦武由此撕裂了蒙在世界表層的完美的語言幻象，把殘酷的真實性楔入人們的視覺。「巍峨的宮殿一觸即崩」（廖亦武：〈黃城〉）這個一再反覆的主題是廖亦武對這個世界發出的最簡單同時也是最致命的警告：「巍峨」顯示了世界的偽飾；而「一觸即潰」顯示了這個世界的終極命運。在〈黃城〉末尾，人的絕望形象漸漸凸現於這個語言的、同時也是物質的廢墟之中：「我要爬，爬。去接近顛倒的天堂。那一根美妙絕倫的鐵鏈！我說：你們註定只是一些蟲子！」

　　萬夏的詩〈皮膚，空氣和水〉描繪了陽性的生命在陰性的死亡侵蝕下的種種毀滅：「而陷落鏡中的人物觸摸於水銀和鉛粉之中／以至一個男子水性十足，一副女色。無骨的皮肉到處流淌」，當我被告知的各種死亡：自殺、他殺、或殺人不見血之殺／我們在暗杳中聽到的寂靜是人的咽喉正被割斷／風中的飛花是千百萬人頭正在落地。」相對於〈死城〉、〈黃

城〉，萬夏這首長詩更為細密複雜，更具有情感節制，但同樣把現實和理想，過去和現在、肉體的精神的一切死亡要素聚集到語言崩潰的行動之中。萬夏在這首詩中召遣的所有崩潰的語言，都反過來摧毀了它們所指涉的現實體系及其意識。

廖亦武和萬夏的密集、增熵的語象絕對地指向了毀滅性的空無。通過對世俗的否定，啟世者對烏托邦的內在渴望成為用語言不斷自我救贖的力量。正如孟浪在一首詩中寫道：「向前方出發的時候／終點就已經出現／在你們身後／而你們體內／死亡有力地停頓，在那裡／災難成群成群地逃向你們／……獸類的蠕動／也是你們的蠕動／牙床的蠕動／……你們是被嘔吐出來的！／你們是必要的！」這首詩的標題叫做《世俗生活：必要的淪陷》，當然，淪陷就是一種代價，一種付出，一種「必要的」自我否定：啟世者把這種否定看做是抵達覺悟的唯一的存在形式。

孟浪的詩用一種十分堅硬的語式剖開現實光滑的、整一的表面，通過指點世俗來除絕世俗性。的確，對於啟世者來說，關注和切入死亡正是因為死亡的無處不在，因此，超越的瞬間正是洞察並體驗到死亡的瞬間。我在一首詩中曾經提供了這樣一個場景：「那個午夜。戴胸針的新娘突然枯萎／你一定記得。或是吉他和月亮在／骨架下閃爍，跳躍。」（楊小濱：〈玩具〉）用一種反諷的方式，比如在「新娘」和「枯萎」之間抽去時間間距，詩的語言便企及了世俗及其死亡之間的必然聯繫。啟世者的姿態正是暗示了世俗裝璜內部的腐爛性：「我在蜘蛛的綠血中找到了春天／春天，漂亮的假牙在書櫃裡生鏽／噢，讓我們盡情地咀嚼春天」（馬高明：〈春天〉），這無疑通過擬抒情的語式獲得與「朦朧詩」時代的浪漫主義完全相反的效果，它在偽美學籠罩的現實裡注入了致命的語言毒劑。

除了廖亦武和萬夏的詩中那種毀滅性的死亡之外，這種日常的、滲透性的死亡同樣是需要用詩的語言去清償的，「模仿舞池裡女人水母狀遊移，盛滿／凝煉的情欲，等待乳白色瓷磚擁抱呼吸／每一顆眼睛鑽石一樣貴重。／每一朵嘴唇緞花一樣貴重。你坐著／鑒賞經典藝術中雕塑胴體」，（楊小濱：〈很不快的快板，有氣無力地〉）。當代生活中生命的

屍體，正是因為物化的價值所犧牲的結果。歐陽江河在〈玻璃工廠〉這首詩中這樣說到玻璃：「它是一些傷口但從不流血，／它是一種聲音但從不寂靜。／從失去到失去：這就是玻璃。語言的時間透明，／付出高代價。」

歐陽江河在玻璃中察覺了一種原初生命的缺失，這種生命缺失是與普遍的物質性死亡相應的，它同時是獲得透明的唯一途徑。在談到死亡玄學的時候，歐陽江河提出，「如果把死亡看成是伴隨生命每一瞬間的某種動作和體驗的連續進程，那麼，死亡本身也必然是平庸的、日常的、不起眼的。……它比那種純然冥想的、象徵的、高高在上的死亡來得更為持久、更為普遍、更為刻骨，也更為富於人情味。因為它不單單是死亡，而且是與死亡俱來的一切。」（見《漢詩・二十世紀編年史・1987－1988》）因而，歐陽江河關注的不是昇華了的死亡觀念，而恰恰是世俗的崩潰性本身，這無疑是因為歐陽江河有與死亡抗衡的足夠力量去「揮霍死亡」。

啟世者歐陽江河的角色通過對這種異常的死亡契機的洞察來咒語式地拯救生命：「她們隨便地買東西／向國家要錢／用旋轉的鉛筆把大人削小／她們這樣玩著，一年長大一天」（歐陽江河：〈放學的女孩〉）；或者，「唯有散步是美好的／一個無頭可回的影子可能接近另一個和所有的影子／像她那樣穿著書頁離去是會冷的。」（歐陽江河：〈普寧的散步〉）；或者，「為金魚而歌，而離群索居／他溫馨的聲音像一片飛蛾／衝鋒的，走向斷頭臺的形象／染上了金魚的疾病和大火」（歐陽江河：〈鄧南遮的金魚〉）。這些詩意正是從死亡內容的否定性那裡換取的訴諸生命的形式快感。沒有語言對這類具體的、實實在在的死亡陰影的搶先吐出，生命就將永遠無知地連同物質世界一起崩爛。因此，對死亡的覺悟實際上正是對死亡的超越和對生命的攫取，這正是歐陽江河從〈懸棺〉經過〈烏托邦〉以來所有詩篇面向世界的姿態。

啟世者，包括作為玩世者的啟世者，從對象世界的不諧和或毀滅出發，否定了這個世界，揭示它的死亡，用語言的生命感在創造的形式中廢棄它的存在理由。因此，不但玩世的姿態同時是一種啟世，啟世的姿態也

無非是將現實崩潰的元素在形式的遊戲中轉換為虛無的一種行動。遊戲世界是把世俗性推到那個徹底喪失價值的極點以企及不朽的語言歷險。

毫無疑問，「朦朧詩」之後的先鋒詩歌的形式的崩潰，絕不僅僅是形式本身的事件。因而本文不可能也沒有從純形式的角度來描述。事實上，只有考慮了先鋒詩各自具有的獨特形式及這種形式的內在姿態，我們才可能確定這種形式的價值和它的歷史性（不管它本身如何反價值、反歷史）。因為任何一首先鋒詩歌的傑作都是在其清除了原有的、經典的價值法則，清除了傳統的歷史壓制的基礎上建立起新的價值標竿和歷史權利的。唯有在這種不斷的否定中，先鋒詩的語言及操作這個語言的生命才會具有永久的革命性，才會借助個體的力量跨越世俗廢墟的邊境。我想在這樣考察了先鋒詩之後，我們會對語言自身的潛能有更深入的領悟。那就是，語言是聯結生命的外部世界的東西，它能夠讓外部世界窒息生命，也能夠使生命穿透外部世界。當今先鋒詩歌的發展最有力地證實了這一點。

*1989*

# 戴著鎖鏈跳舞

> 我要爬。爬。去接近顛倒的天堂。那一根根美妙絕倫的鐵鏈！
>
> ——廖亦武：《黃城》

　　戴著鎖鏈跳舞，這個說法源自聞一多。當然，對於聞一多來說，這種形式的、格律的鎖鏈是自願的選擇。而今天的詩人們承受了真正的、強加的鎖鏈，不僅是隱喻的，甚而直接是實在的。這使他們的舞蹈顯得更為奇詭而掙扎。他們開創了掙扎的美學。這種掙扎不但是向外的，有時甚至是向內的，是對自身的災難性因素的敞開與掏空。

　　先鋒詩人都曾經或仍然被紅色恐怖的國家機器所捕捉，被元話語（metadiscourse）的執行者所殘酷地懲罰，因為他們膽敢用出軌的、離心的言辭來攪亂這個體系的秩序。

　　我們應當向這些名字致敬：廖亦武、萬夏、李亞偉、巴鐵、石光華、劉太亨、周倫佑、藍馬、宋琳、孟浪、默默。正是他們的受難的事件指控了暴虐：他們的舞蹈是現實無法忍受的，因為這種舞蹈蘊涵著血和欲望的真實，因為這種舞蹈說出了肉體的火焰；而這些，正是一個必須維持幻覺、寂滅和癡愚的社會所禁止的。這就是為什麼那些鎖鏈繞開了真正的、握著屠刀的罪人，去捆綁詩人們的肉身。

　　事實上，隱喻意義上的、無形的鎖鏈從一開始就威脅著所有這些詩人們。意識形態的元話語是軟性的警察機構，監控了詩人們的大腦運作；這些運作一旦失控，鐵的、實體的鐐銬便開始執行它們的功能。正是在這個意義上，「戴著鎖鏈跳舞」成為中國先鋒詩運動唯一的運動方式：這種鎖鏈被理解為永恆的危險，隔斷了他們同自由的聯結。詩於是註定成為「此

岸」的事物，成為被不可即的「彼岸」終生放逐的領地。

那麼，讓我們回顧他們不同的舞姿。

## 廖亦武／萬夏／李亞偉／巴鐵／石光華／劉太亨

廖亦武等人是中國先鋒詩壇在四川的中堅力量，他們由於在六四後製作了紀念大屠殺受難者的藝術錄影《安魂曲》而入獄。實際上，至少對於廖亦武和萬夏來說，大屠殺並不是一個突如其來的可怕事實，他們在災難來臨之前早就預示了後歷史（posthistoire）的到來。完全可以這樣說：不是中國先鋒詩人目擊了那場歷史浩劫，恰恰相反，是六四最終目擊並證實了1980年代後期先鋒詩歌中啟示錄式的描述，從而無法用托詞宣稱對於先鋒詩歌「不在場」（alibi）。

一九八七年初在政治上惹起奇怪麻煩的《人民文學》1-2期合刊載有廖亦武最有影響的詩作之一〈死城〉。這首長詩，以及隨後而來的〈黃城〉，可以被看作既是寓言的也是預言的種族精神史，是關於漢民族的災難性的歷史現實的喚醒。「藝術的尺度永遠是真實，對繁複的世界真實地把握、體驗、逾越和預見」（〈寫在《死城》的門前〉），廖亦武說到了真實，使先鋒主義者們和現實主義者們都感到吃驚。然而廖亦武的詩正是無法被真實容忍的那種最殘暴、最骯髒、最具毀滅性的真實。正是在這個意義上哈維爾認為持異議者就是說出真實或真理的人，這種真理之所以使極權制度恐懼是因為它將變革社會意識而可能導致那個體制的崩潰。哈維爾尖銳地指出，單純的政治暴力並不是過於激進，而是不夠激進，因為它可能並不徹底地觸動統治者的歷史框架（《無權者的力量》）。廖亦武提供的真實是刺目的：在這個歷史中連拯救者都是闕如的（廖亦武捏造的先知阿拉法威自己成為禍亂的參與者），只有個體在廢墟般的集體中的絕望和嚎叫。這個廢墟便是空間化的、同時也是碎片化的歷史，廖亦武在廢墟中的舞蹈成為對歷史頹敗的控訴。這樣的詩句寫在1986年是驚人的：

> 幾個大獨裁者在火刑柱上喃喃爭吵什麼。於是警車驟然尖叫。一隊
> 隊壯漢應召開進宮廷。像互相廝拼的木偶。這幻想種族的文明全部
> 付之一炬。
>
> 〈死城〉

在這個空間性的末日裡，烏托邦顯形為獰厲的魔鬼，變成替歷史執刑的劊子手。這就是廖亦武在〈偶像〉一詩中無法直接呈現的民眾與歷史化身之間的關係。於是廖亦武只能用走調的、變質的頌歌去揭示歷史的荒誕，揭示鎖鏈的威脅／親切的雙重性。廖亦武的詩是粗糙的、直接的、鄙俗的，他早期對自由的浩大抒情最終走向了自由的反面，顯示出現實鐐銬捆綁下的憤怒的傷痕和嘶喊。而這種憤怒在廖亦武那裡同時也指向了個人自身：廖亦武的深刻就在於對自身毀滅性潛能的追溯，因為沒有人能夠自稱為清白的局外人而推卸對歷史頹敗的責任。

這種現實的災難和危險出現在萬夏1988年底完成的出色的長詩〈空氣，皮膚和水〉中，顯得更加可感而迫近。同廖亦武的粗糙相反，在這首詩裡，萬夏那種細膩的觸覺和嗅覺（而不僅是視覺和聽覺）能力同他早期「莽漢」風格的野性因素融合在一起。〈空氣，皮膚和水〉充滿了柔性與剛性之間，人性與獸性之間，美與殘暴之間，靜與動之間的張力，使整個世界結束於美的毀滅。當萬夏在最後一章中寫下「我們在暗香中聽到的寂靜是人的咽喉正被割斷／風中的飛花是千百萬人頭正在落地」的時候，這種張力達到了極致。正是基於這樣的敏銳，萬夏對災難現實的描述將成為一個時代的經典概括：

> 一個字的大屠殺
> 一行病句對歷史從從容容的迫害

這是對那個被意識形態話語操縱的國度的精確闡釋。萬夏在我赴美後不久的來信中慨歎了宋琳等人的被捕。他似乎沒有想到自己將即刻遭到的

同樣嚴酷的命運：他對個人的命運也許不如像對種族的命運那樣敏感。這可能註定了萬夏是一個被過多的外在事物埋葬的詩人。他在入獄之後所寫的詩篇更危險，更刺眼，對掙扎的體驗更痛切：

> 在屋子和碗裡，沒有內容的身體被墾殖出來
> 被衣服縫在肩膀和胸襟裡面
> 將人活埋和坑殺

〈鐵皮〉

同時，這種掙扎也是「拯救」與「毀滅」之間的律動，是「蝴蝶」在美的、「芳香」的「火焰」的不可抗拒的誘惑下，以「撲擊、迴旋／和無謂犧牲」的方式永久地追逐和喪失（〈蝴蝶〉）。

曾經和萬夏一起創立「莽漢主義」詩歌的李亞偉肯定是所有這些詩人中最機智的。李亞偉的幽默越到後來越接近語言本體的反諷和生存本身的荒誕。〈困獸〉一詩最直接地表現了李亞偉對掙扎美學的關注。當然，詩人就是困獸，就是同現實作無窮爭鬥而慘敗無疑的人，這一點，李亞偉用他絕望的、戰慄的笑聲揭示出來：

> 他的腳被一雙人類的皮鞋劫持著
> 他的腦子每天發生戰爭，腦漿成蘑菇雲爆炸升騰
> 他的肺他的肝腰被懸於市場作陽光下最冷清的滯銷
> 他的雜碎被蒼蠅蚊子紛紛搶購
>
> 被一雙手死死按上病床
> 他的左臂安上管子他的右臀被隨意針灸、注射
> 被不停地鋼印公章

　　這裡，「困」的主題同李亞偉詩中經常出現的「醉」的主題相應。對於李亞偉來說，醉就是一種內在的、無力的迷亂或瘋狂，它成為對理性、秩序和紀律的瓦解。醉同時也是在人與非人之間的掙扎，沒有目標，又絕不屈服於任何一方。

　　我對「整體主義」理論的文化危險的揭露並不妨礙我對石光華和劉太亨的敬意。極有可能，石光華對純粹懷舊的無力性不無所知。他也同樣會意識到，急於猜想總體化的烏托邦式精神建構將潛在地引向種族災難。不管怎樣，曾經把文化鎖鏈想像成花環以替代政治鎖鏈的石光華在詩論中談到了自瀆與自救的關聯，這意味著一種文化構築仍然必須從肉體的直接的苦痛出發。正是基於這樣的深刻反思，石光華從內部（用整體主義的行話來說是「內視」或「內景」）看見了廢墟的景色：「人類不再是一個生命集體。器官和感覺零散地飄附在無窮的物體上。沒有一句話或一個笑容是完整的。一個類被瓦解。一種脫離本然生命的積木迷宮，崩潰的結局不可避免。」（〈突圍和自瀆〉）石光華在他的詩中也曾這樣向世界問道：「周圍的碎瓷能夠被誰拾起？」（〈祈禱〉）那麼，整體主義就不能被簡單地理解為逃避現實，儘管這種參與的方式從根本上穿越了對實存的洞察而進入想像界中。

　　我把詩歌批評家巴鐵置於詩人的行列中肯定不會令人感到牽強。他對以上這些（以及以下某些）詩人（當然還有其他人）所作的權威的、批判性的論述是他們的詩獲得意義的基礎之一。他的文字同詩本身的區別幾乎並不存在。

## 周倫佑／藍馬

　　周倫佑和藍馬被極權主義專政捕捉的原因至少同他們在四川編纂的地下詩刊《非非》有關。儘管後來周倫佑和藍馬等人之間發生錯迕，《非非》在朦朧詩浪潮之後中國詩壇的作用是開拓性的。《非非》將反文化、反語言的傾向發揮到了極致，令所有對現存秩序抱有幻想的人們感到坐立不安。由於它在意識形態領域裡的激烈的顛覆性，這本詩刊從一開始就遭

到了警察機構的嚴密控制。而「非非」的遊戲精神恰恰是對鐵的鎖鏈的蔑視和反抗。

周倫佑在組詩〈自由方塊〉和〈頭像〉裡對語言鎖鏈的消解，同時也就是對語言所蘊涵的意識形態鎖鏈的消解。在廖亦武那裡激憤的、痛咒的反叛到了周倫佑這裡變成用調戲的方式耍玩現實的反叛（當然，後期的廖亦武也加入了戲謔的行列）。周倫佑使意識形態語言的操縱性在它被暴露出來的荒誕性中無地自容，從而抵抗了文化鎖鏈的束縛。不過，周倫佑在六四後所作的詩似乎不再僅僅流連於紛繁的外部世界，而是顯示出對內在的質的凝視。在〈果核的含義〉一詩中，「果核」就是在這個意義上具有純粹和分離的雙重性，因為它的堅持就是它的繁衍，它的被困就是它的釋放。這在很大程度上是對掙扎的辯證法的洞察。同樣，周倫佑對「傷口」（〈永遠的傷口〉）和「石頭」（〈石頭構圖的境況〉）的沉思使暴力在隱喻中反而成為被純粹滅亡的東西。在這個意義上，掙扎便是在雜質中對純粹性的永恆而無望的等待。

如果說對於周倫佑，這種純粹從未在他那些充滿反諷和戲謔性的前期作品中出現過，那麼它早就蘊涵在藍馬關於「前文化」的論述中了。不管「前文化」能在多大的意義上被理解為語言烏托邦，它的確直接指向了現存的文化鎖鏈，或者說意識形態鎖鏈，而宣導為被文化「污染」過的純意識或純語言。藍馬對現存世界的憤怒是激情的、不妥協的，因而當他把「反對」和「解放」同一起來的時候，他真正觸及到了「悖論」這個新的精神「起步」地點。這樣，藍馬的「反語言」仍舊需要借助語言來達到：向著自由的掙扎當然意味著對不自由的淨化和否定。我們在藍馬的詩作中看到了這點。

## 宋琳

由於〈身體的廢墟〉一詩，宋琳無疑成為同廖亦武、萬夏一類的先知詩人，預見了災難的場景：

　　　　火球從空氣上滾過，空氣被灼傷

　　　　我聽見千萬張嘴的嘯叫

　　身居大都市上海，宋琳曾是所謂「城市詩」的主要詩人。他因為以青年教師的身份組織上海的大學生運動而入獄。在憤怒的人群和旗幟中，宋琳的說話由於過度的疲勞和嘶叫而完全沒有嗓音。這是我最後一次見到他時的情景。八九年八月我赴美之前，宋琳已不見蹤跡。不幸他最終沒有逃脫專政的陷阱。

　　據說當時在一次哀悼胡耀邦的集會上，宋琳企圖將紀念共產黨頭目的主題轉移成紀念一位年輕的詩人。他朗誦了在學運前不久臥軌自殺的詩人海子的篇章，令人唏噓。從本質上說，宋琳，和大多數被政治風暴席捲的詩人一樣，的確是一個僅僅為詩存在的人。這句話的含義是，政治的統治必須讓位給詩的統治。不僅如此，宋琳還應當被視作一個真正的抒情歌手，他的歌唱不是呻吟，他為毀滅的身體慟哭。這種慟哭有時同慘痛的反諷結合在一起，成為對自身有限性的懺悔：

　　　　千萬張人皮被一滴血射中

　　　　血漏下來，崩潰，四濺，淋漓不止

　　　　但疼痛卻消失

　　　　皮膚結下了疤痕，更加經久耐用

　　　　　　　　　　　　　　　　　　〈身體的廢墟〉

　　這正是掙扎的起源：收拾自己的殘骸，企圖超越成為不朽的人。

## 孟浪／默默

　　孟浪和默默被捕的原因與他們編的地下詩刊有關還是與他們本身的詩有關並不重要。重要的是，因為說出了危險，他們被置於更大的危險中。孟浪是一個難得的詩人，可以說他的詩是獨一無二地堅實的。如果我們再

次訴諸舞蹈的意象，那麼孟浪的舞蹈是同柔軟的古典模式相反的。這確使他的詩有一種僵硬的特徵，而在我看來，這種乖戾的、物化的、斷裂的、有棱角和剖面的姿態正是對這個被屠刀和機器統治的生活世界的最恰當的形式化說明和非難。在多數情況下，孟浪的意象是簡捷的、不加修飾的，因而直接指向了它所指向的目標。這個目標之一當然是作為權力的意識形態。在1988年的一首詩中孟浪寫道：

> 整個國家的油漆，才是
> 本質的，鏽才是
> 本質的

〈失去呵失去〉

到了1990年，這個主題似乎更加深入：

> 原來保持的姿勢
> 有如殺人的姿勢，已經結束
> 有如騙人的姿勢，仍在繼續。
>
> 但，騙人即殺人
> 原來保持的姿勢
> 由一名傑出的匪徒永遠享有

〈四月的一組〉

當然，在這種姿勢的恐嚇下，掙扎是不可避免的：

> 被筆纏繞的手指，被思想
> 纏繞的筆，被這座城市

　　纏繞的思想，也纏繞我的

　　無止境的腿。

〈流動的桌面〉

　　儘管孟浪依舊「邁著堅定的步伐」，這種繁複的、無窮的鎖鏈顯示出突圍的困境，而這種對纏繞的困境的描述使現實對一體性的聲稱遭到了瓦解。

　　孟浪的詩的確具有即興的、「孟浪」的特質，但又是充滿反諷智慧的，比如這樣的句子「你們愛戴的帽子和領袖／我也愛戴。」（〈一群反模特兒〉）通過對固有語言模式的狡猾的嘲弄反叛了壓抑的政治模式。而默默的詩也的確體現了「默默」的寫作，用充滿個人經驗的語詞觸及現實：他的大部分詩都建立於內在的「我」和外在世界的關係上。對世界的全面的絕望是默默最令人震驚的地方，而這正是一個地下詩人同一個官方豢養的詩人的根本區別所在。聽一聽默默1988年編的個人詩集的名稱：《黑暗裡》、《都死了》，倒似乎是對1989年的描述。在其中的一首詩中，他竟然看見了一塊「為中國織著」的「尺寸正好的裹屍布」，「從孔子的臉蓋到毛澤東的臉／從漠河蓋到南沙群島／從混沌之上蓋到默默之上」（〈唇形是說愛時的唇形〉），這種詛咒不是一般的呻吟者能夠想像的。在另一首詩中，他對壓抑的控訴可以被看作所有這些先鋒詩人們對極權主義意識形態牢籠的的控訴，確切地喚起了「默默」這個名字的含義，我把它作為本文的結束：

　　最後跟我一起喊口號

　　打倒語言！

　　沉默萬歲，萬萬歲

　　喊響一點，喊得絕望一點

　　最好喊也不要喊

*1992*

# 異域詩話：1990年代海外大陸詩隨筆

假設有一個從遙遠的星球注視當代中國大陸詩歌景觀的人（姑且自戀地想像一回），他會眼花繚亂地看到無數原先聚集在某個都市、鄉鎮、街巷或學校裡的詩人們邁著匆匆的腳步紛紛跨越國境線，依次奔向世界每個陌生的角落，他們的行囊中仍然塞滿了漢譯的布羅茨基詩集或羅蘭‧巴特散文，嘴裡依舊吞吐著駭世的詩句，而他們面對著的不再是說「不！」的權力執行者，而是說「please……」的、微笑的異國人，他們的對手和聽眾席被一起拋至千里之外，他們被空曠的溫馨所包圍，不知所措，茫然若失……。

1990年代的詩壇景觀呈現了一種離心的狀態，這同1980年代的向心狀態正好形成對比。在昔日的狂歡、聚毆和豪飲之後，流浪似乎成為一種內心的驅策，去朝向一種自由，比壓迫更不堪忍受的自由，去替代他們有關窒息和創痛的記憶。然而，母語的記憶再度規定了他們的命運。一次次或想像或現實的對家園的短暫回歸都僅僅強化了某種內在的疏離感。一次次對故國的棄絕或背離都陷入更深的文化無意識的糾纏。詩，一旦說出，便是對產生特殊語境的當下生存和包含國家話語的歷史經驗的雙重捕捉，便是對過去與現在的衝突、自我與他者的衝突、家園與異鄉的衝突的積聚和纏繞。

我在〈今天的「今天派」詩歌〉一文裡涉及的要點之一是語象的裂變（語象的自我質疑和自我否定）。作為內心衝突的語言徵兆，這種裂變可以看做在空間上遠離母語國度的詩歌所承擔的嚴酷命運：對早期「今天派」詩歌的返觀，同時也是對象徵詩學的一次依依惜別。

但象徵不再是當今詩歌的樞紐；儘管在有些場合，我們仍然不自覺

地以「懷舊」的方式訴諸象徵，比如貝嶺的許多詩（〈紀念〉、〈放逐〉等），雪迪的〈土地〉、〈經驗的認識〉，宋琳的〈緬懷〉，包括我自己的〈燈塔〉一詩。但純粹的象徵的確在消隱之中（象徵正是從這裡同隱喻區分開來）：它過於詩化，有時甚至會顯得迂腐。轉換的方式之一，是回到具有日常指涉的隱喻語象：「每個深夜，穿過／成長的痛苦。像一根／被打彎了的釘子／我們做愛。做出的愛／奮力穿過種族／與種族的寬闊的罅隙」（雪迪：〈新調子的夜曲〉）。這裡的「釘子」、「做愛」、「穿過」、「罅隙」等儘管是詩性的能指，但首先攫取了現實本身的含義，再從現實的視角游離出來成為隱喻，並通過對「穿過種族」的審視指涉一種生存狀態：從一個族群滲透到另一個族群的混雜著痛苦和愉悅的過程。對雪迪來說，隱喻和生活已密不可分，或者說，生活就是隱喻的過程。

　　當然，日常語象的出現仍然不能排斥這樣一種可能，即現實本身所具有的幻覺性。像張棗在紐約看到的：「整體好比一顆生洋蔥／／剝到中心，只見哭泣的皮／分解成旋轉門，殺手路過／你難以脫身，像世界穿著／／地鐵的內褲停也停不下」（〈紐約夜眺〉）。在這裡，我們遇到的所有現實（名詞性的語象）都在動詞等等的連接下變得不可理喻，有如小丑表演，我不知道是不是它的跳跳蹦蹦的風格使它發表在《今天》時目錄上錯印成〈紐約夜跳〉（也許是一個更合適的標題？）。當然，跳起來的不是紐約，而是詩歌：詩歌將被注視的客體幻化。無論如何，隱喻再度提升了（扭曲了？）現實，通過「難以脫身」為中介把外在場景組合成精神速度的投射。我們看到的也不再是紐約，而是在紐約的異鄉人的意識律動（班雅明所說的現代都市中的震驚體驗）。

　　「第五大道」和「曼哈頓」的具體指涉也出現在翟永明的〈咖啡館之歌〉中。這首「歌」故意去掉了「傷心」的含義，而換成了「憂鬱纏綿的咖啡館」。震驚體驗對於翟永明來說是現實把對現實的知覺逼迫到邊緣和切割成碎片的過程，在這個過程裡對現實的觀照和對過去的記憶穿插糅合，「憂鬱」和「纏綿」再度體現了經驗的多義性甚至歧義性，以至於當「一支懷舊的歌曲飄來飄去」的時候，「咖啡和真理在他喉中堆積／顧

不上清理／舌頭變換……」。「舌頭」的功能在西方的、眼下的、享樂的「咖啡」和東方的、同政治歷史記憶有關的「真理」的撕扭下急速「變換」，從而無法抵達（或「清理」出）一個澄明的境界。一方面是深層意識中「越滾越大的許多男人的名字／像駭人的課堂上的刻板公式／令我生畏」，一方面是現實視域中來自「天堂般的社區」的、「過慣萎靡不振的／田園生活」的「好色之徒的他毛髮漸疏」，威儡的（本土的、記憶的）和頹廢的（異國的、眼下的）男性形象交替出現，以致與之相對的「新鮮嘴唇」、「奶油般動人細膩」以及「抹上口紅」等種種女性形象被散播到抒情的縫隙中，交織在反覆詠歎的「我在追憶」的思緒內外，讓「吵人的音樂：／外鄉人……／外鄉人……」不斷地侵蝕。這是一個典型的拼帖畫面（collage）：其中記憶和現實、性別的衝突和交流、欲望和厭倦、異國情調和鄉愁等等纏繞成難以「清理」的色彩和線條。

大概紐約是所謂「後現代」表層化的最佳範例，以致於詩也不得不掠過甚至勾勒它的「形體」（不止是張棗的〈紐約夜眺〉，也包括翟永明〈咖啡館之歌〉裡的「金屬殼喇叭在舞廳兩邊」以及「雪白的純黑的晚禮服」）。但是，這個結論並沒有絕對的普遍性。呂德安的詩裡儘管也提到了紐約和曼哈頓，卻仍然保持一種舒緩、平靜的氣息，用所見的意象構成內心的象徵（這在當代詩歌中已近絕跡）。〈曼哈頓〉一詩中的一隻「在夜晚的曼哈頓／和羅斯福島之間」的「巨大的海鳥」正是這樣被觀察的眼睛所捕捉為抒情主體的外化物：「在一道道光的縫隙生存」，「去追隨黑暗中的魚群」，用「光的縫隙」和「黑暗中的魚群」隱喻了逼仄的生存／文化空間與盲目而暗流湧動的精神向度之間的衝突。詩的最後發現「我就到了我的孤獨」，即海鳥所在的「曼哈頓和羅斯福之間」。他的〈紐約今夜有雪〉具有相同的佈景，但由雪的到來聯想到某種內心的陰霾，白的雪和內在的黑影形成色彩對照：「明天我們不是被雪覆蓋／就是被自己的黑暗完全籠罩」，毫無理由的陳述暗示了內心與現實既無法同一又息息相關。正如他另一首詩中所說：「表面上是互相陌生的兩種顏色／但又彼此間存在著某種期待」（〈兩塊顏色不同的泥土〉）。

　　儘管把象徵打亂、揉碎或者抽空，從現實的層面上看，歐陽江河的〈雪〉也是在美國東海岸（甚至也是曼哈頓）所見到的雪，但他關注的是「如何從中國南方的一個荒涼小鎮／去看待曼哈頓上空的這些雪？」他的結論是：「兩個完全不同的世界擦身而過。」對於歐陽江河，和曼哈頓的雪產生感應或者衝突的不是抒情主體本身，而是主體觀察中的另一個世界（「中國南方的一個荒涼小鎮」），但這另一個世界恰恰是規定了主體命運的一部分。因此，當「我」說出「我忘記了我是在佈景裡看雪落下」的時候，抒情主體一方面把自己設定在觀察者的位置，另一方面又洩露了這個位置已被「忘記」的秘密。那種「似乎」的真實感只有到看見自己走到「佈景」裡時才能發現：「我的心情，我的典型的亞洲外貌／被暗中移植到兩小時的好萊塢影片中。」主體就這樣被「移植」到一個「佈景」裡而喪失了現實性，從非現實的佈景裡堅定地洞察了被置入佈景的命運。這樣，甚至看雪的「心情」是否也失去了真實感？

　　相比之下，歐洲的背景往往顯得更加滯重，同樣荒誕卻更具隱喻的內在密度。胡冬的〈英國素描〉也出現了「地鐵」，但顯然撇去了更多現實的因素，而由文化語境所貫穿（代替好萊塢的是現代詩大師）：「春遊的地鐵率領／／艾略特演出的玩偶之家繼續憋在隧道中央」。這裡，「憋」和「隧道」所提供的窒息感使「春遊」的意境以及各種拼貼的文學材料陷入絕境。這種隱喻化的絕境又有所不同：現實被捏造了，但捏造的結果甚至無法構成真正的場景，而僅僅停留在內在感性之中。或者，一次暢通的旅行被設定在海裡（又一個無法呼吸的地點）：在胡冬的〈海底兩萬里〉中，暢通變成了暈眩（儘管不是現代都市的暈眩）：「我同過境之鯽閒聊／故土，一個叫『債主』的沙漠／／如同鯨腹。／如此寬廣的鹹濕地帶。／伯爵廣場。錨鏈／嘩嘩響。」把「過境」和「鯽」、「伯爵廣場」和「鯨腹」、「債主」和「沙漠」這樣串聯在一起，形成了人類生存／文明和非人類的蠻荒世界絞合的幻景。

　　同樣，虹影的倫敦也是一個充滿文化的絕境，只不過幽閉的空間由虛曠的空間所替代：「簡單的意義，就是你夾著一本書／／從博物館跑出

來卻走投無路／簡單的重複,就是一抹黑的噴泉、鴿子、廣場」(〈倫敦〉)。被「一抹黑」詆毀的美,是無法接受的美,無關乎生存的美,壓抑的美。裝飾著西方文明的自由象徵的「噴泉、鴿子、廣場」的廣袤空間被「抹黑」之後,形成一種真空感,是由「簡單的重複」所暗示的文明的無效和虛妄。

　　同樣在倫敦,王家新看到了一個多世紀前的風景畫:在「空無一人的英格蘭」,「濃郁的、大幅度風起雲湧的天空……變得更晦暝」(〈英格蘭〉)。「風景畫」聯結了文化和自然,作為對象化的文化和作為存在的內在自然;但因為「空無一人」,抒情主體唯一所見的客體只是自己:「在通向未來的途中我遇上了我的過去,我的無助的早年;我並未能把它完全殺死」(〈無題〉)。一個陌生的國度幾乎是一個虛空,成為主體自我呈現的契機。但在此呈現的自我是遭到否定的而又無法根除的自我,試圖壓制而又無法禁閉的記憶。同時,是一個被拋在中途的自我:或者「坐在」「空無一人的異國小站」(〈黃昏時刻〉)恐懼著被虛無「帶走」的危險,或者「走出地鐵」時意識到「不止有兩條路可以回家」(〈向度〉),而對「家」的概念產生惴惴不安的疑懼:「那裡會有什麼發生?」不,那只不過是「有著黑暗樓梯的空房子」而已:一個虛擬的家,「黑暗」而「空」,把主體拒斥在外,逼迫他在異鄉的「風中」傾聽神性,「然再漸漸回到你自己那裡」(〈風中的一刻〉)。或者,喪失家園的危機可能恰恰是「回到自己」的契機?也許,通過對虛擬的外在家園的除幻,精神才能在此刻凝聚到對內心神性的傾聽之中。

　　相對於旅美的雪迪和遊歷紐約的翟永明和張棗而言,虹影、王家新和胡冬的抒情主體同現實世界的關係更為冷漠和敵對,外部世界顯示出一種拒斥性,甚至具體的地理背景也並不出示自己的特色。不看到紐約的時候,張棗很少把歐洲放進詩裡,相反,同王家新的情形相似,常常把自身客體化:「我孤絕。有一次跟自己對弈／不一會兒我就瘋了」(〈傘〉),或者,「你打開自己還是自己」(〈今年的雲雀〉),以及「我最怕自己是自己唯一的出口」(〈跟茨維塔伊娃的對話〉)。自我的

客體化往往就在自我意識和自我懷疑之間徘徊。

　　當一種乖戾的自戀瀰漫起來的時刻，當唯一的所見是自己的時刻，自我和物件變得無法區分，這在我的〈離題的情歌〉裡也呈現出鏡像化自我的幻覺：「我睜開你的眼睛」，「我張開你的嘴唇」或者「我伸出你的手」，詩性的陳述企圖將不可能的知覺現實化，但又一次遭遇到極度的感性分裂：唯一無法重合的主體就是自我。在我另一組詩〈疑問練習〉裡，抒情主體還對自身及同自身相關的歷史秩序提出疑惑：「你一旦降生為自己的兒女／又怎麼嫁給蒼老的父親」（〈怎麼〉），或者「誰生長在我童年，哀悼我的老年？」（〈誰〉）這裡，主體成為非主體化的功能，成為對歷史原型的解構和質疑。

　　外在世界的不祥使得內在世界原本的光亮和完整消失殆盡，正如菲野詩中所示：「一個對世界有完整看法的人／在自己的鏡子裡破碎不堪」，於是他坦承「我在一個又一個的鬼夢中殺死我自己」（〈無題〉）。從詩的自戀到詩的自虐或自瀆只有一步之遙。菲野失去了王家新「回到自己」的想像，也不作張棗「打開自己」的嘗試，從而把絕望傾瀉在自己身上。

　　即使如此，即使「一個巨大無比的幽靈從高空俯視」，菲野依舊把這幽靈稱作「絕對的神」，他依舊訴說著「記憶的大火熊熊燃燒」。同翟永明的不時切割現實的「追憶」的相關，貝嶺也說到「不斷地、不倦地與記憶作戰」，在一種「乞憐於語言，而又喪失了語言的日子」（〈宿〉）裡。「宿」，既是寄宿，又是宿命，是記憶和語言在時間裡的雙重困境。而「乞憐」和「喪失」，正可以看做是對這種雙重困境的具體描述。那麼，「作戰」的英雄性同「乞憐」和「喪失」的失敗感之間的矛盾則最終構成了對抒情主體自身的解體。

　　宿命的語言，對於宋琳來說，如今佔據了一個「恰當的死角」（在歐洲大陸的漢語角落？），只能是「一則用過去時態念出的詞」，必然地黏合了已逝的事物，是「從老人沖洗出遠逝的童年」（〈寫作狂〉）。對於寫作的沉思，也就是對於語言經驗努力卻無法回到原初狀態的沉思：「老人」，經驗的負載者，變成了暗室裡的膠片（攝下過無數的生命瞬間），

可以通過寫作來「沖洗出」他的過去。但這種逆向的「沖洗」最後由死亡來執行：「從反面看，死亡即刻就要把他沖洗出來」，經驗的負片似乎必須由生命的敵人來刺激才能顯示出它的色彩。但無論如何，宋琳的心靈辯證法並沒有回到真正的浪漫主義那裡，對於他，記憶仍然敏感、不馴，由危險的「多米諾骨牌」所隱喻：「他百倍的痛楚必然守住時間／這多米諾骨牌的一端／坐著沉思默想的野獸」（〈遁世者之歌〉），或者說，心靈的野獸一旦失控，記憶的骨牌就將如數傾覆。

另一種策略是，任憑記憶墜落並且腐爛：在「一隻握著記憶的手」中的「壞掉的筆／早已不再閱讀自己」（石濤：〈早已不再閱讀自己〉）。但事實上，對石濤來說，「往日的栗子掉在地上的聲音」依舊觸動著內心，令人不安，否則，不會去傾聽它的聲音。形同廢棄的語言，也是石濤另一首輓歌中的主題：「猶如一束沉甸甸的語言／秋天的葉子腐爛在我的井裡」（〈此刻，我不說〉）。不說語言如秋葉腐爛，反說秋葉如「一束」語言般腐爛，是比喻的顛倒，它通過顛倒比喻的邏輯，用變異的、「腐爛」的語言來同時暗示語言或個體歷史腐爛的命運。

這種「腐爛在井裡」的語言，在趙毅衡的詩裡，呈現為「扔進了閣樓」的「相冊」：「唯一的相冊已扔進了閣樓」，儘管在抒情主體「伸出」的夢境裡，「每個床／押同一個韻，每根骨頭長同樣年輪」（〈故鄉〉）。這裡，有意識的「扔進」和無意識的「伸出」之間的衝突和摻雜，那種「故鄉」的糾纏，再度使抒情主體陷入困境。值得注意的是，「唯一的」被拋出現實之外，「同一個」的或「同樣」的則伸出在幻覺之中，無論如何，那種一元性的家園無法被本質化或中心化。

在〈異鄉人的故鄉〉的一開始，歐陽江河以他特有的悖論式寓言描繪了一個富於喜劇性場景：「異鄉人從所剩不多的裸體走向早晨，／這只是返回昨夜的一個穿衣過程。」在這裡，如果說「早晨」仍然象徵著一種新的生活，「異鄉人」的肉身的「裸體」顯然暗示了精神的原初狀態，既是一種蠻荒又是一種潔淨，一種除去了固有文化的自然，走向生活的起點。但是，這樣的自然如今首先已納入了一個量的、可數的世界，被索取或花

費得「所剩無幾」。其次，這個走向未來的起點的過程同時暗含了「返回」，而能夠返回的卻不是起點，而是比想像的起點更早的「昨夜」，那個被未來「早晨」的宏大目標試圖拋棄的黑夜或過去。那麼，「異鄉人」在「走向早晨」的時候不知羞恥地、義無反顧的赤裸必將進入「返回」文化的「穿衣過程」中去。歐陽江河提示給我們的是，黑夜所代表的深層經驗並不是純粹的赤裸，不是自然的無意識，無意識必然裹入文化歷史的過程之中。

在某種程度上，甚至以女性來代表的自然生存狀態也不再純粹。張真在〈異鄉的淺灘〉裡表達了類似的境遇：「一個裸身的女人／走上異鄉的淺灘」，但她不久就經過「劫難後的沉默」的異國斜塔，而「迷失在時間城的郊外」：不是在歷史中心，而是在其邊緣彷徨。「這些不能住人的塔樓／這片不能游泳的水域」就這樣拒斥了她自然的裸身，「異鄉的淺灘」就是異己存在的世界的寓言化背景，在這裡有「更多、更觸目的圓形建築／如鏤空的牙雕／歷史病態地湧來／她掩面痛哭」。女性的「裸身」和「淺灘」總是被「斜塔」、「建築」、「牙雕」等男性意象所侵蝕，而這種由男性指代的侵蝕正是「病態地湧來」的「歷史」情境。難怪張真在〈激情與夢魘的世界地圖〉（見本期）一文中把男性和「歷史」時間聯繫在一起，而敏感到「女性時間」的另類的特性。因此，當「走完這段歧路／她也喪失了性別」：她喪失的是被病態歷史侵蝕的女性的、純粹的自然。

喪失性別的另一個含義是，政治無意識打亂了固有的家庭象徵秩序以及家園與異鄉的原型結構。從這個意義上說，孟浪在國外的詩作仍然活躍在政治無意識的泥沼裡，以致抒情主體與權力形象的關係變得愈加繁複不清。「連歷史的火車頭也有遮羞布／馬老師獨自奔跑」（〈戰前教育1996〉），這裡，男性的「歷史的火車頭」被「遮羞布」象徵性地掩蓋了性別，是「馬老師」（權力中心與邊緣的中介）模仿了火車頭的運動，而「憤怒已從他們的生活中消失」，「他們的臉是巨大的蜂巢」。這種既痛又甜又黏的意象加上遮羞的菲勒斯形象隱喻了「後極權主義」（借用唐曉

渡的概念）權力機制的隱蔽性和欣快感。在他的另一首近作裡，孟浪寫到：「孩子們在黑板上使勁擦／黑板的黑呀，能不能更黑？」（〈教育詩篇〉）比較孟浪1991年的同題詩作（在那首詩裡處理的是獵手和猛虎／幼獸的關係），這裡「孩子們」的對象是不存在的，「孩子們」構成了取消對象的因素（用「使勁擦」黑板來隱喻），而成為「更黑」的製作者。那麼，權力中心的意象變成一塊空的「舊黑板」，而拒絕其話語的過程同時也是使其「更黑」的過程。

顯然，異國的經驗沒有直接投射到孟浪目前的詩作裡，正如歐陽江河也依舊沒有忘記對本土的經驗的關注。〈異鄉人的故鄉〉裡還用這樣的句子企及「故鄉」，以戲劇化的荒誕來描摹主體以自身為對象的非主體化：「在頭顱終將落下的地方，一個皮鞋匠／鋸掉了他的兩條腿，而一個教書人／摔碎眼鏡，燒毀畢生的教科書」。不過，這樣的慘烈未必比平淡更令人震撼。歐陽江河的〈星期日的鑰匙〉帶有一個敘述性的場景，談及了「許多年前的一串鑰匙在陽光中晃動」，而「星期六之前的所有日子／都上了鎖，我不知道該打開哪一把。」但令人至為絕望的場景出現在末段：「現在是星期日。所有房間／全都神秘地打開。我扔掉鑰匙。／走進任何一間房屋都用不著敲門。／世界如此擁擠，屋裡卻空無一人。」和孟浪一樣，歐陽江河看到了主體所遭遇的虛無，這種虛無甚至是主體自己的歷史使命的結局：星期日是否同樣顯示或預示了「後極權」時代（無論是現在或將來），一個「烏托邦」的然而耗盡了主體性的時代？同樣，這個烏托邦同歐陽江河早年書寫的獨裁者的烏托邦相去甚遠，但絕不更令人愉悅。

海外詩歌的多樣性是無法窮盡的。本文也不是對海外漢語詩歌的系統闡述，甚至僅限於中國大陸旅居海外的詩人（早年與《今天》有關的作者，因我已有另文論及，也略去不談）。本文主要關注的是特殊地理環境下主體的抒情形態：如何處理在母語國度之外的境遇，或者，如何在這種境遇中處理同本土、同記憶有關的經驗，以及更重要的，這種經驗是否由

於同本土的距離反而更加成熟。但不無遺憾的是，本文卻無力對這些問題
作理論的概括，這將留待日後更具規模的工程來完成。

*1996*

# 作為現代性幽靈的後現代：
# 當代詩歌中的城市寓言

「我們是一群語詞的亡靈。」歐陽江河在那篇題為〈八九後國內詩歌寫作〉的文章裡還沿用了蕭開愚提出的「中年寫作」的概念，概括了對1980年代天真熱情和自由嬉鬧的告別。不過，在我看來，「中年寫作」與其說是指明了用成熟期的複雜替代青春期的豪放，不如說是已死的青春期在青春死後的亡靈般的複現，儘管所有的欲望和衝動都已變形或異化。1980年代的文化英雄或文化異己者被商業社會所無情唾棄之後，詩作為政治社會的出色換喻，失去了傳統的光暈，而詩人也不再扮演先知的角色。1990年代的民眾徹底棄絕了一切能夠使他們回想起那個騷動的革命時代的文化可能。美學抵抗變得無限可疑，世俗化使得精神的、以未來烏托邦為目標的現代性變異為追求即時愉悅性的、以經濟發展為唯一動力的現代性。

## 1.（不）真實的城市：失而復得的現代性

歐陽江河的詩〈傍晚穿過廣場〉可以看作是對1980年代的一次最為愛恨交加的告別。同時這首詩也隱秘而形象地記錄了從一種精神激奮和社會壓抑的烏托邦到一種被粗俗設計和異化發展的天堂之間的過渡：

> 從來沒有一種力量
> 能把兩個不同的世界長久地黏在一起。
> 一個反覆張貼的腦袋最終將被撕去。
> 反覆粉刷的牆壁

被露出大腿的混血女郎佔據了一半。

另一半是安裝假肢、頭髮再生之類的誘人廣告。

像許多人一樣，歐陽江河看到了一種政治力量能夠奇蹟般地通過某種歷史邏輯強制地連接了「兩個不同的世界」，一個是以「腦袋」為標誌的專政符號，另一個是療治身體缺陷的商業符號。兩種身體意象的對峙在城景的不同視覺表達之間形成了斷裂。同時，歐陽江河追索了兩個時代之間在表面斷裂底下的形式上的親合性：牆上的兩種同樣破碎的身體意象顯示為社會秩序的象徵，這種秩序正是城市或國家建立的基礎。

「一座城市，它的遺址和未來／以雙黃蛋形式嵌入現狀的空殼」。在〈1991年夏天，談話記錄〉中，歐陽江河提醒我們兩種時代的共存，因為過去往往是當下內在的現實。在另一首〈關於市場經濟的虛構筆記〉中，歐陽江河所記載的歷史轉折並不是過去的消失：「在口號反面的／廣告節目裡，政治家走向沿街叫賣的／銀行家的封面肖像」。歷史角色改變了，但這只是顯示了一枚分幣的兩面，儘管歐陽江河在另一段裡斷言：「實際上你不可能從舊時代和新生活／去赴同一頓晚餐，幸福／有兩種結局，他們都是平庸的。」現代性的允諾（無疑和司湯達所說的「幸福的允諾」不可分割）成為有兩種表達方式的，平庸而重複的話語。

齊格蒙・鮑曼在《全球化：人類的後果》一書中說：

> 對於理論家們和實踐家們，未來的城市都是一個自由理念的在空間上的具體化、象徵體和紀念碑，是理性同不馴的、無理的歷史偶然性經過長期的生死搏鬥所贏得的；正如革命所允諾的自由是為了淨化歷史時間，城市烏托邦所夢想的空間被認為是「從未被歷史污染的」一塊寶地。

鮑曼在革命的現代性和都市的現代性之間所找到的連接揭示了中國晚近歷史的內在邏輯。在革命的、動亂的年代的廢墟上發展起來的都市性觀

念確實提供了一種對幻象世界的允諾，滿足了曾經由現已作廢的革命話語所規範的想像。

　　對歐陽江河來說，由新的烏托邦空間所允諾的自由可能是另一個幻覺，未必要比前一個時代在牆上張帖的神祇形象更真實，儘管牆壁可以「反覆粉刷」。現代性依舊佔據主導地位，如同一個縈繞不去的符咒操控著社會心理，就像孫文波在〈騎車穿越市區〉（標題顯然模擬了歐陽江河的〈傍晚穿過廣場〉）一詩中說：「衝，再衝，／到達目的地是單純的願望。」那種目的論式的、通過被設置好的線性旅程導向目的地的「單純的願望」似乎同革命話語的想像並無太大差別。孫文波另一首詩〈枯燥〉裡的「我」騎車穿過了陰雨、泥濘的城市，遭遇了使他無法信任客觀現實的幻影：「那些五顏六色的店鋪招牌，那些／電桿、電線、路燈，那些橋，／那些樹，他們都是真實的嗎？不可能！」可是這可疑的旅程最終也沒能完成：「我的鞋和褲腿已濺滿泥漿。而目的地／還沒有到達。」

　　這樣的寓言旅程也展示在臧棣的〈北京地鐵〉一詩中，詩一開始就逼近了這個時代的本質，亦即衣著的新奇和我們參與其中的歷史戲劇：

　　　　在地鐵中加速，新換的衣褲

　　　　幫助我們深入角色，學會

　　　　緊挨著陌生的人，保持

　　　　恰當的鎮定。

　　「新換的衣褲」不但指示了一天的開端，同時也是這個時代永恆開端的隱喻，而這個時代正是需要換上新的衣著去適應。「新換」了的東西當然不僅是「衣褲」，還有整個城市和現代性的概念，要求「加速」，追隨陌生的人群，以喪失自我身份為代價。對臧棣來說，穿「新換的衣褲」意味著扮演好歷史戲劇所規定的群眾角色，完美地、盲目地、以同質的方式參與其中。

　　如果不是與世俗社群（這個社群在表面的新奇之下重複了散佈閒言碎語的古老習俗）那種典型的聳人聽聞的情節劇即刻並置在一起的話，這個寓言化的歷史戲劇並沒有什麼特別之處。小報報販的出現演變成一種「突降」（bathos）的功能，偏移了新穎和進步的概念。新穎轉化成關於浪漫故事的「驚人」消息，而前進的旅程可以比作「從第一版跌入第五版」，致使詩人大喊「太黑了！」「太黑了」當然是對沉入隧道的感知，是現代性的無意識在一邊遵從一邊毀壞現代性觀念。

　　臧棣將這黑暗之旅的經歷稱為「短路的瞬間鬧劇」。假如這是現代性的歷史鬧劇，我們自然不會忘卻先於它的現代性的歷史悲劇。曾經顯示為殘暴和血腥的現代性的終結如今被概括於出地鐵站時看見的「一隻氣球廣告／像被捧上天的啞巴」。商業宣傳不再像政治宣傳那樣喧鬧和粗暴。儘管是一個漂浮的、沉默的符號，它試圖抵達一個新的，可能是意義的高度。但是「被捧上天的啞巴」所表達的無意義和荒誕性標誌著時代的鬧劇症候，這個前所未有的超現實場景取代了現代理性。升騰的理想在夢的氛圍中遭到模仿，現實的物體被修改成不適用的、非現實的意象，揭示了無意識中對震驚體驗的重新加工。

　　蕭開愚的長詩〈向杜甫致敬〉中有一段描繪了另一種在都市光澤背景上的（寓言式的）上升：

> 那個少女進了電梯，踏上
> 垂直攀登的道路，
> 她的短裙迫使樓層的高度
> 低於美腿，她的睫毛
> 打開了備用的電力系統，
> 她的舌頭彈射輕巧的炸彈
> 征服高聳的玻璃帝國，
> 就像黎明留下口紅。

城市的宏大象徵被寓言式地轉化為一個冰冷的事件，耗盡了所有的意義。少女代表了後工業時代的妖魔，她的勝利無非是對現代性的頂禮膜拜。具有誘惑力的少女胴體儘管超越了城市的骨架，實際上卻成為城市構築的有機組成。不但向上的運動是由現代裝置所執行，並且少女的放電的、反自然的力量概括了現代自我僵化的欲望和後現代無生命的情景。象徵性歷程中的「攀登」的神話被消解了，象徵性意象「黎明」被世俗化為現代時尚的人工的、褪色的色彩。

除了摩天大樓以外，在蕭開愚的詩出現的城市的其他場景也雄辯地記錄了那種作為重獲的現代性的全球化時尚。在〈日本電器〉一詩裡，蕭開愚把這樣的歷史瞬間描述成是日本鬼子「把中國的石頭變成鋼鐵／變成中國生活的支撐部份。」這種戲劇性的變化給了我們一種時空凝縮的感覺。而更為變幻莫測的是對現實／非現實之間互換：「這個龐大而昂貴的圖畫皇帝，／她的畫面和聲音如此清晰，／證明我們一直生活在模糊中。」一種強烈的悖論在於全球化的「啟蒙性」（將我們從「模糊中」拯救出來的力量）僅僅賦予我們非真實的空間，一個非真實城市的微縮景觀。而真實的城市只能在這非真實的世界中獲得意義。現代性的邏輯被它自我疏離的的力量所不斷置換和修改。

對現代城市的生活的震驚體驗以無意識中凝縮和移置的功能揭示了現實的裂隙。現代性的巨大力量被重新組裝在一種超現實的形態下。1990年代的這些詩作賦予了城市現實一種修辭的形式，但這種形式是以毀形的方式顯示了現代性的（無）邏輯。現代性似乎在一種夢的景觀中被後現代地把握了。「後」這個首碼詞，正如李歐塔所理解的，探究了現代性的前導影響如何通過無意識的記憶蹤跡改變了再現事物的機制。

## 2. 辯證意象：烏托邦的構形／異形

瓦爾特・班雅明的「辯證意象」概念基於這樣一種信念：自足的客體中的寓言性潛能能夠中止歷史的線性前進的形態，而迫使人們注意「當時和現在的關係是辯證的——不是發展而是跳躍的意象」。「現時」

（Jetztzeit），按照班雅明的理解，就是當時和現在的「星群化」，是一種共時性整體的歷史。這樣一種整體往往暗含了內爆式的衝突和瓦解。班雅明試圖「抓住危險瞬間一閃而過的記憶」就是抓住「可認識的現在，事物在其中顯出它們真實的──超現實的──面貌」，作為夢境和意識的綜合。

「警察是雀鳥？信號燈是果實？」孫文波強制性地、時空錯亂地把都市景觀和鄉村／自然隱喻接合在一起，後者作為傳統的田園意象激發了現代的理想與想像（比如毛澤東的詩句「到處鶯歌燕舞」）。對都市和鄉村意象的荒誕混合反而揭示了都市背景上自然的不可能性。換句話說，都市的神話光暈被這尖銳的質問所擊碎。

然而這並沒有否認城市「辯證意象」的烏托邦，只是像阿多諾提醒我們的那樣，「辯證意象」必須歷史地把握。城市所展示的不僅是外在的華麗景觀，也是內在的理念化的的邏輯，而後者的結局卻並不一定與自身的基點相吻合。孫文波在〈城市、城市〉一詩中展現的和探索的就是視覺化的，但缺乏可靠理性的現代性：

> 那些鍍鉻的門柱
>
> 褐色的玻璃，帶著精神的另外的追求；
>
> 是在什麼樣的理性中向上聳立？
>
> 偶然的讓我們看到欲望的快樂；只是，
>
> 快樂，當它們敞開，有如蛤蚌張開的殼。

看見物質化的文明包含了「精神追求」和「理性」儘管並不令人驚訝，詩中問題的提出是為了考察城市符象的辯證內涵。詩人並沒有給出確切的答案，但是我們可以推斷，「精神的另外的追求」一定同「這」種追求有某種關聯，「什麼樣的理性」也一定有「這」樣的理性作為參照。如果這些「這」是業已內在化的現代性特質，當下的城市景觀所表達的就是溶入我們血液的外在的辯證意象，非但沒有決裂於傳統，而是緊密地依附

於傳統之上的。作為城市中光滑而強悍的物體，「鍍鉻的門柱」也可能轉化成它的性別上的它者：「蛤蚌張開的殼」，後者以前現代的形態暗示了「欲望」的空虛和不可能。城市意象於是同時展示出欲求著的被欲求的空間：這種交纏的形態所表達的烏托邦僅僅「偶然」再現了從原始時代就嚮往的歡樂。

城市所體現的人類欲望也是對這種欲望的制度化和非自然化。蕭開愚〈向杜甫致敬〉中的少女屈於同樣的現代性的規則，游離了真正的超越。都市的烏托邦變得可疑，把我們的注意力轉向它自我瓦解的特質。陳東東在〈費勁的鳥兒在物質上空〉中描繪了上海這個西化都市的病態欲望：

費勁的鳥兒在物質上空
牽引上海帶雨的夜
海關大樓
遲疑的鐘點——
指針刺殺的寂靜滴下了
錢幣和雨
一聲汽笛放寬江面


鑄鐵雕花的大門緊閉
末流政治家披衣回家
那半圓丘遮覆的市政廳裡
一隻怪獸從走廊到廁所
在幽深的黑暗裡嚴守孤獨


一隊機器船沒入雨霧
小販們渡過腐爛的河
而銀行的華燈照亮的屋簷下

> 戀人們已經渾身顫慄
> 習慣性的擁抱像
> 過氣啤酒
>
> 摩托飛馳，如閃電或剪刀
> 被裁開的街巷又合攏於石頭
> 夜行的里爾克橫越廣場
> 他的臉在上海
> 愈見蒼白

　　這一次，我們看見「鳥兒」的對立面是「物質」文明，它以風格化的建築、裝飾彩燈、機械驅動的交通工具、銀行和金錢為驕傲。這些無疑是最典型的滿足了烏托邦想像的現代社會的表徵。陳東東筆下的都市場景包含了班雅明稱為「超現實的面貌」的東西：城市被視覺化為對烏托邦觀念的體現、雜陳與置疑。大門關閉，船舶消失，海關大鐘顯出「遲疑」甚至「刺殺」的傾向。鳥兒並不賦予城市以自由，而是忍受著「費勁」的命運。都市現代性被前現代的事務所不斷攔截：機器船由「腐爛的河」上的小販對應，華麗的銀行和彩燈守護著陳舊的戀愛方式，穿越城區的摩托車也無法阻止城市又變回原始的「石頭」。

## 3. 神聖的幽靈

　　陳東東的另一首詩〈我在上海的失眠症深處〉讓城市景觀魔影般地混雜在幻象中：

> 狂熱灑向銀行的金門
> 狂熱中天意
> 驟現於閃電

偽古典建築在病中屹立

　　就是記得欲望重新被雕鑿

　　一面旗幟迎風嘶鳴

　　中午的戰艦疼痛中進港


　　城市被同時賦予了華美和病痛的氛圍，一種發燒般的熱情指向夢幻般的城市欲望。一方面，「天意」和「閃電」強化了城市背後的崇高感，另一方面，「病」和「疼痛」揭示了城市內在頹廢的一面，也同「偽古典」風格（西方話語的複製品）和「旗幟」／「戰艦」（政治歷史的逼迫）有關聯。所有這些都會以幽靈的方式浮現，正如他接下去吟唱的那樣：


　　百萬幽靈在我的體內

　　百萬幽靈要催我入夢

　　而我在上海的失眠症深處

　　我愛上了死亡澆鑄的劍


　　幽靈是那些以為死去卻依舊縈繞著的東西。幽靈還並不純粹是一種對立於話語的形象呈現。對我現在討論的這些詩來說，幽靈始終是作為死去的話語的幻形。儘管如李歐塔所說，幽靈是一種呈現，而不是一種再現，它必須被歷史地理解為對那種無法呈現之物的呈現。舉例來說，後現代性應當理解為現代性的幽靈，是現代性的一種死後的形式，包含了超越再現的現代意象。陳東東對夢境的構像，或者對城市景觀的重構，喚醒了在城市表層底下的鬼域，記憶中的幻影。城市景觀成為幻象（phantasmagoria），也就是德希達從語源學的角度定義為「鬼魂相遇或交談的地方」（ghostly meeting / speaking place）。詩歌中的夢境，便是城市的鬼魂：「死亡澆鑄的劍」無非是災難之後的寫作之筆，詩人用它冥想了無夢的、失眠的、充溢著現代理念的城市。

　　幽靈的形象在1990年代的大量出現並不令人驚訝，儘管它暗示的絕不是任何具體的歷史事件，而只是現代性統攝下的普遍狀態。臧棣的〈北京地鐵〉結束於一行寓言性的詩句：「帶著傷疤，我去拜見幽靈」。這是災難之後的受傷的幽靈。也許我們可以把傷疤的意象歸結為陳東東那個以旗幟／戰艦為典型的時代。在末段裡，僅僅幾行之前，臧棣設想了一個「當時」與「現在」混雜的可能情形：「當然，手雷可不適合／作為生日禮物？！會有攝像機／在暗處像我們一樣一舉一動嗎？」實際上，前面一段裡提到的玩具商店裡深具「美學的恐怖」的「仿真槍械」已經提醒我們記憶和當下經驗之間的聯繫。哪些屬於過去的（「槍械」、「恐怖」）——如同出現在陳東東詩裡的戰艦——以鬼魂的形式顯靈於當前的物體與事件（「玩具」、「玩耍」）中，成為都市風景的一部份。同樣，手雷侵入了「生日禮物」的範疇內，以時空錯亂的方式提示著始終存在的險情。而「攝像機」的意象則是一個更複雜的隱喻：一種現代的高技術裝置，卻同時體現了鬼影般無所不在的社會監控。我的反向的閱讀在倒數第二段遇到了鬼界的迷途：「顯然，這時條抄近道的小路／有新漆的路牌，但上面的字／似無人能通讀。」詩人對那無意義的「新漆的路牌」深表懷疑，儘管它理應指明導向目的論終極的「近道」。可現代性的終點在哪裡？詩的結尾提示我們的似乎是，終點實際是起點：「拜見幽靈」是對無意識中創傷經驗的重訪，是對縈繞著的記憶蹤跡的勇敢正視。

　　「幽靈」一詞幾乎出現在臧棣所有與城市有關的詩作中。比如它再次出現在〈北京地鐵〉一詩的結尾：「而輪到推土機大檢修時，螺母滾動，／幽靈就是心靈，使內部得到鍛煉。」這一次，臧棣內向的探索從城市中最沒有美感的物體出發，發現了自身內部的幽靈存在於古老都城的工業化、機械化、沒完沒了的工程中。當然，纏繞在都市的構建不、再構建之中的不僅是「現在」，也是「當時」：「道路被拓寬，汽車的輪胎／卻仍像報廢的唱片一樣轉動。」「報廢的唱片」刻錄了過去的，依舊迴盪在心的聲音。儘管這首詩始於一個老京劇迷抱怨熟悉的街道不斷消失，具有歷史感的唱片卻並不暗示著對過去的懷舊，相反卻被當成現在無用的東西，

僅僅在外觀上形似於它的物質主義的對應物。或者說，過去的神聖的聲音可以被聽作來自記憶蹤跡裡的鬼魂般的哭喊，同城市嘈雜的現代音響相對稱。

城市的幻象以不同方式展示在不同詩人的作品裡，成為現代性的視覺化，成為一個回歸的幽靈，依舊攜帶著原初的氣息和形態。城市景觀不是以紀實的樣式再現的，而是以超現實的、寓言的方式展現了時間被凝縮、歷史秩序被錯位、以及意象遭到修改的幻象。這裡，後現代性可以定義為被現代性鬼魂附體的東西。回到本文開始時歐陽江河的話，當代中國詩人就是一些「語詞的亡靈」，遊蕩於城市的迷宮之中，帶著深嵌於無意識深處的現代性話語的符咒。

*2001*

# 一邊秋後算帳，一邊暗送秋波

　　本文的標題出自我九〇年代初一首仍然迷戀八〇年代的詩。這句詩所指的當然不是九〇年代末詩壇的小小風波。不過，一旦「秋後算帳」成為這場風波中語言暴力的自供狀，我們便無法袖手旁觀，我們很難假裝中立，默許暴力的肆虐。

　　語言暴力，同一切其他形式的暴力一樣，具有某種自我判定的「正義性」。這一次，「正義性」再度以「民間」的立場顯形。對所謂「知識份子立場」的「秋後算帳」，又一次依賴於對所謂「民間立場」的「暗送秋波」。這種「算帳」與「秋波」的兩面性具有明顯的文化政治意味。因此，對「民間立場」的詞語澄清似乎是當前深入探討詩學根本問題所無法避免的了。我願藉此對「民間詩學」的關鍵字作一簡要的清理。

　　民間（立場）：在這樣一個時代，似乎沒有什麼比「民間」一詞更具魅力的了。它既靠近大眾，又暗示了不對真正的權力中心有任何威脅。當前這個錯綜複雜的文化政治話語場所所賦予的「民間」立場卻並未超越傳統的「草莽」精神。這種「草莽」精神同歷史上一切暴動一樣，是以廟堂為目的的。詩學的嚴肅探討被起義的刀光劍影所替代。「民間立場」的宣導者們或許並不願意認可他們是陳勝吳廣的苗裔，但是恐怕也不會承認他們是王貴和李香香的子孫。因為很清楚，這一類民間詩學早已失去了存在的根基。不過我們仍然不會忘記，「民間」的口號經常被主流話語用以貶抑和壓制真正異質性的文學寫作。對民間的宣導往往是對主流和大眾意識形態雙重的暗送秋波。歷史地看，「民間」不僅僅是被「利用」了，它反過來也成功地利用了主流的優勢。所謂「民間」，是提供並拓展現代性話語的前現代資源。在某種互動關係下，現代性的主流話語被前現代的民間

亡靈所左右，而神話的草根性便轉化為理性的總體性話語。因此，一個最為不當的說法是，民間代表了「一種獨立的品質」。事實正好相反，民間立場便是沒有立場，因為民間只是一個模糊的、向度不明的文化存在，它可以依附於任何權力中心，或轉化為新的權力中心。

知識／知識份子（立場）：知識份子對權力中心的營建和依附正在被當代知識份子的自我反思所消解，今天如果要談知識份子立場，談的必然是這種向後知識份子狀態的轉化。那麼，把知識份子及其精神混淆於知識實體，如果不是蓄意的，便是出於無知。現代詩歌當然是一種具有知識背景的表達方式，但目的卻不可能是簡單地傳遞知識。倒是某些列入「民間」寫作的詩，比如〈對一隻烏鴉的命名〉，只能讀作對某種西方語言哲理理論的詩體演繹，而成為典型的「知識化」寫作。不過知識份子的概念本來就並不意指電腦博士或工程學教授，這恐怕是沒有疑義的。試圖脫離知識份子精神的「民間立場」是什麼？不正是缺乏獨立性、批判性的大眾化「民間」？「民間」的詩學理想是《詩經》，還是《紅旗歌謠》？是王老九，還是李季？民間詩學宣導者的比較優秀的作品，像《O檔案》，恰恰是從某種知識份子的（而絕非民間的）角度審視了當代社會的表現。對知識份子的批判其實必然是知識份子的自我批判。只有認識到這一點，我們才不至於把被譽為「最傑出的知識女性」的桑塔格對西方知識份子的內在結構，而不是外在消滅。同樣，我本人作為博士和教授的典型學院派，可能最為深切地體會到學者和詩人的內心搏鬥。缺乏體驗的人恐怕還沒有奢談這種反省的資格。總之，知識份子立場本身就意味著它的自我批判精神，任何外在的攻訐都無罪是製造一些危險的陷阱罷了。

「與西方接軌」：用以反對「與西方接軌」的竟然是中國古典詩詞。（那麼，為什麼是文人的張若虛而不是民間的張打油呢？）但眾所周知的是，中國古典詩是許多試圖「與東方接軌」的西方現代詩人所崇尚的。是不是想把軌又接回來呢？文化的互動被上升到國家民族政治的高度加以討論，是否有文革遺風之嫌？這種虛構的指責倒是明顯地迎合了民族主義的

主流話語。好在沒有一個真正的詩人是以西方典律為唯一範本的。怎麼能把某種批評的角度混同於詩歌寫作的出發點或目的性呢？

個人記憶與集體記憶：《O檔案》僅僅是基於個人記憶嗎？我們如何可能將個人記憶從集體記憶中抽取出來成為詩的要素？個人的經驗假如沒有共通性如何為他人所理解？的確，一個書寫集體記憶的時代過去了。但這並不意味著它被一個對立的狀態簡單地替代了。我們只能說，一切假設的集體記憶都是實在的個人記憶的聚合。

日常生活：你自己的生活，卻又不僅是你的生活。這才是詩。否認日常生活的寓言性暗含了對日常性的屈從。我在八〇年代的一篇文章中曾對當時「他們」的某種傾向提出質疑：一種對表層的無聊生活的流暢摹寫，缺乏自我批評的反思力量，這恐怕正是民間詩學的病症。有兩種背離「宏大敘事」的方式：一是回到卑瑣的日常狀態難以自拔；二是在日常生活中尋找和發現消解總體化壓迫的契機。

硬與軟：這類反義詞的使用類似於我偶爾給下一代做的遊戲，可以繼續不斷地製造下去：重與輕、快與慢、緊與鬆、胖與瘦、黑與白……。問題是，除了製造更多的二元對立之外，到底有多少闡釋力？除了冼星海，就是鄧麗君嗎？民間立場以軟刀子戰鬥，把其本來的堅硬性藏在背後嗎？在相當程度上，這不是先天硬不起來的萎軟，而是硬過之後回天乏術的疲軟，卻還帶有某種自憐的作秀味。我是說，《O檔案》的確還有著生硬的可愛，而那些軟下來的作品，卻缺乏批判（包括自我批判）的鋒芒或力度，雖然力度不一定意味著堅硬。「軟」詩往往把玩了自身的卑微，甚至奴性，這是毫無疑問的。

中心／邊緣：同「硬與軟」這對兒概念的民間自發性不同，「中心／邊緣」顯然來自西方理論話語。相同的是，二者都製造簡單的二元對立。位於政治中心的寫作者就一定是文化權力的象徵嗎？那種似是而非的結論，毋需細想就不攻自破。但需要細察的是，對邊緣的自我強調有一種取代中心（哪怕是假想中心）的企圖。這類心態與詩本身截然無關。在這樣一個時代，還能指望詩成為中心嗎？

「頭暈」說：早在「朦朧詩」時代就有過「氣悶」的類似生理反應。好在「朦朧詩」沒有被稱為「氣悶詩」，因而「頭暈詩」大概也不會成為對九〇年代詩歌的命名。況且，那種尷尬的、低智商的時代氣氛如今已不復存在。

　　對於「民間」話語的探討並不是對於由「民間」的口號所宣導的所有詩作的否定。但這種用以打倒另一方的理論口號往往由於非黑即白的思維方式證明了自身僅僅是營造文化權力和施加話語暴力的工具。我同樣沒有簡單判定「民間寫作」的虛妄性，而是試圖表明，那種利用「民間」的宏大旗號製造一元化文化景觀的努力，無法不令人警惕。來自（至少是自稱）邊緣的文化力量向文化中心權勢的靠近和合謀，這類事件在現代歷史上發生得還少嗎？

*2000*

# 關於1960年代出生的詩人

　　關於1960年代生人的概念，我覺得1960年代出生的詩人有幾個主要的精神特質，可以和前輩晚輩相比較。一個是叛逆性。這個叛逆性是從文革來的。文革的記憶雖然來自童年，但有決定的意義。可以說1960年代人既接受過造反有理的理論薰陶，又沒有真正造過反。但叛逆的衝動始終存在。更早的、在現實中造過反的，往往已經對造反產生倦意，往往回到懷舊中去。而更年輕的詩人則缺乏這種叛逆的價值取向，或者表面的叛逆迎合了某種潛在的主流。這和第二個特質有很大聯繫，那就是對語言的敏感性。剛才說的叛逆，當然更多以對語言的不信任出現。這差不多也是因為成長時期的語言經驗，到了略微成熟的年齡，發現曾經深信的話語和真理，都比較可疑。1960年代出生的詩人常常用一種可疑的語言來寫作，不確定的、遊移式的、似是而非的，解構的。但這一切不是觀念上的，而是修辭領域的。相比於五十年代的，比如孫文波、王家新，就有一種相對明晰的觀念向度在起作用。而晚近一些的，哪怕是「下半身」，也是企圖提出概念來取勝。1960年代詩人的貢獻是語言性的，因此也是詩歌本體論的。我個人對臧棣、蕭開愚、陳東東、孟浪等人詩中經常出現的「誤喻」特別感興趣，這是一個關鍵字，可以做大文章。包括我自己的寫作裡，也有意無意地把「誤喻」作為一種基本的表達方式。當然，我的論說裡肯定包含了絕對化的成分，排斥了一些我認為並不具有代表性的1960年代出生代表詩人。

　　歷史意識問題也是很關鍵的。用一種象徵性的詩體語彙來表達歷史意識，有時顯得比較明確，但同樣是歷史的產物，是被這種詩體所產生的時代決定的。同樣，「後象徵主義」的，我有時稱為「寓言主義」的，可

能看不出直接明顯的歷史意味，但是卻在語言的處理上重新考察了象徵主義的歷史情境。用我不斷試圖讓人信服的話來說，「修辭本身就是歷史性的」。原因很明顯，因為我們所處的歷史本身就是語言的構成。在很大程度上，我們的生活經歷、歷史經驗，都是語言性的。過去發生的一切，現在發生的一切，你都是通過語言來接受，來觸摸的。那麼反過來，你也只能通過處理語言來表達一種歷史感，因為歷史已不再是不言自明的了，不再是無中介的了。我說的象徵主義詩體，最典型的比如舒婷的「雙桅船」、「橡樹」，顧城的「黑色的眼睛」，很大程度上受到了主流歷史話語構成的影響（像那些具有確定含義和功能的意象：青松、大地、泥土、航船等等），一方面試圖掙脫，一方面還沒有徹底擺脫，具有某種雙重性。

在1980年代第三代詩中出現過狂放的、神異般的，尤其像萬夏、李亞偉、宋渠宋煒、馬松等人，也是1960年代人，寫出了非常出色的作品。到了1990年代以後，1960年代人當然都奔了三四十，所謂的「中年寫作」（最初是蕭開愚的提法）也就成了青春寫作的「再寫作」。我覺得「再寫作」這個概念，或者叫「重寫」，是一個相當重要但複雜的概念，它並不是摒棄了或者是斷然超越了早年的躁動性症候，而是穿越它，梳理它，是一種精神分析意義上的「透析」。從這個意義上說，我並不贊同1980年代的「打倒XX」的口號，簡單的替代並不是最深刻的變化而往往是重複。在我看來，深刻的變化存在於佔有的過程中。不是拒斥而是佔有、挪用，對以往的批判性重歷（包括自身和他人）。在這個過程中原有的「正當」方式遭到了質疑，這樣才會產生一種偏頗，一種自然和日常，但同時也是一種似是而非。從這個角度看，我發現那種膚淺意義上的「後現代」，那種試圖用身體或者用絕對的、無間距的日常來對抗歷史的欲望，反而陷入了歷史的漩渦而無力與之相爭。因為那種無深度的詩學正是被當今的歷史所規定的，它無法強大起來，無法強大到佔有歷史的的程度。

所以我發現1960年代出生的詩人受到一種比較主導的歷史意識的影響（毛時代的），這種意識又被毛時代之後所左右、動搖。這和1970年代

之後出生的就不同，他們的歷史意識中不是沒有那種東西（比如韓博的〈苗圃〉、〈偽書規範〉，就有這樣的因素在其中），但是他們的歷史意識從一開始就遭到了多元化的挑戰，也就是說挑戰和壓迫是同時出現的。所以他們最好的作品裡，和1960年代出生詩人的作品相比更加破碎，甚至戲謔化（比如胡續冬）；而對於1960年代人的經歷來說，挑戰要遠遠晚於壓迫，這使得喜劇很難徹底放鬆下來，總是被某種張力所牽制，因為那種重負在記憶中不是輕易可以排遣掉的。但是和五十年代的相比，我們又的確擁有了某種更明顯的反諷意味。所以孫文波和蕭開愚，如果沒有質的區別還是有量的差異。王家新有一陣也談到反諷，舉了陳東東的〈喜劇〉，我覺得王家新的詩，如果說有反諷也決不是喜劇性的。當然，我總是要強調，不是沒有例外，嚴力的詩就是徹底喜劇化的（甚至比我們還要喜劇化），但是很不幸，嚴力從來就不是他那代人的中心和代表。

　　1960年代的詩人在處理當下經驗的時候無法排遣記憶中，甚至無意識中的過去的陰影。那種海德格說的「澄明」，消除了歷史經驗的純粹主體我以為是不存在的。有的1960年代出生的詩人在1980年代曾經提出過純詩的口號，但到了1990年代，作品顯然變得更雜，也就是染上了更多的歷史「污點」。因此，詩歌的質地由光滑變得粗糙了。

*2003*

# 飄零在傳統與後現代之間
## ——台灣當代文學管窺

　　由於台灣在政治經濟文化各方面的發展同大陸的巨大差異，我們可以看到台灣文學所呈現的與大陸文學的不同的面貌，儘管這種差異的程度在近年來有所改變。總的來說，今天的台灣文學基本上擺脫了對具體的政治現狀或政治理念的關懷，儘管某些殘存的依舊迷戀於黨派政治的的文學作品依舊存在並且繼續引起一些反響（儘管它們甚至很可能是企圖納入另一種政治軌道），比如陳映真的《趙南棟》、藍博洲的〈幌馬車之歌〉等，但這些畢竟不是今日台灣文學的主流，因為大多數的作品所關心和表達的是在一個特定的地域文化環境裡人性的內在境遇。在本文中我將試圖通過一些代表性的詩歌和小說來說明。

　　台灣的社會文化環境的獨特性可用本文的標題來概括：飄零在傳統與後現代之間。首先，由於同大陸的地理上的（即使不是政治上的）隔絕，由於對過去和未來的持久的疑慮，台灣文化具有一種很強的飄零性。空間上同民族主體的隔絕自然比較容易理解，但是這必須聯繫到時間上的、歷史性的阻斷：從過去來看，這是「中華民國」的編年史在1949年的截斷和流亡，從未來著眼，外在威脅的陰影仍然無時不在威脅著寶島的生存。同時，這個判斷基於這樣一個事實：台灣同大陸的歷史的或者地理的隔離並不是一個自願的選擇，這決定了今日台灣文化對數千年漢民族傳統的強烈依附，這種依附的精神上的親近由於現實的疏離而產生張力。於是所謂「飄零」首先是對由這種張力所造成的困境的描述。

　　其次，台灣這個向大洋敞開的島嶼同歐美國家及東南亞國家之間的誘惑和被誘惑的關係是不言而喻的。台灣文化必然在與傳統若即若離的狀態

下成為被全球文化重新組裝的場所。台灣經濟的飛躍發展使整個台灣社會文明進入了一個嶄新的時代，因此，我們在台灣近期文學中看到了比大陸文學更多的對後現代文明的精神體驗，這種體驗由於處在同傳統文化的交織點上而顯得更為錯綜複雜。下面我也要談到台灣文學如何體現了這種當代精神的境遇。

　　儘管台灣從空間上離異於漢民族文化的中心地域，它對民族文化的保存在某種程度上頗為完整。台灣對傳統文化教育的重視是舉世矚目的，這也使得台灣文學中所體現的民族文化的意味值得我們去認真地探討。正是在這個基礎上，而不是在傳統文化的荒漠上，台灣文學對傳統、對歷史的反思具有深刻的意味。我們首先可以從台灣當代詩人的作品裡發現與傳統的對話，這種對話表達了對歷史的積極參與而不是消極接受。同時，如我先前提到的，這種難以排遣的歷史感由於當代情境的特殊性而產生危機，使總體化的歷史觀念面臨消解。這裡比較有代表性的是羅智成的詩，它們往往在歷史邊緣的那些人和事中獲取靈感來覆蓋原有的歷史痕跡。因而對歷史的閱讀可能只能是這樣一種情形：

　　　那夜
　　　契丹人下了馬
　　　倚著月光
　　　逐字讀他的傷口

〈哥舒歌〉

　　對於羅智成來說，這種傷口在莊子那裡變成一種「知識的傷口」，而思想也只能是「斷線的風箏」（〈莊子〉），無法固著於歷史中。這裡，傳統或者歷史的那種受創的、無法癒合的形象是當今台灣詩人刻意發現的歷史的隱秘。歷史的開啟被揭示為一種開裂：不再具有清晰的、理性的途徑，而只是磨滅的、「不實的擁有」。這樣，當詩人返回過去世代的時候，歷史的人物們只是一些「壞疽的老者」，自稱「我們只是多了一口氣

的泥俑／煙硝與姓氏的背景」（〈那年我回到鎬京〉）。羅智成甚至試圖撰寫那種遠古的、史前的題材：〈恐龍〉一詩從那種「粗大、簡陋／但總是深情流露」的「神早期的作品」出發，沉思著時間的反諷力量和沒有歷史負擔的生死消長。人似乎只有在這史前史的崇高裡「悚然而立」，因為恐龍的「森嚴、綠色的歷史」最終要被它自己「空虛的頭顱」所「擺脫」而納入文明的「博物館」裡去。羅智成的一本詩集叫做《擲地無聲書》，確切地表達了歷史書寫的困境，因為歷史總是面對虛空和沉寂的歷史，每一種對歷史的說出都是沒有回聲的。

　　台灣詩歌中這種對正統意義上的歷史框架的超越，正如我先前所提出的，是同整個台灣社會和文化的發展相聯繫的。近年來，無論從政治上還是從文化上，台灣都逐漸擺脫了對某種假想的、理念式的歷史結構的眷戀，台灣文化於是有可能朝向一種開放性的、瓦解壓抑性歷史模式的形態發展。傳統不再僅僅是規定我們的東西，而更多的是能夠與我們對話的東西。因此，面對傳統歷史和文化，不再是一味的依戀，而更多的是反思，是對歷史一體化的的質疑。渡也的題為〈三閭大夫說〉的詩就是一次擺脫歷史重負的嘗試，他通過對屈原這個民族精神象徵的重寫表達了對傳統價值體系的不信任。整首詩通過假想的屈原的自白用輕鬆的語調談論著他的自殺，在結尾的部分，這個屈原斷然否定了歷史壓在他身上的種種負載：

　　　　其實，這人世過度的炙熱
　　　　我把自己交給汨羅江
　　　　只是為了終身的涼爽而已
　　　　和現代人在炎夏裡
　　　　把自己丟進冷氣機
　　　　一樣
　　　　而離騷、天問、九歌也和涼爽一樣
　　　　其實只是我日常生活中的一種

消遣而已
何足掛齒

在這個方面，王添源的詩〈歷史告訴我們〉表達了更為明確的訊息。這首詩不但揭示出歷史的空白，同時不時毫無理由地（！）插入了醫生和關於「心癌」（？）診斷的詩行，打斷對歷史的整體性思索：

歷史告訴我們，子畏於匡
天未喪斯文，卻不告訴我們

留下道德五千
老子出關去哪裡

屈原既放，天問離騷
投詩汨羅或投屍汨羅

馬遷受戮滿身冤仇
一部史記怎麼洗脫

醫生宣判你患有心癌
你應該高興

歷史又告訴我們，武王伐紂
大明矢於牧野，卻不告訴我們

在烏江
項羽自刎時想什麼

李陵征匈奴

為什麼不回來


而曹孟德是否料到

舳艫千里竟擋不住一夜東風


醫生開給你心癌的藥

你不要偷偷丟掉


　　必須指出的是，這種對傳統的重寫絕不是對歷史的簡單否定或忘卻，而恰恰是對傳統的真正具有自我意識的把握。很顯然，這種自我意識只有在擺脫了原有社會的總體化意識形態對個體的束縛之後才可能出現，這無疑是台灣近年文學中透露出來的積極訊息。

　　在某些詩中，夏宇顯示出更敏感、更內在的對種族性的自醒。〈考古學〉一詩當然不僅是女性主義的，儘管它是從女性主義角度出發的。在詩的一開始，作為種族的圖騰的龍便「墮落為一個男人」。整首詩用極為含蓄的反諷觸及了這個「男人」的歷史性存在，他自述道：


「除了輝煌的家世，

我一無所有。」

除了男人全部的苦難

潰瘍、痔瘡、房地產

「希臘的光榮羅馬的雄壯」

核子炸彈


　　的確，這個由龍墮落而成的男人的「輝煌」歷史便在現實的困境、威脅與別人的光榮之間顯得令人歎息。末了，當「我」通過「研究他的脊椎骨／探尋他的下顎／牙床」而科學地「愛上他」並稱讚他為「完美的演

化」時，他卻不無自嘲地承認：「造物一時失察」。這首詩可說是用極輕盈的語調對及沉重的歷史性的一次自我審視，所發現的自我形象卻是空洞的（「脊椎骨、下顎、牙床」），老朽的（「坐在暗處／戴著眼鏡」）、精神變異的（「因為悲傷／所以驕傲」）。於是，這裡的歷史「考古」的情感向度以一種自我漫畫的方式表現出對傳統的既傷感又嘲諷的雙重意味。

對傳統歷史連續性和合理性的質疑也是同華夏民族的崎嶇歷程相關連的，這是一種災難的、流亡的歷史。對歷史的強行總體化只能以意識形態的方式使人無法對歷史的潛在危險或缺漏有清醒的認識。因此在近年來台灣小說作品中我們也可以發現對某種總體化歷史敘述的瓦解，似乎只有這種瓦解的努力才能夠表達被歷史拋出的那種無所適從的狀態，那種對所謂歷史必然性的徹底懷疑。我下面要談到的是張大春的短篇小說〈將軍碑〉和楊照的短篇小說〈黯魂〉。兩篇小說或多或少都涉及了一些真實的台灣歷史，但並不把再現歷史作為敘述的主旨，而只作為敘述的背景和驅動力。

〈將軍碑〉表現的自然不僅僅是兩代人之間的觀念衝突，而是任何對歷史的總體化的企圖的失敗。小說中的碑當然是那種總體化歷史的形象化符號，它在篇末的轟然倒塌意指了武振東的那種妄想性的歷史總體的崩潰。這種妄想通過他「無視於時間的存在」並「穿透時間，周遊於過去與未來」來實行，在無邊的幻想中整合歷史，或者說，建立歷史的偉大體系。小說對這種努力的不斷消解是通過武振東自身意識中的矛盾開展的。當他回到過去向管家敘述或示範他所參與的歷史事件時，既承認他當時根本不再現場，又否認管家記憶中他過去對這個事件的不同的敘述。這種包容歷史的宏大意向同歷史記憶或敘述的實際混亂之間造成的張力正是張大春的破除歷史一體性神話的修辭策略。武維揚，將軍的下一代，由於對歷史總體性的漠然或心不在焉而在歷史敘述中小小地出軌：他在將軍的冥誕紀念會上的演講中「毫無表情」地把「先父」生前的「哀」念成了「衰」，這無疑也是一次極大的諷刺。

〈黯魂〉中的主人公顏金樹是一個和武振東迥然不同的角色，他不是沉湎於對歷史總體的妄想中，而是被災難的歷史逼迫到了精神分裂的地步。武振東徒勞地企圖從災難性歷史中整理出完整的意義來，而顏金樹則甚至無法保持主體對過去的基本記憶。在某些時候，他自己的聲音在他完全沒有自主的狀態下說出他並不想說出的歷史，這使他驚訝和恐懼。這種主體的分裂使所有對歷史的整體解釋變得可疑或者無聊。從某種程度上說，只有這種裂隙才是歷史的暴力在精神上留下的的真正痕跡。小說的作者楊照是以歷史學為學術專業的人，我們應當可以推斷作品中對歷史性的自覺表達正是對曾經規定了整個社會的歷史意識的深刻反省。

　　張大春的長篇小說《大說謊家》把真實的歷史和虛構的歷史置於同一個時間維度內，又一次將歷史轉化成純粹的表演，不知其所向的的飄流。由一樁刑事案件引發的故事交織到整個世界事態的進程中去，虛構的人物不斷被歷史切割、擠壓，繼而通過個人歷史的虛構性來參與幾乎同樣幻覺般的群體歷史。從某種程度上來說，兩種歷史都建立在謊言的基礎上，這個猜測可能不是對歷史的簡單的悲觀總結，而是在一種反諷的意味中消除單一的歷史霸權神話的有力嘗試。在《大說謊家》中，歷史的進程（個體的或群體的）總是不斷地被有意或無意的、有害或無害的謊言所截斷、偏移、嫁接，顯示出歷史邏輯的偶然和歷史理性的荒誕，整部小說的遊戲風格指向了嚴酷的現實。事實上，這正是張大春的歷史寓言所要揭示的：歷史的反諷性存在於外在的真實與內在的謊言的張力之中。

　　台灣近期文學中這一類對歷史的洞察無疑是同台灣向後現代社會的急遽發展相關聯。《大說謊家》就充斥著在五光十色的社會背景下的眩暈的個人生活，這種生活沒有崇高的目的，僅有的目的也無時不被外在的各種不可逆料的事件所牽扯而游離。誠然，這個後現代的社會首先是排斥歷史意識的，因此張大春的歷史（編年史）實際上是純粹的現在而不是追述。這樣，歷史失去了規定的力量，變得可塑、不確定、轉瞬即逝。這是《大說謊家》中又一層的反諷：看起來似乎是具有嚴格秩序的歷史，卻無非是日復一日的虛構、羅織（就如張大春撰寫此連載小說時每日所作的），全

然失去了整體的必然意味。然而這正是對虛假的總體性歷史壓制的嘲弄和指控：這兩種姿態在《大說謊家》對作為背景的政治事態的描述中顯示的極為充分。

於是對於台灣新一代作家來說，歷史在後現代社會中的角色變得十分可疑。我現在要回到詩歌的範圍內，看一下那些直接觸及了後現代狀況的詩作中所涉及的歷史感。在上面所引渡也的那首詩中，我們已經可以看到現代文明的意象——「冷氣機」——被年代錯亂地說出於屈原的口吻中，有意磨滅了傳統與現實的距離，也表現出現代文明對傳統的誘惑和壓迫。從這個意義上說，後現代社會對傳統或歷史的瓦解並不純粹是一個值得慶倖的節日，它同時也可能包含著喪失、頹落、蛻化。在陳克華、林燿德等人的詩作中後現代文明的主題成為最突出的方面，表達出當代人在文明突變的境遇中的困惑。林燿德對傳統文化的解釋就似乎是這種困惑的一個縮影：

> 何謂道？
> 曰：山水鳥獸蟲魚
>
> 何謂「一指」？
> 曰：天空都市街衢
>
> 何謂禪？
> 曰：性愛擁抱以及其他
>
> 〈與某大師談訪錄〉

作為都市文學的提倡者，林燿德對當代文明中的傳統文化賦予了層層出軌的意義。然而仔細想一想，這種出軌難道不是傳統文化本身（比如禪）所具有的彈性和可容性所暗示的嗎？或者可以說，正是歷史給了現實一種可能性來質疑歷史，正是文化給了文明一種潛力來重建文化。

陳克華在題為〈列女傳〉的組詩裡掏空了傳統的正統文化中的倫理意味，使詩的內容與標題所示的體系產生巨大的張力。他所寫到的「台北的女人」似乎是有意的同傳統的對照：

　　一種奇異進化的生物，一群企圖不明的外星人

　　正混入古老的龍族，這裡一點點

　　那裡一點點地塗改

　　原先高展的

　　龍的圖騰

　　當然，「台北的女人」不再是女媧或者精衛：「不再靜靜搏著黃土了／不再銜著木石填海了」。相反，在一個消費生命的環境裡，當「氣味混雜的性費洛蒙嫋嫋升起」，她們「一次／大約只燃燒一根煙的壽命。用過即棄的台北。」不管這是否是現代「列女」的典型，陳克華試圖把她們放到傳統的背景上去考察，使孤零零的當代生活成為傳統文化的一個遲到的、歪曲的注解。他的另一首組詩〈星球紀事〉把歷史置於更廣表的宇宙背景上，表達出現代空間（對宇宙的把握標誌著當代文明的高度）對原有世代的傾吞。詩人對一顆沒有傳統的星球沉思、交談或傾訴，「思索著／你的存在／你嘲弄的文明和陷你入困境的夢魘」：

　　終究我們疲倦了

　　因為過度的思索和聯想

　　如果睡眠中你還能朝前張望，WS

　　替我在種族記憶底層構築新的神話原形

　　因為文明的記憶成為壓迫，詩人的聲音竭力要擺脫而一再重複：「我們永遠的課題是遺忘」。於是在本詩裡，代表著人類歷史的「傳說」儘管時時地追隨著詩人的述說，卻不斷退隱、消亡；而跨越更長時間的星球

的歷史不斷地擴散。而當它被現代文明所捕捉、擁抱時，當它遭遇了那些「電腦」「基因工程」「衛星系統」「探勘船」等等現代意象對它的侵蝕時，「末日」來臨了。這首詩在極為繁複的代表文明的科學意象與代表生命的身體意象的交織中艱難行進，表達出對現代文明本身的極大困惑，因為它既是對災難的消除又是對新的災難的創造。不無遺憾的是，該詩的結尾重新回到了一個古老的「簡單的主旋律」：中華民族最早的歌謠之一「擊壤歌」。這或多或少簡約了整首詩的恢宏的複雜性，但也確切地顯示了我所歸納的那種飄零在傳統與後現代之間的感受：當然，這種兩難的境遇正是當代台灣作家所面臨的。從以上的分析中，我們可以看出當代台灣作家已經超越了對外在現實的摹寫，他們直接深入到人對現實的複雜體驗和思考，顯示出今日台灣文學的非凡成就。

*1993*

# 有關兩岸詩的隨想（兼答零雨、鴻鴻問）

　　談到大陸前衛詩歌的發展，我認為大約可以以1980年代中期為界。曾經有過一種過於簡單的劃分法，就是把1970年代末崛起的《今天》雜誌的詩人稱為「朦朧詩派」，那些後起的詩人們的作品稱作「後朦朧詩派」或者「後崛起派」（因為徐敬亞曾經寫過一篇〈崛起的詩群〉，後來幾乎被當做朦朧詩的宣言）。我覺得不應該根據詩人來劃分，因為很多人比如楊煉、北島、王小妮在1980年代中期以後的傾向有質的改變。當然也有例外，多多在1970年代初大概就已經寫出有相當深度和力度的東西了。嚴力在1980年代初的作品也已經預示了後來的「第三代詩」。不過總的來說，「今天派」在嶄露頭角的時候大多帶有一種強烈的英雄主義和浪漫主義色彩，可以說那是大陸1950、1960年代的詩歌遺風尚未完全脫盡。雖然他們已經開始用一些象徵手法來表達「我」的感受，不過那種感受基本上還是帶有濃重的意識形態因素，從而在本質上還是不免流露出一種大而無當的集體主義抒情。這可以稱作大抒情（grand lyrique），相應於李歐塔（Lyotard）所說的大敘述（grand recit），具有明顯的理想主義色彩。到了1983年，楊煉寫出了《諾日朗》，那是一首有宗教意識的詩，挪用了同時也反諷化了以前的大抒情風格，這裡的烏托邦基本和此岸的事務無關，而被聯結在絕望或死亡這樣的字眼上，變得非常可疑。同時，在四川的萬夏、李亞偉和楊黎等人開始提出「第三代詩」的口號，試圖用另一種風格取代朦朧詩。他們形成的「莽漢主義」不再有前期「今天派」的明顯的使命感，反而採取冷嘲熱諷的方式，表達人的存在的困境，或者在語言上採用更激進的方式，來否定現實的話語系統的壓抑狀態。後來又發展成在1980年代後期大陸最有影響的前衛詩歌群體「非非主義」，全面推翻了前

期朦朧詩建立的理想主義規範，崇尚語言的顛覆性和反叛力量。當時有個全國性詩歌活動，一下冒出來成千上百個詩歌團體或流派，盛況空前。我沒有參加，但也並不遺憾，似乎旁觀也很令人興奮。不知道台灣有沒有類似的情況？我注意到林燿德、孟樊等在宣導後現代主義，但流派性好像不那麼強。

　　台灣現代詩的發展是不是沒有經歷過這樣一個轟轟烈烈的的顛覆階段？即使在1950和1960年代現代主義被大量引進的時候，詩人們所關注的好像也主要是建立而不是破壞。大陸詩壇的破壞的欲望似乎更接近歐洲一次大戰前後的情況，這大概的確同社會背景有關。因為處在兩次歷史災難（文化大革命和六四大屠殺）之間，1980年代後期的大陸詩歌顯得極為敏銳，甚至惡毒。詩有時的確會不自覺地扮演先知的角色，說出啟示錄式的恐怖聲音。我寫過一些文章，像〈劫難的寓言〉和〈崩潰的詩群〉等，大致勾勒了當時詩壇的面貌。總的來說，像廖亦武、萬夏、宋琳、何小竹等人的詩歌裡表現的末日感後來都證明成為現實經驗的一部分，而絕不是幻覺。從這點來看，台灣處在一個相對穩定的社會環境裡，詩歌的努力也就有不盡相同的傾向。台灣年輕一代的詩歌裡我看到的衝突和關懷基本上是日常的，涉及到人類生活的各種層面。這種關懷也可能上升到極為抽象的高度，像在夏宇和陳克華的詩裡，人際的、世俗的事務被高度本質化了。大陸詩人大概一寫詩就有意無意地指涉到最嚴重的問題，這當然是特定的社會歷史教給我們的。我們不得不緊緊把握同自己生命直接相關的主題。

　　我另外注意到近來年輕一代台灣詩歌中純粹抒情因素的減少和戲劇因素的加強，很多詩人本身就同戲劇有相當程度的關聯，比如夏宇、鴻鴻。你們的詩裡（也包括與戲劇無關的羅智成、陳克華等）有很多參雜各種不同的聲音的所謂眾聲喧嘩的傾向，基於一種用事態展開為結構的形式上。不知道這個觀察是不是準確。大概也有例外。零雨的詩就比較接近大陸的傾向，所以對我來說更容易產生共鳴。不過我還是覺得總得來看是有差異的，並且可能是獨白和對話的差異。我個人在台灣的感受也是如此，就是說，在台灣至少存在一種允許對話的公共領域，不管這種對話如何荒誕

（像《暗戀桃花源》裡的情形）。台灣大到政治舞臺上的場景也是如此：滑稽，具有表演的觀賞性，並且的確具有多元的形態，通過顯見或隱含的對話產生歷時的變化。在大陸，我覺得我們基本習慣的語言生存的方式是無始無終、沒有回聲的獨白。這是一種極權體制下被壓制的狀態，比如肉體或精神上的創傷的體驗，你是既無法也不被允許交流的。所有的時間都共時性地凝聚到唯一的現在，向後的懷舊或向前的憧憬都是不可能的，這大概也同社會結構有關：大陸社會的某些一元化的「基本原則」始終是靜態的，我們很難看到世界的動感。因此大陸詩歌的主要面貌仍然是抒情的，儘管也會採取反抒情或擬抒情的方式，但基本上是從純粹個人的聲音出發的，是很「主體化」的，並且一首詩從頭到尾基本是沒有進展的。記得那天曾淑美問我「詩對你來說是什麼？」我說是一種歌唱吧。後來我想，大概正是因為我們歌唱欲望的被禁絕和無法滿足才選擇寫詩的。多多曾說他和北島最初是以男高音歌手結識的。詩之所以要替代歌唱是因為在某種境遇下，歌唱的純潔性已經早就被摧毀了。

我想台灣現在年輕一代詩人所面臨的傳統和大陸詩人是大不相同的。你們所擁有的紀弦、鄭愁予、瘂弦、洛夫、商禽、梅新、楊牧這一代的詩人提供給下一代可以承傳的產業，這是大陸當代詩壇所缺乏的。大陸年輕詩人所面對的現代詩傳統極為可憐。毛時代的聞捷、郭小川給我們留下的無非是一些很尷尬的消亡在官方意識形態裡的聲音，用一些空洞的主題和偽詞比如「人民」、「青春」、「祖國」等來抹殺個人獨特的感受和想像力，抹殺對現實、歷史和人性的真正探究。其實我們較早接觸的給我們相當影響的現代詩倒是有極大一部分來自台灣，和來自西方的幾乎一樣多，一樣具有決定性。從1980年代初大陸出版的流沙河編的《台灣詩人十二家》開始，我們有機會讀到用漢語寫的真正的詩，這在當時使我們非常興奮。那本書的觀點如何不去管它，詩作都是放在那兒的，改動不了。我們很多人都是從那裡起步的。不過對於大陸詩人來說台灣詩歌似乎從來不是傳統的重負，相反是一種全新的刺激，是否定既有傳統的一個源泉。

　　大概是由於不同傳統的關係，也由於社會歷史的不同壓力，台灣詩壇好像很少出現極端前衛的激進詩歌流派，也沒有過多的詩歌口號。不知道是不是這樣？大陸的情況近年來也有轉機。在大陸目前活躍的優秀詩人孟浪、歐陽江河、鍾鳴等都不是熱衷於提出口號標語的人，當然他們也可能參與過這個或那個流派，不過大家可能越來越意識到獨立的、不依附群體的個人寫作的重要性。

　　大陸詩歌目前比較值得深入探討的問題是純詩的問題。詩歌相對於社會文明的獨立與純粹是不言而喻的。大陸詩歌吃盡了從屬於、服務於政治的苦。但是從一個更高的層次上看，一種比較自信的、有力的詩卻應當是能夠包容雜質的。從這一點來說，大陸詩歌（我指的是還值得一讀的）目前令人憂慮的是過於趨向同一種模式，力求純粹的詩意和抒情性。相比之下，我提到的一些更為傑出的詩人，像歐陽江河有能力把經濟問題作為詩的表面主題，鍾鳴可以把無生命的物（比如椅子——這和零雨的「箱子」在手法上很相近）寫入詩，孟浪能夠大量挪用「革命」、「國家」等各種意識形態的語彙來予以瓦解，而依舊保持詩的透明度，這是需要勇氣和才能的。

　　我個人從來沒有參加過任何流派，雖然也一度宣導過一些主義什麼的，很快就銷聲匿跡了，也毫不足惜。我想文學以外對我影響比較大的一是音樂，西方古典的，尤其是現代古典的（modern classic，比如Boulez、Berio、Henze、Stockhausen等），從那裡我發現在藝術裡沒有什麼材料和效果是不可能的；二是當代哲學，從阿多諾到李歐塔。不過對於詩本身來講，最重要的是語言的操作而不是任何別的什麼。

*1994*

# 說得比唱得還好聽：
## 當代詩歌中的敘事與抒情
### ——北京大學未名湖詩歌節演講

其實，這個標題也可以寫成「說的比唱的還好聽」，但含義卻會大不一樣。「說的」和「唱的」指的是說和唱的內容，而「說得」如何，「唱得」如何，指的是說和唱的方式和形態。敘事性問題在當代詩歌理論中已經說得太多，但是其中的關鍵卻並未深入涉及。似乎詩歌中的敘事僅僅是對小說等敘事文體的靠近。

本文試圖探討的有兩個問題：一是上世紀九〇年代以來大家比較關心的一個問題便所謂的「敘事性」的問題。所以就有「說得比唱得還好聽」（這樣一個題目）。這個「唱」顯然就是1989年以前，主要是從七〇年代末甚至六〇年代末過來的現代詩的一些傳統和以個人主體的抒情為機制的。與之相對也就是許多批評家認為相對立的（即使不是那麼明顯的對立，至少也是不同的）一個方式，在詩中融入了許多敘事的方式，而不是僅僅自己的一個主觀自我表現的（機制）。我們都知道「詩」是和音樂非常有關，（在文學中它和音樂關係最為密切），詩中的音樂性是非常重要的，所以我今天的主標題是「從詠歎調到宣敘調」。我希望大家能對音樂感興趣，我不知道（笑），也許我這個是多慮了。因為我本身對西方的古典音樂特別感興趣，所以我想到在古典歌劇中有一種「詠歎調」，它是靠非常旋律性的方式唱出來的。那麼另外一種（其實也是「唱」並不是「說」，和「說」還是不同的）在比較旋律性的主要唱段之間的用不那麼帶有旋律性的，就是「宣敘調」是帶有那麼一種「說」的方式唱出來的。它其實還是一種「唱」，但是它和「詠歎調」的「唱」是不一樣的。它

不同於京劇裡邊的（京劇裡邊當然也有相對於詠歎調的），它不是「道白」，還是一種旋律（當然這種旋律還是不如詠歎調那麼明顯）。

下面呢，就是我想重點談一談很多批評家在當代詩歌流變中所發現的，比如說八〇年代的主流風格，到九〇年代詩歌主流風格的變遷：從抒情到敘事的（模式）的變化。比較早對這一問題提出看法的應該是程光煒編的那本著名選集《歲月的遺照》的序，不過我就不念了，大家有興趣可以去看看那篇文章。他先提到了敘事的九〇年代詩歌敘事功能的一個重要詩歌策略，他也提到了敘事功能之中需要警惕的問題（其實我覺得他裡面談的是比較全面的），而很多人恰恰忽略了其中要我們警覺的話語。「當人們熱衷於談論具體、準確，談論敘事功能，談論詞語的創造力，實際是在談論語言的工具理性。」這是一個很學術性的說法。「工具性」這個詞應該是個比較貶義的意思，一種語言去機械性的表達，一種理性的思維。那麼如果是這樣去理解的話，它並不是去對於那種抒情性的一種糾偏，而是走到一個詩的反面去。我想我們這樣引用一些文章，還不如來看一些詩更為直接一些吧。

芒克有一首詩，叫〈陽光中的向日葵〉。我先唸一下：

　　你看到了嗎

　　你看到陽光中的那棵向日葵了嗎

　　你看它，它沒有低下頭

　　而是把頭轉向身後

　　就好像是為了一口咬斷

　　那套在它脖子上的

　　那牽在太陽手中的繩索

這首詩我覺得是可以用一種「詠歎」的方式唱出來的。在他的那個年代裡面，（大家知道芒克自己雖然沒有歌唱的才能，但是他的兩個朋友：多多和根子，我覺得是非常重要的詩人，現在都已被埋沒的詩人是根子。

大家都知道多多了，而根子並不為人所知，主要原因是他後面沒有再寫。七〇年代初的時候，多多是受了根子影響才開始創作的。根子後來考取了中央樂團，他是那種特別渾厚的男低音，唱得非常好，他去美國後沒有繼續從事聲樂的活動，而是去電臺當播音員。唐曉渡一聽那個足球比賽就說：「嘿，那不是根子的聲音嗎？」多多也是對音樂非常感興趣的，也是一位義大利歌曲的愛好者。還有一首，是九〇年代以來比較晚近的詩，讓大家來看看在詩歌的表達方式上有什麼區別。隨機的挑一首，剛才念的是〈陽光中的向日葵〉，那我就找一首臧棣的詩（我覺得他的詩比較有代表性），〈反駁〉。沒有什麼具體、具象的東西。

　　第一段是以「說」的方式來告訴我們。其實我想說的是，「敘事」這個詞，意思是去說一件事。但臧棣這首詩裡難道有一個事情嗎？我們在說到敘事這個問題上面，其實有一點是比較可疑的，因為這裡面你可以看到他在說，但實際上這個「事」本身並不是很重要。我今天說的是「從詠歎調到宣敘調」，不是「從抒情到敘事」。我要講的是大家看到的「敘事」並不是要把一個事情說出來，而是在這個詩歌中以一種語態來說。所謂的「宣敘」是一個說的方式，不是說的內容。從這個角度來說，我們用「敘事」這個詞來描述1989年以來當代詩歌的一個總的面貌，我覺得是有一些偏離。我更想要用的一個詞是「陳述」。陳述是一種語態，這個詞語我想沒有錯。用陳述來代替敘事我覺得更加準確。詩的敘事性決不是指的是一首詩的敘事功能。其實這個問題臧棣也說過，而且很多談到詩歌敘事性的文章都談到了這個問題。但是這個問題一直沒有獲得大家一個共同的認識。但是有一點大家都知道，就是說「敘事並不是一切」。很多人的文章裡面（包括程光煒的文章裡面）確定是個具有某種先鋒性、敘事性，但是呢，如果過分誇大語言功能的話，比如說古典的，抒情性，意象的深度。也不是太最近，有一篇文章，敬文東的，也認為抒情才是古今中外詩歌的傳統。具體在這兩者之間偏移，原因就在於他感覺在這個詩歌之中所謂的敘事，不是一個本質的問題。我就在不斷地想，比較能夠關鍵性的談論這個1989年以後的中國詩歌的問題究竟是什麼。因為這個差異肯定是有的，

所以談到了這兩首詩的比較。另外有一首，應該不是我隨機取的，還是和臧棣的一首詩比較，這兩首有一些相似之處。比如說有一首多多的詩，1973年寫的，叫〈致太陽〉。這首詩現在看來也還是非常好：

> 給我們家庭，給我們格言
>
> 你讓所有的孩子騎上父親肩膀
>
> 給我們光明，給我們羞愧
>
> 你讓狗跟在詩人後面流浪
>
> 給我們時間，讓我們勞動
>
> 你在黑夜中長睡，枕著我們的希望
>
> 給我們洗禮，讓我們信仰
>
> 我們在你的祝福下，出生然後死亡
>
> 查看和平的夢境、笑臉
>
> 你是上帝的大臣
>
> 沒收人間的貪婪、嫉妒
>
> 你是靈魂的君王
>
> 熱愛名譽，你鼓勵我們勇敢
>
> 撫摸每個人的頭，你尊重平凡
>
> 你創造，從東方升起
>
> 你不自由，像一枚四海通用的錢！

題目叫做〈致太陽〉，那麼「太陽」基本還是一個正面的形象。因為「給我們時間，讓我們勞動／你在黑夜中長睡，枕著我們的希望」還是非常帶有正面的、肯定的、光明的。它其中也有「給我們洗禮，讓我們信仰我們在你的祝福下，出生然後死亡」，這裡面就有一些非常悲觀的情緒出來了。我是說這首詩裡面對太陽的禮贊並不是和當時的很多詩歌一樣：有一種簡單的太陽的象徵。多多這首詩對那種宏大的象徵其實是有所質疑的。其實很多芒克的詩，大家可以看一下，也有很多太陽的意象，比如說

「太陽升起一枚血淋淋的盾牌」。把「太陽」這個意象和「血淋淋的盾牌」聯繫起來，等於把這種象徵有所顛覆。在多多的這首詩裡面，它沒有一個明顯的顛覆，在整個抒情中我們可以看見它有一種很強烈的意願在裡面：「給我……」「給我……」。相對應的我就看到，一首臧棣的詩，叫做〈原始記錄〉。它也用了許多「給我……」，但是它從不同的聲音開始的：

　　椅子說，給我
　　一把能遮住他們的傘
　　但除了猛烈的羞怯，
　　他們還能在那裡洩密呢？


　　雨說，給我一扇玻璃後面
　　蹲著一隻黃貓的窗戶。
　　智慧說，給我三個鳥蛋，
　　我要幫助他們熟悉
　　速度不同的飛翔。


　　木偶說，給我一支鉛筆，
　　我想記下這些吩咐，
　　好讓其中的傲慢免於晦澀。
　　晦澀說，給我一面已經打碎的鏡子，
　　或是把反光的語法
　　直接傳授給他們。


　　桌子說，給我另一種海拔，
　　我就告訴他們用四條腿
　　如何區分坡度和制度。

> 我就先念這麼多，最後是
>
> 輪到我時，我說，給我
>
> 我現在就想要的東西——
>
> 兩斤尖椒，四斤洋蔥，三斤牛裡脊，
>
> 因為我眼前的這些盤子都空著，
>
> 我得做點什麼來填滿它們。

　　這當中有什麼區別，它也說「給我……」。在這首詩裡，它不是以一個抒情者的身份來說「給我……」，而是他者的聲音。「雨說……」、「椅子說……」……這是選用別人的話，一種引述，帶有一種陳述的因素在裡面，不是把「敘事」當作一個貫穿的東西在裡面，只是一種陳述。我的意思是說，在很多詩裡面，並不是把抒情的因素剔除掉了。我們要警惕簡單的二元論，這個不對就把這個去掉，很多當中是包含，你挪用了一種方式，但是你走的是一種偏離的方向。我覺得這是一個比較重要的問題。這裡我們也會想到拉岡說的「無意識是他者的語言」，如果說詩是無意識，那麼它不是憑空創造的，是從他者的聲音中創造的。

　　同樣的，剛才說到的這個「象徵」的問題，有一個非常理論性的問題可以在這裡探討，就是在美國的後結構主義中，德・曼寫過幾篇非常有影響的文章——〈時間性的修辭學〉。探討的就是一個「象徵」和「寓言」的問題，對這個「象徵」提出了非常的疑異。他認為「象徵」是「虛幻的同一」；「寓言」是非常有時間性的問題。一個例子就是盧梭在他的一本小說中，大家都認為是盧梭對應他內心中的一種嚮往，但他舉了很多例子，然後覺得這個「花園」是一個很人工的東西，這個意象是和其他文學作品中不同花園的意象比較獲得意義的。它無法和「花園」本身的意象獲得一種意義的重合，和大家普遍的理解狀態無法同一的結果。「寓言」他說「是一種符號」，是「一個無法獲得與先前的符號相一致的符號」，相應於象徵的、虛幻的、破碎的，而是更具有動感、更有曖昧性、多義性。從這個角度來看〈原始記錄〉這首詩。我們的閱讀習慣是喜歡揣摩這

首詩在說什麼，「為什麼這些東西說這個？」這其實都有關係，比如說「鞋說，給我全世界的牛皮，／或者，給他們都換上飛毛腿。」那顯然，這個「鞋」和「牛皮」是有關的。牛皮「換上飛毛腿」，鞋的功能就在這個牛皮化的飛毛腿中獲得自己的本質，好像是看懂。但是其他的呢？「紀念說／給我一個角落，我想知道／語言到底能結多大的網。」這又是什麼意思？那可能說是「蜘蛛網」，那「紀念」又是什麼？可能是蜘蛛網式的被人遺忘的東西。你把這兩個聯繫起來，我又看懂了。但是這又和鞋有什麼關係？你還不是很懂。這麼多聲音，整個詩到底是說什麼意思呢？我們如果不從這個角度來說，你會發現這個問題本身就是非常愚蠢的。「所有問題都是有有機的意義」這個想法你要是質疑掉的話，你會覺得這首詩非常有意思。因為它是說各個不同的物所說的願望，可能和詩人主體沒有太大的關係，而是一種所謂的「異質」（文化批評常用的辭彙）。像傅柯所說的一種「異托邦」，不同的東西在一起，大家能夠互相容忍。看一下傅柯《詞與物》的序言，舉了波赫士的例子。不同的東西在一起，你並不指望他們給你一個確定的含義。從這個角度來看，所謂的「陳述」往往是陳述了一件無法陳述的事情。，是對一種不可能的敘事。在異質或異托邦的事物中，你會發現一種衝突，一種不諧和。而這種東西正是一首詩歌所要揭示的。因為詩歌應該是一個比較感性的東西，而感性的東西往往並不是邏輯、理性的東西所能規範化的。我在解釋一首詩，沒有用一種道理去規範某種方式。否則，詩歌就沒有什麼意義了。之所以我還用這麼多理論，只是用它們來說明一些問題。其實在念詩的時候，大家如果不是念文學的或搞文化批評的，你不用搞清楚它的意義所在（因為詩是感性的東西）。從我的角度看，運用理論不是說如何來閱讀詩，如何來怎麼樣。要是那樣詩歌就完蛋了。你要從感性的方面說這首詩好，這樣你的寫作才是有意思的。你再看到一種理論，就會產生一種認同感。

所謂「敘事的不確定性」也不是我發明的。應該是唐曉渡的詩歌評論裡面，在他對翟永明、陳東東的評論裡，其實也說到了這個問題。還有一個詞，其實也比「敘事」好，是「敘述」。在姜濤的一篇文章裡面（我

現在用的都是你們北大老師的文章）用的是「敘述」。我覺得這個詞更為準確，而且我認為我們倆對敘事性的看法比較相近。「與其說是某種既定的「物」被語言所觸及，毋寧說物是文本自我與周遭歷史現實間的相互修正、反駁和滲透的過程。」簡單說就是並不吻合而是充滿衝突又不斷滲透的過程。他還說：「九〇年代詩歌的本質不在其敘述中的敘事性、及物性或本土化等等寫作策略，而恰恰存在於寫作對這些策略的擾亂、懷疑和超越之中。」我們應該注意的就是「擾亂」、「懷疑」和「超越」。不是盲目的運用「敘事」，而是應該顛覆這種「敘事」，我覺著只有這樣的詩，才是比較成功的。

再比較一首啊。陳東東在八〇年代特別具有象徵性、詠歎的（我沒有當面和他說，我非常喜歡他現在的詩，這首詩相比就太簡單），叫〈點燈〉：

> 把燈點到石頭裡去，讓他們看看
> 海的姿態，讓他們看看
> 古代的魚
> 也應該讓他們看看亮光，一盞高舉在山上的燈
>
> 燈也該點到江水裡去，讓他們看看
> 活著的魚，讓他們看看
> 無聲的海
> 也應該讓他們看看落日
> 一隻火鳥從樹林裡騰起

畫面感很強。但是那些意象的意思是十分明確的。把燈點到石頭裡去，好像要用一種光明去照亮不可能光明的地方，窒息的地方，由此產生了海的廣闊意象，落日啊，火鳥啊，都有強烈的浪漫主義色彩。這個象徵主義在很大程度上是浪漫主義的。我想要比較的是他最近幾年寫的詩，

〈月全食〉：

> 旋轉是無可奈何的逝去，帶來歷程
> 紀念，不讓你重複的一次性懊悔
> 真理因回潮
> 變得渾濁了
> 向西的櫻桃木長餐桌上，那老年讀者
> 攤放又一本剪報年鑒它用來
> 備忘，彷彿《逸周書》
> 像衛星城水庫壩上的簡易閘
> 每一個黃昏，當郵差的自行車
> 經過閘口，花邊消息就抬高水位
> ——「人怎麼才能夠
> 兩次涉足同一條河流？」

　　這首詩你很難捕捉它某一個意象，或是它某一類意象所要表達的確定的（東西）。我覺得陳東東要是在八〇年代寫這首詩，就會有別的處理。月亮作為一個公眾化的意象，讓你讀這首詩時有一種警惕：對公眾化的象徵符號帶有解構策略的使用。它這個裡面實際上所說的也不像他原先說的「把燈點到石頭裡面去」有一種祈使句式主觀性。現在的口吻是很陳述性的，是「無可奈何的逝去」，還不是敘事，多了一個「說」，「什麼是怎麼樣了」。它是對一個時態的描述，所謂的「歷程」，儘管這個時態是什麼我們還很難捕捉。整個一首詩還是一種先前的東西，要求我們也要有對先前事物有一種經驗式的準備，一種文化的準備。那麼這樣一類詩的閱讀會比較有成效。像「真理變得混濁」，大家要是能仔細想一想的話，能夠捕捉到其中微妙的內容。這種混濁、老年讀者、逸周書、櫻桃木，都帶有了某種歷史感，帶有同先前的東西發生關聯的事件性。郵差的自行車也是一個外來的形象，插入性的，而不是本來就在的，它的功能是「抬高水

位」，他使老人的形象（確切地說是老人的內心欲望）發生了變化，像花邊消息這一類的外在誘惑也是擾亂性的，總而言之，有許多不同的、具有雜質的事物在不斷對另外的事物產生作用，扭曲、篡改、驅動、引發，等等，而不單是單一的象徵意象在自身中起作用。

　　我再來介紹另外兩首，一個是你們另外的一位老師──胡續冬，這首詩你們應該都看過，叫做〈雲是怎樣瘋掉的〉，先念第一段：

> 小鯽魚翻炸片刻，佐以
> 泡椒、芹菜，形成一小片
> 快樂的雲。我們體內的三伏天
> 在專心地煨湯，偶爾
> 開開小差，讓一陣暴雨出醜，
> 讓閃電錯誤地切除掉
> 我們折疊在盲腸裡的翅膀。
> 但雲總是，在雨後，用鮮美
> 使一切恢復正常：魚肉
> 代替難嚥的未知堵住了我們
> 瑣碎的嘴。好了，雲
> 穿過了我們的滋味。雲在靜中。

　　整個第一段貫穿的意象還是「雲」。這個意象你會捕捉到它和以前的象徵主義的或抒情主義的有什麼區別。因為它說的是很日常的東西，很像炒菜的過程。這種聯繫，又和所說的你應該具有的一些「前理解」聯繫，會更有成效。比如顧城有一首詩，大家可能都會背，「你看雲的時候很遠，看我的時候很近」，它表達了一種人性中的缺憾吧。即你在和自然交流的時候感覺很貼近，跟我交流的時候可能就很遙遠。一旦破譯出來，你會覺得這首詩索然寡味。這個雲的意象其實還是很複雜的，除去顧城的詩，從傳統詩歌「雲」這個語庫裡面，並不是一個非常確定的東西，不像

月亮。本身含混的意象被胡續冬運用後就更加含混了，一開始就變成一種錯誤比喻的東西，自然的意象錯用到世俗的日常經驗上來，但是日常經驗本身其實又的確是人性自然的一部分。詩裡明顯地用到了「出醜」和「錯誤」這樣的詞語，指向經驗中的那些難以捉摸的部分。那麼這種含混性或不確定性，是當代詩歌中的一個重要因素。它就不再把這些意象當作象徵的、本質的、中心的東西來對應於某種內心的體驗，是對已有的對應方式的一種反思。對「雲」我們會有很多理解，是否會有明確的含義？這些都是可以探討的。對於當代詩來說，它沒有給你一個確定的像顧城詩中具體說出的，這才是可以挖掘的。

　　對於敘事學，我是最近看到一個朋友秦曉宇在論壇上貼的一個帖子。我想他對理論的運用還是比較熟練的，尤其對詩歌的感覺非常好，否則他就不會喜歡我的詩了。但是他的理論立場我想提出一些質疑。他的這個文章寫的比較專業化。他說「中國詩裡有三種特質：第一個是主體的在場性，即詩人在寫作中是在場的，而不是有距離的。二是自我的本真性。我是本來的「我」，達到海德格所說的「去蔽」、「澄明」的境界。孫文波不憚於以粗話入詩，但「他的粗口有民間語言的純正健康，姿態性的文人語言既達不到那樣的質感力度，也會被襯得猥褻。」（席亞兵語）比如：「哦，張秋菊、李素芬，什麼屁樣子嘛；愛她們就是對母豬表示敬意。」（〈醉酒〉）他說說粗話表現了自我的本真性，我覺得很懷疑，似乎優雅成為了偽裝。還有「使死亡可以成為嘲弄的對象，不怕你，滾你媽的蛋！」（〈起來〉），這些我們在毛澤東的詩中都可以找到「不須放屁，試看天地翻覆」。這個就真的是本真性嗎？有些詩人在日常生活裡表現出一種「偽粗俗」，故意說些髒話來顯示放浪。孫文波肯定不是這種情況，但是用本真性概念來說明這個問題是比較值得懷疑的。但是的確第三個是說語言的日常性，即語言還原到了一個本身。比如孫文波的一首我們都非常喜歡的詩〈上苑短歌集〉：

> 人民就是——
>
> 做饅頭生意的河北人；
>
> 村頭小賣鋪的胖大嫂；
>
> 裁縫店的高素珍，
>
> 開黑「麵的」的王忠茂。
>
> 村委會的電工。
>
> 人民就是申偉光、王家新和我。

　　秦曉宇說這是對「人民」這個詞的還原。「這裡經過還原的人民不再是抽象的，而是具體的，及物的……」「還原後的人民成了一個活的詞」。你這個詞本身能夠還原嗎？人民這個詞這樣理解就絕對地對了嗎？也許所有這些具體的人都是一些隱喻。「人民」這個詞就能讓這幾個具體的人就這麼就了結嗎？我覺得還原有點烏托邦化，一廂情願。因為所有的語言不是都能讓詩人去改造，詩人的任務也不是去改造某些不對的意義。因為「人民」這個詞已經深入我們的思想中了。之所以這首詩能打動我，是因為我覺得它把「人民」這個詞拆解掉了。我和秦曉宇的觀點一致：這首詩寫得好！但是角度完全不一樣。我可能是站在解構主義的立場：「黑麵的」可能處在一個灰色地帶，雖帶有正面的人民範疇，但似乎不能算得進去。可見，「人民」這個概念不是同質化的，而是剛才臧棣那首詩中（我用的）異質化的，無法被還原為固定的前理解的意識形態上的意義。它起的是質疑的作用。

　　我這裡穿插別人的一些論述：別人問桑克：「據我所知，在九〇年代中期以前你是一個相當純粹的抒情詩人，有自己偏愛的主題和題材，但在你近期的寫作中卻融入了敘事和諷刺的成分，這種變化是如何發生的？」桑克說：「是絕望。」非常悲觀主義的回答。這不是敘事要呈現出非常本真、本來的面貌，而是說對象徵的自足性喪失的絕望，對你想像的某種同一化的絕望。

　　這裡還有兩個和敘事有關的概念：在場和及物。在場一直被當作一

個極端主觀主義的觀念，好像詩人在那裡了，能夠依賴他的洞察力，其實是高高在上的。孫文波這首詩有在場的話，是在當中反思自我的形式、概念等，如大詞，像「人民」這樣的詞。所以「在場」在這裡不是主觀主義的東西，變成了對主觀主義的一個質疑，他把自己都放進去了。另外一個，是「及物」，似乎又與現實主義、客觀主義有關。去年年末開了一個楊煉的作品討論會，很多批評家提出「楊煉的詩還停留在早期朦朧詩的階段」，缺乏及物性。這涉及我們如何看待「當代」的問題，其實非常微妙。我不認為一定只有寫當代身邊的東西才是及物。楊煉的寫作很大程度上依賴於他的記憶和過去的經驗，去年獲諾貝爾獎的凱爾泰不也是寫集中營的嗎？但這都不是關鍵。當代現實，一進入詩，也是隱喻。在很多詩裡面你很難看到與現實有直接的參與，臧棣自己對這個事情都有說法，我覺得他這個說法非常好：「因為說到底，我們都是在隱喻的意義上才知道存在著什麼樣的事物的。」我們不能離開修辭的東西來談「物」。否則就不是詩的東西，而可能是一篇報告的東西。他說「我願意想像詩歌的本質是不及物的。假如我的詩歌在本文上看起來像是及物的話，那是因為我覺得及物會引發一種風格上的富於變化。認為詩歌必須要反映或回應現實的觀念，其實是一種極為專斷的美學主張。我的詩歌會觸及現實，但那不會是他們的現實。」

還有一個很重要的詩人我們沒有提到，他是我最後一個要提到的，是蕭開愚。他的〈學習之甜〉，分三段，第二段叫〈警察的第二個問題〉。這是比較現實的。因為我那幾年我見過他幾面，他在上海確實受到了一些警方騷擾。這首詩寫的差不多就是和那時非常一致的，幾乎可以看作現實主義的，但其實還有隱喻的問題。這裡有一個虛擬，是以女性的口吻來寫。還有「老師」的意象，可能和管制有關。這些意象性的東西，的確是被敘述出來，但往往帶有很強的隱喻色彩。有的你不可能說的很準確，帶有多重性和多義性。

我在說這麼多之後，還是要避免一個簡單化的因素，就是這樣一種跨越、變遷絕對是八○年代到九○年代文學樣式的變化。其實1989年以前就

有那麼一種對「象徵」有質疑性的寫作方式，但是那麼一種陳述性的或敘事性的方式並沒有形成。孟浪〈靶心〉裡面就有一種不可能的東西，比如象徵自由的飛鳥被「凍住了」當成了射擊的靶心。九〇年代詩歌裡面，許多意象就被融入陳述的過程之中。我們所說的寓言不是固定的，它是與別種語言發生關係而獲得意義的。胡續冬還有一首詩叫〈亞細亞的孤兒〉，我就不念了。「亞細亞」指的就是「太平洋」大廈，或者淹沒在太平洋裡的那塊陸地。但是你如果有一些前理解的話，你就會知道羅大佑有一首歌叫〈亞細亞的孤兒〉等等。你會發現為什麼德曼說寓言中的寓意來自與前人表達不一樣的地方。羅大佑的這個詞也不是自創的，來自台灣吳濁流的一篇社會小說。他們都是在各自的歷史感中探討民族的悲情。那麼在胡續冬詩中你看到的是IT業的生活或是後現代的生活在當下的狀態，在網路時代、全球化世界裡我們的「亞細亞」處境，和前文本比如何具有差異性（或者德希達說的「延異」，也是從時間性而獲得的），什麼是「亞細亞的孤兒」這個原來的象徵的多重意味，也就是寓言性，這才是更重要的東西，而不僅僅是它表達的是某個什麼意思。

　　為什麼會有這樣一個變遷，從詠歎調到宣敘調？八〇年代早期抒情的寫作占主導地位吧，後來為什麼又是陳述性的、敘事性的占主導地位呢？其實每一個時代的詩歌還是和那個時代的文化主流、意識形態是相關的。八〇年代中期以前，我們主導文化聲音其實還是很詩意的，從某種角度來說，帶有象徵意味的有點神聖化的文化狀態。某一種寫作都會有它的物件。當時的寫作狀態和朦朧詩的表達形式是有關的。哪怕是北島說的「在一個沒有英雄的年代／我要做一個人」，這種語態本身是很英雄主義的。相反到了1989年以後，整個社會狀態變了，神聖性消失，而是許多世俗化的東西，似乎這是追求中的實際問題。這也可以解釋為什麼散文在九〇年代興盛的原因。因為大家都不太……今天這個講座來的人也不算太多。（笑）我想這個講座要是放在七〇年代末、八〇年代的時候會放在大禮堂裡講，會有黑壓壓一片激情澎湃的聽眾。詩好像在走向沒落，話語方式都好像改變了，不再是很高調的聲音。詩裡邊有對話的對象，並不是站在外

面，只是用消解的方式來對待主流文化，它是有對象的，也是有來源的。所以詩裡面許多都是無意識的流露，這是為什麼說是他者的聲音。不知大家有什麼問題沒有？

聽眾一：您能給詩下個定義嗎？

楊　　：給詩下個定義呀？很簡單，就是你個人的獨特方式的言說，就是你個人對語言的非日常的方式去表達。

聽眾一：我的意思是現在的詩歌都是很口語化的……

楊　　：我明白你的意思，現在的詩歌是很口語化的。可以這樣說：它表層口語化，但含義並不止於此。我個人並不看重徹底口語化的詩，但它們還並非沒有價值，只是對我的挑戰構成的不夠大。比如說楊黎有一首詩講女孩被車軋死了，零度情感的，最後說天氣晴朗什麼的，形成一種反差。這就可能和完全口語化的報導是有差異的，因為有從日常撤離的地方。但是這首詩也沒有能對我提出足夠的挑戰。

聽眾一：那您覺得現在的詩的詩意和古典的有什麼特別的差異？

楊　　：它肯定有差異。每一個時代的詩和它的文化形態相關。唐朝的詩用當時的語彙，宋朝時就發生了變化。從七〇、八〇年代到今天就似乎是從唐詩到宋詩的過程，因為宋詩好像是說理的，而唐詩更多的是抒發感情。這種說法是否合理，大家可以再探討。所以詩意的表達和文化形態有關。孫文波說他的詩歌啟蒙是《宋詩一百首》，是否跟他詩歌的說理傾向有關？

聽眾二：您認為到底是說的比唱的還好聽，還是唱的比說的還好聽？

楊　　：這個很難給一個明確的答覆，但我覺得「說」的詩更能表達我們現在這個時代的東西和我自身的經驗。唱的詩也可以表達得非常好。說楊煉停留在1989年以前（他自己不同意），我並不認為是貶義，並不是說他沒有發展。而是說，停留在記憶的東西

是有其價值的。只是對於許多讀者來說有些隔膜罷了。就如同音樂中威爾第、普契尼的詠歎調固然好聽，到了德國的理查・施特勞斯就沒那麼多旋律性強的抒情唱段了，到了後來貝爾格的無調性歌劇，就根本沒有什麼詠歎調了，比宣敘調還要缺乏旋律。傾向於某種形式，只是心態上的契合而已，很大程度是不同時代造成的。

聽眾三：您認為音樂和詩是怎麼互相影響的？

楊　　：我原來寫過一些文章，在我最激進的時候說「詩裡面最好不要有音樂性」，也就是說我剛才回答金楠的問題。可能對我影響太大，我就想去掉它。畢竟音樂有時會給你帶來些虛幻性的東西，太旋律了、太歌謠的東西來自一部分記憶，也是有意義的，但「陳述」的聲音與方式和當代的話語經驗有更直接的聯繫。

聽眾四：詩歌敘事性八〇年代後改變，是不是因為詩人覺得有些不自在或者不好意思？這種轉變背後的元素與現實狀況的脫節……孫文波提「異質」並沒有什麼矛盾的地方

楊　　：是。你的說法和我想得比較一致。秦曉宇的出發點和我可能沒有太大區別。由於我是搞理論的，所以我對這個東西比較敏感。令我感興趣的詩不是去貼近什麼本質，而是對那個本質提出顛覆。這是我的理論立場，但也是從感性經驗獲得的。

聽眾五：您今天舉的都是男詩人的詩，您對女性詩歌有什麼看法？

楊　　：（笑）我以為這個問題周瓚都談完了。今天選的都是男詩人算是巧合吧。但我個人不習慣把女性詩人和男性詩人分為兩個不同的階級。女詩人的問題，我也沒有把女詩人一定看成一個群體，我並沒有這個意識。女詩人當中也有許多優秀的詩人，男詩人我也沒有全部舉到。

聽眾六　　：楊老師您好，您覺得做文化批判的尷尬在哪裡？就是文學越來越像形而上，或是層層墮入地獄。

楊　　　：我覺得文學不是形而上的東西，「層層墮入地獄」說的非常好。這也是我為什麼不太相信本真的東西。


聽眾五補充：女性寫作中有一種傾向感性和身體的表述……

楊　　　：這也是一個比較意識形態的東西，其實詩歌都是比較感性的。我們習慣認為男性抽象思維要好一點，但其實你要在女詩人中找的話，翟永明的詩歌裡也有很多理性的東西，這個並不能對立起來。

聽眾五　　：你覺得理想狀態中感性和理性的關係是怎麼樣的？

楊　　　：我雖然說了很多感性的，但是我舉的一些詩有很多是理性的，比如臧棣的〈反駁〉，表述方式又是感性的。詩帶給我們語言上的快感，足以把理性的東西感性化。看一些抽象的東西你會覺得它很感性，反之亦然。抽象的詞語肯定有感性的一面，在詩裡可以挖掘出來。


聽眾七　　：詩歌走向沒落，這對您有什麼影響？

楊　　　：所謂影響我不知道指的是正面？負面？還是中性？其實任何事情對會產生影響，這種狀況我覺得至少沒有對我產生負面影響。原因是我認為語言是不會消亡的，有語言的煉金士，就會有詩的表達。所以我還比較樂觀。而詩歌大眾化，我倒認為是不正常的了。


聽眾八　　：詩人為什麼會寫詩？寫出來是為了什麼？

楊　　　：這個問題實際上那天朗誦會已經問過了。我想每個人都有不同的初衷。我猜想至少是有表達的衝動，用自己理解的語言

方式表達出來會有一種快感。這種快感你也可以理解成為在別的地方的那種，比如做菜中的搭配佐料等等，你有你自己烹飪的方式，可以把不同的原料做成美味的佳餚，使用菜和肉來表達你的口味。寫詩也是把詞語烹調起來，通過這樣的重寫，是跟時代的對話和對公眾語言的再創造，來表達你的感受。這樣的快感要遠甚於做一個菜。

聽眾九　：對於一首詩想到的最高品質會是什麼？

楊　　　：（笑）我覺得可能是讓我能有願望對這首詩再多看幾遍，多念念，一首詩讓我們產生這樣的衝動，就算是一首好詩了吧。品質還是不能理解為一種本質，它是需要有語境的。

*2003*

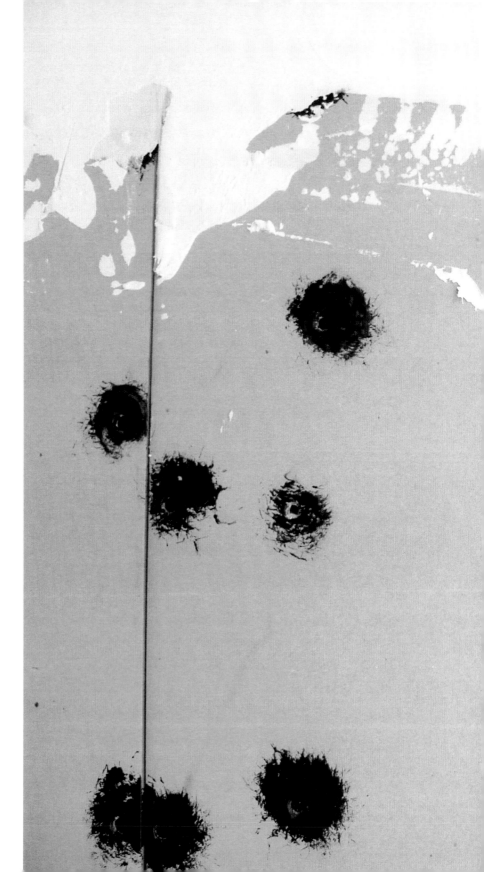

詩人短評

# 表演與虛無：讀零雨詩集《特技家族》

　　零雨的第三本詩集《特技家族》再次顯示了倖存於後現代文化環境中的對生命及其價值的關懷。在這本詩集中，作為女性作家的敏銳感性同作為詩人零雨特有的形而上色彩融合在一起，用後現代式的奇譎風格表達了現代主義的追問和內省。

　　本文標題中的「表演」用以置換沙特論著中的「存在」，並試圖説明這樣一點：對於零雨來説，表演是存在的基本形式，它來自虛無，又朝向虛無；它反抗虛無，又迷戀虛無。拿獲得1982年「年度詩獎」的〈特技家族〉一詩來説，首先是通過表演來顯示生命存在的意義來對抗虛無，而同時，表演又在無端的重複和純粹的炫技中暴露出無意義和荒誕，甚至在眩目的特技／修辭表演的終了，平靜地歸結到「一根黑暗中的繩索／緩緩捆綁自己」，暗示出自我表現同時的自我壓制的生存宿命。零雨的詩展示了追求與幻滅之間

的張力，使詩的感性保持在一種特技般的衝突狀態裡：如果生存是一種動盪在意義和無意義之間的特技，零雨的詩也是表達這種動盪的語言特技，其中主體對虛無的不斷突破（表演）同虛無的不斷滲透以非凡的速度交織在一起。

　　類似的處理可以在詩集中的不少詩裡發現。〈劍橋日記9〉一開始就強調一種表演性的動作：「重複爬梯子。重複。木梯／向上。銜接崩坍的過往／不斷崩坍。向上攀升直到／雙手蒙住臉。崩坍。」這裡，「爬梯子」「向上（攀升）」表達的當然是一種生命的積極姿態，但同時也是一種可疑的積極姿態。「梯子」意象本身就缺乏比如山峰所具有的空間和高度的無限感：顯然，它僅僅是導向有限空間和有限高度的器具。詩裡還用修辭的重複來指涉動作的「重複」，顯示出目的或終點的迷失，或者，終點無非是「（不斷）崩坍」的境遇。如果〈特技家族〉中的雜技演員是通過表演最終自我捆綁，這首詩的主角，一個常做惡夢的囚犯，則在一種無法表演的困境裡竭盡表演之能事，但同樣無法逃脫荒誕的命運：「必定是在我惡夢的時候我高聲／唱歌」或者「我咧嘴哭的時候常被誤解為唱歌」，行為和效應的無法吻合的狀態正是存在／表演同虛無之間相互否定的狀態。

　　惡夢或夢魘是零雨詩的主題之一。在〈夢魘系列1〉中，抒情／表演主體更集中地審視了自身內部的限度與衝突。在這裡，表演本身（而不是外在於表演的危險）正是反對表演的一種形式：「左腳纏住右腳／舌頭舐住眼瞼」，使主體在「追趕你的那人」和「要追趕的那人」之間無法移動，這種對「前不見古人／後不見來者」的悲愴體驗被凝聚到主體自身的糾纏不清的困境中。另一首可以藉以解讀〈特技家族〉末尾的繩索意象的詩是〈俘虜〉：「這根繩子是從我腹腔剖開／取出卻綁在我身上」，而主體必須面對來自自身的繩索，「我們互相咬住──咬住」。或者，在某種情形下，主體也能成為壓制主體的同謀：「我暗地對我的鐐銬說：我們／私下和解，並且重重／握手」（〈被告〉）。它甚至不再是表演的自由主體，而是「按吩咐表演各種不同姿勢／然後裝進幻燈片」（〈出土〉）的

木偶裝置。

　　儘管對女性主體的表達並非零雨詩集的主導動機，詩集中的愛麗絲和潘朵拉等角色還是各自涉及了女性的原型。在〈房間裡的愛麗絲〉中，愛麗絲是「走上一條／環繞世界的鋼索」的表演者，但她童話式的漫遊被揭示出在「房間裡」睡眠的虛無本質，而「我們」只能等她「醒來」，期待成為她夢幻中的「一顆沉默的星球」。而潘朵拉則帶來了她那裝載著「世界的養分／和巫蠱」的禮盒，把希望和絕望、生命與虛無同時贈給了我們，讓我們「做一些／規律運動」，比如「無事可做」時的「笑，咳嗽」或「與鏡子嬉戲」之類的自娛表演，來加深對虛無的體驗（〈潘朵拉的抒情小調3〉）。

　　在另一些詩作裡，零雨筆下的日常活動同樣被抽象化或形式化了，而詩意的歧義、空白或乖戾則表現出生存自身的迷離。可以說，通過審視生命的表演形式來揭示生存的困境和對生存之謎的困惑構成了詩集《特技家族》的基本面貌。

*1996*

# 冬日之旅：讀零雨詩集《木冬詠歌集》

零雨《木冬詠歌集》書影

## 1

　　從書名來看，零雨在《特技家族》之後彙集的又一冊詩集《木冬詠歌集》似乎是從令人目不暇接的動態表演轉入了浮世繪般的靜態吟唱。果真如此嗎？讀完整部詩集，我愈加感受到一種行吟歌手的史詩衝動，一種在無盡的旅途中冥想的恢宏意緒。除了詩集中眾多以行旅為主題的詩以外，整本詩集的結構或許也可以看做是對一次漫長的時間旅程的空間化遐想。詩集起始於一個重構的「創世」神話，終結於倘佯在時間迷宮式房間的末世情境，從創世到末世（或又一次創世前的末世）的旅程被置於一個舞臺般（或夢境般）的場景中寓言化了，抽空了實在的意指性。

　　題為〈創世排練第一幕〉的實際上是詩集的第一首詩，也許暗示了寫作的創世意味，或創世神話的寫作性。這首詩起始的具有本體論色彩的提問——「是要重新排練的時候嗎？」——提醒我們創世的反覆性和表演

性，這種反覆性繼而由一再出現的以「另一個」（或「另一條」等）起首的短語所確指。這樣創世過程在零雨筆下被概括為「從我身上誕生」，成為自我的增殖，但這個自我並非純粹的個體，而是「進入我的體內」的「他」者的共生體。如果我們假定抒情主體發出的是女性的聲音的話，這個包容了「他」的「我」以男女同體的方式重組了任何性別中心的秩序，成為創世或誕生的基礎。與此同時，零雨不時通過布萊希特式的間離性來塑造上帝的觀眾角色，同時通過舞臺效果把人的創世活動非本質化。這種非本質化或非實在化的操作在零雨的不少詩裡以鏡子的意象為樞紐，比如在〈遠古〉一詩裡，回到原初的道路兩邊排滿了鏡子，這使得所謂記憶在「時間崩坍」的過程中丟失或消隱：「過去只是記憶／甚至一無記憶」，以自我衝突的修辭對回歸的精神向度產生一種挑戰。零雨在詩集起首的幾首詩中所涉及的對本原的認識在〈瀚海〉一詩中再次以悖論的方式掙扎在「不能述說」／「不能言說」和對自然景色（雲、落日、海洋、雀鳥等等）的詩意述說之間。這種抒情主體的悖論是一種處於表達的欲望和無法絕對表達的憾恨之間的永久彷徨。

「鏡子」的意象一再出現在〈遠古〉、〈瀚海〉和〈水火〉等詩裡，使虛幻與實在混同起來。在〈瀚海〉裡，鏡子「塑造我的形貌」（虛幻的造物之原？）但同樣「不能言說」並且「變幻難測」；在〈水火〉裡，鏡子是火燃燒之處，因而「我走向火」的過程，實際上也就是走向鏡子的過程，去「不止息地追趕」。被分別置於時間兩端的鏡子使具有神靈的本原（arche）和催人激情的終結（telos）都不再是自足的實在，而是一種映射或顯影，一種作為此岸倒影的但無法實在化的彼岸。「這剎那是幻影／還是真實？」零雨在〈噴泉廣場〉中問道。在這首詩裡，「雕像——消逝」與「水珠」、「露」滴等意象並置在一起，呈現了宏大象徵的瞬間意味。與此同時，零雨寫道：「在你已離去的廣場／我仍散步」，一方面用「仍」字強調了一種持續的努力，另一方面用「散步」削弱了追索的單向性。同樣，詩的結尾處表達的「我向你愈走愈近」再次強化了遠離／迫近的辯證法：或許只有「離去」才為不斷的迫近賦予了精神契機。

## 2

　　正如位於起點、中途和終點的鏡子總是從另一個不同的方向呈現物體，「門」也以其方向的雙重性（內／外、進／出、來／去）給旅程的寓言提供了巨大變數。題為〈門〉的詩所描寫的父親就在「走到門口」和「進入重重閘門」之間無法確知他的所向，甚至在夕陽下拖曳的影子像尾巴一樣「被夾在門外」，進退兩難。在這首詩裡，鏡子的意象再度出現，零雨用「移向」和「延伸」來描述父親經由鏡子（虛像）過渡到門的歷程，繼而又凸顯了父親「耽耽注視那門」的執著的白日夢。由鏡子延伸而至的門所具有的誘惑力、虛幻性、宿命感和囚禁感濃縮在這首短詩中，表達了父親（父輩？）所面臨的（歷史的或生命的）選擇與無可選擇。這種雙重性在〈父親在火車上〉一詩中再次呈現出難以調和的矛盾。火車旅行成為「黑布／捆紮你的雙眼」和「木塞，嵌入你的耳朵」的失明、失聰或甚至死亡的體驗：「突然，關上燈的黑暗中／火車開了，載你到遠方／永不停留的旅站」。火車的飛速向前，通常是充滿希望的旅途，被軌道的「冷漠」、「陌生」所定義，並且作為旅人的父親被永遠拋入了無望的前程：「除下黑布，你還是看不見／即使黑暗如此驚怖／即使此時／你以為可以喘息了」。甚至在詩的末尾處，當「我」替代了父親前往「未可測知的那一站」，即使「以黎明的光速／霍霍如閃電」，希望仍然沒有成為已確知的未來呈現出來，而是迷失在層層疊疊的叢林裡：「從一片樹林／到另一片樹林／以及／另一片樹林」。無論如何，本詩終結處的樹林（不是單一而是無窮盡的樹林）並非理想的終點，而是迷宮般的，既遮蔽又透光的中間境遇。旅行的終點被無限地推遲了，無論是從代際的還是從空間的意義上。

　　在另一首題為〈火車旅行1〉的詩中，終點同樣沒有出現，而是在不斷聽見的「快到了快到了／快快加快腳步」的催促聲中被省略了：反覆的允諾表明了永久的延遲。鏡子在這首詩裡成為一種對反向可能性的提示：「鏡子很清澈／／看到明天（是不是可能／逆向行走？）」。如果明天可

以在逆向行駛中回到未來，前進的火車也可以依次抵達過去的歷史月臺，像在〈火車旅行2〉裡，從晚近的明清帝國一直駛入史前的「山洞」和「滄海」以至人類的「嬰兒」時代，來體味純粹的但也是「莫名的欣喜與悲傷」，那種無法界定的雙重情感。

　　零雨的真實旅行在很大程度上改寫了這種老聃式的回歸想像。〈大荒年──旅途1996〉記述的大陸之行在「尋根」的背景上慨歎了根的流失。詩人的旅途匯入了荒年逃亡者所走的「誤解的路」，而「每一條路都是一個出口」的描述精確地概括了無窮可能下的絕對迷津。其中之一：「我們投奔的方向／是乾涸的旱地」，是由乾旱替代洪水的另一次災害，逆轉了「出口」的理想形態。然而駭人的災難同時來自人際社會，以致「屋頂沒入爭吵」（而不是洪水），眾人被國家機器的「翻檢，查驗／蓋上戳印」等行為所「褻瀆」。這或許正是為什麼「母親」為了「保持一份完整的大荒年記憶」時還必須絮叨著「這不是／大荒年哪」。對荒年的記憶在否認中更加「完整」，正如「她說，她始終沒有說／她只是喃喃自語」的描述愈加突出了表達災難的困境。

　　即使在遠離災難的旅途中，事物所呈現的精神困境仍然是零雨的基本視野。在〈旅途1996〉裡「已經傾圮」的「向高處迴旋的天梯」以及「與飛鳥無關」的「羽毛」消解了「天梯」和「鳥」的超越意味，蒼老的古塔在野草叢裡「向天伸出手臂／（──想攫回什麼──）」留下的也只是沒有答案的永恆疑問。這種面臨困境的疑問在途經島嶼的那一刻或許更為強烈地觸動了詩人的自我意識。

## 3

　　抑或國族意識？在短詩〈島〉裡，詩人在途中所俯瞰的「地圖的完整」，便是一座「從陸地躍出到海上／（帶著原生的疼痛／撞擊的血淤）」的島嶼，通過自然的印記和歷史的傷痕確立了自身。這樣的思考在兩首組詩〈龜山島詠歎調（一）〉和〈龜山島詠歎調（二）〉中獲得了更進一步的表達，島嶼和大陸的分離被比作「剝裂的傷口／──如孤獨之

離開嶼／嶼之離開島／島之離開大陸／弱水之抗拒岩石／單一之背叛集體」，也就是弱勢對強勢的規避，是個體對群體的疏離。這種疏離在很大程度上是對一體化霸權的執意拒絕（如果不是正面抵制的話）：「陸地的手臂越近，我們／飄流得越遠」。因而，「島」的意象一方面呈現為一種否定性的力量：「一個光面的背影／一個暗面的轉身」，另一方面也承受了遭到否定的命運：「被切割、拋擲、推落」。無論如何，零雨並沒有為島嶼描繪一幅絕對自足的燦爛圖景：它「陷落一處」的命運或許只能用以「想像自己／成為一方金色的國土」。這樣，〈龜山島詠歎調（二）〉便漸漸鋪展出一個開放的但並非烏托邦的未來：在「舊有的領地在背後漸漸消失」之際，抒情主體扮演了「秘密的航道」裡的「泅泳者」角色，迎向海洋「開啟」的「一個方向」。

　　龜山島當然可以讀作是台灣島的一個縮影，一個借喻，但未必不能讀作是任何離心（非中心化）力量的一種象徵。孑然而立的島嶼堅持了獨立的存在方式，正如「泅泳者」堅持了一種自律的姿態。「泅泳者」形象在詩末尾的出現使旅程的寓言進入了一個新的向度，但她並不確知新「開啟」的「一個方向」是什麼，而對中心的否定（從「舊有的領地」「飄流得越遠」）是否會最終抵達一個理想的國度，也並不是詩所能明確回答的。在另一組題為〈獨自走路〉的詩裡，甚至作為理想的海洋也是不可信的。在這首詩裡，零雨先是通過的安迪‧沃荷（Andy Warhol）或菲立浦‧格拉斯（Philip Glass）式的多重反覆來表達旅行者所遭遇的無望現實：「轉角是一個雜貨鋪／又轉角是一個雜貨鋪／又轉角還是一個雜貨鋪」。「轉角」所代表的改變取向並沒有帶來新的轉機，期待的不斷幻滅使旅行者的想像與現實產生了不可調和的錯迕，當她問著「是不是／拐過一個巷弄就能看到／無垠的海藍色」，遇見的卻是：「但轉角是快曬乾的／雜貨鋪」。但結尾出更戲劇性的反高潮來自對海本身的突降式處理：在「天空是白的灰塵」和「臉孔也是白的」這樣的氛圍下，可以預見的是，「海的顏色必然也變了」，追索的對象本身遭到了質疑，旅程的意義也獲得了解構式的逆轉。

# 4

詩集的最後兩組詩，〈虛無的節慶〉和〈我們的房間〉，再度寓言化了反高潮的旅程終點，但並不是高潮的闕如，而是高潮的自我消解。節慶戲仿了「大團圓」的結局，揭示出「每年一次」的常規狀態，同時也呼應了零雨上一本詩集《特技家族》中所展示的表演性：在「小丑的鋼索」下，「被化妝」的我「被拋起又落下／重重的／壓在自己身上」。「被」字的反覆使用強調了主體表演的被動性，一種甚至是自我壓迫的被動性。在這樣的表演中，也許是因為旅行的慣性，「我的身體」仍然「前傾在半空中」（一種凝固了的追尋姿態），卻「看不到他」，一個抒情主體所追尋的（理念中的）詩人。這種看，在另一處被描寫為「在遠遠的角落／觀看，並編寫夢的情節」，顯示出追尋的幻想特質。而這個夢中的詩人被描繪成「穿著發光的絲綢衣裳」的翩翩少年，但零雨通過對「種植一株白色發絲」和「建一個沙堡」的敘述，暗示了華麗與喜慶的時間之敵：易逝、無常與速朽。

零雨往往在喜慶的氣氛中反諷式地注入另一個向度的暗流。在〈結婚紀念日〉裡，抒情主體在反覆提到「化妝好了」之後才發現「於是我們相愛」。在一大段似暖還寒的日子過去之後，只有地震才使「我們不小心喊出／對方的名字／彷彿彼此又相愛了」。愛似乎是儀式下或災難境遇下誇大的效果，失去了自身的純粹。而「結婚紀念」則成為對「釘在這個位子上」的省察，對「就算長了翅膀／也不能變成天使」的不自由狀態的自嘲。那麼，當愛的理想性遭到消解的時候，「和鏡子戀愛」式的自戀便是孤獨者唯一的安慰。在一組題為〈夥伴〉的詩裡，「我置了一面鏡子，住進去」之後發現的更多是「空」的世界：「一張溫暖的床／／還有一個空位」，「十字路口淨空」，「如一個空著位的戀人」。生活空間被縮小到自身「方寸的心室，與心室的通道」，對空間的意識就是對「棘籬」或「牢籠」的意識。在這樣的時刻，「我」同夥伴的關係不外乎「妝鏡／互照彼此」，對象──別說是夥伴，哪怕是敵人──都無跡可尋：「沒有人轉過身／連詛咒也沒有」。

那麼，在詩集的最後一組詩裡，「我們的房間」意指著作為家園的終點嗎？「我們」似乎是對夥伴和愛的最一般的指稱，但詩所表達的團圓意味始終沒有真正出現，而是常常曇花一現地滑入了超現實的不可能之中。這組詩的一開始就描寫了在高樓上「我們一起凝視遠處一小點」，而這個遙遠的終點又成為新的但並沒有更多承諾的瞬間：「然後你關上大門，留下我／在這個房間」，用最初的獨居表達對「我們」的房間的一次幻滅。儘管幽靈般的「你並沒有走」，在幻覺裡徘徊，可是終於「我也關上大門／坐了黃昏的那班車」從房間離去。在組詩的各章內，作為背景的房間忽隱忽現，甚至在房間外的情境下，兩個同坐一輛摩托的人也彷彿是擠壓在「同一個房間」裡，「坐得近些，近到／他們的談話有些模糊」，也就是作為個體的存在與身分難以分辨，變成「兩個身體，一個臉孔」的尷尬景觀。變形於是成為房間裡的主要風景，除了性侶之間的變形，也有代際間的變形：「進入房間的父親／變成祖父」，「逃出房間的」他「變成了他的兒子／變成了他的孫子」。這樣的變形最終依賴於時間的變形，時間由要麼「指向不同時刻」要麼「沒有刻度」的伯格曼（Ingmar Bergman）式的時鐘組成一個巨大的迷宮。這樣的時間當然背離了理性時間的旅行表，使「退休」意味著「屍體」，而「屍體」「變成幽靈」，「孩子」一瞬間就成了舊照片上的影像，幽靈般地「住在每一個房間」，這時，「我們共同／擁有的房間」已「空無一物」，在時間面前真正變形的人是「半嬰孩半老者的人」，「走入我們的房間／以及，房間之外」，同時超越了時間和空間的桎梏。起點與終點，新生與衰老，存在與空無等等之間的隔絕遭到了最後的消解。

# 5

　　這是一次沒有終點的旅行。或者說，終點是偶爾降臨的起點，是被起點設置的小小許願，從冬日開始的旅行是回到更早的夏日還是繞往重逢的冬日……

*1999*

# 深淵與鬼魅
## ——讀零雨詩集《我正前往你》

零雨《我正前往你》書影

　　十多年前，我在零雨《木冬詠歌集》序言的結尾處用了「一次沒有終點的旅行」來描述那本詩集裡的精神寓言。毫無疑問，《我正前往你》這部零雨最新詩集的標題把旅程的隱喻推向了前臺——「正前往」標明了「在路上」的意味，而這裡的「你」也不必僅僅狹隘地理解為情愛意義上的「你」，「你」再次成為不斷遠去的終點，迫使抒情詩人「我」永遠處於「正前往」的旅程中。甚至可以這樣說，這個「你」正是作為一個空缺的理想，等待著「我」的「前往」和填補。放在詩集第一首的〈我正前往你〉這首長詩儘管在中途出現了「我看見光／我前往」的詩句，全詩卻結束於「（隧道還很長）／／什麼等在那裡／／（什麼也沒有）／／黑暗

力量／增強／／軌道真是完美」。對於零雨來說，在前方的如果不是否定性的「黑暗」或「沒有」，就是疑問式的「什麼」，也可以說——依照精神分析學的欲望理論——這個始終面對空缺的期待，轉化為對於空缺本身的期待。能夠給予「完美」的，只有軌道自身——它象徵著不知所終的旅程。零雨的詩由此可以讀作是以某種堅持期待而拒絕抵達的樣式來不斷表達的動力。在詩集的自序中，零雨也充分意識到這種講究「空」、「無」的「自然美學」，因而力求「維持著一種未完成」。

在這個空缺之中，必然浮現著某種難以言說的、無法把握的神秘核心，成為零雨詩學的本體論起點。而這種空缺的神秘，往往是由詩的詞句之中的裂隙、脫漏或躲閃所造成的。比如〈我正前往你〉的起始，「天空的一朵蒲團——／去接誰／白色。一定有人／喜歡」不但在「接誰」、「白色」和「喜歡」之間留下跳躍的溝壑，還用「誰」和「有人」這樣模糊的代詞來杜絕我們對詩中形象的確定把握。有時候，這個純粹的核心就是接近失語的創傷內核，雖然「此時可以談談／真相如果這裡／夠黑」（〈九月〉），但而真正能夠切入這個內核的感性表達卻往往是詞不達意的：「痛——／將是最高貴的。但痛／是世紀性缺貨／不痛也不／能如何」（〈下雨的房間〉）。在這些例子裡，甚至正常的斷句都遭到了重組，「談談／真相」和「也不／能如何」似乎經由語氣的斷裂來表達這種無法癒合的精神傷口。這也是為什麼零雨把這種「空」、「無」理解為不僅僅是一種語言溝壑，也是一種精神深淵，「這個真實的層次，可能是一個鬼魅，一個幽靈，一個最純粹之物」——這無疑就是精神分析學意義上的「真實域」之「物」。那麼，我們甚至可以看到抒情者的旅程有時被鬼魅所取代：「群鬼都化妝／好了。我離開／把車廂留給他們。」作為當代的抒情詩人，零雨寧願空出主體的位置，體認自身的痛，並且傾聽鬼魅的絮語。

*2010*

# 在聽覺和視覺的交互感應間
## ──讀陳育虹

陳育虹

　　陳育虹的詩往往蘊含著獨特的、富於變化的音樂性，讓人在閱讀時往往可以聆聽到了詩人朗誦時曼妙的韻律。〈我告訴過你〉這首詩用接近於排比的長句子，體現了一種綿延的思緒，在詞語上也用「我的髮」、「相互梳理」、「靜靜滑進」、「雙臂變成紫藤」等靜態或動態的綿長意象來暗示。整首詩充滿了柔情的傾訴，還通過以「因為……」起始的從句的延續伸展來增強綿延不絕的效果。而〈方向〉的音樂性則是富於停頓和休止的，句號的通篇使用強化了這種不斷停頓的效果。「那麼教堂。」、「那麼天堂。」這樣的短句子抽取了語法的合理性，有如斷斷續續的夢囈──

苦於「沒有方向」的開端，在「切分」的節奏下形成了一種迷失，語言的迷失，情緒的迷失，內心韻律的迷失。借用詩裡的詞語，是一連串「不確定的滑音」組成了一個充滿歧途與執迷的詩意旅程。整首詩的四段有如音樂的四個樂章，從迷失（「沒有方向」）經由尋找（「往藍色的方向」）和疑惑（「那麼教堂是不是方向」），最後走向了一個堅定、決斷的結尾（「無憾的方向」）。到了〈中斷〉，一種迷失的音樂感展示出更明顯的斷裂和錯位，通過突兀的分行，違例的括號錯置，重複疊加喋喋不休的語詞，體現出「中斷」作為一種音樂性的要素，如何應和了內心的跳躍、停頓、峻切……。在很大程度上，陳育虹的詩是用來聽的，或者說，是某種語言上的旋律、節奏、力度、音高等等的變化來譜成的樂章。

從另一個角度來看，陳育虹的詩又是高度視覺性的。在音樂的時間裡，蘊藏著包括上面提到的意象在內的視景空間。〈我告訴過你〉裡，身體的意象和自然的意象交融在一起，拼貼成一幅色彩斑斕的圖畫。其中也不乏諸如「風的碎玻璃」、「流浪的眼睛」、「月暈的雙臂」等無法繪圖而只能用語言文字才能表達的超現實或超乎現實的形象。在〈方向〉一詩中，陳育虹拼貼的是句號與句號之間的思緒和圖景。在這首詩裡，視景變得更加混雜，也更加複雜。在「不問路」的「貓」、「鋁罐」、「茉莉」、「風」、「陽光」之間，鑲嵌著走路的「你」，以及「你」的「猶豫」、「想念」、「斜靠路肩」、「跟著路走」……，組合成一幅互相衝突，錯落有致，碎片式的圖景。這首詩給我們呈現出來的視景是跳脫的、滑移的，使得整個畫面產生動感。讀這首詩，彷彿置身於電影影像的一系列蒙太奇變幻中，比如：「暴風雨的方向。電光火石的方向。謠言撲襲的方向。海在隧道彼端。你們穿越隧道。緩緩入港。」從一個畫面到另一個畫面的轉換既突兀又自然。另外，在語詞和語句的構成上，這首詩也常常給人富有張力的魔幻意味，比如（貓）「舔自己骨瘦的夢」、「漁人提著北斗探照岩縫裡的夢」等，創造出用現代詩獨有的超現實圖景。

*2010*

# 間隙的魅力
## ──讀陳育虹詩選《之間》

陳育虹《之間：陳育虹詩選》書影

　　《之間》選入了陳育虹2011年的新作和之前幾部詩集中的代表詩作，可以說是集結了迄今為止陳育虹新詩寫作的精華。我猜想很大一部分讀者會和我一樣，打開這本詩集後的第一件事不是讀詩，而是「聽」詩：在書中所附的光碟片裡，可以聽到詩人自己用魅惑的聲音誦讀她富於節奏感的文字音樂──比如從碟片的第一首〈只是一株細瘦的山櫻〉裡，陳育虹以氣聲效果反覆強化了「細瘦」的「悉索」聲，有如一陣陣春寒料峭的涼風，透過樹林間的縫隙迎面吹來。

　　即使落在紙面上，陳育虹的詩也是必須「傾聽」的：聽其中的跳躍、

強弱和快慢變化……，在不同的詩行與段落之間，陳育虹的詩所產生的魅惑也正是來自詞語與詩句中的種種轉折，特別是轉折所留下的間隙。一個最顯見的例子是〈中斷〉一詩中用了大量的突兀換行，如「屋子原是空（透天的／心也空）、「我說如果隔著只是唉隔著如果／只一疋藍綢布我們」翻騰的海」……。括號裡的括號，間歇內的間歇，中斷後的中斷……，這是陳育虹的詩持續引發閱讀欲望的秘密細節——只有這樣的空隙，才能吸附更強烈的感知欲。

正如〈索隱・之八・隱〉裡寫到的：「你把潮水飲盡／也填不滿，那心／有一個黑洞」，陳育虹總是迷戀著某種「填不滿」的「黑洞」，因為虛空正是欲望的基本形態。類似的空缺或間隙也變奏出各類其他的形式，比如「因為月亮偏離軌道並且永遠偏離」（〈索隱・之十五・隱〉）、「迷失於雪彷彿迷失／於商隱」（〈迷失於雪〉）、「如果／沒有你／也就（幾乎）抓不住了」（〈定義〉）……，都可以看作是營造了空隙和不安的絕佳範例。應該說，空隙和不安正是瀰漫在陳育虹詩中的動力，似乎終點不停地從我們眼前滑走，而每一句詩又都是對它的更急切的追索。也可以說，詩的著眼點總是處於兩者「之間」的懸宕——「（來了又去了／近了又遠了／明了又暗了／聚了又散了啊）」（〈其實，海〉）——而永遠無法停靠於任何一邊。

那麼，陳育虹詩的語言舞蹈或許正凝聚於她描繪的舞者形象上：「這獨舞的胡旋女／裙擺摟住風／以指腕間一千種撩撥的手語」（〈我想說的是〉）——這裡，「裙擺」裡的「風」和「指腕間」的「手語」透過間隙的魅力來「撩撥」，而「胡旋」不止的動態自然也「撩撥」起更多屏息的注目。我確信這首詩的標題〈我想說的是〉暗含了某種後設的意味，因為這裡的關鍵不在於「想說的是」什麼，而在於對「想說的是……」這個過程的一次展演——胡旋女獨舞中的間隙美學恰恰體現了陳育虹詩學的無盡「撩撥」。

*2011*

# 眾皆革命，我獨恍惚
## ——讀陳建華1960年代詩作

陳建華

　　許多年後，當哈佛大學博士生陳建華在他劍橋的寓所裡再次夜半失眠時，將會想起1967年2月15日那個陰冷的清晨。這一天，陳建華所迷戀的舊上海靡靡之音的鼻祖黎錦暉在上海離開人世。而在同一座城市的另一頭，在石門一路華順里三弄三號的亭子間裡，這個耽於幻想的年輕人，在一夜失眠的折磨之後，寫下了〈夢後的痛苦〉一詩，其中有這樣的句子：「夢中的美景如曇花一現」……

　　1967年初，文革正如火如荼地展開。在這首詩完成的第二天，中南海的新舊權力集團將爆發一場前所未有的激烈衝突。戰鬥詩篇和革命文藝的紅色海洋淹沒了中國大地。而這個南方大都會亭子間裡的年輕人卻沈浸自身的內心憧憬與幻滅的衝突中，他的呻吟似乎在表面上無關乎廣闊的社會

環境。不過,從深層的意義上說,那種對「曇花一現」的幻覺的哀悼,對夢醒後「無數條蛇盤纏著,含毒的／舌尖耳語著可怕的情景」(〈夢後的痛苦〉)的描繪,又何嘗不是對歷史心理的象徵化表達呢?

在花城出版社的《陳建華詩選》(2006)的封底薦語中,我曾這樣寫道:「《陳建華詩選》的出版具有改寫中國當代文學史的重要意義。早在四十年前,在紅色口號詩鋪天蓋地的年代裡,陳建華以訴諸內心晦暗的象徵主義寫作開創了當代中國現代主義詩的先河。這些埋沒了數十年的詩作的問世,讓讀者看到了一個滾滾洪流中的文化獨行者形象。」毋庸置疑的是,陳建華在1960年代中後期的詩歌語匯迥異於當時席捲中國大地的狂風暴雨般的大批判文字。不過,這並不是說,在陳建華的文字中找不到一星半點的現實的影子。比如在寫於1966年12月的〈急漩渦中的孤舟〉一詩中,就可以看到這樣的詩句:「突然眼球爆裂,迸出閃電的銀劍／殺散江鷗,砍倒江畔的樓閣」,其中「迸出」、「殺散」、「砍倒」本來就可能屬於革命暴力美學的詞彙表,只是在這裡脫離了階級鬥爭的語境,而成為內心狂亂和騷動的表徵。「急漩渦中的孤舟」,未必不是革命歷史中的個人境遇,這裡的抒情主體始終無法踏上乘風破浪的巨輪,而是在一葉情勢危急的孤舟中與歷史的巨浪作「殊死的搏鬥」(〈急漩渦中的孤舟〉)。

這首詩中出現的烏鴉的「嘴尖一齊啄向夕陽垂死的白眼」這樣的意象,可以說是對太陽意象最早的褻瀆式處理——幾年之後我們將讀到根子的「這淡薄的雲／這高高的抖瑟的風箏／它的細長的繫繩／是不是仍然拴在／太陽鐵青的手脖上」(〈白洋澱〉,1972),或芒克的「太陽昇起來,／天空血淋淋的／猶如一塊盾牌」(〈天空〉,1973)——這無疑是對主流象徵體系的一次激烈的挑戰。在另外的詩裡,陳建華用以書寫的意象也常常蔑視了標準的象徵規則。比如〈無題〉(1968)一詩中被比作「螻蟻」的似是不屈的、苦難先行者的形象,而「我將祭起／黑色的大纛,使你在微笑中合眼」——則凸顯為中國大地上森林般遍佈的獵獵紅旗中一杆至為特異的旗幟。

不過，陳建華詩的主要面貌是婉約的、幽怨的，深植於那個在新中國文化體系中被適度壓抑的中國古典詩學傳統裡。比如，一次郊遊引發了「黍離」般的哀歌：

> 乾隆的行宮，如今的廢墟，
> 一抬眼滿山淒涼，破墓縱橫。
> ……斷橋頹垣長滿了荒草芊芊。

〈登吳郡華山〉，1967

陳建華所見的已不再是可用以濫情式詠唱「情一樣深呵，夢一樣美」（賀敬之〈桂林山水歌〉）的，作為宏大象徵體系一部分的大好河山。只有從1960年代的歷史語境下來看，我們才能意識到，陳建華從這個符號化的風景中看到的，恰恰是一種頹敗，一種偉大歷史騷動的終極荒涼。這難道不是一種歷史廢墟的寓言，體現出總體化象徵的破碎嗎？

在更為個人化的詩意選擇上，陳建華同樣刻意遠離了主流的或標準的抒情模式。題為〈贈儂〉（1967）的那首表達的也是對美好時光流逝的感懷，詩的標題就用滬語的「儂」——與佔統治地位的豪言壯語相對的吳儂軟語——來表達某種與戰鬥豪情格格不入的兒女私情。詩中不但有「纖指的溫撫」、「盈盈的淚珠」等語句熟練地化用了古典詩詞的意境，而且起用了「黏濕的聲音」、「欲夢的孤燈」等具有通感、隱喻等修辭策略的結構來表達豐富甚至複雜的情感，而這種情感在當時的公共領域是遭到禁止的。

除了中國古典詩歌美學外，陳建華對波德萊爾式的象徵主義詩學養分的汲取也十分顯見。他曾說，當時一方面對李白、李賀、李商隱愛不釋手，另一方面也極度迷戀他的朋友朱育琳翻譯的波德萊爾，當然，還可以看出中國二十世紀早期受法國象徵主義影響的一些詩人，包括李金髮、穆木天等人的影響。〈流浪人之歌〉（1966）和〈瘦驢人之哀吟〉（1966）兩首詩在節奏上同穆木天的〈蒼白的鐘聲〉等詩如出一轍，每行詩句的幾

乎每個詞與詞中間都安排了微微的停頓，好像一個多愁善感的柔弱少年無法用順暢完整的氣息吐露出真摯的話語，像這樣：「迷濛在　只剩下　蜘蛛的　破網的　頹牆上」（〈流浪人之歌〉）。這首寫於1966年2月26日〈流浪人之歌〉在兩個月之後的4月12日的〈瘦驢人之哀吟〉一詩中發展成了更為碎片化的喃喃低語：「譏諷　瘦驢的躊躇　我的懦弱的　唏噓哀吟」——幾乎不能連貫成有語法構成的語句——這何嘗不能看作是在那種社會重壓下破碎了的個體深層心理圖景呢？

　　一個1968年中國的波德萊爾式遊蕩者（flâneur），幾乎是不可想像的，但確實出現了：

> 這城市的面容像一個肺病患者
> 徘徊在街上，從一端到另一端。

〈空虛〉，1968

　　這個與宏大歷史無關的、缺乏革命思想價值與理想道德意義的形象，同當時的社會步調完全格格不入。當然，由於漢語語法的省略與模糊，這兩行可以理解為詩人「我」的徘徊或者城市作為「肺病患者」的徘徊，但無論如何，將城市的面容出奇地比作肺病患者，不僅是對病態的波德萊爾式敏感，更是對時代的敏銳界定——無論是蒼白（營養不良、恐懼、精神壓抑）還是潮紅（發燒、激情），都是對歷史病癥的詩意診斷。在陳建華的詩中，〈空虛〉、〈荒庭〉、〈致命的創口〉和〈無題〉（我想起你，像一隻螻蟻）這幾首具有最濃厚的「惡之花」風格，在〈致命的創口〉（1968）一詩中，陳建華把愛情、迷幻、厭倦、恐慌等混雜在一起，激進地瓦解了話語符號體制的壓抑性統治：

> 啊，不滅的名字，可愛的倩影！
> 我鎮日精神恍惚，不勝疲憊，

> 笑聲、槍聲、馬蹄聲喧響在耳畔，
>
> 我夢見刺殺、流血，在洞林山澗。

　　我們不僅又一次看到個體對愛的憧憬被集體歷史的騷亂所擊潰，同時還體驗到了這種個體性潰敗狀態下的精神錯位——歡樂的「笑聲」與歷史暴力的「槍聲、馬蹄聲」混合在一起，還同恐怖的「刺殺、流血」聯繫在一起。直到這首詩的末尾，我們似乎看到的是一個魯迅式狂人對這種狂亂現實的回應：「發出放縱的狂笑，把鐵窗震撼！」這是一次「鐵屋中的吶喊」——借用陳建華的哈佛導師李歐梵教授的著作標題——但值得注意的是，和魯迅那個具有社會文化批判性的狂人不同，這是一頭野獸——

> 它從昏迷中醒來，卻愈加瘋狂，
>
> 眼中射出令人眩惑的光焰，
>
> 糾集所有幫凶——本能、惰性和情感，

　　或者說，它不再像狂人那樣在指斥他人吃人的同時建構起自我的道德批判主體（哪怕是意識到道德缺失的道德主體）以至於歷史主體的位置，而是展示了自身的「瘋狂」和「眩惑」還有「精神恍惚」，暴露了自身的「本能、惰性」，這些負面的特性拒絕建立起抒情主體的絕對主體性。正是在這種拒絕中，陳建華的現代主義修辭撤離了中國現代性主體的符號化寶座，並且以自我「眩惑」的「狂笑」「震撼」了現代性體系的文化根基。

*2006*

# 北島：元歷史陳述的危機

北島

　　在北島早期的詩作中，美學的叛逆性同純粹的元歷史（metahistory）的投射混合在一起，成為1970年代末1980年代初時代精神的表徵。無庸置疑，像「從星星的彈孔中／將流出血紅的黎明」（〈宣告〉）這樣令人戰慄的詩句潛藏的理想主義是文革劫難之後淒厲的希望之聲，但似乎也是既與的、啟蒙主義歷史模式的一次變奏。啟蒙主義的歷史模式正是我所說的元歷史（馬克思主義歷史秩序當然也是其類型之一），它規定了從苦難到幸福的社會歷史或者從罪性到神性的精神歷史。在上引的詩句裡，「彈孔」這樣的詞語作為否定的、代價性的意象顯現，由介詞「從」表明了中介的意味，通過「血紅」一詞把殘酷同時轉換為美，從而引導出「黎明」的理想景色。

　　1980年代中期以後，元歷史的可疑性顯得越來越刺眼。社會歷史似乎永遠停留在代價的階段，這種代價依舊在元歷史的框架下成為歷史罪愆的藉口。歷史辯證法的終極高潮被無限拖延，甚至以反諷的形態呈現為災難。這種反諷性深深地嵌入了北島近年的詩作中，對元歷史的陳述成為對這種陳述的陳述，也就是說，成為一種具有內在反省的歷史陳述。很明顯，在北島近年的許多作品裡直接出現了對語言性或文本性本身的關切，這種語言或文本正是元歷史陳述的基質，現在作為自身的對象裸露在詩的審視下。一種令人震驚的描述出現在北島〈早晨的故事〉一詩裡：

　　　一個詞消滅了另一個詞
　　　一本書下令
　　　燒掉了另一本書
　　　用語言的暴力建立的早晨
　　　改變了早晨
　　　人們的咳嗽聲

　　語言作為一種社會歷史的力量甚至「改變了」諸如「咳嗽」這樣的生理活動，儘管「咳嗽」也僅僅是對理想主義生命形態的戲擬。「詞」的獨斷性以「消滅另一個詞」為特徵，這的確是對那個僭用「早晨」作為象徵的極權主義話語的出色概括。在另一首詩〈寫作〉中，北島則觸及了「詞」的虛構力量：

　　　打開那本書
　　　詞已磨損，廢墟
　　　有著帝國的完整

　　這個可怖的場景建立在語言廢墟的基礎上：一個用久的、「磨損」的詞即使形同廢墟仍然呈現出體系的不可動搖。甚至，只有「磨損」的詞

才最為堅固，因為一個不斷被使用的詞必然是承認已久的、不容置疑的。這種悖論正是北島試圖描述的作為元歷史陳述形式的語言形態的畸變。從這個角度來看，北島遣詞造句的乾澀風格似乎也正是由早年的政治氣候養成的，那種缺乏或拒絕旋律性的吞吐，只有在「磨損」的話語境遇下才能被理解，才能被讀作「完整」的「廢墟」。在〈出場〉一詩中，北島提到了「語病盛開的童年」。很明顯，「語病」一詞放置在這裡本身就是一種「語病」，扭曲了那種可能是帶有懷舊意味的「鮮花盛開的童年」或者「希望盛開的童年」。曾經真誠懷有的元歷史現在被雙重尷尬的「語病」所替代，截斷了這種歷史秩序的同一性。對於元歷史的終極性的注視，北島在〈在歧路〉一詩的結尾給出了取消答案的答案：

> 沿著一個虛詞拐彎
> 和鬼魂們一起
> 在歧路迎接日落

在這裡，「虛詞」一詞當然是作為實詞使用的，指明了一種往往是不起眼的、但又是決定性的語言的結構要素。「虛詞」正是那種元歷史陳述中以柔軟的方式使貌似堅硬的實詞同更加堅硬的現實截然脫離的力量。「虛詞」代表了元歷史的文本性，它往往通過抽象的、形式化的陳述抽空並左右生命的實在。於是，「我」不得不「沿著」它「拐彎」，走上不歸的「歧路」。這樣，「歧路」一詞就幾乎可以總括北島近期詩學的特徵：偏向、離題、反目的論。「歧路」無疑是對元歷史「正道」的脫軌，我們所「迎接」的也不再是「黎明」，而竟然是「日落」。如果說「在沒有英雄的年代裡」北島以詩表達了「只想做一個人」（〈宣告〉）的信念，那麼在一個沒有「人」（完美的、未受損的人）的時代，一個「為信念所傷」（北島：〈一幅肖像〉）的時代，唯一的存在便成了「和鬼魂在一起」的倖存感。可以看出，〈在歧路〉一詩是另一次「宣告」，它表達了對元歷史的告別。

　　「告別」一詞或許有簡約化的危險。也就是說，北島近期詩中對元歷史的質疑可能不是輕易的決絕，而是一次痛苦的掙扎。這就是為什麼那些作為元歷史象徵的意象仍然每每顯現，然而卻置於極度的危機和解體中。例如，「黎明」這一類的意象僅僅被保留在被無限延宕的語境中：

　　　月亮牽著天空跳傘
　　　在曙光的緊急出口處
　　　他的簽證已過期

〈出口〉

　　這裡，當破曉被描寫成由月亮（一個帶有浪漫或超越性色彩的意象）率領的逃難式的「跳傘」，當黎明的「曙光」被描寫為黑夜的「緊急出口處」，元歷史的嚴肅意味被致命地消解了：這個「緊急出口處」的場景在暗示了那種從元歷史中途向終點潰逃的場景的同時，也用導向不知何處的「出口」表明了那個終點的不確定。「出口」的開放性取消了對目的論的夢想。而最後一行的突轉則甚至剝奪了這種逃離的可能：我們被永恆地遺棄在元歷史的中途。這是一個至為可怕的境遇，一個我們無法徹底拋棄元歷史的精神困境。這個縈繞在北島近期詩歌中的困境只有在夢幻中獲得一種荒誕的解決：

　　　某人在等火車時入睡
　　　他開始了終點以後的旅行

〈東方旅行者〉

　　當我們倦於等待元歷史的載體（火車），旅行便在關於「終點以後的旅行」的幻覺裡失去了意義。元歷史的時間被推到不可能的「後時間」那裡去測量，正如它也可以在自身中不斷地折疊、重複、彎曲：

從一年的開始到終結

我走了多年

讓歲月彎成了弓

〈歲末〉

　　在一首題為〈折疊方法〉的詩裡，北島還強調地描述了一種「回到原處」的時間，所有這些理性時間的失效都意味著元歷史秩序的危機，意味著北島詩歌對元歷史的陳述中的自我解體。

　　即使在那些純粹意象性的表達方面，北島詩歌對元歷史秩序的焦慮同樣顯見。在〈戰爭狀態〉一詩中，所有那些涉及了元歷史的象徵都被置於暴力的場景內，呈現出那個宏大的歷史想像的殘酷面貌。在詩的開始，「太陽密集地轟炸著大海」的描繪就把「太陽」的意象混同到轟炸機的暴行中去，以此表明那種同元歷史密切相關的元象徵的邪惡。「太陽」的意象可以看做是最典型的元象徵，它現在成為歷史廢墟的起源。在海底的「下沉的歲月」裡，我們所看到的「家鄉的傳統」是共產主義歷史終點的換喻物（metonym）：「土豆」加「牛排」，但由於經歷了歷史的暴行而成為「剝皮的」和「帶血的」。當然，這樣的釋讀必須混同於一般的閱讀才能獲得對元歷史形態的複雜性的深刻認識：因為可能恰恰不是暴行，而正是那種在歷史餐桌上可能極富感官誘惑的「帶血的牛排，剝皮的土豆」蘊涵了歷史過程的血腥意味。詩的末段這樣寫道：

荒草雇傭軍佔領了山谷

花朵緩慢地爆炸，樹木生煙

我匍伏在詩歌後面

射擊歡樂的鳥群

　　這個「山谷」是否就是北島早年在〈睡吧，山谷〉一詩裡描繪的「睡在藍色的雲霧裡」那個曾經是世俗之外的理想境界？可以看出，這一類象

徵的變質成為北島近期詩的顯著特徵：在此刻，「花朵」和「樹木」都不再是某種理想的隱喻，而反過來標示理想在火藥味裡的喪失和滅絕。更為令人震驚而困惑的是，甚至「我」也在參與捕殺理想的暴行，以詩歌作為掩體來消滅自由的形象。北島沒有把暴行簡單地推諉給外在歷史。從某種意義上說，元歷史的危機正是我們內心理想的危機。我們難道沒有曾經與暴行同謀，在元歷史的名義下使理想變得如此荒誕嗎？

*1995*

# 多多：抒情的災難

多多

多多是少數幾位能歸為「今天派」而不能歸為「朦朧派」的詩人。如果說「朦朧」還暗示了一種半透明（translucency）的狀態，多多的詩從一開始就由於缺乏那種對光明的遐想而顯出絕對的晦暗（opacity）。他的黑色的抒情觸鬚在遇到現實侵襲的時刻卻每每回過來向自己的內臟挖掘，這同他詩歌的向外舒展的歌唱風格（或者他天性中那種歌唱的衝動）形成尖銳的衝突。由此，多多在近年來的眾多詩作中採取了一種在自身中斷然否認的方式，用刪除欲望的言語控訴，用慘敗的抒情慟哭。在一首標題冗長的詩〈在這樣一種天氣裡來自天氣的任何意義都沒有〉裡，多多用一種自我拆卸的語言表達了「意義」的危機：

> 土地沒有幅員，鐵軌朝向沒有方向
> 被一場做完的夢所拒絕
> 被裝進一隻鞋匣裡
> 被一種無法控訴所控制
> 在蟲子走過的時間裡
> 畏懼死亡的人更加依賴於畏懼

　　可以看出，幾乎每一行詩句都在一種自反（self-negative）的狀態下變得不可收拾，變得無法說明、無法理解，每一個詞語都被出現在它之後的詞語引向不確定、不可能以及荒誕。尤其是那些曾經充滿「意義」的詞語，可能是廣闊的「土地」，可能是通向未來的「鐵軌」以及可能是滿足著幻想的「夢」，在這裡都變得不可理喻，要麼失去本身被定義的內容，要麼執行著相反的功能，但無論如何，都暗示著一種精神的絕境。甚至當這種絕境的詩學被總結為「也不會站在信心那邊，只會站在虛構一邊」時，這種虛構的概念也變得不安和岌岌可危：

> 當馬蹄聲不再虛構詞典
> 請你的舌頭不要再虛構馬蜂
> 當麥子在虛構中成熟，然後爛掉
> 請吃掉夜鶯歌聲中最後那只李子吧

　　這樣，甚至虛構本身也不可捉摸，就像麥子在「虛構」裡不會「成熟，然後爛掉」一樣，就像在「夜鶯歌聲中」我們不可能「吃掉」任何虛構的「李子」一樣，一切虛構的訴求（「請……（吧）」）實際上都無法產生想像的完美。那麼，當此詩結束於「只有虛構在進行」的陳述時，「虛構」不再是作為同虛妄的「信心」相對的力量，而恰恰是作為無法同歷史抗衡的現象懸擱在那裡的。可以看出，多多在詩裡表達了那種阿多諾

（Th. W. Adorno）所說的無法揚棄為肯定性的否定，一種不妥協的、無休止的自我對抗，在這種否定和對抗中多多展示了那種最後的肯定性都在被不斷剝奪的嚴酷現狀。

這也是〈沒有〉一詩用更加坦白的方式所表現的。「沒有」一詞所引出的短促的陳述插在各個段落間，一次次否決了在詩句裡努力保持的微弱的、殘剩的希望。限於篇幅，以下所引的略去了詩的起首以及某些段落的開始部分：

> ……
> 除了鬱金香盛開的鮮肉，朝向深夜不閉的窗戶
> 除了我的窗戶，朝向我不再懂得的語言
>
> 沒有語言
>
> ……
> 只有光，停滯在黎明
> 星光，播灑在疾駛列車沉睡的行李間內
> 最後的光，從嬰兒臉上流下
>
> 沒有光
>
> 我用斧劈開肉，聽到牧人在黎明的尖叫
> 我打開窗戶，聽到光與冰的對喊
> 是喊聲讓霧的鎖鏈崩裂
>
> 沒有喊聲

只有土地
只有土地和運穀子的人知道
只有午夜鳴叫的鳥是看到這黎明的鳥


沒有黎明


　　在這首詩裡，「沒有」一詞所提供的自我否定並不意味著虛無性，而是對想像中美的幻滅的不可遏制的傾吐，同時又是面臨這種徹底喪失的語言的喑啞。如果說在那些抒情性的段落裡，多多用「除了……」、「只有」等具有緊縮感的介詞來表明美或希望在極度壓迫下的殘存，那麼以「沒有」起始的那些詩行則用戲劇性的突轉展露了內心的衝突，好像是一次次向絕望深淵的俯衝，或者是一次次對靈魂的鞭笞把詩推向一種精神痛感的高潮。

　　相對於北島而言，多多詩歌的魅力不是來自他對語象的獨特的甚至超現實的處理，而是來自他對詩的句法和結構張力的出色把握。因此，從修辭上看，多多詩歌更具有表面的流暢，用強制的粘連語式（hypotaxis）同北島的斷置語式（parataxis）相對應。多多似乎採取了更為戲劇性的策略（這種策略基本上也是楊煉和嚴力所採取的）：出示一種絕對性的語式，同時通過語義上的自我分裂顯示出這種絕對性的崩潰。在〈沒有〉這首詩裡，「沒有」一詞起著語式中的樞紐功能，起著在語式上連接上下段落而在語義上製造張力的效果。在另一首具有震撼力的詩〈看海〉中，這個功能是由「一定」一詞來承擔的，它強迫語式繃直、沒有餘地，但卻在語義的範圍內提供了不可彌縫的裂隙。從這個意義上說，多多的詩篇一直是展示「宏大抒情」（grand lyrics）之死的最佳範例，這種「宏大抒情」曾經（甚至仍然）同「宏大敘述」（grand narratives）一起構成了當代漢詩中誇張、空洞，並且潛在地認同於主流文化模式的一面。

　　〈看海〉的一開始在某種程度上似乎模擬了這種「宏大抒情」的風格，但是已經略略摻入了某種奇異或出軌的韌力：

看過了冬天的海，血管中流的一定不再是血

所以做愛時一定要望到大海

一定地你們還在等著

等待海風再次朝向你們


　　如果說到此為止，多多仍然把「一定」這個詞作為對「望到」或「等待」「大海」和「海風」這類行為的肯定（或幻想的肯定）來展示的話，緊接下去的詩句卻逐漸從這種抒情的風景遊移到對抒情的「煞風景」，也就是說，遊移到一種通過對抒情性的反省而顯露出來的對「宏大抒情」的質疑。這樣，抒情的內核被赤裸地剝露出來，成為抒情性的自我解剖和否定：


那風一定從床上來

那記憶也是，一定是

死魚眼中存留的大海的假象

漁夫一定是休假的工程師和牙醫

六月地裡的棉花一定是藥棉

一定地你們還在田間尋找煩惱

你們經過的樹木一定被撞出了大包


　　從這裡開始，由於「一定」一詞的中介所引入的游離或變質，我們所期待的抒情「詩意」變得蕩然無存。「從床上來」的「風」揭示了上句關於「海風」的幻覺，「大海的假象」也使「記憶」顯得可疑、虛幻、無效，連遺世獨立的「漁夫」也僅僅是偽裝的或臨時的，甚至純潔的「棉花」也無法逃離現實病痛的糾纏。可以確定的是，所有這些飽含傳統象徵意義的詩性因素（「海風」、「大海」、「漁夫」、「棉花」等）都被扯到與之具有原則衝突的境界裡，但仍然以「一定」為軸心，保持著在語式

上所具有的強暴性的動力和硬度。類似的語式延伸到第二段裡：「一定會有一個月亮得像一口痰／一定會有人說那就是你們的健康」，又一次揭示了經典抒情的核心意象「月亮」的病態內涵，正如詩人在二十年前寫的另一首詩中表達的「月亮像病人蒼白的臉」（〈夜〉）一樣。不過多多在這裡加入了「一定……得」或「一定會」的句式，把事實性陳述替代為具有更多人為意味的可能性陳述，並且一步三回地在「像一口痰」的描寫之後再度把「月亮」撐回到「你們的健康」的荒誕判斷上去。這首詩就在這樣顛簸的戲劇性詠歎中跌入末段更為險峻的修辭旅程：

> 看海一定耗盡了你們的年華
> 眼中存留的星群一定變成了煤渣
> 大海的陰影一定從海底漏向另一個世界

　　這裡，一種對理想時代的哀悼和絕望似乎不可遏止地湧出，因為「耗盡了」「年華」的已不再簡單地是「看海」，而是看「死魚眼中存留的……假象」；同樣，輝煌的「星群」在激情的燃燒之後也僅僅「存留」下「煤渣」，甚至大海本身也將以「陰影」的形態「漏」掉，從這個世界消逝而不復存在。最後，

> 春天的風一定像腎結石患者繫過的綠腰帶
> 計程車司機的臉一定像煮過的水果
> 你們回家時那把舊椅子一定年輕，一定地。

　　多多再一次通過把「春天的風」聯結到病患及其飾物上去，通過把對「臉」的比喻從「水果」蛻變到「煮過的水果」，解構了傳統象徵的理想主義。甚至末句所顯示的表面的理想亮度——對「一定年輕」的強調——恐怕也應看做是一個年邁的精神遊子通過物件的恒定性來觸及心靈的滄桑感：「那把舊椅子」的「年輕」更反襯了「看海」所「耗盡」的「年

華」。「舊椅子」所涉及的家園和記憶一下子成為被現實的絕望推出的唯一亮點，它只有在同歷史或歷史經驗無關的情形下才擁有「年輕」，並且終結了一切有關歷史經驗的似是而非的抒情。那麼，如果對於多多來說，那個在楊煉那裡作為同歷史相對的「海」的意象（見下文）由於處在歷史經驗中而變質（既然「看海」作為「宏大抒情」也深具話語性的幻覺），仍然可能保留的超越性契機是否僅僅殘存於對於過去的追蹤之中？或者，那個過去的記憶斷片也只是另一種把我們阻隔在真實之外的「死魚眼中存留的」幻象？多多的詩是關於張力和衝突的詩，而不是關於答案的詩。在「一定」一詞的堅韌性和它所展開的詩句所具有的反諷性之間，多多就這樣揭示了抒情的限度，這種限度甚至以災難——「宏大抒情」的修辭性崩潰——的方式暗指了內心的創傷，如果我們能夠敏感到這種創傷來自作為修辭的當代歷史。

*1995*

# 嚴力：轉喻的人間喜劇

嚴力

　　在許多情形下，嚴力的詩可以讀作是頑童的歌謠。這樣，嚴力從另一個側翼游離出「朦朧派」的行列，他的明朗而詼諧的風格甚至使他的詩被編入到「後朦朧詩」的選本中去。從另一個角度看，嚴力也更像是一位「國際」的而不是「民族」的詩人，他所關懷的總是超越了種族或政治的國界，這從他詩中不斷提及的「人類」、「世界」、「上帝」等語詞就可以輕易地捕捉。從這點上看，嚴力很像是一個人類競技場外的實況評論員。因此，即使我們說到童謠，嚴力的詩也絕不是能歸入稚拙的那一類，卻相反帶有強烈的智性（wit）色彩。同樣，即使我們說到「國際」

性，從美學的方面看，嚴力的詩也無疑不獨是西方文學所營養的，我們不難發現中國傳統詩學中機趣的那方面所擁有的潛在影響。那麼，簡單地說，嚴力所擅長的是將人類生存的種種形態轉喻為個人頭腦中的奇想（conceit）。

最典型的嚴力出現在近年來的「組詩」《詩句系列》中。這是一組在結構上令人想起龐德《詩章》的蕪雜之作，雖然相對地嬌小玲瓏（但這也可能來自龐德喜愛的中國式絕句或小令），但同樣以空間上的殘缺和時間上的開放在生存的各個角落留下痕跡。在主旨方面，《詩句系列》同龐德當然毫無關係，他們是一些似是而非的警句，有些一語中的，有些歪打正著，有些不著邊際。其中一首曾出現在稍早的另一組也可算作「詩句系列」的〈生活迪斯可的多面鏡旋轉體〉中（字句已略有改動）：

請原諒
當我們舉起理想時
地球又被踩低了一些

這首僅僅三行的詩幾乎企圖概括整個人類文明的現代歷史：「偉大」的理想被剝去了抽象性，以可感的形態致使了承受者的不堪重負，而不得不以我們生存根基的退卻為代價。

相對與這首詩的「一語中的」而言，嚴力的那些「不著邊際」之作反而顯得更加迷人。例如《詩句系列》裡的另一首：

臉上塗滿了優美的細菌
等待它們繁殖成笑容
我的女兒啊
這種永恆的病毒
保證了我的女婿是一個優秀的病人

　　由於眾多互相抵觸的語詞的纏繞，這首詩的所指變得散漫和不可捉摸，這使我們無法像翻譯上首詩裡的「地球」和「踩低」一樣來簡要地翻譯「細菌」、「笑容」、「女兒」、「女婿」或「病人」這類語象。但是，正是這類所指的遊移性使詩的解讀具有了更多的可能，對確定的所指的追求將被對能指的操作方式的探究所替代。這種操作方式，簡單地說，就是將單一的語象複雜化和消解化，直到它包含了與自身衝突甚至對立的情境為止。這樣，詩的表達就陷入了一種「困難」，這種困難的表達不是指向某一實在的含義，而是指向了一種難以表達的荒誕意味。這首詩對語象的複雜性的組構具有相當的密度。我們可以把前兩行和後三行看做兩個語象群。前一個的基本構架可以簡化到「細菌成為笑容」，使兩個明顯異質的、不能相容的語象強行同化。同時，這裡的「細菌」還是「優美的」，並且像化妝品一樣「塗滿」在（女兒的）「臉上」，以希望的、理想的形態「等待」著「繁殖」，從而衍化出具有幸福表象的「笑容」。那麼，如果「細菌」作為能指在傳統上是邪惡的借喻，這種邪惡作為所指已經由於「細菌」之外的其他能指而離軌和坼裂。或者說，邪惡已不再是簡單的邪惡，它在這裡通過修辭潛入了善和美的範疇內，潛入了與之衝突的領域。這就使詩歌解讀的美學判斷處在警覺和危機的境遇，使任何輕易獲得的理性結論失效，因為異質性已經成為不可調和的話語狀態。那麼，在後一個語象群裡的「女兒」和「女婿」當然也就以一種代表未來的形象註定了未來的病態：「病毒」和「病人」分別腐化了「永恆」和「優秀」的品質，那麼唯一能夠「保證」的只能存在於那種對未來的憧憬或「等待」所面臨的話語變質的危險之中。這樣，無論是「女兒」和「女婿」還是「病毒」和「病人」都變得不可理喻，由於互相削弱而無法執行原有的象徵功能。

　　可以看出，嚴力通過把抽象的、無形的感性轉喻成更加離題千里的語象，用直接的反諷使世界的圖像陷入喜劇式的自嘲。這種轉喻在將現實的經驗「意譯」為某種可感的形象的時候扭曲了形象自身的邏輯，轉喻變成了轉喻的失敗，揭示出經驗本身的非同一性。但無論如何，嚴力同多多或

楊煉的基本差異在於，對於嚴力來說，這種非同一性並不指向經驗的或歷史的災難。嚴力的詩裡即使有悲劇，也一定是不成功的喜劇，引向錯誤的愉悅。他在一首題為〈氣球〉的詩裡就是這樣喜劇式地描繪了喜劇的敗落：

氣球的氣數已盡
和平無法通天
勇氣也不可能馬上補充
在回信到達之前再寫信的理由毫不充分
氣球的氣數已盡
攤泄在那裡如被英雄脫下在地的披風

氣球的氣數已盡
超越視力範圍的空間純屬虛無
被繫在裡面的一團呼吸已經黴爛
祝賀無法保持新鮮
氣球的氣數已盡
一隻封口的垃圾袋被塞進了過去的人心

這首詩也許可以看做嚴力詩歌修辭的範例。這種修辭術可以被稱作「元修辭」，亦即一種自我指涉的修辭：轉喻（直喻、隱喻、借喻或換喻）通過暴露出它自身的對象或過程而揭示出轉喻的荒誕，所有的轉喻都變成了誤喻。在這首詩裡，「氣球」當然是一個中心語象，而由它轉喻的各類事物也不甘寂寞地紛紛出場，卻終於自我解構式地導向了轉喻的謬誤。首先，那個起首的、後來又不斷反覆的詩句「氣球的氣數已盡」中的「氣數」就是從強制的隱喻關係裡突兀地顯出的，它一方面從字面上或者詞源上同「氣」相關，另一方面或許也從宿命論的角度同氣球所象徵的「幸運」相關，但無論如何，「氣數」絕不是「氣球」恰當的隱喻對象。

於是，「氣數」替代了運氣或命運被氣球所轉喻，從語言上習慣性地引向了「已盡」的後果，作為對氣球所可能隱喻的「幸運」的摧垮。除了「氣數」之外，〈氣球〉一詩中當然也出現了各種可能原來應當成為「氣球」的隱喻對象的語詞：「和平」、「勇氣」、「空間」、「祝賀」等等，但它們的出場恰恰使這層隱喻關係不復存在，它們現身說法地挖空了「氣球」所原有的隱喻的質。當「和平」取代了「氣球」時，它不是呈現出祥和或歡樂，而是和必將爆裂的氣球一樣「無法通天」；當「勇氣」取代了「氣球」時，它不是呈現出向上的、探險的精神，而是像氣球裡漏出的氣體那樣「不可能馬上補充」；當「空間」取代了「氣球」時，它當然更不可能表達自由，而和飛離的氣球一樣由於「超越視力範圍」變得「純屬虛無」；同樣，當「祝賀」取代了「氣球」時，它也缺乏熱烈的、喜氣洋洋的特徵，反而像氣球裡的氣體一樣「無法保持新鮮」。這樣，「氣球」所可能隱喻的事物都以各自的方式亮相而否定了那種隱喻的邏輯。於是，那些看上去可能同「氣球」具有借喻關係的語象就更加露骨地上場表演起來，從而也更加直接地惡化了「氣球」所潛在的意指性。比如「披風」，不是形容氣球的飄逸，而是形容泄了氣的氣球，「攤泄」在那裡，早已離棄了英雄或者英雄的理念；又比如「呼吸」，也失去了應有的生命活力，反倒因為「繫在〔氣球〕裡面」而逃不脫「黴爛」的厄運。

我們可以在嚴力的另一些詩裡找到更多的對「氣球」的注解。比如在〈鑽出太陽的地方〉一詩裡：

你懸在空中的姿勢
好像氣球的內心真的有一個無比美妙的天堂

必須再度強調的是，嚴力的修辭總是處在一種缺乏穩定性的、自我解構的境地。這一次，嚴力似乎採用了直喻的方式，但是首先，這個虛晃一槍的「好像」其實並不聯結「姿勢」和「氣球」，它在語法上的作用僅僅聯結了「氣球的內心」和「天堂」；其次，這裡句式的重點也不在「氣

球的內心」「好像……有」「天堂」，而在於「好像……真的有」「天堂」。這樣，「好像」好像逃脫了對於直喻的責任，反過來質疑這種修辭的合法性：「好像」一詞通過「真的」引向了相反的功能，暗示出「懸在空中的姿勢」、「氣球的內心」和「無比美妙的天堂」之間荒誕的轉喻關係。

哪裡是「鑽出太陽的地方」？這首詩暗示我們：「世界有許多裂縫」，那麼，對於太陽的思考必須首先讓位給對於裂縫的思考。從「裂縫」出發，嚴力以令人眩暈的奇想探索著光明與黑暗之間、善與惡之間的交錯和誤認。深淵和坦途變得難以區分：「世界有許多裂縫／我不知道更寬的是否叫做康莊大道」，或者光芒也可能成為血腥的暴行：「世界的裂縫處有一把刺向宇宙的刀」。不過，值得重提的是，嚴力完全沒有多多式的絕望，即使在這樣激烈的話語衝突下，嚴力仍然把詩結束在一種貌似樂觀的氣氛裡：

那種善良的苦惱對甜蜜有一股永恆的欲望
它在所有裂縫處剝開破曉的糖


只是我們仍然有理由懷疑，太陽作為「破曉的糖」所給予我們的是否是純粹的「甜蜜」，抑或還是腐蝕我們牙齒的、哄騙我們童心的誘餌？這就是嚴力的語言喜劇的實質，把我們的微笑捲在危險的潛流裡，逼迫成錯愕或者驚悸。

*1995*

# 楊煉：面臨廢墟的生命與自然

楊煉

　　那個在北島、多多或嚴力詩歌裡每每亮相的個體的「我」幾乎不在楊煉晚近的詩中出現（儘管涉及集體性的「我們」一詞還偶然借助）。楊煉詩中最常用的人稱是「你」，要麼乾脆「無人稱」。對「你」字的頻繁使用和甚至捨去人稱的陳述給楊煉的詩注入了一種超拔的氣度，從某種程度上說，楊煉蓄意地模擬了先知的嗓音，以靜觀的方式宣諭，在讚美人性的同時詛咒人性（既然人性本身具有非人性的因素），在祈禱自然的同時褻瀆自然（既然自然本身懷有毀滅自然的潛能）。儘管如此，我們仍然無法確定楊煉詩中的「你」不是一種對象化的自我，因為從根本上說，只有抒情主體對抒情客體的認同才能賦予這種對象以詩意的生命，無論抒情主體

是否被直接提及。那麼，我們是否可以假定，在楊煉詩作中，這種超越自我的努力在一定程度上必須以回到自我甚至犧牲自我為代價？也就是說，楊煉的超自然的聲音甚至必須從特定歷史的個人那裡獲得回聲才具有意義，而這種個人的獨特音質恰恰同那種宏大的音源形成強烈的不和諧。

這恐怕正是楊煉的魅力所在。這就是我們為什麼從那些楊煉慣用的浩大的字眼中感到一種極度的錯迕：那種對永恆或神性的把握的努力總是不斷地被歷史或人性的限度所擠壓、刪改甚至摧毀。我們可以在楊煉的一組〈大海停止之處〉中讀到這樣的開始：

藍總是更高的當你的厭倦選中了
海　當一個人以眺望迫使海
倍加荒涼

很顯然，當楊煉提到「你的厭倦」的時候，他指的是人在面對「更高的」海的時候對自身有限性的厭倦。儘管如此，儘管一種「選中了／海」的行為可能是人的超越性的企圖，這反而「迫使」（一個多麼喚起我們歷史感的字眼！）那個具有純粹的「藍」的高度的海顯得「倍加荒涼」。從另一方面看，這段詩的語義結構同它的語式秩序形成了相當的張力。把「當……」這樣的從句放在主句之後並不是語式西化的結果，它作為一種抒情的阻力，從語義上把「迫使海／倍加荒涼」的結局凸顯出來，同時仍舊從語式上保留了「海總是更高的」這樣一種信念性的、超越性的陳述的重心位置，「迫使」詩的閱讀被困在這種人性與神性之間的巨大衝突和緊張之間。從某種意義上說，既然「藍總是更高的」，「大海停止之處」就是人的內心無法抵達大海高度的地方，這種「更高」與其說是面對自然的無限性的頌歌，不如說是反觀人性的有限性的悲歡。

因此，我們似乎無法把楊煉的詩歸為那種與具體時間無關的、非歷史的沉思，恰恰相反，那些看上去同現實存在脫離的抒情衝動由於內心在現實中的變形而經常顯得斷裂、扭曲，在很大程度上顯示出一種被歷史鞭

笞的內心創傷面臨永恆世界的慟哭。在楊煉1980年代末和1990年代初的那些詩篇中（大多收於詩集《流亡的死者》），我們可以發現如此眾多的諸如「屍體」、「骨頭」、「腐爛」、「末日」等等的末世學的語彙，這無疑是對某種歷史境遇的較為直接的見證。儘管如此，我們似乎很難假定，這些詩僅僅作為見證、或者僅僅同歷史有關才有意義。首先，我們必須確定，一種怎樣的修辭特徵能夠使這一類詩切入歷史而同時避免成為歷史簡單的、輕易的記錄。其次，我們應當進一步指出，這種修辭的力量實際上是怎樣一種訴諸內心的藝術，同時保持了對自身心理和外在現實的敏感。我們不妨引用一首題為〈一九八九年〉的詩的下半段為例：

> 誰說死者已經死去死者
> 關在末日裡流浪是永久的主人
> 四堵牆上有四張自己的臉
> 再屠殺一次血
> 仍是唯一著名的風景
> 睡進墳墓有福了卻又醒在
> 一個鳥兒更怕的明天
> 這無非是普普通通的一年

　　當然，我們很容易從標題和詩的「素材」判斷詩的所指。不過恰恰是這種所指透過了能指的複雜和曲折使我們無法簡單地總結出這段詩的「內容」。從某種程度上說，這首有關死者的輓歌同時也是有關歷史和詩人內心的輓歌。的確，即使是那個具體的歷史對於詩人來說也並不僅僅是生者變為死者的簡單事實。這就是楊煉為什麼甚至要用反問「誰說死者已經死去」來質疑歷史的事實性，因為從更深的意義上說，生者和死者都承受著比純粹的死亡更具毀滅性的打擊，這種打擊來自這樣一種困境，即死亡本身無法抵達悲劇性或超越性的昇華，死亡同生存一樣無非是一種被囚禁的形式：「死者／關在末日裡流浪」，並且被反語（irony）式地定位

為「是永久的主人」。這裡不幸的是，死者即使作為「永久的主人」離棄了世界，這種自主或者自由也不但僅僅同無家可歸的「流浪」相關，並且是「關在末日裡」，是被現實推到那個駭人的境遇中去的，絕對無法逃脫現實歷史的陰影。這種自由與囚禁、死亡與不朽之間的不斷錯位延伸而下，變成對歷史暴行的虛擬的籲求：「再屠殺一次」之後，「血／仍是唯一著名的風景」，這樣的反語作為對歷史暴行的偽崇高性的揭示比簡單渲染血腥提供了更殘酷的效果，因為這裡展示的不僅僅是血腥，而且是那種自願或強迫的對血腥的昇華（「著名的風景」），這種昇華使血腥更加恐怖。這樣，楊煉繞過了對歷史事件的直接敘述而深入到對歷史修辭以及它在話語中的作用的探討。（同北島一樣，楊煉在許多詩裡更直接地涉及到語言和寫作的問題，比如〈謊言遊戲〉、〈流亡之書〉、〈被禁止的詩〉等。）無論如何，由於對修辭的強調成為詩的核心，對反語的運用一直持續到末尾。於是楊煉套用了漢譯《聖經》的句式，「睡進墳墓有福了」，再度以一種表層語義的寧靜來反襯對死無葬身之地的不安，並接著通過「卻又……」的句式使「鳥兒更怕的明天」（對未來自由的絕望）用來突出那種比死亡更加駭人的現實。所有這些彙聚到末行的內斂陳述（understatement）中，用「無非」和「普普通通」來描述那個特殊的年代並不是非歷史化的企圖，而是通過把具體的年代置於更寬的歷史色譜中，強調了暴行的持續性。

對〈一九八九年〉這首詩的後半段的詳盡釋讀說明了即使在楊煉最具現實感的那些作品中，現實本身是不出場的，現實只有在修辭作用之後才能被表達，但這時被表達的就不僅僅是現實，而是被作為話語或美學來感知的現實在內心的投影。那麼，回到楊煉的看上去同歷史無關的〈大海停止之處〉，我們仍然不能不說它同樣表達了這樣一種現實經驗在修辭中的顯形。第一組〈大海停止之處〉的第一首是這樣結束的：

當藍色終於被認出被傷害
大海　用一萬枝蠟燭奪目地停止

　　即使「被認出」和「被傷害」沒有語義上的施行者，即使現實被空缺出來不加觸及，「認出」一詞已無疑暗示了某種現實制度所特有的駭人的銳利。那麼，這裡的傷害不能不說是歷史經驗對詩人心靈中絕對自然和純粹生命的傷害，以致於那種絕對和純粹的象徵終結於人類浩大的哀悼形式中（「一萬枝蠟燭」）。這種歷史對絕對自然和純粹生命的剝奪感，成為楊煉近年來詩歌的母題。正如同一個標題〈大海停止之處〉可以被命名於四組不同的詩，楊煉近年的作品也可以被看成一整首反覆的、無盡的悼歌。

　　楊煉的詩不是關於歷史的直接證詞。作為對心靈的複雜性的探索，它們當然也不僅僅是對內心的單向表達。從某種程度上說，是那種對內心表達的能力的懷疑使楊煉的詩充滿了反語的運用，從而消除了那種現實歷史及其經驗能被輕易描摹的假想。表達本身成為一種兩難，成為對不可表達性的掙扎。最後一組〈大海停止之處〉的第二首結束於以下的詩句：

> 沒有不鋸斷的詩人的手指
> 靜靜燃燒　　在兩頁白紙間形成一輪落日
> 說出　　說不出的恐懼

　　寫作似乎本身就是一種不可能，由於被戕害的痛楚（鋸斷的手指同時涉及了肉體和精神）而懸浮在白紙上空，但還在「燃燒」，還在努力「說出」那種「說不出的恐懼」。詩歌，從某種意義上說，正是對於「說不出」之物的言說，對於歷史經驗（個人的、種族的或人類的）劃過純粹心靈的難以捕捉的痕跡的探索。這個結論當然不限於楊煉，本文所討論的每一個詩人都以各自的方式傳達了這個詩學要義。這是「今天派」穿越了單向度的意識形態通道後走向歷史迷宮的必然結果，這種語言的自我審視的不倦努力可能是當代漢語詩歌走向成熟的標誌。

*1995*

# 孟浪：如何面對自身的反面

孟浪

　　孟浪的詩確乎顯示了「孟浪」的特徵嗎？我們不難發現，孟浪詩中的「蠻性」是通過知性的過濾才迸發出來的。他最近出版的詩集《連朝霞也是陳腐的》（唐山出版社），以其生猛不馴的意象切換和堅硬竣切的韻律風格標示了當今漢詩的一個異數。比如，嘆號的過度使用使孟浪的詩句呈現出吶喊、錯愕、感悟、甚至絕望。而這種足以感歎的絕望正是孟浪同遊戲式虛無主義的不同之處：在孟浪的絕望中我們看見了反諷的勇氣。使孟浪區別於任何一位漢語詩人的是他詩中尖銳而不妥協的反抗意蘊。使孟浪成為當代重要的漢語詩人之一的則是他對現實與自身的複雜性與悖反性的洞見。這樣，孟浪的詩一方面承繼了「朦朧詩」的政治隱喻，另一方面又「後朦朧」地解構了那種明確而單調的政治傾向中的總體化。這就使來自

反抗詩學的孟浪在表達政治無意識的同時也質疑了單向的——哪怕是被壓制的——歷史／抒情主體。也就是說，孟浪詩中的政治性不在於對外在的描摹或控訴，而在於對內在的政治無意識的自我清理與透析。那麼，我所說的反抗也就不僅僅是對某種特定對象的反抗，而是對任何類型（包括文化上和心理上）的總體化壓制的反抗。在詩集最後一卷中，我們可以在孟浪寫於海外時期的詩中看到對於纏繞著記憶與經驗的自我敞開：反抗並未失去對象，或者說，反抗的對象往往必須由表達反抗的主體（他的語言與姿態）來承擔。

這種政治無意識在很大程度上存在於對意識形態修辭的敏銳捕捉。在孟浪的詩裡，象徵性的昇華不復存在，他的〈死亡進行曲〉結束於這樣的詰問：「太陽呵／你的鮮血往哪兒奔湧？」這裡，像「太陽」，還有「朝霞」、「星星」這樣的意象都不再具有簡單的理想性，而恰恰是同理想的暴力性或無意義聯繫在一起。這似乎更為典範地表達在那首用作詩集標題的〈連朝霞也是陳腐的〉裡：「連朝霞也是陳腐的／所以在黑暗中不必期待所謂黎明。」朝霞的陳腐性當然在於以「朝霞」一詞為代表的象徵體系的失效，的確是作為陳腐話語的「朝霞」毀滅了真正的黎明（或理想）。在孟浪那裡，「光明」意味著以理想為名的暴行：「光捅下來的地方／是天／是一群手持利器的人在努力。」因為暴力絕不僅僅意味著純粹的惡，相反，它往往出自高遠的理想，但這自上而下的精神之「光」卻是以「利器」「捅」的方式使人感受到肉體的疼痛。在這首詩裡，更為複雜的甚至兩難式的表達在於對施難與受難的二元對立模式的消解，施難者並不是單向的罪人，他可能正是曾經或將要受難的歷史主體：「黑夜在一處秘密地點折磨太陽／太陽發出的聲聲慘叫／第二天一早你才能聽到。」孟浪就這樣面對了作為主流話語的幸福象徵的「反面」，這個反面具有施難與受難的雙重性。

在另一首題為〈當天空已然生鏽〉的詩裡，孟浪對原型象徵的清理同時也是主體自身經驗的清理，那個浪漫無憂的、「頭枕一朵白雲而眠」的我摳除的是「雲的屍骸」，而「飄揚在舊時代」的信仰和理想的符號——

「紅領巾」——如今顯得「無望」,照耀舊時代的「紅太陽」如今也「愈來愈暗」,只能和有關傷痛的「紅藥水」並列在一起(而「紅藥水」本身竟也變成「淡得不能再淡」,不再具有撫慰或鎮痛的效能)。在很大程度上,孟浪的詩體現了對無意識中創傷經驗的排解。如果無意識是拉岡所說的「他者的語言」,對於孟浪來說,這個「他者的語言」便是獨立於主體並操縱主體的主流話語。正是這個作為主體無意識的他者的語言成為無法徹底驅除的心靈中的鬼魅。而孟浪所作的當然是把這個鬼魅變成詩的一部分,這也是孟浪詩裡某種超現實因素的來源。意識形態修辭和敘述的功能通過變形或出軌的方式顯現,似乎是對創傷經驗的重歷,但卻是除幻之後的重歷。那些當下的奇異鬼魅正是過去的偉大幻影。

孟浪的詩所表達的反抗往往是對主流話語體系的反抗。在那些具有敘述背景的詩中,孟浪通過對主流語境的改寫來顛覆宏大話語的歷史模式。〈神秘經驗〉一詩將「犧牲」的主題納入一組並無實質的情節系列中——「第一部分」、「第二部分」、「第三部分」——一個由似是而非的「衛士」和「陌生人」的角色貫穿了「門」、「桌」和「白紙」的空間進程。而反覆出現的「可以為死去」(孟浪相繼填入了「第一部分」、「門」和「白紙」)的烈士們最後所抵達的「最後部分」僅僅是「門背後」,是沒有神秘的空白,是對終點的反諷。

孟浪對歷史的興趣毋寧說是對反歷史的興趣,或者說是對反「宏大歷史」的興趣。這在〈歷史的步伐與歷史本身〉一詩中最突出地表現出來。在詩的一開始,孟浪就毫不掩飾地解構了所謂「前進的」「歷史步伐」:「歷史的步伐與我昨天邁出的任意一百步/沒有什麼不同」。歷史的推進被視為「任意」的,僅僅與反觀逝去的「昨天」有關的概念。在以下的詩行中,處在「個人濃濃的醉意」裡「並不按照我的意志」的歷史再度強調了「任意」的歷史觀,甚至「歷史沒有步伐只是一群孩子在那裡打滾」。「打滾」不僅指明了歷史的遊戲性,而且暗示了這種遊戲的不知所終亦即反目的論的特性。在另外的時刻,詩人在想像中遭遇到鼠群的轟炸,而「逃得飛快」的過程「簡直就是歷史的步伐」,「每一步」中都充滿了

「麻木」和「疼痛」。歷史主體的主動前進變質為被動竄逃，有可能顯示英雄性的「疼痛」卻是同「麻木」類似的某種挫敗感。這樣，孟浪所謂的「歷史盲目的悠遠」就只能在「面前晃動」，缺乏穩定的形態（晃動），當然也缺乏確定的目標（盲目）。這裡，把「歷史」一詞直接置於詩中是需要勇氣的。畢竟，這不是一篇有關歷史的理論闡述。但詩的哲學意味卻因為對歷史隱喻的非凡處理更獨特地表達出來了。

如果說主流話語建立在一種簡單而絕對的價值維度上，孟浪的詩出示了一種與簡單化相反的對「困難」的審視，包括反抗的困難。在〈四月的一組〉裡，孟浪探討了內在「真理」與外在「姿勢」的問題。首先，把真和傷痛／腫聯繫在一起表明了迫近真理的慘烈代價：「真理是說出來的／像受傷時流出的鮮血。／／嘴被打腫了／真理是說出來的。」這種說出真理的冷峻意念到了末段裡卻被本詩一開始就出場的或暴力或偽飾的「姿勢」——「騙人的姿勢」和「殺人的姿勢」——所左右，它們滲入了真理之中，使「說話的姿勢，那麼艱難」。一種英雄式的對說出真理的堅持具有了自我反思的品質，消解了絕對真理的一元性。在閱讀孟浪那些具有反抗色彩的詩的時候，我們不能僅僅看到詩中的政治異議色彩，而忽略了對這一類「自我異議」美學的關注。這裡，既然「原來保持的姿勢」只是「殺人」和「騙人」，那麼主體成長的結局只能淪落為「喪失」和「放棄」：「是走路的姿勢，在向著喪失的途中／我放棄了所有姿勢。」也許，只有對外在性的徹底絕望和放棄才是內在希望與真理顯現的瞬間。一如班雅明所說，只有無望才帶給了我們希望。

這樣，〈讓我們面對一個國家的反面〉這樣的標題就能理解為對主體外在壓迫的否定性認知，通過「把識字卡片翻過來」——也就是把主流話語顛倒過來——抵達對「一個國家的反面」或「一個國家的黑暗」的確切把握。但果真如此簡單嗎？在段落之間的括弧裡嵌入的內心獨白囁嚅道：「（看不見，什麼也看不見。）」主體的簡單反抗又一次以自我質疑的方式轉化為對主體反抗的猶疑，認知被替換成認知的不可能。然而又只有這種導致不可能性——「看不見」——的黑暗推動了認知的辯證法。「看不

見」通過揭示內在的盲視，揭示了外在壓迫的巨大力量，以及這種壓迫對反抗的主體意識的摧毀。這種無望和希望的辯證法在〈這樣一位孩子〉一詩中凸顯了希望的源泉：「哪怕絕望的到來，他也在期待／這樣一個時辰／這孩子在萬頭攢動的公社裡才更無助。」一個淹沒在萬人之中的微弱個體，是公社（共產主義的詞根？）的犧牲品，卻在「全是人的絕望」的背景上，「獨自到天空下捧出自己年輕的臉。」這個「獨自」的事件出現在詩的末尾，拒絕了先前的「公社裡衝出瘋狂的時代列車」，成為這個集體公社（或國家）反面的一個難得的亮點。儘管「捧出自己的臉」絕不是自戀，我們仍然不能確定，這是一個趨向成熟的自我表達場景，還是一個成長儀式中的自我獻祭場景。而這正是孟浪詩學的複雜性所蘊涵的難以確認的兩難主題：「如何面對一個國家的反面？」這個問題尚未回答便已引向了一個更內在化的問題──如何面對自我的反面？

*2002*

# 一個孟浪在天上飛

孟浪《南京路上，兩匹奔馬》書影

　　在〈無題‧一個孩子在天上〉這首詩裡，孟浪描述了一個不安分的、飛在天上的小孩──「用橡皮輕輕擦掉天上唯一的一片雲。」可以肯定的是，這個調皮的孩子不是天使，當然也不是雀鳥──像所有孟浪的詩作一樣，這樣的描述呈現出豐富的、多重的隱喻──而正是這種隱喻的多重性與多向性，標誌著孟浪詩歌對我們所處的單一化符號世界的決絕。

　　一個孩子在天上飛，當然是自由的象徵（況且他還擦去了遮掩陽光的雲朵）。不過在我看來，一個飛在天上的孩子（天真而稚拙）同時也是對一種險境的暗示──似乎對自由的嚮往無不蘊含了「高處不勝險」的情境──甚至可以說，自由，就是面臨著空曠和高度的危險。從這個意義上

說，孟浪的詩是對表達、對意念的複雜化——其中暗含的困難性、自反性甚至不可能性可能比表面的含義更有誘惑力。

《一個孩子在天上》被孟浪用作他上一本詩集的書名，想來是他認為有代表性的一首。在這首詩中，也出現了孟浪詩的範式之一——學校／教育。毫無疑問，與學校相關的意象群——課堂、老師、課本、功課、黑板、鉛筆、橡皮、墨水——一起構成了孟浪詩歌重要元素，而這個元素——不是大學而是中小學的場景——似乎起源於某種童年的記憶，好像揮之不去的噩夢，以幻影的方式纏繞在孟浪的詩裡。比如在這首詩裡，教師們降臨的形象混合了沉落、君臨和壓迫的多重意味，而學生們則驚恐萬分地把終極價值（「永恆」）像錯誤一樣掩蓋起來。當然，「用雙手按住永恆」不僅僅是掩蓋，也是護衛——而正義的護衛和失色的掩蓋竟然合而為一——來自於「按住」一詞的多義性——這不能不說是孟浪詩歌修辭多重性與多向性的魅力所在——正是創傷性的歷史記憶剝奪了我們英雄式捍衛的可能。

但孩子們「按住」的其實並不是「永恆」，而是作為「一個錯誤的詞」的「永恆」。換句話說，觀念／意念已經符號化、文字化了，這是文化意識形態的結果，似乎我們已經沒有了（主觀抑或客觀的）世界——「永恆」之所以錯誤不止在它的虛假或幻覺，而是作為一種語言的元素，一種變質為謊言的文字。那麼，在相當程度上，孟浪的詩是以一種分裂的主體來表達的——對終極價值的護衛同時又是對謊言／錯誤的掩蓋——這種分裂的主體性可以說是文革後一代的典型表徵。

因此，我傾向把這類教育機構的場景看作是某種國族寓言的產物。在祖國的近代歷史中，教育和意識形態訓導和不可分割的——而這種意識形態訓導，正是精神創傷的主要起源之一。正如孟浪在題為〈途中〉的詩中描寫的：「玻璃把拳頭擊碎／中學生獻上手臂。／／他的老師獻上邏輯」。這個「途中」似乎是成長小說中途的一瞬間，而算不上太離奇的類似「人咬狗」的事件既是代表體制的老師交給的「邏輯」——話語構成的意識形態「真理」——同時也是創傷的動態呈現。請注意，中學生的手並

不僅僅是無辜的、被動的受害者——這個拳頭的形象不能不讓人想起紅色時代青年的被指定的憤怒——拳頭的暴力只是反過來受到了暴力對象的戕害。這樣，在短短幾行內，孟浪一方面揭示了體制化邏輯的荒誕絕境，另一方面也揭示了戕害和受害的不幸辯證法。

我曾經在一篇文章裡探討過孟浪詩歌的自我反思和自我質疑。我必須再次強調，這種自反性所表達的便是揭示了表達的自我衝突和自我偏離——任何單一的、單向的表達都遭到了積極的消解。在〈教育詩篇〉裡，我們讀到一群小學生面對著的是「一塊舊黑板兀立／將提供他們一生的遠景」，而他們「在黑板上使勁擦：／黑板的黑呀，能不能更黑？」——這是一個荒誕而令人絕望的場景——因為擦乾淨的過程就是抹黑（擦得「更黑」）的過程，或者說，他們把自己的「遠景」擦得愈乾淨，這個「遠景」也就愈加晦暗——這難道不是有關主流教育的夢魘嗎？

這樣的修辭姿態當然再度證實了孟浪詩歌的複雜性——而這無疑代表了當代詩歌成熟的重要標誌。比如〈無題，或受傷的鋼琴〉一詩中的鋼琴、礁石、浪花、潮流匯成的不是鼓浪嶼式的裝飾性風景世界，而是傷害——或者說，在彈奏鋼琴的美學行為與拍打礁石的自然現象之間，是否隱含著一種共有的暴力——藝術和自然同樣處於被動的境況下，而只有「潮流」——這個概念或許是「歷史」作為「當今」的唯一面貌——「哦，潮流，押解著潮流」——然後——「哦，潮流，是潮流，釋放了潮流」——才能被看作是既抓得住又放得開歷史流變的東西——不管是以藝術的方式，還是以自然的狀態。在孟浪的筆下，鋼琴或浪花的「觀眾們」——或歷史進程中不再具有主人光環的「人民」——「用雙手緊緊抓住礁石」——他們似乎離不開暴力敲打下的那個狹小的文化／自然立足點——在我看來，正是人民，需要依賴於這種暴力關係的世界，更何況暴力的場面可以作為藝術或風景來欣賞呢？

在孟浪的詩中，我們似乎可以發現無數有關暴力的話語，但卻讀不到任何對於暴力的直接控訴——也可以說，孟浪的修辭策略在於他關注的是暴力的多重面貌，暴力的曖昧性，暴力與理想、真理等的含混，以及暴

力由於過度強烈而造成的不可訴說和不可確認——隱藏在孟浪跳躍性的詩歌語言後面的，正是那個「真實域」的核心，在似是而非、閃爍不定的語詞中偶爾露出它的崢嶸——無論是「用刺刀尖／彈奏練習曲」的「哨兵」（〈無題〉），還是「把鈦合金嵌入生活」的「鋼鐵夫婦」（〈飛行的後果〉），都在提供某種疼痛的美學——視覺或聽覺的——以至於我們無法確知我們所感受的究竟是冰冷的刺痛，還是尖銳的美感。

對於暴力的適度愛好恰好是對某種濫用血腥的反撥。孟浪詩的另一個範式是軍隊／戰爭——但在孟浪筆下，戰爭也有了黑色喜劇的效果，尤其是把軍事和教育混合在一起時——「步兵操典也不再成為必要——反動，軍校的反動令他們快樂：／／『歷史別轉身，露出古籍／不是臀部，不是。』」（〈戰前教育1996〉））這裡的軍事行動是宏大歷史的反向——而孟浪看到的由血腥構成的宏大歷史，從另一個方向看，就暴露出被否認是臀部的文化經典——文化／歷史就這樣翻轉了暴力，成為暴力意識形態的「反動」——一個曾經致人於死地的概念，如今在孟浪筆下成為消解或阻隔暴力化歷史的喜劇動力。

孟浪似乎相信詩的這種「反動」力量，因為——「一首詩，敢於把整個時代的殺氣凍結」（〈她迅速奔回了少女時代〉）。從這個意義上說，暴力化的體制貌似為理性歷史的軌道，但在同一首詩中，孟浪用隱喻的方式揭示出它的非理性——「警察漠然地指揮著這個時代的倒車」——這正是孟浪「面對一個國家的反面」所看到的。這樣，暴力化的體制不僅僅是壓抑性的，而更是胡鬧的，是真正的「反動」，以至於對應的方式也顯得激情而超現實起來——「我們嚼爛槍管，如今吞下道路」（〈激情1993〉）——既然道路就是歧路。在與軍隊相關的詩篇裡，孟浪每每想像著這種宏大的世界版圖或歷史理性的喪失——「他抽走地圖／士兵們紛紛陷落／——哦，回國嘍！／——哦，返鄉嘍！」（〈無題〉）——這樣，落敗的軍事悲劇就由狂歡的人性喜劇所替代。

實際上，這種對暴力體制的樂觀顛覆本身就帶有某種潛在的不確定——「嘍！」的感歎似乎也暗含了這種樂觀的天真意味——在另外的敘述

角度下，孟浪詩歌中的時空轉換卻仍然延續了傷害的傳統——「少女的赤腳被燙著了／來自羅馬的軍隊／也來自北京」（〈千年一九九七〉）——孟浪的詩歌可以說是懸宕在對幸福的想像和無望之間，這種「之間性」也最清晰地顯示於另一個場景範式——醫院——因為醫院正是傷病與康復之間，或死亡與拯救之間的場所——儘管醫院的宗旨是救治，但它的面貌卻往往與傷病聯繫在一起，或者說，它既意味著救治，但更經常意味著無法救治。在〈醫學院之岸〉一詩裡，孟浪用「岸」來意指拯救的彼岸，但他筆下的大海一開始就顯現為一片「灰燼」，連拯救也混合在「毀滅的煙」之中，因為「痛苦在家裡藏著厚厚的總圖」——痛苦似乎是一攬子上帝的規劃，不肯放過肉身的人。那麼，「醫學院之岸」究竟是可以抵達的彼岸還是可望而不可及的幻象？

　　無論如何，孟浪筆下的醫院從來不給與確定的答案。不僅如此，可以說孟浪是在有意延宕對於任何確定答案的獲得——「春天呵，我羞慚地走回室內／焚燒幸福的病歷／氧氣在變形，國家繼續呼吸／醫院的電鋸等待今夜斷電」（〈詩四首〉）——在這樣一個扭曲變異的病態空間裡，拯救——哪怕是施暴式的拯救——對於孟浪來說面臨著停滯，而我們，卻甚至不知道應該歡呼還是哀悼——或者，一個「國家」是否應當在「變形」的「氧氣」中繼續「呼吸」？

　　這種意義的張力出現在所有孟浪的場景範式中——表演與生活之間的舞臺、人性與獸性之間的動物園、消逝與永恆之間的博物館——就像游動在鋼琴鍵盤上的兩隻手，可以彈出無數的、無限的美妙音樂，但一定是在鍵盤界限的兩極間——而且，一隻手必須以另一隻手為其辯證的對立方，才能展開飛翔般的張力——也就是說，一隻手必須在另一隻手的否定中才能被傾聽。這也是孟浪在用作這本詩集名的〈南京路上，兩匹奔馬〉一詩中所描寫中的兩匹馬——好像彈奏鋼琴的兩隻手，紛繁的手指朝著不同方向飛舞——「八隻馬蹄已馳往不同的方向」——在南京路上，一個最繁華城市的最繁華奢靡的街區——如果我們回想起南京路上好八連的故事，那也是個禁慾楷模的街區——懷著對「幸福」的不同構想——精神樂園或物

質天堂——互相撕咬，向天上奔走——這樣的場景可以說是由各類現代性話語寫成的社會歷史的出色寓言。到了最後，「驕傲的馬頭，在標本館裡與我重逢」——孟浪以班雅明所說的作為寓言的「歷史死相」來總結和質疑現代性，但這卻並沒有淡化有關「絕美的鬃毛揚得更高」的崇高美學——因為展廳裡的標本一方面強化了班雅明意義上的悲劇意蘊，另一方面也展示了現代性「驕傲」姿態的恒久與物化。

從確定性到不確定性的變遷，也是從朦朧詩時代到後朦朧詩時代的變遷，從現代性到後現代性的變遷——孟浪作為這個過程的中堅分子必然標誌著這一變遷——不是徹底拋棄社會歷史的關注，而是質疑和消解了至高的歷史主體，並且把這個主體歸於歷史客體的一部分，歸於無盡的自我批判過程之中。如果說1990年代的詩歌論爭曾經把所謂的「知識份子」詩學斥為精英的、理性的自我中心化，孟浪恰恰證實了一種表面理性化的寫作同時揭示了理性在歷史——符號化的歷史——的重壓下粉碎的過程——而不是把日常經驗和個人感知簡單樹立為另一個確認的中心。

因此，孟浪的曖昧詩學並不意味著喪失立場，也絕非犬儒詩學——或者可以說，質疑本身就是其批判立場的一部分，質疑本身就暗含了烏托邦的向度——儘管烏托邦無法丈量，更遠離實現——「在海拔中，他要拉住離他愈來愈遠的手指」（〈在海拔中〉）——也因此我們可以在孟浪詩中多次發現天空和飛翔的意象，儘管和傳統詩學不同的是，飛翔不再是對自由的自由幻想，而是對自由之無法絕對自由的冥想。

我們幾乎可以相信，我在本文開頭提到的那個飛在天上的孩子就是孟浪自己，倒不是因為孟浪近年來在香港和波士頓之間來回飛，而是因為那個飛在天上的孩子所做的，正是孟浪哪怕絕望不止也將努力不懈的文化守望——「他的一生／必須在此守望橡皮的殘碑，鉛筆的幼林」——於是我們想像出孟浪在天上飛翔的情景，彷彿一隻「如此赤裸的鳥兒／被投入如此赤裸的天空」（〈祖國〉）——像極了他自己描寫的「偉大的迷途者」……

*2006*

# 主體的痛感
## ——讀雪迪詩集《亮處的風景》

　　雪迪的詩歌生涯始於朦朧詩的尾聲，他在1980年代的詩作充滿了淒厲而憧憬的自然象徵，同時似乎也同時代精神的某個側面相吻合，在相當程度上契合於海子長詩的基調：高亢、過敏、熾熱，急切於參與和體驗種族歷史的悲劇旅程，似乎藝術中的悲劇真的能夠滌蕩現實的汙濁。那種激昂的抒情個體在1990年雪迪去國之後顯示為更為內斂的、複雜多變的、甚至自我衝突的身分時，一種本土記憶與異鄉經驗摩擦、揉合、分裂和交錯的欲望／絕望形成了我稱之為主體的痛感。主體由此不再僅僅是形而上的、認識論意義上的抽象概念，而是與生命有關的，極度感性的，由身體而不是觀念構成的。「肉裡的寒冷，然後是意識的。」（〈再來一次〉）這個唯物主義的公式並不是多餘的：哪怕作為隱喻的「寒冷」也不可能只是理性意義上的絕望，因為絕望，甚或希望，都是源於感性上的那種刺骨感受。然而，儘管如此，雪迪的抒情聲音並沒有讓位給純粹的肉體，因為這個肉身的主體只有在文化的意義上才可能具有身體性。對於雪迪來說，身體一旦離開了它的歷史語境便徒具空殼。

　　只有在這樣的辯證思考的前提下我們才能對雪迪詩歌的複雜性有足夠的準備。從任何意義上說，身體性在雪迪的詩都不是簡單反歷史的，並不是「下半身」理論意義上的用粗鄙對抗高雅的叛逆策略。如果說「下半身」運動在很大程度上以叛逆的姿態迎合了時代的某種主流的話，雪迪對自身的發掘並沒有停留在簡單地展示身體的流氓性，甚至也沒有把它當作一種感性的源泉來對抗理性的壓迫，而是從感性的視角探究了作為肉身的主體如何面對社會歷史的、種族的以及自身的衝突和困境。換句話說，雪迪

的詩所展示的是身體狂歡的反面，是感性主體自由的受挫、困難和缺失。

詩集第二輯的標題「困難中的愛」似乎正是這種受挫感的概括。〈黃狗〉一詩寫於移居美國的第二年，以膚色的隱喻暗示了種族主體所承受的肉體傷痛：

我手掌上的肉
嵌進你打開的嘴
骨頭，碰擊你的
骨頭。血
在你的舌頭底下
我又在慘叫
痛苦在裂開的肉裡
黃狗。

需要強調的是，在下文中被稱為「你的兄弟」的「黃狗」並不是這首詩的抒情主體，而是主體聲音所訴說的對象，或者說，它是客體化了的主體，迫使主體從單一和整體分裂成自身的對象。在一種「碰擊」的結果下，「慘叫」的主體所感到的是「痛苦在裂開的肉裡」，一種作為分裂的主體的肉身。但這「痛苦」又連接著下一行的「黃狗」，使得「痛苦」的載體變得模棱兩可。複雜化的主體意味著這種疼痛來自於比純粹的當下經驗更深的記憶。在1990年代伊始移居美國的雪迪當然不會忘卻本土的歷史悲劇。

在一篇訪談中，雪迪在談到他出國後詩風的變化時，把斷行／斷裂看作是近期作品與前期的差異所在。斷裂意味著某種可言說、可完整描述的感性的喪失，而雪迪的詩歌形式本身就是這種喪失過程的一次展開。它意味著那種整體的、自足的詩歌主體已不復存在。

這種主體的曖昧色彩也存在於身體與世界的關係上，因為正是現實與歷史及其文化表徵的多義性帶給了詩歌主體對意象不確定意味的敏銳捕

捉，哪怕在一些最普通的詞語裡，比如〈設計〉一詩的結尾處：

> 兩眼含滿黑色的鐵
>
> 兩眼含滿
>
> 鐵裡無垠的泥土

我們難道能夠辨別「黑色的鐵」在記憶中的具體形象嗎？記憶，如同一次模糊的夢境，鐵的形狀可以在農具和武器之間不斷變幻。但無論如何，「兩眼含滿」著的沉甸甸感受使鐵的重量同時具有了恐懼感和依賴感，甚至是一種澆鑄並冷卻的淚水。這種特殊淚水的特性又被「泥土」一詞所飽含的溫暖與柔軟所延伸，它的親和力使堅硬的、冰冷的鐵有了新的意義，使感性主體蘊含在無數多樣性、差異性與（不）可能性中。

這種多樣性當然首先是源於一個流亡／移居海外的詩人的內在語境所擁有的各種不同歷史文化因素的雜糅和撞擊，或者說是感性主體所面臨的多重的而不是單一的壓迫。用雪迪的話來描述是「被重複使用的身體，／每一年遺留下的垢。」（〈春天〉）從任何意義上來看，雪迪詩中的身體政治都不是對某個特定的霸權文化場域的反抗，而是對不同的，或者說是所有各種話語壓迫和歷史壓迫的回應。本土記憶與異國生活作為經驗的多重部分，提供了一種感受或表達的張力，使任何簡單的反抗都變得失效，而恰恰是反抗的困難才能體現現實的重壓。比如在〈地帶〉一詩裡，是那種揮之不去的過去，想要飛翔、解放卻因傷痛而壓抑的回憶，使「鳥」這個自由主體的象徵無力地繁複起來，而美學化的方式成為一種壓抑而不是昇華的方式：「過去。鳥用一萬種方法／疊著翅膀。」

由這種折疊感所出色表達的自由的反題賦予了雪迪詩歌某種內省的特性，也可以說是「在陽光中樹幹內部的黑暗」（〈陌生人〉），因為現實的、表層的自由無法褪去詩人內心深處的傷痛，而這種傷痛必然是與記憶有關的，因為「活著的人／是死者的影子」（〈交換〉）。這裡，現實的光亮更突出了黑暗的那一部分，自由再度成為反題出現，活著的成了死了

的鬼魂，或者說，現在只是過去的幽靈，異鄉經驗是本土記憶幽靈般的延伸。雪迪在〈新年〉一詩中寫道：

> 在異國，那些舊日子
> 比羽毛更輕。父親是一桿筆
>
> 油墨將盡的筆，被最大的
> 走得最遠的孩子攥著。
> 流亡中的孩子，孤單的

那些「舊日子」變輕是因為成了現在的幽靈嗎？「羽毛」之輕自然令人想起司馬遷／毛澤東的生死觀，也是對「油墨將盡的筆」的隱喻的注腳。作為「筆」的父親成為已逝的文化歷史的代喻，用「油墨」替代了血液，或者說，本真的身體被對意識形態的書寫所替代。而遠離故土的「孩子」（作為詩歌寫作者的雪迪本人？）則成為上一代人在另一個時空的幽靈，體驗在「流亡中」的「孤單」，無法書寫他的集體（種族、文化，甚至歷史的）身份。對於雪迪來說，父親的形象總是代表了本土記憶中最嚴酷的部分，而這一部分恰恰被當下的流亡體驗所喚起，正如幽靈在某種程度上再現了，哪怕是扭曲地再現了生命的原型。一個後現代的主體以幽靈的方式追憶了現代性的意義，但無力重新完成，因為那支「筆」只是「攥著」，卻失去了原有的實踐性。

如果說這個孤單的孩子在走遠的途中還能有什麼（儘管是「將盡的」，甚至是業已飄逝的羽毛）握在手裡，在那首〈陌生人〉裡的主角卻是「朝任意的方向走，／在崩潰中」，用離散的身體訴說主體分裂的故事。在這裡談論後現代的主體分裂假如過於迂腐的話，那不是因為雪迪的詩中沒有對這種文化形而上的敏感，而是因為這種形而上往往必須由形而下的方式來表達。也就是說，我們只能從詩人對「裂縫」、「裂隙」、「裂開」等詞語的反覆使用中捕捉分裂的痛感。比如在〈通道〉裡：

思想的中心就在你的
屁股下面。你感覺身體在裂開
身體裡面有一個洞。

　　空洞、垮掉、自身的內爆，使得作為反話語和反身分的身體，不再可能被建構為另一個自足的、純粹的靈魂居所，相反卻成為自我消解的身體過程和體驗。但主體的切膚之痛的確來自「思想的中心」，那個如今成為汙穢之源，災難之源的個意識形態的源頭。即使在遠離源頭的地方／時候，這種痛感也不時複現。比如在〈片語〉裡，「冷」和「暗」，雪迪用皮膚和眼睛所感受的詩歌主題，就可以被看作是皮膚和眼睛的痛感。

另一種黑暗：心靈
發黴的黑暗。
日常生活中的景象：
孩子在冷季節裡越跑越遠
單身的人，新的一年裡更孤單。
人民蜂湧向出口時的黑暗。
出口：在冷中朝著內心，
集體的沉重經歷──家園的黑暗。

　　雪迪明確地告訴我們，「蜂湧向出口時的黑暗」是來自「朝著內心」所發現的「沉重經歷」，此時，「出口」卻更讓封存的記憶噴湧而出。我們不能忘記詩集的標題，「亮處的風景」：同內心的黑暗相反的烏托邦向度並沒有消失，而是更加強了，正如班雅明所說的那種情形：唯有絕望才能給予我們希望。一種集體／人民的經驗與單身／個人的經驗交錯出現，雖然「單身的人」試圖遠離他的集體背景，「越跑越遠」，歷史在感官化、肉身化的過程中施展的嚴酷力量卻無法規避，這種力量同身處異域境況下的「家園」記憶也密不可分。

甚至，對種族性或種族間性的敏感也來自於對自我肉身的敏感，像在〈新調子的夜曲〉裡，雪迪用「打彎」、「釘子」、「穿過」、「罅隙」這樣的語詞凸顯了一個族群滲透到另一個族群過程中混雜著的痛苦和愉悅的過程。

> 每個深夜，穿過
> 成長的痛苦。像一根
> 被打彎了的釘子
> 我們做愛。做出的愛
> 奮力穿過種族
> 與種族的寬闊的罅隙

　　種族主體的痛感與快感在個體的性過程當中的體驗成為「成長」的必要代價，但雪迪無論如何並沒有確認這種成長將必然獲得完滿。似乎種族主體需要用身體才能抵達文化他者，而這並不是簡單的獲取或喪失，而恰恰是主體在穿越、交匯過程中同時的放棄與攫取。

　　這裡我說的放棄是對種族單一性的放棄。與此同時，一種雜糅的主體性呼之欲出：這正是為什麼痛感總是創造的前兆，事實上，創造從來就不是無中生有，它必須由痛來連接他者與自我，過去與現在。欲望和絕望的辯證法，快感與痛感的辯證法，作為主體變化的內在邏輯使單一化的、同質化的理性主體失效。雪迪的詩從來就並不意味著停止，但運動卻往往並不是直線向前的，而是向外的，或者向內的；之間的，或者離散的。「感染的腳，在自己的意志中走」（〈七年〉）。這樣，病痛的主體／肉體向自身內部運動，也許，只有通過「感染」，通過外部對內部的侵蝕，通過內部對外部侵蝕的痛感，肉身的體驗才能混雜到無意識的話語中，表達一個從感性出發的，然而又是被歷史充溢過並且繼續與歷史搏鬥的自我衝突的主體。

*2002*

# 毛世紀的「史記」：作為史籍的詩輯

柏樺

　　這部柏樺稱為「史記」（而不是「史詩」）的文字究竟應該擱到書店和圖書館的哪個角落？當然是歷史——它記載了毛澤東時代所發生的大大小小的社會事件。也當然是詩———一種無可否認的特殊修辭貫穿著整部長詩。不過，它又不是典型的歷史：畢竟，比起一般史傳寫作來，柏樺的文本既不以史實為終極目標，也不以某種特定歷史觀為框架，而是蘊涵了多重甚至曖昧的歷史感。然而，它也不是典型的傳統意義上的詩，因為抒情主體的位置被空了出來，主體成為他者（the Other）的傳聲筒，承載了他者所有的欲望和話語。不過，這個主體並不癔症式地出演他者的角色，而是偏執地排演了一幕幕他者的劇本，而演出卻由於略顯稚拙而突出了與其宏偉意義之間的不協調。也就是說，《史記：1950-1976》被詩和歷史扯

到了兩個類別的邊緣銜接處，既不墮入絕對客觀化的史實再現，又不膨脹為絕對主觀化的詩性表現。

一個習慣聽見柏樺詩歌中尖銳叫聲的讀者會從這部《史記：1950-1976》中聽見什麼呢？在這裡，柏樺自己的聲音幾乎是聽不到的。這樣說，難道意味著柏樺僅僅是一個速記員嗎？當然不是。一方面，柏樺佔據了歷史主體的位置，在編織故事的過程中倚賴了宏大歷史的背景；另一方面，他又掏空了自身的主體性，既不讚美也不貶抑地鋪陳出大歷史中的各種客觀情節（面貌）。正如他在〈為何喜歡《首戰平型關》〉中寫的：

因為另一個拿駁殼槍的八路軍顯得很大
而我又很小

這個「拿駁殼槍的八路軍」可以說是歷史他者的形象代表，而「我」當然就是在他者的偉岸身軀下顯得並不起眼的那個（虛擬）主體。無論如何，這不再是一個自我哄抬到宏大歷史高度的批判主體，而是在冷靜的敘述中體驗詞語和意義之間隱秘錯位的空洞主體。比如在〈一些有趣的事〉裡：

她卻興奮地說：天安門前的水是毛主席身邊的水，
它最甜、最有抗毒作用，用它洗了頭，
在階級鬥爭的大風大浪裡永遠也不會迷失方向。

作者顯然代替了這個女紅衛兵陳述了對於「天安門前的水」的理解（而不是超然地評點女紅衛兵的所言所為），他者的話語佔據了這個邏輯場域的主要背景。不過，不但這個他者的話語本身便是一種主觀的構建（或虛構，因為對天安門前水的功用的描述並非主流話語中的現成材料），而且這個邏輯場域也由於其意義的過度伸展而顯示出嚴重的傾斜甚至坍塌。在這樣的圖景下，難道詩人還需要出面評判歷史的荒誕意味嗎？

　　當然，作為作者的柏樺也並沒有閒著。從他的《水繪仙侶》開始，柏樺就迷上了大概起始於艾略特的《荒原》而在納博科夫的《微暗的火》達到頂峰的註釋文學。在《史記：1950-1976》中，註釋往往將被註的事物扯到或近或遠的他處——雖然並非是在演繹所謂「所指的滑動」（拉岡）或「意義的延異」（德希達）——讓一幅平面的歷史圖景具有了立體感。無論如何，詞語的指涉的確更加放蕩不羈了，「魯迅也可能正是林語堂」（柏樺〈現實〉），不也正說明了詞語（概念）內在的變幻無常嗎？

　　《史記：1950-1976》這部近四千行的長篇詩史（如果不是史詩），從年代上看橫跨了毛時代全部的四分之一世紀。柏樺這個曾經是毛澤東時代的抒情詩人——多年前柏樺的回憶錄便題為《左邊：毛澤東時代的抒情詩人》——如今以毛澤東時代敘事詩人的身份出現了。不過，敘事詩人柏樺仍然和抒情詩人柏樺一樣，對「時代」的關注主要並不在於大人物和大事件（即使是毛澤東、尼克森和姚文元，也成了某種稗史的角色）。如果說抒情詩人柏樺展示了一個時代所引發的自身的內心尖銳，那麼敘事詩人柏樺關注的則是在大時代的背景下，更多普普通通的微小個體所遭遇和經歷的一切。我們甚至可以說，新媳婦也可能正是柏樺，或者，女獸醫也可能正是楊小濱。至少，如果我生活在那個時代，我也會去打麻雀（〈1958年的小說‧二、北京決戰〉）、撿廢鐵（〈補記：《南京之鐵》〉）、剪小褲腳管（〈一些有趣的事‧四、對聯及剪刀手〉）……（其實，我也的確貼過老師大字報，唱過樣板戲裡所有的英雄唱段咧）。

　　說起撿廢鐵，我不得不想起張藝謀電影《活著》裡的一個情節：在貢獻破銅爛鐵的年代裡，福貴（葛優）的兒子有慶把福貴的一箱皮影戲道具拖出來打算獻給工地煉鋼，最後虧得他媽媽家珍（鞏俐）的花言巧語才讓鎮長手下留情，而有慶也被福貴半開玩笑地打了一頓屁股。不過，這個輕喜劇片段很快就讓位給了悲劇的高潮：有慶被煉鋼時代過度疲勞的區長開車撞倒牆壓死了。因為我常在電影課上教這部電影，每次看到這個片段時，也會跟著學生唏噓不已。這個悲劇的處理顯然是1980年代中後期開始的歷史反思的結果，用以替代革命時代正劇的絕對正義感。

柏樺並沒有借用另類的共和國史來對正劇的歷史作悲劇式的重新編排。柏樺的材料都來自正劇的材料，但正劇事件的幽靈重現卻回溯性地揭示了那些事件的創傷意味。這種創傷（trauma），當然完全不同於我們通常所說的傷痛或傷痕：它是誘惑和侵凌的雙重打擊的結果，在創傷中的痛感與快感無法分離。因此，相對而言，我更傾向於用「小人物的喜劇」來概括這部史詩般的《史記：1950-1976》。但這並不是為了突出小人物的滑稽，也不是描繪小人物的精神或肉體愉悅；這種「喜」，更接近於拉岡所謂的「絕爽」（jouissance），一個屬於毛時代的關鍵詞，因為這個有關「痛快」的概念兼具「快感」和「痛感」的雙重意涵，它正是創傷內核的具體表現。《史記：1950-1976》難道沒有把這種「絕爽」的感受當作貫穿整部詩作的隱秘氣息嗎？〈糞之美，糞之思〉裡對臭和香的辯證信仰當然就是「絕爽」的完美體現。又，請看〈1958年的小說·三、尾聲：女社員進澡堂〉：

> 如今，澡堂已是十分擁擠，
> 幾乎天天都擠滿了洗澡的婦女。

　　這種奇異的快感，伴隨著好奇、羞怯、拒斥、惡心、窒息、摩擦……，卻是滿溢的，是把快感推向「剩餘快感」的絕佳範例。「剩餘快感」（plus-de-jouis）是「絕爽」的另一種說法，它既意味著多出來種種快感，又意味著快感太多了而不再有快感。無論如何，「絕爽」泛濫的時代，當然就意味著欲望的匱乏。而這，正是《史記：1950-1976》的另一個顯著的特徵。平靜的敘述展示出一種滿足感，而正是這種滿足感，蘊含著滿足之下錯位的荒誕，因為這種滿足是對無法滿足的壓抑和掩飾。在滿足的邏輯之下，革命話語本身不再是迎接新時代的欲望號角，而是當下狂歡的高尚托辭（這種狂歡，在另一部描繪毛時代的電影──姜文的《陽光燦爛的日子》──裡有著極為盡興的展現）。甚至，〈為改造而遊行〉裡那位地質勘探學院地球物理探礦系的教授「在不停地高喊：『我需要改

造！我需要改造！』」，也並非出自對「改造」的熱切期望，而是出自在遊行的「高喊」中獲得的強烈快感（柏樺用了「決心是如此迫切熾熱／勝過了正飛速出爐的鋼鐵」來比喻這種極樂的衝動），這種快感已經淹沒了「改造」本身的實際操作。

那麼，中國現代性本身，究竟在多大意義上是一種歷史欲望的表現？毛時代當然代表了中國現代性的高潮，但它卻不僅是——在一般的想像裡——精神世界的抽象榮光，也包括了對最實際的物質世界的關懷。換句話說，毛時代現代性的關鍵詞不只是革命、理想或階級鬥爭的空洞觀念，而同時也是數字的神話（比如以斤兩為單位的畝產——見〈第一枚早稻高產「衛星」發射紀實〉、〈徐水！徐水！〉、〈再觀麻城〉、〈廣東窮山再急追〉、〈梁伯太〉……），是關於養豬（〈大豬〉、〈喂郎豬〉……）、積肥（〈女社員星夜積肥〉、〈另一個「野人」獲了新生〉……）等的行動主義綱領，是種種科學（或偽科學）詞匯的終極凱旋（比如〈毛主席發現了誰最聰明〉裡「消滅螞蟻的一種有效方法」，或〈一豬一年產百仔〉裡「對母豬的配種採取熱配、雙配、重配」，或〈夜戰絕殺，奇蹟誕生〉裡「採取壓槽法深耕」、「日間排水夜間灌水」、「將噴霧器改成鼓風機」）。顯然，毛時代和後毛時代之間並沒有一個截然的分野。

從〈1958年的小說・二、北京決戰〉中的人雀大戰（「以及未死的麻雀令我們頭痛」）和〈補記：《南京之鐵》〉中的尋鐵之旅（「一輛輛裝滿廢鐵的汽車，隨著迎風的紅旗穿過大街」）來看，毛時代的現代性運動帶有強烈的快感特徵：運動的結果似乎並不如意，甚至毫無意義，但運動的過程卻引人入勝，激情澎湃。這也是為什麼柏樺將人雀大戰歸結於美學的視界／世界：「美形成了蘑菇狀的超現實軍團，／美在震撼世界。」這是出現在本書中極少的轉義（tropological）片段，是敘事詩人柏樺冷不防地變回抒情詩人的轉瞬即逝的剎那。這一剎那有如靈光一現，揭示了政治史的美學品質——不過不是優美（beautiful）的美學，而是崇高（sublime）的美學：對「震撼」的、「軍團」式「蘑菇狀」的描繪不得

不令人想起可怖的原子彈。而這種崇高美學，也可以概括柏樺筆下毛時代的種種乖戾，包括「三星罐頭廠姦商顏玉祥竟用壞肉罐頭暗害志願軍」（〈1952年的五條〉），或者「戰士馬紹君忍著風吹雨打，／用手扶住鏡框，使毛主席像在狂風中紋絲不動，直到第二天放晴」（〈一些有趣的事‧九、熱愛〉）。

　　毫無疑問，毛時代是一個充滿了崇高客體的意識形態時代。而「崇高客體以純粹否定的方式激發起愉悅：大寫物的位置是通過對它再現的失敗而表明的」（紀傑克：《意識形態的崇高客體》）。這個大寫物——或創傷內核，不管以什麼強大的理念來重新命名——便是毛時代現代性的隱秘核心。紀傑克在論及後現代主義美學特徵時所描述的「直接顯現出這恐怖客體」也可以用來描述柏樺在表達方式上對事件的熟悉、日常和平淡無奇的直接展示——因為「這恐怖客體就是一種日常的物體」，而「令人毛骨悚然的效應就正是從大寫物被禁止的位置找到一種熟悉、居家的特質，我們就有了佛洛伊德的怪異（das Unheimliche，詞源意為無家可歸）概念」（紀傑克：《匕斜觀看》）——正是這種熟悉、日常和平淡無奇在對歷史重新閱讀的過程中變得怪異和不可理喻。那麼，在這樣的展示下，柏樺的《史記：1950-1976》出色地探索了現代性宏偉意義下的創傷性快感，以及這種創傷性快感在日常符號網絡中的不斷遊移、逃逸和撒播。

*2009*

詩學對話

# 「詩歌執照」的掠取者

木朵

## 木朵（簡稱「木」）vs.楊小濱（簡稱「楊」）

木：對這次訪談，我有兩個預期：其一，通過你的複述，那些被多次掂量
　　的對象，能夠重新點亮後院廊柱上的燈籠；其二，訪談不外乎是一
　　種有所倚重的文學批評。在你看來，「詩」是什麼？當我讀到「那
　　裡的哭泣每個世紀都裝訂成冊：／將被一代人模仿，上氣不接下氣」
　　（〈文化・圖書館〉）和「一束玫瑰模仿了人們的孤獨／但它沒有知
　　識，因而沉默不語」（〈文化・沙龍〉）時，那有關「模仿」的千絲
　　萬縷又一次「再現」。有意思的是，宇文所安《中國文論：英譯與評
　　論》開篇就談到與模仿論（再現論）這類二元意義結構不同的中國文

學思想中的「三級階段論」（triadic sequence of stages），像「書不盡言，言不盡意」中「書」、「言」、「意」的三級跳就是一粒沾染我國思想義理的綠豆。在歷來的寫作中，我國詩人是否不被模仿論所擾？更有趣的是，「模仿的模仿」就像數學上的冪牢牢地覆蓋了世界的真實。如何揭開這一符咒呢？

楊：我的直覺是，你的問題，正如你所說的訪談的批評性所必需的，有一種單刀直入的尖銳。詩是什麼這個問題千百年來中外詩人各有各的精彩表述，比如我立刻會想起這樣的話：「詩不意指什麼，它就是什麼。」但這很難說是詩的定義，因為能夠被限定為「不意指什麼，而就是什麼」的絕不僅僅是詩。這個問題之所以有千姿百態的結論，無非是因為對這個問題的理解是有不同角度的。尤其是，它對於詩人和對於理論家來說，回答可能是不同的。當然，這也關係到我以及許多詩人自身的身份。那麼是不是可以這樣說，如果用一種理論的話語來定義，詩應當是一種修辭化或隱喻化的對不可表達之物的表達。而如果從寫作者的角度，用更感性的方式來表述的話，詩對於我來說是一種表達的奇遇或歷險，是一次語詞獵豔的過程，是一次對事物的武斷攫取與重塑。

細看之下，我覺得這兩種說法各有側重，但其實並沒有本質的差別。關鍵在於，詩永遠不是對任何事物或意念的直接表達，因此不是一種摹擬的藝術，無論摹擬的是客觀現實還是主觀現實。這就回到了你提問中提及的「模仿」。「一束玫瑰模仿了人們的孤獨」，似乎是在探討現實在被符號化的過程中的無奈，現實無法逃脫被符號化的命運，只能反過來模仿意念規定的符號體系。而圖書館裡的「模仿」則是一種文本對文本的模仿，是文本與文本之間的互相嬉鬧、改寫、挑戰，這是構成文學史甚至文化史運動的主要形態。這後一種「模仿」可能正是與你提問中所提到宇文所安試圖用以區別於西方再現論的東西，因為被「模仿」的不是現實，而是另一個文本。那麼，你所說的「模仿的模仿」可能正是哈羅德・布魯姆所描述的那種「影響的焦慮」，

它從一個強力詩人傳遞到另一個強力詩人，其中現實本身只能通過前文本來發生作用，也就是說，不再有現實，有的只是業已文本化的現實。而所謂的「真實」，也只能在這種符號化運動的縫隙間偶爾閃爍出似是而非的面目，而不可能完整地出現。這是為什麼我的詩裡所出現的現實總是無法形成一個確定的、可以概念化的面目，因為我相信詩歌所把握的比那樣的「現實」更豐富，當然就更多義。

的確，在經典的中國文學裡，西方意義上的那種摹擬美學從來沒有佔據過主要地位。甚至連語言對「意」（也就是主觀現實）的逼近也無法窮盡那個「意」的豐富和複雜。這就是「言不盡意」的真諦。越來越多的人對中國詩學裡「賦比興」的「興」發生興趣，因為「興」不需要表達什麼，它就像一聲無關的夢囈，一抹偶發的眼神，一次曖昧的表情。中國詩學講究「羚羊掛角，無跡可求」，不相信確定的、實在的直接摹寫。「典故」也是一樣：只有通過間接的、修辭的、換喻的途徑，詩人才得以表達某種無法完整、直接說出的感受。所以，對我來說，詩的表達不是一種清晰的、有意義的活動，詩所涉入的是一種主觀和客觀現實的蕪雜、無序、偶然、衝突。也可以說，詩不是為了理性地摹寫所謂的真實或者現實，詩所探索的是它不可理解的部分，而這個探索的過程正是一次語詞的歷險：因為你必須依賴前人的語詞，而同時你又必須通過另一種言說來訴說另一種經驗。在我的寫作中，一方面任何一種言說似乎都是對前言說的模仿，但實際上另一方面它又揭示了言說與經驗之間的衝突，從而形成新的言說方式。

木：肉眼看去，「詩」有別於其他體裁的顯著特徵是分行排列。行距、節距於是在每次創作時都被認真對待，也許這三行要緊密相依，而另兩行之間需要一次跳躍。在行與行之間到底會發生些什麼？有時，一個豐腴之詞（或短句，例如〈老東西・電報〉中的「母雞病危速回」）率先浮現腦海，為了捉拿歸案，你頗費周折，彷彿前幾行的出現是受其催發；有時，你寫下「砂鍋」這個詞，會賦予它馥郁的氣息，似乎它是某個「前文本」的腹語（例如〈田納西的砂鍋〉不免把人引入華

萊士‧史蒂文斯的〈罈子軼聞〉）。其實，我更好奇的是：一首詩為什麼要分節，而另一首詩不必分節？有時每節的行數相等，有時無所顧忌，憑什麼來決定在某一行（某一個詞、標點）之後略作休止，馬上又輕輕一躍？看著上下兩節之間的空白，我會琢磨：寫作的那個瞬間詩人究竟意會到了什麼？

楊：很巧，前幾天我打算寫一篇短文，題為〈你以為分行寫的就是詩嗎？〉。文章尚未寫成，但這個問題始終縈繞心頭。這裡的關鍵在於，如何分行？在寫作的時候，這不是一個理論問題。一次短暫的停頓當是分行的時刻，一次略長的停頓便需要分節（空行）。但還有更微妙的情況。比如說一行中更小的停頓加上空格，空格往往有連貫的感覺，而逗號、句號、破折號等標點符號也各有其停頓和連貫的長度和強度。當然這就涉及了一個更古老的問題：詩的音樂性。詩的節奏比樂譜化的音樂要自由得多，但只要是分行的詩，都或多或少規定了詩人所偏愛的某種節奏。就我自己來說，我偏愛的是中型長短的詩行。這就好比是電影拍攝的中景：不是特寫，也不是遠景，適當的距離意味著日常的、自然的（而非人為的、反常的）距離。中型長短的句行並不急促，也極少拖延，意味著自然的（而非做作的）說話態度。反觀某些表面上是描寫日常生活的詩，往往使用過短或過長的詩行，反倒把日常性扭曲了。

而規則化的節奏與非規則化的節奏之間的區別，大致也可以通俗化地比喻成唐詩（律詩）與宋詞（長短句）的區別。我近年來的詩也常採用較為規則的節奏方式，比較常用的是那種被稱為「英雄雙行體」的兩行一節的詩體，簡潔、乾淨、有力，適當的停頓加強了詩句的力量。其實，中國律詩的傳統也是建立在一行一小頓，兩行一大頓的基礎上的。你可以發現，律詩並沒有很強的敘事性，或者說它往往把敘事性糅合到自我表述的韌性裡去了。一種主體性較強的詩會較大程度地具有規則化的傾向，想必與肉身的特質有關：比如心跳、脈搏、呼吸的規則化節律──這也是音樂中節拍的起源。反之，在我某些敘

事性較強的詩裡（比如你提到的〈田納西的砂鍋〉和〈老東西‧電報〉），「英雄雙行體」或其他規則化節奏的簡潔有力就讓位給了適度的連貫，甚至適度的不規則。「母雞病危速回」是一次突兀的語詞襲擊，它必須從連貫的敘事進程中蹦出來，達到末尾的小小高潮。因此，它與前一節之間有某種高潮前的靜默，它本身就像一隻蟄伏在草叢中的禽鳥，在一片靜默之後撲飛而起。在敘事中，尤其是在帶有某種戲劇性的敘事中，自我的形式化的聲音讓位給了事件（時間）的流動性和邏輯（或非邏輯），因而節奏也不再是規則化的個人呼吸。

但，並不是分行就能成為一首詩。中國古典詩的原初排印方式並沒有分行，但並不影響它的詩性。許多當代詩人的詩採用散文的排列方式，也並不妨礙詩性的湧動。同樣，菜譜是分行的，提貨清單和法律條款是分行的，但通常並不是詩。我看到了太多的詩最多可以算作分行的散文，甚至如果把分行去掉後連作為散文都不稱職，只是一堆平凡的敘述，或者蹩腳的笑話。這就又回到了前面的問題，分行絕不是機械性的停頓，而是對某種抒情、陳述或敘事節律的捕捉，粘連、跳躍、休止……是身體節律與體驗對象之間互動碰撞而形成的，因此可能既有基本的形態，但又常常出格，難以馴服……。這種由節奏所帶動起來的語詞的運動，除了節律之外還有速度、強弱、音調……，以及我在回答第一個提問時提到的修辭。所以，節奏並不是一切，節奏僅僅是開始。

木：在我看來，〈暢飲中國綠茶的十三種方式〉也是一種似是而非的仿寫，又如〈一個美國學生給回國旅行的中文老師的伊妹兒〉是一種有意的仿寫。有時，我覺得你簡直是在進行興致勃勃的繞口令練習（「一次語詞的歷險」），同時也在進行語法性的考察。請允許我繞道而入維特根斯坦的《哲學研究》：「我們的眼光似乎必須透過現象；然而，我們的探究面對的不是現象，而是人們所說的現象的可能性。也就是說，我們思索我們關於現象所做的陳述的方式。……因此，我們的考察是語法性的考察。」在〈後律詩之二：鴨舌的發音〉中，你收集

「捲舌」、「饒舌」、「咋舌」,並且得出了如此小結:「我們的饒舌相當於你們的咋舌」。其中隱約浮現另一種「英雄」體態。而說到「語詞的歷險」,你似乎在不少詩中與離弦之箭展開賽跑,試圖妥善解決關於題材與體裁的平衡問題。正如詩之標題「後律詩」、「後絕句」、「青春殘酷漢語(語法練習)」、「超級Q版語文:繞口令練習」所示,你不斷進行的是腹語術般的鍛煉。是否如你在〈熊貓傳〉所言的「教給兒童們更多的紊亂」,你對於渾水摸魚有著濃厚的興致?

楊:渾水摸魚這個詞好,這正是我所幹的,就像一個作弊成功的小學生,有著僥倖的快感。無論如何,自覺地與過去的文本發生關係不同於無意識的模仿,這是混合了傾訴、背離、佔據、修整等各類內心衝動的結果。這樣的行為很容易被看作是語詞的空洞運動,事實上也確有一些人提出過類似的苛責。他們沒有搞清的是,維特根斯坦所說的那個「現象」只有通過「陳述的方式」才能顯現。這就是為什麼維特根斯坦斷言「我們的探究面對的不是現象」。而對於拉岡來說,那個「實在」的領域更是不可企及的,我們充其量只能在符號領域活動,以期捕捉到「實在」的影子。語言,無疑是符號領域的重要媒介。說得再具體一些,我們所處的世界已經是一個全然被語言覆蓋、裝扮、界定的世界,除去了被語言化的世界,我們還有另一個本真的世界嗎?經驗主義者也許會回答「有」,但卻仍然不能否認,我們面對的,我們所能夠認知、對話、互動的世界只能是那個被陳述的、話語中的、符號化的世界。我們的語言所能觸碰的只能是世界表面的另一層語言,而不可能是語言包圍之中的世界的本質。世界沒有本質。

明白了這一點,我們就不會誤以為有一種能夠跳過語言的中介直接進入現實的捷徑。我並不贊同「詩到語言為止」,那個貌似終點的語言,在我的詩裡,僅僅是起點。所以我也必須糾正那種以為我的詩只是純粹語言遊戲的看法,只不過語言遊戲是語言與現實遊戲的唯一方式。因此,我說的遊戲不是喪失內容的形式運動,而恰恰是對現實的

挑逗，它不接觸實在之物，卻總是以「似是而非」的方式不斷觸及包裹了實在之物的那些你說的符號性東西。至於「捲舌」、「饒舌」、「咋舌」，也許可以看作是對於言說的各種不同姿態，當然這些姿態就不再是基於枯燥抽象的觀念性語言，而是基於有滋有味的，訴諸感官的舌頭。鴨身上最鮮美的一部分可能是我們身上最麻煩的一部分，因為人類不像鴨子只用叫喚「嘎嘎嘎」：有時候需要傾聽或模仿「捲舌」，也就是由那種標準的、新聞聯播腔的說話設立的社會形象；有時必須操練「饒舌」，喋喋不休於演說、私語、爭訟、反詰；有時又不得不面臨「咋舌」的境遇，掙脫於掌聲、唾罵、籲歎、顫慄等各種各樣的噪音。那麼，你捕捉到的英雄姿態（語式）其實也把「英雄」本身漫畫化了，甚至從「鴨舌」的範疇來看，更沒有什麼太多的光彩。不管怎樣，你說得很對，我並不致力於衝破或規整「紊亂」的語言世界，相反，我樂於在這種紊亂中找到一種相應的表達方式來消解它。在這個過程中，我想再次強調，語言是起點，只有通過它，我們才能夠把握一種存在於語言中的現實境遇。

木：假定在語言中有一個小徑交叉的花園，你想盡可能實踐多種選擇，似乎可以從你借助頓號羅列一組詞的偏好窺其斑斕，也可以從你反覆錘煉的組詩中觀察你如何將一組事物統轄在同一個母題中。有時，我認為你捨不得拋棄，「彷彿廢墟也可以是少女」（〈上一次旅行：一組三行詩〉），而且經過如此貪婪的汲取，孤立的各個事物似乎頓時相互鼓勵，使得錯亂的枝蔓恢復了秩序。正如〈老東西‧（如意）算盤〉所顯示的隨遇而安，為我介紹那身處帷幄中的詩人有著怎樣的如意算盤。組詩寫作是否能產生一種「星群化」的效果？你更樂於看到的是「脫掉器官的韻律到處播揚」（〈日常悼歌〉）的局面，還是諸多可能在精心與盡興的共謀下納入同一隻魚簍──不但要渾水摸魚，而且希望一網打盡？

楊：你的觀察很有意思。我想你的前幾個問題或多或少都是我曾經思考過的，這個問題我卻需要反覆考量。盲點，是否暴露了我不願面對的某

種情境？我始終努力自我反思，努力發掘自身的矛盾。比如，你曾經提到的「英雄」式語態，如何與我調侃式的、輕佻的、有時甚至是色情的喜好融合到一起？而這裡，你所發現的我百科全書式的傾向又如何同我對不對稱、不平衡的偏愛相契合？可以看出，我已經處於把回答淪落為自我提問的窘境中了。或者說，我並沒有一個滿意的答案。不過，讓我來追尋一些歷史的線索，也許對我看清自己的真面目有所裨益。

我在小學四年級的時候獨立編過一本辭典（這件事曾經讓家長極為驕傲），叫做《漢英分類詞典》，手稿還留存著。我想說的是我從小對分類有一種特別的興趣（那本辭典的每個類別中都盡可能地搜羅相關的詞語），用福柯《詞與物》的英譯本題目「事物的秩序」可以概括這種衝動。不用說，這種秩序是極端人為的，循規蹈矩的。我最早發表在官刊的一組詩是二十年前《上海文學》刊載的〈星辰奏鳴曲〉（組詩），共四首，類似於奏鳴曲的四個樂章，一方面堅定地延續了艾略特式的現代主義規劃，另一方面與我對古典音樂的持續興趣相吻合，但更重要的卻是黑格爾哲學的宏偉構架。全詩起承轉合，華麗高蹈，空洞無物。之後，我很快放棄了這樣一種寫作風格，但那種包羅萬象的野心卻並未就此甘休。像〈文化〉、〈疑問練習〉，的確還保持著「系列展」的樣式，「捨不得拋棄」是很恰當的評注，雖然不再有那種發展和高潮的線性結構，但似乎仍然回應著某種整體性的呼喚，儘管在風格上我對反諷和不確定的引入非常之早。直到後來的〈歌行體〉（三首）、〈老東西〉（四首）和〈熊貓外傳〉（三首），我才基本拋棄宏偉建構的企圖，而代之以取樣，甚至拼湊。而到了晚近的作品，我更多採用了開放的樣式。比如〈螞蟻一號〉、〈螞蟻二號〉，打破了確定的封閉式結構；後律詩之一、之二（關於鴨脖、鴨舌），也是沒有終結的實驗。自我檢視之後，我欣慰地發現已經有至少一年不寫組詩了。我最近的一首可以稱得上組詩的大概是〈後絕句：主持人箚記〉，雖然也有求全之嫌，但似乎可以無限衍

生、繁殖，連成一長串無盡的、頓悟般的小小瞬間。

毫無疑問，我更傾向於偏頗的詩。但有時候，秩序會給我設立挑戰的可能，可以說是某種從中嬗變的挑戰。也許應該這樣說，我長期以來把對「一網打盡」的野心和對「渾水摸魚」的興趣結合在一起，這或多或少跟我的理論職業有關。今天偶然看到瑪麗・達利耶塞克的一句話：「我寫的論文跟我寫的小說很不一樣，就像我分裂成兩個人，一個給學術研究，一個給想像和小說，兩者截然分開，沒有相似之處。」可是實際上，理論的思考習慣和想像的寫作態度之間的交叉感染似乎有的時候不可避免。不過，在最近的〈暢飲中國綠茶的十三種方式〉裡，你可以看出，所謂的秩序（分類）已經完全變成福柯在《詞與物》前言裡所引用的那個波赫士的雜亂型秩序（分類）了。無論如何，我在詩歌寫作中始終努力的是：如何把有序的知性拆解成無序的（儘管有時是處在某種界定性框架內的）感性。

木：做法上的改變是不是不可逆轉的、逐步趨向你所渴望的更高的目標？秦曉宇在一篇詩話中提及〈熊貓傳〉和〈熊貓外傳〉：「這兩首（偽）傳記詩，無疑是上個世紀1990年代標誌性的作品，但這一點我沒能在任何詩歌評論裡得到印證，它們的重要性顯然被低估了」。首先我想獲悉的是：在它們之間，是否也有過必要的改善發生？然後，正如「陰陽之後，是否有更簡單的子女、立場分明的身體」（〈熊貓傳〉）這一懸疑，我還想探聽：此類「（偽）傳記詩」又受到了哪些相似性的慫恿，譬如既相似於你的飄浮不定的創作意圖，又相似於某一時代的特徵？繼「前言」餘音繞梁之際，福柯《詞與物》接著談論了《宮中侍女》這一著名油畫以及「四種相似性」（適合、仿效、類推、交感）：前者似乎縱情探討了視角對於創作的意義、可見性與不可見性的關聯，後者則闡明了一種世界觀，以及文本運作的多種可行性。這一切都源自波赫士的「動物分類法」（一種沾染「想像和小說」氣質的做法），在我看來，它就是一首匪夷所思的詩，而福柯的長篇大道受到了它的鼓勵，彷彿「詩」與「理論」一直都是相互糾

纏。帶著這一觀感，我想追問的是：作為「詩」的〈熊貓傳〉和〈熊貓外傳〉，它們是否要竭盡全力去類似於某種「理論」，或者敢於成為某一時代的「標誌」？一首詩除了在詩人創作的星群中被陳列、排序，還會不會面臨如此衝動：它應該去扼住一個時代的咽喉？

楊：坦率地說，我在寫作上並沒有長期的明確目標，因為寫作並不是一項預謀的事業，而往往是即興的表達。無「目的」，但仍然「追求」，比如說，超越自己，比如說，開啟一種新的可能。在一首詩與另一首詩之間，尋求一種差異／詭異，一次拐彎，卻不一定是改善，說不定是改惡呢。我的作品大多沒有習慣標明寫作日期。我經常需要從我的電子檔裡通過查最初存檔的日期來判定寫作的時間。有時我甚至記不清哪一首寫在前哪一首寫在後。不過〈熊貓傳〉和〈熊貓外傳〉這兩首的寫作順序我還是清楚的，確是先有傳，後有外傳。熊貓的形象之所以吸引我，自然也是因為它的特殊地位：儘管熊貓是真實的動物，但它卻從未作為真實的動物而存在，而只是作為象徵性、符號性的動物存在著。所以熊貓既不同於純粹是神話動物的「龍」「鳳」，也不同於基本是生物性動物的「虎」「豹」，雖然所有的生物性動物都或多或少會體現其符號性的意義。但熊貓的這種居間性更讓人覺得饒有興致，因為沒有一種動物像熊貓一樣「僅僅」是符號，脫離了符號就失去了存在的意義。也沒有一種如此嚴重符號化的動物卻並沒有經受過任何徹底的清理。我不知道這算不算「理論」的衝動，但我相信一種成熟的書寫似乎不可能沒有對符號性的認知，儘管具體的表達過程並不是一次理論的歷程。也就是說，理論並不是寫作的主導，更不是明確的規範。只能說，理論的積累會對寫作的方向具有某種暗示性的作用。對我來說，對熊貓符號的意識並不引向對它的確認，而恰恰引向對它的迂迴、遊離、丟棄，這似乎恰好體現了德・曼對「時間性修辭」的闡述：寓言，正是來自一種對其象徵性「先在」的延宕。在這幾首關於熊貓的詩中，也可以看出敘事性的瀰漫，或者說，是寓言／敘事文體賦予了象徵／抒情文體一種時間性的效果。而且這種寓言

甚至往往是否定性的，就像〈熊貓傳〉的結尾，它往往通過「不是什麼」來攪亂整個符號體系的完整、理性和邏輯。從這個意義上說，我必須承認，我最初的寫作意圖也暗合了傑姆森所說的「國族寓言」，雖然並沒有任何明確的理念來指引。其實，傑姆森在論述「國族寓言」時強調的碎片化的「寓言」和整一化的「象徵」之間的區別正是我一直感興趣的，因此恰恰不能看作是關於種族國家的宏大敘事。

也許可以簡單地說，〈熊貓傳〉的焦點基本集中在熊貓本身，而〈熊貓外傳〉則還有關於與熊貓有關的其他。秦曉宇的論述揭示了一些我寫作時並沒有明確意識到的東西，比如他認為〈熊貓傳〉偏重歷史的視角，〈熊貓外傳〉偏重當下的視角，當然是非常準確的。但是作為作者，我必須小心翼翼地引導閱讀自己作品的方向，避免阻塞另類解讀的可能。作者本人的導讀必須是寬泛的，模糊的；我在這裡的角色自然大大異於面臨別人作品時的批評角色。實際上我在寫作時也的確沒有設立任何理論的或理念的前提，雖然說這一切肯定會以直覺的方式潛入寫作的狀態中來。所以，理論當然有關乎闡釋，但與詩歌寫作本身的關係是曖昧的。而理念與闡釋的關係也是曖昧的，因為沒有一種闡釋能夠窮盡詩的理念。藝術與非藝術的不同就在於藝術所體現的理念是不明確的，加上我的社會政治理念本身就是曖昧的、悖論式的。哪怕我想把這種曖昧的理念明確地訴諸詩歌，一首詩也不可能對時代發出吶喊。也許我的努力可以歸結為傳遞這樣一種社會資訊：我試圖用詩表達這個世界上屬於單一意識形態之外的複雜、曖昧和多義。而這一點，或許恰恰挑戰了單一意識形態的統攝和壓迫，具有了你所說的「扼住一個時代的咽喉」那樣的姿態。

木：正如一些詩人願意把「寫作」當作必須予以預謀、控制的活動，分歧歷來存在。有的詩人認為「詩必須帶來快樂」，有的詩人則深知一首詩裡寓居著一位愁眉的神祇。在平常的交際活動中，你樂於被作為「詩人」介紹嗎？「詩人」如今是否也「僅僅」是被鏤空的符號？恰好我最近在重讀尼采的著作，他提及這樣一個觀點：「詩人若想使人

的生活變得輕鬆，他們就把目光從苦難的現在引開，或者使過去發出一束光，以之使現在呈現新的色彩。為了能夠這樣做，他們本身在某些方面必須是面孔朝後的生靈；所以人們可以用他們作通往遙遠時代和印象的橋樑，通往正在或已經消亡的宗教和文化的橋樑。他們骨子裡始終是而且必然是遺民。」你認為關於「詩人」的較為得當的類比應是什麼？如果一首詩需要落實一種基準時間，你更喜歡從哪兒猛紮入水？

楊：我當然樂於被稱為詩人。詩人曾經與崇高相關，詩人曾經有非凡的光環。但這些都已煙消雲散。對我來說，詩人的形象應當是一個文化頑童，意味著「詩歌執照」（poetic license）的掠取者。我昨天在一個論壇的跟貼裡寫道：好詩都是胡言亂語。作為批評家，我必須言之有物；只有在作為詩人的時候，我具有了胡言亂語的資格和權利。這是多麼愜意的事情。

這並不意味著詩歌對苦難不置一詞，但直接的控訴或哀歎卻不是詩的目的。詩人絕不是先知、救主，他無力拯救人類的生存境遇。他甚至無力拯救人類的精神困境。詩人只是通過獨特的表達來切入時代和歷史，挑戰符號界的權威，並以此動搖現實苦難的社會文化根基。詩人用捕捉世界表層底下無序狀態的方式來訴說對裝飾化了的苦難的理解。詩人用貌似紊亂的、多義的語言替代了理性的、壓抑的、單一化的語言。從這個意義上說，詩人的確是一個具有文化烏托邦的形象：他代表了自由，代表了個體與不依附，代表了出格、異質、另類，代表了洞察、揭除、不妥協。我當仁不讓地認同詩人的身份，哪怕這個身份本身也是易碎的、自我瓦解的。

詩人只是解構，而不是解救。同樣，尼采的現代主義烏托邦是懷舊的，斷裂式的，反而是反歷史主義的。沒錯，詩是通往過去的橋樑，但這不需要刻意的追求。寫詩就像夢的運作，你不可能策劃夢境出現什麼，但夢裡總會自動出現過去的場景。因此，一種真正的歷史主義必須承認，過去是不可避免地要露出它的猙獰面目的。既然人是一種

記憶的動物，你親身經歷的自身的過去，你所習得的家族和社群的過去，都必然會以隱秘的方式不經意地冒出來。同時，這種「遺民」性並不一定意味著絕對的忠誠，而更多地意味著叛逆。當然，叛逆不過是忠誠的另一種表現形式罷了。

在我看來，詩人的臉不是僅僅朝後，而是朝著千萬種不同方向。也就是說，詩人不僅面向過去的時間維度，也面向所有其他的時空維度。這種開放性意味著詩可以蘊含的因素不是單向的。即使過去是詩的一個重要維度，它也不是以寧靜的田園或巍峨的皇朝出現的，它更多與記憶和見證有關，與創傷經驗有關，與歷史暴力有關，與文化符號的壓迫性有關。這就回到了你提問的開頭部分：是的，詩是一種自由，一種愉悅，甚至一種遊戲；但是它常常也是面對毀滅、虛無或荒誕的遊戲，詩的輕和重並不是對立的，而是並存的。

木：如果給「文化頑童」一個更顯著的形象，你是否會優先考慮「孫悟空」？確實有批評家已經使用了這個集七十二變、火眼金睛、金箍棒和緊箍咒於一體的符號來為你素描。興許，正是存有一些機會，或者你看見了人們的忌諱，或者玉皇大帝的管轄有損自由，那種明確的、不妥協的頑皮才有用武之地。當「頑皮」可能完成了反襯（反對）的使命時，「反頑皮」是否就是一條退路？對此，可否這樣來反駁：「頑皮」發生一段時間之後，它將介於它所反對的做法與反對它的做法之間，三者並存，互不替代，談不上「使命」的完成，「頑皮」恰似「繞不完的錶鏈」（〈巴黎春天〉）？實際上，當批評家把你當成「孫悟空」時，是否很可能忘記了「緊箍咒」：關於「頑皮」的遊戲規則？譬如你把〈一家名叫「騷貨」的時裝鋪〉、〈君不見〉等詩作視為一次次蓄意的挑逗，不久以後會不會產生出一種「挑逗的反思」：這些詩作亦有等待治癒的心病？你如何看待卡爾維諾在《未來千年文學備忘錄・確切》中轉述的「晶體」（特殊結構物的恒定——自我組成的系統）和「火焰」（儘管內部強烈震盪，依然保持外部形式的恒定——噪音中的秩序）這兩個象徵？

楊：用「孫悟空」來描述我的風格，我覺得頗為傳神。而你又提出「緊箍咒」，也是相當敏銳的觀察。其實值得我反思的正是「金箍棒」與「緊箍咒」之間的辯證法。怎麼說呢，如果回溯我個人的精神史，孫悟空的形象不僅是我童年時期的天真喜好，更是少年時期的行為楷模。而這個楷模，肯定與毛澤東的「金猴奮起千鈞棒」有直接的聯繫。我仍然以為在那個政治氣候下出產的動畫片《大鬧天宮》比起當今的大多數卡通片都要好看許多。但是很明顯，「大鬧天宮」止於齊天大聖對天庭的勝利，而刪去了悟空被唐三藏收編的內容，這也和毛時代的意識形態脫不了干係。嚴格說來我並不屬於文革一代，但內心的毛主義，尤其是「造反有理」的無畏或無賴精神，卻是無法否認的。不過，雖然齊天大聖的姿態是對抗式的，那種胡鬧的、痞子的對抗比起英雄式的反抗還是增添了不少喜劇色彩。也正是這種喜劇色彩鋪墊了從「外在對抗」日後向（反諷、戲仿式的）「內在顛覆」的轉化。其實在悟空後來的某些作為裡，那種不經意地把三藏消解一下的行為也不乏樂趣，比如有時悟空會變成唐僧的模樣，然後剖開自己的胸膛：「將那些心，血淋淋的，一個個撿開與眾觀看，卻都是些紅心、白心、黃心、慳貪心、利名心、嫉妒心、計較心、好勝心、望高心、侮慢心、殺害心、狠毒心、恐怖心、謹慎心、邪妄心、無名隱暗之心、種種不善之心」（《西遊記》七十九回）。悟空發展出了一套遊戲的方法和策略，當然也跟你說的「緊箍咒」緊密相連。「緊箍咒」是一種無奈，是符號世界的隱喻。因此我從來也不相信無限的自由或反抗。或者說，只有在某種限度內的瓦解才是有意義的。在這個意義上，菩薩是英明的，因為「緊箍咒」是為了保證齊天大聖不會成為另一個更殘忍的玉皇大帝（這一點，歷史已經給過我們很多教訓了）。

回到詩的領域，我以為詩的形式感應該看作是某種「緊箍咒」。我並不是指行數、押韻之類的規則，我指的反而是言說的某種平穩、不怵怵作態，甚至口語化和日常性。我當然並不反對美學範疇的奇崛，但

奇崛應當是日常性的自然流露。沒有誰非要屈從於詩的語言特權。因此詩必須是放下身段的，以日常的形式為其形式感的，或者說，是時時意識到日常經驗的「緊箍咒」的。從這個意義上說，「金箍棒」和「緊箍咒」倒不是互相替代的序列，而是共存的、共時的，是一件事物的兩個不同側面。因此，反思就存在於挑逗的當下，而不是之後，故而這種挑逗總是處於被遏制的，甚至是不過癮的狀態。但這種不過癮正是控制的結果，是對傳統和日常及其符號世界的承認和呈現（雖然絕不是簡單的認可）。扯得再遠一點，那個薩德以來的一切都要「過度」、「極限」的傾向並不對我有特別的吸引力。

由此說來，「火焰」和「晶體」，對我來說也是一件事物的兩個側面。我不知道卡爾維諾的說法是否受到了尼采的「酒神」和「日神」之說的影響，但有一點大概可以肯定，這一類分類法的基礎不但在於對變化和恒定的區分，也在於對激情和理智的區分。我不知道是不是可以趁機反問你，我的詩一般來看（表面來看）是算在知性和規整的範圍內嗎（至少我猜想應該是這樣吧，當然其中也帶有對我學院身份的成見）？當然對我自己來說，情況要複雜得多，我在任何時候都不願意「站隊」。我甚至試圖想像一種燃燒的、火焰般的晶體，或者一種晶體般透亮的、秩序的火焰。

木：作為你的詩選的讀者，我往往不禁浮想聯翩，有時會覺得它們是一種耐心的產物，有時又擔心它們是不是一種臨時狀態，它們是不是在做一種見縫插針的努力，有時我可以勸服自己放棄謀求關於其作者確切形象的努力，有時我會把你的〈歌行體〉掰成兩半來看待……也許，「過度」正是一種過渡性的徵兆。我確實偶爾認為你超越了某個刻度，現在，請允許我把這些觀感僅僅當作閱讀期待的倒影。作為讀者，我不免再次陷入這樣的局面之中：一邊是有關「更新文學感覺」的說辭，寫作的目標之一正是去更新人們賴以閱讀文學作品的那些「假設的結構」（structure of assumptions），一邊是縈繞不散的告誡：「我們應當以最小的新穎更新文學」。你樂於被坊間認為你創造

了一種「新穎」嗎？我的一位朋友前幾天還建議我拿蘇珊‧桑塔格〈關於「坎普」的箚記〉中涉及「趣味」的話題來設問。「要命名一種感受力、勾畫其特徵、描述其歷史，就必須具備一種為反感所緩和的深刻的同情。」也許蘇珊‧桑塔格的這番言辭能給我些許勸慰。

楊：有一種可能，對於別人是過度的東西，對於我仍然有其常態的成分。坦率地說，我並沒有對於新穎的恐懼或警惕，我擔心的反倒是，世上已無新穎可言。這是一種典型的現代主義心態，就像老龐德通過引用孔子來表達的：「日日新」。在這裡你可以找到儒家傳統和西方啟蒙運動以來的現代性的契合（這個是我近年來十分感興趣的題目）。要說我沒有這樣的現代主義的心態，那是自欺欺人。不過，所謂的創新至少有兩個方面：一是如何超越自己，二是如何超越他人（前人和同時代人）。我覺得這第一個方面比較簡單，我一直認為重複自己是可怕的。我對七十二變的渴望主要來自對自身的不滿（足），比如嘗試各種不同寫作樣式，或者嘗試自己其他領域的能力（搞好了就是撈過界，搞砸了就是票友）。而超越他人，基本上是一種幻覺。不是說我不追求新穎，但正如布魯姆不斷試圖證明的那樣，「弒父」的過程也不過就是存留「父性」的過程。絕對的新穎是根本不可能的。

所以，任何寫作都或多或少、有意無意地是一種改寫（而不僅是仿寫）。改寫既是新穎，又是新穎的限度。這也是現代主義的衝動遇上後現代主義的境遇。是後現代主義讓現代主義看清了變與不變之間的辯證法。當然，改寫在有些時候的確是仿寫，有一個明確的藍本。但在更多的時候，改寫並沒有確定的原本，比如對某種詩歌規範的改寫，或者對總體文化範式的改寫，也常常是對日常符號的改寫。因此，寫作可能是有意的仿寫，但在更多的時候，它是意外的、偶拾的改寫。改寫對其對象的依附甚至是本能的，就像鳥在飛越大地的時候本能地感受到大地的引力。但飛翔仍然是必要的、首要的：飛出各種姿態、各種距離、各種節奏、各種方向，才是更值得考慮的問題。簡單來說，新穎的限度是自然而然存在的，我更加關注如何抵達甚至越

過這個限度，儘管它永遠也不可能被越過。

　　不過的你的提問還可以從另一個方向去解讀，因為你提出的是「創造了一種『新穎』」，也就是說，是否會有一種「新穎」，它與過去的「新穎」不再相同，它是一種新的「新穎」。從這個意義上說，這種新的「新穎」就不是斷裂式的革命，而是一種篡改式的、誤喻型的更新。這種更新首先承認它不完全的是新的，或者不可能有絕對的新。關注新穎，當然就是關注如何不同，而「不同」，必須建立在「不同於」什麼之上。這個「什麼」就是新穎所必須依賴的符號性他者的限度。

木：原計劃我想用〈繞口令的派遣〉來寫一篇箚記交代讀你的詩的感受，但這篇訪談已經達成了初衷。我的初衷是觀察你的詩中「派遣」與「排遣」雙管齊下的效用，興許可以這樣來假設：「派遣」強調了一種有意為之的目的性，彷彿在當代詩壇試探性地勾勒出一塊飛地來，而「排遣」表述了一種喜劇成分，為在讀者面前豎立單獨歸屬自己的建築物而事先醞釀好了情緒。正如另一對諧音詞試圖描繪出你的形象：「教授」和「叫獸」。波及「改寫」的意義之餘，你也許抓住了一種文學傳統的緯線：套用一種外交辭令，那就是說，你獲得了「從勝利走向勝利」的途徑。趁機我想詢問的是：如果選擇一首「元詩」來為你的寫作找到一個源頭，你會如何選擇？你又是如何使你的詩作有別於「胡話詩」（nonsense verse）？當你精神抖擻地寫完一首詩時，已知世界是否由此得到哪怕是輕微的改善？

楊：一聽你讓我選一首「元詩」，便迫不及待地要將關漢卿的這一首（應該說這一段）獻上：「我是個蒸不爛、煮不熟、捶不扁、炒不爆響噹噹一粒銅豌豆，恁子弟每誰教你鑽入他鋤不斷、斫不下、解不開、頓不脫慢騰騰千層錦套頭。我玩的是梁園月，飲的是東京酒，賞的是洛陽花，攀的是章台柳。我也會圍棋、會蹴踘、會打圍、會插科、會歌舞、會吹彈、會嚥作、會吟詩、會雙陸。你便是落了我牙、歪了我嘴、瘸了我腿、折了我手，天賜與我這幾般兒歹症候，尚兀自不肯

休。則除是閻王親自喚，神鬼自來勾，三魂歸地府，七魄喪冥幽，天哪，那其間才不向煙花路兒上走！」其實還沒等我腦子裡過完一遍這些個字句，就意識到你說的元詩不是指元朝的詩。但轉念一想，這一段又何嘗不能讀作是「元詩」呢？或者說，這一段對詩人形象的描繪又何嘗不能讀作對詩歌寫作本身的描述呢？詩歌寫作不就是在這樣一種不屈不撓、不依不饒的頑劣狀態下進行的嗎？詩歌寫作作為語詞的奇遇或獵豔，不也是充滿了各種誘惑、險境、不測、嬉戲、狂歡的嗎？不過，既然是奇遇或獵豔，詩歌寫作其實並不保證「勝利」的結果，也就是說，形式，或者作為過程的內容，要比終極意義更為重要。

如果可以用一種極端理論化的話語來陳述，那就是，詩的意義並不來自它所要表達的意念，而是來自它形式運作過程中語詞關聯、文本關係等等的所流露出來的無盡意味。因此，所謂的「胡話詩」瓦解的是傳遞表層邏輯意義的可能，但在這種瓦解過程中，它無疑傳遞了某種只有通過否定、否認，或者孫文波說的「不靠譜」，才能抵達的意義。我手頭有一本英文版的路易士・卡羅爾的詩選，那當然是典型的「胡話詩」。但我真正認真讀過的是華萊士・史蒂文斯。史蒂文斯也經常被歸於胡話詩的範疇內，但那難道不是大師級的胡話嗎？其實，我並不反對自己的詩被稱作胡話詩，只要我們能夠認識到，這是一種「有意義的胡話」，就像克萊夫・貝爾的著名論斷所說的那種「有意味的形式」，或者康德對藝術的界定：「無目的的目的性」。胡話詩是一種很高的境界，雖然絕不是所有的胡話都可以變成好詩。

我之所以立刻想起了那首〈南呂・一枝花〉，不僅是因為這一段的前頭還有兩句曾經被馬驊用作論壇的簽名檔，也因為最近對作為整體的元曲產生了不小的興趣，所以一見「元詩」二字，便興奮不已。元曲裡開始出現的對俗語、俗事的特殊喜好比起唐詩裡最典型的山水、宋詩裡最典型的說理更有人間煙火的味道。這並不是說我對自然詩學和知性詩學不屑一顧，事實恰恰相反，我相信這些元素是可以在當代詩裡雜糅在一起的，正如對於凡俗的人間事務的關注是可以和對於人類

精神狀態的關注雜糅在一起的。

「派遣」和「排遣」，似乎也可以從「外在」和「內在」的角度來區
分和聯繫起來。「排遣」，或者說對內心的符號性緊張的治療，當然
在客觀上就可以看作是「派遣」給外在社會歷史的烏托邦信使，但不
是通過直接的訴求，而是通過表達的探險，以嘗試一種獲取自由的獨
特路徑。從這個意義上說，一首詩能否些微地改變世界將取決於，改
變是如何獲得判斷的。表面上，一首詩當然不可能為世界增添財富，
但一首詩被讀到的時候，它對讀者精神狀態的改變是不言而喻的。我
期望一首詩能夠提供對於世界更多與眾不同的感知和理解樣式，更豐
富的視角，更複雜的深度，以及更紛繁的內心節奏。這樣微妙的貢獻
不是出於先驗的使命感，因為我從根本上反感某種訓導式的，「教
授」的姿態。或許，只有在「叫獸」發自肺腑的嘶喊中，世界才會聽
到它不曾聽到過的奇妙音樂。

*2006*

# 來龍去脈

康赫

**康赫（簡稱「康」）vs.楊小濱（簡稱「楊」）**

康：上海和上海人對你意味著什麼？

楊：上海像一個捉摸不透的風流女郎——由於我和上海的曖昧關係，要正
　　面回答這樣的問題，既沒有勇氣，也沒有信心。我小時候家住上海最
　　繁華的路段淮海中路上，所謂「上只角」裡的「上只角」，一棟樓裡
　　有各種文化界的大腕，弄堂裡也曾經住過不少文娛界的名流，比如王
　　安憶家。我一直以為自己有根深蒂固的精英意識，倒是跟王安憶式的
　　婆婆媽媽的市井氣截然不同——儘管實際上，鄰裡之間的關係也像極
　　了那個喜劇《七十二家房客》。我厭煩淮海路上的滾滾人流，因為一

出門就是摩肩接踵的人群，令人窒息。我少年時代對唐詩宋詞的興趣
異常濃厚，渴望一種「空山不見人，但聞人語響」的生活環境——有
意思的是，二三十年後移居到了美國密西西比的一個小鎮，恰好是福
克納的故鄉，安靜得讓人絕望，我可以呆呆地對著一片樹林凝視一整
天，卻總結不出半點詩意——我竟然開始懷念起上海的人聲鼎沸，懷
念淮海路上的長春食品商店，更懷念一個叫做江漢點心店的鮮美肉包
和大同酒家的蠔油牛肉。我甚至懷念窗外「阿有壞個棕繃修伐？藤繃
修伐？」的吆喝聲，和阿娘阿婆們清晨在路邊刷馬桶的嘩嘩聲——可
是，我真的願意回到那樣的生活裡去嗎？——我自己都不敢相信。

無論如何，我一直有一種背叛上海的秘密心願——我父親是北方人，
在小學和中學的時候我的普通話總是班裡說得最好的，但我在學校裡
不能避免說標準的普通話，我不願成為被嘲笑的另類，況且是以中心
化的方式形成的另類。這使我感到壓抑，因為口音是很難改的，但我
必須努力把捲舌音都發成不那麼捲舌的音——對於我周圍的人來說，
只有上海普通話才是自然的，標準的普通話帶有某種表演的、炫耀的
性質，是和自然的「上海性」相悖的——其實我當時對自己的標準普
通話頗為沾沾自喜，甚至從內心裡跟其他上海同學產生距離——反而
是到了後來，我慢慢覺得各地普通話的不同魅力，而新聞聯播式的標
準發音越來越令人生厭——但在當時，上海普通話總是和校長或教導
主任的訓導聯繫在一起，因為同學之間的日常語言當然是上海話，而
不是上海普通話。上海人的自我優越感常常建立在語言上，比如認為
蘇北話（當然還有所有的郊縣口音）是土的，低等的——與之相應，
英語則是身份的象徵——我外公常常為他數十年前的英文知識而得
意，這是一個租界城市留下的獨特遺產。

有一些關於上海人的模式化的看法，雖然不無誇張，也並非全然杜撰
——我一直承認上海人太現實，過於考慮自己的、眼前的利益。這也
使得上海人比較矜持，說得好聽是文明，說得難聽是虛偽（取決於評
價者的立場）。上海人不會為了一個他覺得不值得冒險的事情去冒

險，他善於權衡、猶豫、吞吞吐吐、斤斤計較，這是不是近百年來的商業社會培養出來的，我不得而知。我不可避免地帶有上海人所有的滑稽戲特徵——但我懷疑自己是不是因為有北方血統的關係，又對這些地方色彩敏感、痛恨，我想在今天一個詩人往往懷有某種破壞規則的小小願望，上海的詩，有一種壓抑中掙扎的美——就像上海的本幫菜，鮮而甜，甜是一種溫柔的撫摸，而不像麻辣那種狂野的欲望撕扯。從口味上來說，我絕不是一個甜味主義者，雖然我也不像許多不能忍受甜味的朋友那樣對之深惡痛絕。

還能說些什麼呢？這樣龐大的問題，可以寫成書的好幾個章節，假如我要寫回憶錄的話——所以這樣說來，上海對我而言基本是記憶的一部分，雖然我近年來也常回上海，但還是在北京呆得多——也許是我缺啥補啥，北京比起上海少了些洋味多了些土味，這也是為什麼我寧願坐大排檔不願坐酒吧或咖啡廳——儘管我在許多地方對上海仍然有相當的認同——我曾經寫過一篇幾千字的文章〈上海生煎吃法指南〉，把每一個細節放大，把那種小心翼翼的飲食步驟敷衍成一種近乎荒謬的色情表演，這是對上海文化的最高敬意——上海式的生活是情色的、享樂的、市井的，但卻充滿了潛在的優雅規則。

我正坐在飛往上海的候機廳裡回答這個問題，但我並不在上海停留，下機後我會立刻坐班車去另一個城市——這個曾經的故鄉對我而言曾經是，將來也永遠是驛站，至少從精神上來說如此——對於她來說，「我不是歸人，是個過客……」

康：你在一開始描繪了精英意識與人口分佈之間的辯證法，這方面我還想聽你多談一點，原因是我沒有看清楚「窒息」和「絕望」這兩種呼吸障礙與精英意識之間的關係。

如果我沒有歪曲的話，你在中間位置討論了語言使用的合法性問題，似乎它就是主體性的中心問題，就像上海話的使用法則是上海性的中心問題。對不起，我一下子就放出了「主體性」和「中心」這兩團迷霧，就由你來澄清吧。我繼續把這句話說完，我聽見你好像在說，

主體性的秘密十有八九隱藏在可以層層戳穿的語言使用法則的夾層裡……蘇北話，上海話，上海普通話，標準普通語……，每一級相對於上一級而言似乎都是非法的，而具有最高合法性的標準普通話為了維護其至上的尊嚴，需由它的法定主持人，新聞聯播播音員來掏光它易腐的腦袋和內臟，經徹底消毒之後在三十九寸水晶棺材裡曝乾屍。相應地，合法的上海普通話的播音員是中學教導主任，合法的上海活的播音員是王安憶婆婆，還有合法的蘇北話的……請你順著這個序列繼續滑行：英語使用的合法性和它的法定播音員問題是否也刺激了你？或許這有助於我們戳穿關於上一個問題的層層夾膜。

當你結束滑翔，回到只擅長喃喃自語的福克納的故鄉，咆哮的密西西比河對你保持了毫無詩意的沉默。你也不打算在自己的故鄉上海停留，你認為你永遠只是一名隨時可以以其最高合法性去吃一客色情的生煎包的「過客」。那麼對你來說，詩意究竟依賴於無休止的浮光掠影呢還是依賴於自然而然的易腐性？我記得你說拉肚子很舒服，在北京吃大排擋的隔夜肉串很容易拉肚子，吃水晶棺材裡的消毒乾屍恐怕就不成，不過也能叫人嘔吐。

楊：詩意依賴於所有具有張力的事物——浮光掠影是空間或時間上的急速跳躍，易腐性又何嘗不是？這種變幻，這種毫無準備的美，捕獲了詩意的每一個瞬間——在我的詩學詞典裡，易腐性、速朽性——不管怎樣稱呼它——從來不呈現出悲觀的或恐怖的形象——木乃伊齜牙咧嘴的舞蹈反倒具有迷人的魔力。嘔吐也是如此。嘔吐奏出的音樂才會令人顫抖。在美國，九一一般的戲劇性畢竟極為罕見。美國基本上是一個巨大的田園，一個無聊的天堂，大概只有老福克納本人才能認出其地獄的面貌。我並不是說那裡缺乏詩意，但它的詩意對我來說的確必須作為浮光掠影過程中的一部分才能顯現——我是說，我必須把異鄉變成與故鄉的一個缺失的部分，一個跳躍的時空系列中閃過的種種剎那，才能體會……密西西比河並沒有自然的、自在的詩意，我只能說它對我是「不同」的——我需要強調一下「不同」這個平常的詞，

不一定是在德希達的延異或阿多諾的非同一性的意義上——但這個詞是如此之重要，它幾乎包含了生命和寫作的最基本要素——你說的中心在哪裡呢？在馬克‧吐溫時代的美國，密西西比河也許是有中心感的？在上海，上海話也是曾經有中心感的？毫無疑問，所謂的詩意部分地來自中心感的喪失。這如果僅僅是一種時髦理論，在詩裡是不會好玩的——但詩意不正是來自世界及其表達的偏移、錯位、遊離和混雜嗎？

英語的合法性當然刺激了我——它的唯一合法性，大大刺激了我——這是我在出國前沒有預料到的——我在中國使用英語要比在美國使用英語要遠遠感到舒暢——甚至可以說美國人的日常英語是俗不可耐的，與艾略特和史蒂文斯的英語沒有共同之處——我終於又暴露了無可救藥的精英主義——但福克納的英語難道沒有俚俗之處嗎？也許俚俗與俗氣的區別在於邊緣與中心？如果回到你問題的開端，精英意識其實在於不能忍受任何一種一體化的統治，不管是英語還是漢語，不管是故鄉還是異鄉，不管是權力還是大眾，不管是中心還是邊緣——精英意識原本是一種等級意識，它把一切無個性的、人云亦云的、陳腐的、俗套的、奴性的事物視為低下，視為草芥——精英意識不是階級意識，與經濟無關，與文明無關，只與品格相關。因此我說的「窒息」既是一種被權力或大眾壓迫的暈眩，又是一種高處不勝寒的缺氧——而「絕望」，則是它的精神對應物。再者，邊緣也好，底層也好，自身並不能獲得本質上的道德或美學優勢——在我看來，如何把社會因素轉化為形式的疏離感才是美學的真正使命。腹泄和嘔吐，就是將內在的汙穢疏離出去的方式——並且是非常態的方式——我更期望的當然是在文本裡，而不是肉體上，不斷實現這種疏離。

康：你的詩學詞典裡還有哪些詞條？這本詞典是什麼時候開始編撰的？當你強調它是一本詞典的時候，是否意味著它具備相當的穩定性，似乎足以藉此開具一張楊小濱個人的詩歌鑑賞的信用證？那麼它有與之相

應的編撰和增刪法則嗎？或是因為它缺乏足夠的易腐性而在一天天變
得肥厚？

楊：既然如此，乾脆稱之為詩學魔鬼詞典好了——不過，這是一本從來沒
有編成的書，而且看來永遠也編不完——它似乎永遠處在被編纂的過
程中——但也不妨在此梳理一下。我的確搜集了一些詩學要義——其
中像喜劇和反諷這一類語詞可能佔據了較大的篇幅——加上所有遠離
規則遠離體系的語詞——不過之所以是魔鬼詞典，是因為這些詞條都
重新界定過了。

正如一個熟練的寫手不需要參考詞典來寫作，一個敏銳的讀者也不需
要查閱詞典來理解——儘管詞條像晶片一樣植入了身體裡——我想我
對自己的寫作和別人的寫作並沒有不同的標準——甚至在閱讀自己詩
作的時候也必須帶著批評的距離——當然就不排除詞典和詞是相互作
用的，這也意味著詩學的開放性。

應該不能說相當穩定，而是相對穩定——所以也就很難確定究竟是什
麼時候開始編纂的——或者可以說開始編纂的年代之久遠，以至最早
的許多條目早已過時廢棄了——至於殘存下來的從何時開始積累，恐
怕對我自己也是一個謎——但應該不會早於1980年代中——儘管1980
年代末才標誌著悲劇時代的徹底結束，而1990年代開啟了喜劇的時
代。我以為我的詩學風格成形也許可以追溯到1980年代中——當時我
默默地在上海寫著與主流和民間詩派都不大相同的詩歌——試圖把諧
謔性帶入詩歌中來，把抒情主體丑角化——但不是十分成功，現在看
來是不成熟的，儘管也許我相對認同的詩歌同志們也不見得更成熟。
我那時候還比較姿態高蹈，所以必須有其他的詞條加盟進來，比如說
口語。這些變化是否有法則？我不得而知——應該是與時代、與閱讀
都有關吧——當然也有些詞條是長久存在的，比如感性和智性。

關於詞典的新陳代謝，我還沒有足夠的考察。其實，肥厚也是可能
的，就像到了中年，發一點福也無可厚非，只要還沒有肥頭大耳——
在詩學上，我不是一個饕餮，儘管從另一個方面來說，我也不是極端

的挑食者——這使得我的詩學成長史變得比較中庸——我說的是發展形態，而不是詩學本身。不過肥厚一詞也許不是特別恰當，我倒是覺得會不會因為營養混雜長得怪異起來，變成類別不明的生物。

康：你有意識地以詩歌的名義寫下的第一個作品和你願意在詩人的名下向讀者公開的最早的詩作是否是同一個？選擇這一個而不是那一個作為處女作來展示對你的寫作意味著什麼？

楊：我猜，任何一個詩人對這個問題的回答都會是否定的。「有意識地以詩歌的名義寫下的第一個作品」——據搬家時發現的幾本發黃的本子來看——是一首題為〈臨江仙・誓將主席遺志化宏圖〉的「舊詩」（不過完全沒懂平仄格律），寫於整整三十年前——那時候我還在念小學呢——從題目你就可以看出這篇東西是個啥玩意兒。就好比初戀，戀到結婚，戀到金婚銀婚，恐怕是不大可能的——第一次的文學選擇往往無知甚至愚蠢，往往只能成為日後的警惕——就像大多數初戀對於一個人的性愛史往往是不堪回首——不過，這種不堪回首往往是日後幸福的源泉。

但是，我不大能確定我「願意在詩人的名下向讀者公開的最早的詩作」是哪一篇——當然這是我從你問題中虛擬出來的一個問題——有點像探究「你認為你最早到哪個年代的照片可以用於護照上？」——也就是說，「最早可以被認出是你現在形象的形象在哪裡？」——這個標準是極其模糊的。但無論如何，我不會用一張三十年前的照片，這是確定無疑的。

無法確定現在能夠認同的詩學從何時開始——那不是關鍵——關鍵是，那種不滿養成了習慣——我對自己或許比對別人更加苛刻——苛刻的表現可能是不斷的自我遊離和自我否定，似乎只有那樣才能表明——啊，我不是十年前的我，或者，我不是去年的我了，瞧，我已經割掉了過去的尾巴——這種衝動再極端的話似乎在拒絕每一秒鐘每一顆細胞的死亡——多麼可怕！

　　所以，康赫，你痛恨的辯證法總會悄悄來臨——否定自己，否定過去
　　——不過還好，我不覺得辯證法一定是顛倒式的，它也可以是以「異
　　樣」為原則的。為變而變嗎？也許。這種現代主義的衝動還能維持多
　　久？我對自己的懷疑和我對自己的信心一樣充分。

康：我們最早決定在網上作一個訪談可能是覺得那樣會有意思一些。
　　現在至少作為讀者我不會滿意你的答覆。從第二個答覆之後，太多的
　　東西滑過去了。你不再回答我的問題，而開始與這些問題周旋。這
　　樣，我們可能會打極拳，圍著一個虛擬的中心。就像我最早擔心的那
　　樣，為了逃避光與影，你被「浮光掠影」抓住了。這樣訪談就變成一
　　個可以預料的遊戲，一個或許早已被釘死的遊戲，離你的偏離或差異
　　性很遠。你知道「另一個種可能」的意思，藉此我們說瓦解是一種承
　　諾，這本來也是我們要去嘗試的。

楊：嘿嘿，根據佛洛伊德，回避或者否認都是徵兆，你就拿出精神分析師
　　對待病人的態度吧，循循善誘，引蛇出洞。

康：既然是我訪你，除了向你提問我無事可做。我現在提下一個問題：
　　我對你的仿作系列印象深刻。它不像是通常意義上的模仿，因為你顯
　　然不是北島或歐陽江河的仰慕者，它們也不像是戲仿，因為就詩作
　　本身而言，看得出你希望它們盡可能像，沒有進行上海滑稽戲式的
　　變形。不過你的行為有點像上海滑稽戲裡的惡作劇，因為你沒有模仿
　　詩人的某一首詩，而是模仿了詩人的總體寫作。你要釘死你模仿的詩
　　人：他們是這樣的而不是那樣的。看，這是他們的主體性，並且可以
　　用簡單的技術加以捕獲並還原。你以詩歌模仿詩人和詩人生活，你為
　　他們寫下他們的代表作，並署名「楊小濱・聰明」。看上去，你只動
　　用了你的部分才能就抵消了十來個詩人幾十年人生活、情感和寫作，
　　這是一份關於你的機智的說明書呢，還是關於那些詩人機巧的判決
　　書？你模仿得越像，對方越生氣，你模仿得越不像，對方反而開心，
　　而逍遙你的模仿法則之外的詩人也許還對此頗感得意。
　　如果你把你的模仿作品編輯成為一本詩集，如果裡面的作品模仿了

五四以來所有著名詩人的寫作，如果裡面的每一首比被模仿的詩人自己還寫得好，那意味著什麼？那麼詩歌史是如何寫成的呢？這是一道詩歌史必須經歷的測試嗎？李白杜甫被仿了不知多少遍，而屈原從未有人敢於模仿，除非他想出醜。

可如果你的模仿是戲仿呢？歐陽江河會喜歡你對他的戲仿呢還是模仿呢。如果你是一位初入門的詩歌愛好者，他會喜歡你的戲仿呢還是模仿呢？你不戲仿是否意味著，你不滿足於演一齣只能展示滑稽才能的上海滑稽戲。這是你所說的精英主義的馬腳嗎？

我還要問你非主動模仿的那部分，涉及你非楊小濱‧聰明的那一部分，它是不太容易討論的，因為我們是在大講堂，而不是在弗洛依德色情陰暗的診所：

你的詩歌創作是否也和大家一樣，受到了其他詩人寫作的影響？你是否也受到了歐陽江河寫作的影響？你是否因欣賞而不由自主地模仿了他的寫作，又自主地以公然的模仿嘲弄了他的寫作。依我看你仿他仿得最像，這是為什麼？你的那些仿詩，哪些是被人稱為不像的部分，哪些是你露出了自己的痕跡，被人稱為強加的部分。這樣的模仿行為，是否能夠幫你解除因不由自主受他人影響而對你的寫作帶來的干擾？

楊：要不我先回答你後面的問題吧——依據哈羅德‧布魯姆，寫作者與其前輩之間的影響、改寫、誤讀關係幾乎是命定的——我感覺自己詩歌寫作所受到的周遭影響巨大、無窮——前輩的、同代的、甚至後輩的。布魯姆把這種影響看成是系列性的。比如說，假定我的某些詩受到歐陽江河的影響的話，歐陽江河也不是憑空而來——我們也可以假定歐陽江河又受到北島的影響——歐陽江河的所謂辯證法不是來自北島的「卑賤是卑賤者的通行證，高尚是高尚者的墓誌銘」嗎——而北島的辯證法難道不又是改寫自毛澤東的「卑賤者最聰明，高貴者最愚蠢」嗎——儘管意思迥異，但其中的辯證方式是一致的——而毛，很可能又是來自諸如《老子》這樣的國粹經典（而非馬克思）——《老

子》中類似的正正反反實在是不勝枚舉。但從另一個方向看，難道那個叫老子的就沒有直接影響到我嗎？毛澤東或許更……？系列化的影響和跨代的影響交織在一起，形成一種難以捉摸的影響譜系。

其實，也有人（美國的張耳）說我仿孟浪的最像——也許我也得想一想我多大程度上受到過孟浪的影響。這樣想的結果就正如以上所述，我發現這個影響的網絡之巨大是難以估量的——它當然還會包括更多的詩人——你上次問題裡提到的蕭開愚（擬過）和臧棣（未擬過），還有我擬過或未擬過的楊煉（擬過）、李亞偉（擬過，但不甚滿意）、張棗（未擬過）、孫文波（擬過）……，甚至你說的李杜、還有蘇辛，當然還有艾略特、史蒂文斯、奧登、拉金、阿什伯利、布羅茨基、等等——當然這裡有程度的差別，也有年代的差別，比如楊煉的影響就比較早。在我喜愛的詩人（條件1）、我受影響的詩人（條件2）和我寫過仿擬的詩人（條件3）的之間，究竟是否有公式可循，連我自己都還沒有找出門道。這裡有一些複雜的問題需要追尋——比如臧棣符合條件1和條件2，但不符合條件3的原因只是因為我還沒有找到最佳的方式去切入。只符合條件1而不符合其他的有陳東東，只符合條件3而不符合其他兩個條件的我就不說了——但甚至還有符合條件2和3但卻不符合條件1的。這裡的複雜性，或者可以說是每一個不同的詩人對我的意義，也許比抽象的規律更值得探討——不過，為了讓複雜性向簡單轉化，我乾脆預告一下，今後一定要擬一下臧棣和陳東東，不過張棗麼，嘸嘸……。

已被擬者和未被擬者究竟是應當慶倖還是失落，還是——更可能的是——無動於衷？——我以為都是合理的。回到你問題的前面部分，應該說你從某種程度上尖銳地發現了仿作的秘密。可是，我也必須承認，楊小濱・聰明不過是楊小濱・愚鈍的硬幣另一面——一方面，楊小濱・聰明（至少是自以為）機智地掌握了別人的靈韻，而楊小濱・愚鈍則是這種機智的具體操作過程，簡單地說就是模仿。也可以說，擬詩一方面是一種極度的傲慢——似乎自己無所不能——另一方面又

是一種極度的謙遜——必須亦步亦趨地學習每一個詩人的具體風格。不過更重要的問題還在於，那些的的確確是我的詩——儘管我曾經答應孫文波把擬他的送到他名下——也就是說，如何把別人的詩風變成自己詩風的一部分，成為風格發展變化的各種可能，就成為一個我在擬詩中關心的最大問題。而在這個方面，寫作還與批評結合起來了——甚至可以說，任何一種有效的寫作都是對前人或他人的批評（大多當然是通過改寫和對話完成的）——而擬作無非把它絕對化了。但擬詩至少也可以看作是小小的玩笑，它絕不意味著「你別寫了，看我的！」而是說，「我也來試試，怎麼樣？」學得像，博一笑耳；學得不像，分文不取。

康：我記得我們談論過你模仿蕭開愚不像的事情，你在開頭兩句展示了蕭開愚式的句法，但「一尺」和「千丈」的辯證法無疑是你楊小濱自己的。你談到中國辯證法的歷史讓我澄清了一個問題：我對辯證法的惡感並非完全源於黑格爾，更多是源於毛澤東。黑格爾的辯證法總是由那條叫「易」的螺旋上升線引導，去尋找下一個出口，「易」的動力是神秘的。在這一點上，你說辯證法是拓撲的前身是成立的。毛澤東把馬克思的雄辯改變成為中國套話，消滅了所有可能性的全封閉正反回路，正是黑格爾說的「惡的迴圈」。在北島那兩句詩裡，「卑鄙者」和「高尚者」構成了一個與任何可能都隔絕的對立統一套路，世界到此為止，卑鄙者和高尚者都死路一條。

你說到老子，好像一切確實都從那裡開始。油腔滑調的中國式套話，成語，「恰恰」，「往往」，「反過來說」，「也不能這麼說」，「吃得苦中苦，方為人上人」，「去年的烏鴉並非全黑」，「它是一些傷口但從不流血」，「是春天阻擋了春風的力量」，「過去我真實得如同一場假設」，「多，總是惶惑於少」，「在痕跡下面我們活著／證明著：我們活得不露痕跡」，1970、1980年代的詩歌中充斥著類似的套話，陳詞濫調，1990年代以後也強不了多少，只是稍稍隱蔽一些。詩人們的「主體性」與「毛澤東」的主體性一致，如果主體是一

場幻覺，他們的幻覺也與老毛的幻覺沒有什麼差別，因為他們使用的語言就是毛澤東的語言。

我們必須重新討論「作為主體性的中心問題的語言」，在我這是一個命令。只有當我們說清楚「主體性」問題時，我們才能將它的全部虛擬性還原出來，才能將「語言作為主體性的中心地位」瓦解。我說過，瓦解在我們的討論裡是一份承諾，是一種決斷力。「野草」和「吶喊」的迷人之處在於瓦解，這個時期魯迅的不受中國套話的污染，全力抵抗了不斷形成的主體性。晚年「且介亭」的魯迅只是一個戰鬥者魯迅，「且介」在你的上海話我的蕭山話和魯迅的紹興話裡都是「就這樣了」。

這樣，我請求你回顧你詩歌寫作的歷史，如果你喜愛辯證法，我也請求你回顧自己熱愛辯證法的歷史，說清楚這些事情，或許有助於說清楚當代中國詩歌創作可能存在的主導傾向，或許也有助於說清楚一個時期的語言風尚之於一個時期地緣習性的作用力。因為有可能，紅色的口號會一直高懸在居庸關城頭，而很多人也會繼續聽從中國套話的指引，把長城當作中國性的中心，即使他們去那裡僅僅是為了旅遊。

楊：看來我們漸漸進入了一些關鍵的話題——我必須承認，毛語不但影響了你我，也影響了整個中國當代的言說方式——但也正因為如此，我不以為一種簡單的拒絕是可能的，或甚至可行的。我始終認為，毛語中的辯證法是毛語中最革命性的部分，因為它是自我解構的東西——但這絕不等同於套話——這裡面有好幾層關係需要清理。但我似乎迫不及待地想先指出一點：魯迅怎麼不是辯證法的大師呢？狂人被等同於最清醒的人，這難道不是一項最有力的辯證法嗎？而這個辯證法也不是魯迅的發明，因為狂是傳統文人美學的重要部分，古已有之——這當然不是「一句」套話，但是一篇結構性的套話，至少，狂人都是被讀作這樣一種辯證法的套話。

我其實很同情和理解你對毛式辯證法的逆反。但這裡有兩點需要指出：一是，用決絕的方式反對，其實跟簡單辯證法的二元對立模式是

一致的——這也證明一種徹底的決絕實際上並無可能；二是，辯證法本身不應當理解為支援二元對立的模式。秦曉宇的插話中有一句說得滿擊中要害的，他說作為語言的宿命論者，他不相信沒有淵藪的語言——我其實也想說的是，怎麼可能完全摒除套話的枷鎖？——我不可能相信這種語言的烏托邦。我總是想強調，一種新只能產生在舊的裡面，而不是在舊的外面——每一種新都是翻新，都是再生品，每一次寫作都是改寫——所以這也是擬作的來源——當然在擬這人的時候很可能不自覺地同時也擬了另外的人——在改寫蕭開愚的時候也順便改寫了毛澤東。

這裡的關鍵點在於，對於我來說詩的辯證法正是對毛式辯證法的改寫。對我來說，那種絕對的，「黑就是白」的公式，跟「黑就是黑」的公式一樣無聊。詩學辯證法的好處在於：狂人既是歷史的發言人，又是對這種發言的自我消解——黑既是白，也可能是黃，或鳥，或跑，或饑餓，或說再見……。辯證法只是通過我的詩傳遞了這樣一個信息：黑可以是那麼多的東西，它不同一於黑——這也是詩的語言能夠達到的對非詩語言的挑戰，雖然它也必須來自並改寫日常語言，以及其他模式的語言。

這也是為什麼毛的辯證法是現代性的，我的辯證法是後現代的——當然，這又是辯證法，但卻不是對立式的。必須看到的是，毛語是目的論的，充滿意義的，宏大敘事的——但「雲高一尺，鳥落千丈」卻不是——它可能是古典詩學的對仗——但更可能是對「道高一尺，魔高一丈」（著名毛語藝術《紅燈記》裡的臺詞）的戲仿。這一點我是在現在突然想起來的，並沒有事先的策劃——但我想戲仿是一個可以被推廣到我整體寫作美學範圍內的概念——也可以說我的辯證法詩學就是對那種絕對式辯證法政治學的戲仿。

在文學現代性的範疇內，語言一直被當作是建構主體性的手段——但對我來講，主體性也是一個可以戲仿的東西——為什麼不呢？這應該說是我極為關心的理論問題——主體性不再是一個確定的、正面的東

西，它不再靠「螺旋式上升」的建構──它恰恰（你等著伏擊的辯證法又來了？！）是在辯證運動中不斷零散化，不斷走入歧途，不斷出軌的東西。請注意我沒有說「翻轉」，我想你對辯證法的理解囿於那種粗陋的翻轉，而被戲仿的辯證法可能是「誤」（mis-），而不是簡單的非（non-）。因此，沒有什麼整一的主體性，因而我探索的是如何抒情主體在不斷剝落──就像秋天的樹──的過程中如何表達，如何以失去的方式形成一種「後主體」。

不過，理論思考得再多，也不能代替寫作本身──並且，寫作的時候是無需理論指導的。理論當然既是一種思想，也更是一種形式──辯證法也是一種形式──它用一種不斷滑動的形式保證了似是而非的意義。也許我談不上「熱愛」辯證法，但的確它在瓦解了二元對立的條件下，成為我詩學的重要養分。回到這次回答的開頭，我想再次說明，進行純粹外部斷裂的企圖，往往落入舊的窠臼；新的詩學，新的語言方式，只能從斷裂和內爆的共同努力下形成。

康：我們確實是在討論淵源問題。作為採訪者，我的任務是提醒問題，但願問題會一個接一個地醒來。中式套話可能一直享受了東方詩意的待遇，它詩意地滲透大眾意識，延續變異並參與組建東方性或是東方主體性神話，就像大眾的西方意識和現代意識，最後成為了西方主義和現代主義。二戰後沒落的歐洲戰士們已經對它們作了酸澀的討論，以批評戰前歐洲神話的路徑來批判戰後崛起的美國神話。

「難道他們不是如何如何」，這類姿態不能幫助我們討論這裡的問題。我們毛的後來者們在這邊重燒戰火，是在做內爆的努力，自然，它激起的烈焰也將與別處的火光遙相呼應。我的問題是關於中國性，中國套話，中國詩意，中國當代詩歌中的主體性神話，毛澤東和他的後人們，裝在套話裡的政治播音員們，他們的打油詩如何代代相傳，從道德經到三要三不要，直到八榮八恥是否在延續東方的詩意。這是試圖提醒我們的來源。

尼采之套（如果有的話）可能進入東方詩意嗎？它在魯迅身上得到了

延續嗎？或是它通過幾位與海德格論戰的解構主義者們進入了你我？這是另一個問題。

楊：這些問題對以一個酷愛理論的詩人來說的確意義重大。尼采、海德格、毛和魯迅，都是現代主義者，都是通過斷裂來重建一個本質化世界的開拓者——但本質化的世界，無論是超人還是此在還是人民公社還是孺子牛，最後都引向或屈從於一個絕對化的世界——但同時，無論是林中路還是酒神日神還是金猴奮起千鈞棒還是狂人，又都給予我們一種迷亂的契機——只有一種美學的迷亂，才能使套話式的話語失效，或從內部就產生變異——這是解構主義者從絕對話語的內部捕捉到的。

詩，無疑是一種最典型的語言迷亂——也可以說是一種悖理的話語，從任何意義上來說都是對絕對話語中的內在罅隙的發現和狂喜。

康：你最早的幾首擬作是如何完成的？這些擬作只是追求模仿行為本身的詩意，或是追求被模仿的詩人試圖追求的詩意，或是也追求它們作為普通詩作的普通詩意？

我們即使不能目睹中國當代詩歌是如何製造出來的，也至少有機會目睹中國當代詩歌是如何由它其中一員戰將模擬出來的。我們可以按著中國套話來「順藤摸瓜」。

楊：我最早的四首擬作擬的是孟浪、歐陽江河、嚴力和北島——選取的原因應該是我自己覺得他們的風格比較突出，容易把握——當然擬的不是某一首詩，否則，不是有剽竊之嫌，就是戲仿某首作品了。我記得最初在你主持的《文學大講堂》網站上貼出這幾首詩的時候還加了一段話，說明擬作在某種程度上是把別人的風格變成自己風格的一部分——也就是說，如果說這是一種徵引的話，那這是一種風格的徵引——風格這個詞在當代學院批評裡很少使用，因為太缺乏確定性，意思過於含混——但它至少包含了用詞的習慣——比如孟浪的詩中經常會出現一些與軍隊有關的詞語，與傷痛有關的詞語——歐陽江河的詩中會用一些基本元素的意象，比如火、水、光等等，還有音樂辭彙。

這些當然還只是表面的，句法的因素或許更加重要——孟浪的比較堅硬，比較孟浪，還喜愛加上驚嘆號——北島則比較枯澀，的確有老木頭的感覺——歐陽江河比較高亢，抒情主體的位置很高，還帶有智性的遊戲——嚴力的最大特徵當然是具有喜劇感的轉折。當我用別人的方式寫作的時候，我感到我就是他者——或者說平時他者只是隱性地在我內部工作，而這時他者就公開地代替我成為寫作的主體——我的主體是不存在的，它從來也沒有存在過——但這次我主動、徹底讓位——當然，在這樣做的時候，我的主體也侵佔了他人的主體——或者說，這是一次互相侵佔的過程，當然也是一次互相交糅的過程。

如果僅僅是模仿本身的詩意，你可以把擬詩看作是一次製造元詩的行動——不過同時，他們應當有你所說的另外幾層意義——他人的詩意，擬詩自身的詩意，甚至被擬的可能性的詩意，以及擬詩與被擬的詩之間的微妙差異——也就是由於擬詩的行為而產生的某種意想不到的突破——所產生的詩意，等等。其實在很多情況下，你也可以說我的詩不夠像，或者不如原詩，或者勝過原詩——這些都是可能成立的——因為要找到兩個完全相同的抒情主體是不可能的——重要的是，這是同一個寫作主體的不同面貌，它有可能使人錯認——因此與其說我試圖亂真，還不如說我試圖告訴讀者，亂真也是真——而所有真，其實很可能都是某一種亂真罷了。有不戴面具的「本真」主體嗎？——當然，大部分面具可能都是隱晦的——我只是想把面具更清楚地暴露出來。

順便一提，這樣的做法並不是我的發明。舒曼的《狂歡節》裡有一首題為《蕭邦》，就是模擬了蕭邦夜曲的風格——幾可亂真——當然他沒有更多的模擬。大規模的模擬，就成了拼貼——似乎我又回到了後現代的理論——所以也可以說後現代是一種元藝術的行為——「後」（post）就是「元」（meta，台灣譯作「後設」）。

康：在你的回答中你只提及了具有個性的詩人的可能性，你假定他們具有主體同一性，而沒有論及時代風尚和地緣習性，那是否意味著你的擬

作有意忽略了詩人創作中這兩樣東西的作用力。這樣的話，你一定是假定了這兩樣東西在每個詩人後面都是類同的，並且對於這些擬作來說它們退居為無意識的那部分。讓我們來尋找這些擬作中的那些無意識的部分，以確定你對它們的理解，在我的想像中，它們可能是跟你自己的創作關係最為密切的東西。

這些被修飾的鳥兒，僅僅是戲謔性的標題，或同時是對各詩人（詩風？）的戲謔性的定義，或還有別的想法。

為什麼用祈使句代表孟浪，讓祈請如同命令，並命令實施顯而易見的具有負面性的行為？這裡的序列化壯烈意象是如何可能的，現在還有詩人會這樣用嗎？

你考慮了北島這根老木頭的變化了嗎？你截取了它哪一段來模仿？是否在裡面安排了蟲蛀痕跡，讓讀者可以看出當時的氣候和生態狀況？楊煉，你派給他的代表與北島代表和孟浪代表構成所有差異性都只是自主的個性差異嗎？你讓他們非自控地露出了馬腳嗎？「用斷翅蘸滿的血污寫／一段死亡的賦格割出了風暴」，恐怕二十年前的詩人才會那樣寫。那麼詩人如何在時代習性中生成自己的差異性，它與你假定的主體同一性是什麼關係？

我們說，那個地方那個時代的主導趣味是那樣的，各位詩人都受了影響，不過他們還是努力尋求了互相之間的差異性。當我們這樣說的時候，是否意味著那個時代那裡沒有出現大詩人？對於中國現代詩歌史的各個時期，我們是否都可以做這樣的簡便描述？（我在這裡抹去了詩人本人的個性，詩人創作的個性，詩人作品的個性之間的區別，如果你不怕麻煩覺得有必要恢復的話就請你幫助恢復。）

楊：也許我應該再次強調「六經注我」的態度——擬作的行為與其說是去揣摩他人的寫作秘密，不如說是探討各種寫作可能性在我的寫作中可以如何成為可能——雖然擬作也是一種表演，一種模仿秀，但是畢竟和純粹搞笑的模仿秀不同——在這裡，表演的對象就是表演，模仿的目的也在於——如何使別人的表演方式也成為自己的。如有必要，也

可以把我比作是吸血鬼，只是我在吸血的時候展示了這種血腥。我並沒有去刻意考量個別的時代風尚和地緣習性，或者在無意識中認同了某種共有的時代風尚和地緣習性——畢竟對象也大致上都是同代人，而且也看不出蕭開愚的四川性或者孟浪的上海性。關於擬孟浪那首詩，一定是比孟浪更孟浪——雖然在生活中他比我孟浪得多——比如前幾天他就用額頭壯烈地撞擊了一塊比空氣還要乾淨的玻璃——但這也是我必須向他學習的地方——所以我會說「讓我們接住地獄」——去承受那種不願承受的撞擊！

你提到了北島的不同階段——我更在意的當然是晚近的北島——儘管大家或許更記得早期的北島，儘管不少人對晚近的北島更有微詞——這只能說，從美學的角度，晚近的北島還是更遠離了那種泛社會化的寫作——因而對我來說，也就更有可玩味之處——包括1980到1990年代詩歌範式的轉換——這不見得就是一種單向的文學史評價——或者說，某種隱含的評價只對我自身的寫作有意義，而排除了任何客觀性或學術性。

至於「鳥」，只是很偶然抓來的一個道具，大概因為鳥的空間範圍比較大，也不是一個具有固定意義的象徵——它可以「鯤鵬展翅九萬裡」來展示偉大的「自由」，也可以「是一隻小小小小鳥」，或者「鳥鳴山更幽」，甚至也可以讓人覺得「算個鳥」——這樣它的韌性就比較大——可以在不同地點作不同的姿勢。

我並沒有覺得是「那個地方那個時代」，反倒是「這個地方這個時代」——要說大詩人，我倒是覺得已經湧現在這個時代了，甚至可以說這個時代是唐宋以來中國詩最輝煌的時代——但杜甫在世的時候，也沒有人預見他會成為日後的「大詩人」——一個大詩人，難道不應當是一個綜合性的詩人，是一個時代的多棱鏡嗎？個性不應當是束縛自己的框架——因此杜甫有古風，有律詩；有俗語，有雅語；有夢幻，有現實；有喜悅，有悲憤；有戲言，有真言。

我知道你更在乎解構，我也是——但我同時也無可救藥地被老毛的辯證法所迷惑：「破字當頭，立在其中」。

康：「那」是一個假設。我本來還想問一下1990年代以後中國當代詩歌的語言風尚和它們的來龍去脈。如果它們一樣可以模擬，它們就一樣有跡可尋，一樣有機會說清楚。但也可以不說，或不說清楚，或左右看看，然後聊點別的，但無論如何必須是以詩人的方式。

楊：1990年代以後尤其是二十一世紀中國詩的總體面貌是混亂的、聲音是嘈雜的，甚至比1980年代更為嘈雜——這是對它的清晰表述。但這並不妨礙我們發出更突出的聲音——但絕不意味著最純淨的聲音，反而倒可能是最複雜、最多元的聲音——但複雜和多元不是混亂，也不是低俗，更不是平庸——甚至可以說，反對平庸，是寫作的最基本要求——以及反對無知。

「破字當頭，立在其中」的意思恐怕也是阿多諾「否定」的意思——或者說所有的聲音都是以「反對」的方式顯靈的。一個時代的詩歌語言風尚恐怕也是從反對開始的——當然，如果用「風尚」來描述，會納入太多的魚目混珠的東西——因為並不是所有的反對都有意義。我也許只在乎某種高蹈的風尚，它既是世俗的，又是超越的——但反過來說，它既試圖超越，又無法脫離世俗——這就同1980年代純粹的市井主義或者純粹的理想主義拉開了距離。我曾經把這種變化比作「從詠歎調到宣敘調」——也可以說是從抒情轉向陳述——陳述不一定是敘述或敘事——而僅僅是一種語態——這種語態可能一開始是從反對雞皮疙瘩式的朗誦開始的。

我很主張詩人要朗誦，但絕不是那種誇張的抑揚頓挫——而是各種獨特的語態的展示——這也是我為什麼要嘗試各種不同的風格——因為沒有一種語態可以代替其他的語態，也沒有一種心情可以取代不同時段的心情。另外，生活中的不同角色決定了聲音的多變，生活史的變化也決定了聲音的變幻。但要談來龍去脈，我感覺我們不可避免地要不斷去除身上那個詠歎的傳統，那個把自我的聲音當做唯一高

亢嘹亮的語態──但反對不意味著走向反面，不意味著陷入簡單的口語化──而是在詠歎的碎片上小心翼翼地前進，在破碎的旋律中間穿行──也可以說是在喚醒那個詠歎的記憶幽靈的同時鞭笞它，讓它面目全非──這就並不是一種簡單的模擬，而是諷擬──是對前朝文化的諷擬，對記憶的諷擬，對昨日之我的諷擬──借用一次王朔的口吻──我一不小心就成了那個諷擬的幽靈──也許這才是時代和個人的終極秘密。

*2006*

# 我與這個世界的關係是反諷的

王西平

王西平（簡稱「王」）vs.楊小濱（簡稱「楊」）

## 遙想與記憶

王：請簡述一下你的家族史。

楊：我爸爸的老家在山東萊州的農村，我小時候去過一次，印象最深的是
深不可測的巨大糞池，每天需要蹲在邊上便便，不但要忍受嗆鼻的濃
郁，還要小心千萬不能一失足成千古恨。我爸爸當年從青島到上海，
考取了上海音樂學院聲樂系，之後結識了我媽媽，生出我這個小崽
子。我媽媽是上海的千金小姐，我曾祖父是洋人銀行的買辦，外公也
懂一點英文，我小時候很早就開始教我。不過我媽媽從小也在娛樂場

所獻唱賣藝，據她說，她考大學的第一志願是新聞系，但因為藝術院校要先考，就考到了上海音樂學院聲樂系。我媽媽比我爸爸小四歲，不過我媽媽畢業後當周小燕助教的時候，我爸爸還是學生，變成奇怪的師生戀，但師比生還要幼齒。我的家庭背景或多或少可以解釋我對美聲演唱、歌劇、古典音樂等等的興趣。但我覺得我成長過程中影響相當大的是我舅舅，因為他念的是上海師院中文系，家裡一大堆中國古典文學的書籍成了我青少年時的啟蒙讀物。我舅舅對相聲和滑稽戲的低俗興趣也造成我常常一點正經沒有的壞習氣。

王：你原名是楊小濱，後來重新給自己取了「杨小滨‧法　镭」的筆名。文人更換筆名進行重新創作本來很簡單的一件事，可有些關注家卻盯住這一「黑點」不放，認為「這是詩人作為預言家的又一例證」，我不明白這樣的筆名與「預言家」有什麼關係呢？「法」與「镭」之間竟然有一段空格，好多人不注意這一點，是你有意為之的「陷阱」嗎？

楊：「杨小滨‧法　镭」的來源是這樣的：我經常收到來自台灣的電子郵件因為我電腦安裝的是簡體中文系統而變成了亂碼（至今猶是如此），但我可以從亂碼中認出我的名字總是從繁體字的「楊小濱」變成簡體字的「法　镭」，以至於我後來把「杨小滨‧法　镭」用作了我回信的落款，我猜想這樣對方一定能看到一個是我正確的名字（順便一提，簡體字的「杨小滨」亂碼到繁體字變出的是「枛荃梻」）。這個落款看上去十分有力，所以我決定乾脆把它用作筆名。你提到的空格，應該是「小」字從大五碼變成國標碼的時候不知所措地消失了的結果。對那個黑點的評點應該是秦曉宇吧，他認為我這個名字後來成為《如果‧愛》、《色‧戒》之類命名法的濫觴。

王：據說你在小學四年級的時候，曾編過一本《漢英分類詞典》，王曉漁將這一現象稱為「雜亂型秩序」，而你自己卻概括為「事物的秩序」，以致這種「秩序」一直延續到你現在的創作中。我想問的是，除此之外，還有哪些事能體現你小時候「分門別類」的獨立精神？

楊：小時候愛不釋手的書本是《十萬個為什麼》，有動物卷、植物卷、數

學卷、物理卷、化學卷、天文卷，等等，分門別類，我的那本自編的詞典也是按照這個邏輯。不過我最喜歡的是動物卷和天文卷，細細想來，要點在於我對那些科學理性主導的科目沒什麼興趣。我現在辦公室的書架也許頗能體現我分類的興趣，被我井然有序地分成了外文、中文兩大類，其中中文類又分成辭典、哲學、文化、古典文學、現代小說、現代詩歌、當代小說、當代詩、台灣詩、文學批評與理論、藝術、西方文學（譯本）、西方理論、雜誌、民刊等等。我的電腦硬碟檔夾的分類就比較像福柯在《詞與物》開頭提到的波赫士分類法——波赫士虛構了一種中國類書的古怪分類，完全是分類者胡亂隨機而定。比如在我硬碟的「台灣」檔夾裡，子目錄是EAT、爸媽、高雄、花蓮、九份金瓜石、苦難文學會、攝影展、熟人、雙十、台南、停車格、我自己、新竹、遊行、彰化。

王：你二十二歲時的時候，發表了處女作組詩〈星辰奏鳴曲〉，並在國內詩壇產生了一定的反響。能否談談當年創作這首詩的背景。

楊：慚愧啊，那是一首典型的文青之作。坦率地說，有另外兩個姓楊的詩人對這首詩產生過不可磨滅的影響。一個是台灣的楊牧，他的名篇〈十二星象變奏曲〉是我當時很熱衷的一首詩。另一個是楊煉，但我忘了具體是他的哪首詩對我產生了啟發，可能就是他寫的各種組詩吧。還有就是大學時代迷戀西方古典音樂，這才會用「奏鳴曲」這樣的形式。哦。對了，差點忘了，艾略特的《四首四重奏》也是影響之一，我大學時和楊煉的另一個朋友合作翻譯了這組詩給楊煉看，等我們譯完發現裘小龍的譯本已經出版，所以我們的譯文一直沒有發表過。

王：留學或在外任教期間，你應該有不少外國朋友吧，有沒有「圈子內」最要好的那種？在國內，有沒有「圈子外」的朋友，挑一個典型的講一講。

楊：在美國的時候，幾乎沒有深交的洋人朋友。據我的觀察，在中國受教育長大的華人要融入西方世界有很大的障礙，也不大有這個願望。

當然有關係不錯的洋人同學、洋人同事，應該算是你問的同行，但很難說是「最要好」的。比如在密西西比大學的時候有個叫中國歷史的美國哥們Joshua，他娶了個雲南的老婆，還經常有來往。我的國內朋友也大多是「圈子內」的，「圈子外」的大概只有小時候的鄰居和同學還有來往。不過，也不完全是「圈子外」的，因為我小時候住的公寓是上海文化局的，所以或多或少也是文化圈裡的。比如我的一個發小，是小時候的鄰居，他爸爸是北影的著名演員，他本人現在是導演，我做電視節目的時候還邀他合作過。我在詩裡還寫到過：「王導說要有光，於是／就有了燈，和燈下的陰影。」（〈後絕句八首：主持人箚記〉）

## 詩歌與觀點

王：恩格斯為「現實主義」下的定義是：除了細節的真實外，還要真實的再現典型環境中的典型人物。這種觀點似乎始終貫穿於中國新時期的教育體制中，我們都記得小時候語文老師總會要求學生就某一篇文章，分析「典型環境中的典型人物」。事實上，現實主義反映的並非是真實的，而是一種想像中的真實。那麼你所理解的「真實」或「現實主義」是什麼？

楊：我一直很反對現實主義。1980年代中期之前我從來不看中國的當代小說，直到先鋒文學出現之後我才開始對所謂的當代文學感興趣。現實主義的寫作遵循的是現實的邏輯，我們在現實中已經飽受現實邏輯的壓迫，為什麼還要去忍受一次這樣的無聊？「真實」，the Real，如果借用一點拉岡的視角，是被現實符號體系壓制的那一部分，是我們內心真正的創傷內核，是非理性，是無意義，是暴力、破碎、汙穢、荒謬……現實主義把這一切當作可控的素材來處理，這是多麼地虛偽！因此，沒有真正的現實主義，現實主義一定是絕對主觀主義的，因為它確信現實是可以經由主體的寫作活動來再現的。不幸的是，這個主體本身就是分裂的。

王：對現實的懷疑，促使你對那些「掩蓋不了的歷史」進行拆解，也許語言的力量永遠抵達不了，因此你玩起了「後攝影」，不管這樣的命名如何，總之你要做的就是捕捉「被規範的攝影語言所遺忘和排斥的蹤跡影像」。你們這代人，為什麼熱衷於的尋找「歷史」（應該是尋根吧），僅僅是「歷史」曾經在你們的身體裡失蹤抑或強烈地佔有過？

楊：「尋根」並不是我的目的，我不屑任何本體論意義上的「根」——根，總是蕪雜的，繁衍的，錯綜的，不可解的、易於腐爛的。我所說的蹤跡，恰恰不是任何可把握的「原初」，而是在消逝過程中需要我們的攫取，但依舊轉瞬即逝的那部分東西。不過，我的確相信人的全部在於他的歷史。唯一能夠確認你是誰的，不就是曾經的、過往的你嗎？但不可能有對歷史的完整記憶。我所要尋找的與其說是「根」，不如說是「根的剷除、腐朽或消泯過程」。

王：不論是開心詞典、問卷，還是信件、書籤、使徒書——你總是在一種反覆的演進、移植、裂變，甚至雜交中進行著「一個人的文體運動」。不論如何，這種實踐只是顯形的，我更感興趣的是內在精神的折射，這就好比一群大雁從空中飛過，我不認為它們排列的陣形有多好看，而是關注它們投射在大地上的陰影是如何壓迫一片樹葉，或一隻螞蟻的大腿。我相信，這樣的「運動史」背後一定潛藏著一部屬於你個人的「精神史」吧？

楊：我不曾追溯過這個「精神史」的發展軌跡，不過可以嘗試一下。上大學之前，我的主要興趣是唐詩宋詞，這也是我報考中文系的唯一原因。這個興趣在大學時期漸漸轉變為當代文學，尤其是西方當代文學，還包括西方當代理論。大學畢業的時候我寫的論文是關涉美學理論的，後來去上海社科院文學所理論室工作，撰寫了《否定的美學》……這期間我的主要情緒是激越的，反映在詩歌寫作上也追求一種深具痛感的效果。大約從上個世紀末開始，由於各種原因，我的興趣從痛感轉向了癢感，其實癢感是比痛感更複雜的感覺，它有時甚至

可以包含痛感。換句話說，我對這個世界的關係是反諷的，而不再是
對抗的。

王：你有一幅「畫」，或「詩」為〈拉法葉郡郊外風景圖〉，在這裡，方
　　向成為了導視的隱喻：繼續往前走，再過去就是河，右轉，左轉，右
　　轉，左轉，然後重複……方向的轉換同時抽離出空間，夾雜著雜草、
　　爬山虎，以及榆樹、楊樹、松樹、紫樹、橡樹甚至土堆等。你是否試
　　圖通過對語詞的排布、組合，來體現漢語的直觀美（畫面美）？在這
　　種排列中還夾雜著許多空格，這是你的留白手法？

楊：這首詩大概可以被看作是把現實主義或者客觀主義推到極端，這是
　　否可以叫做自然主義？是自然界的，又是不加修飾的。空格，無非是
　　模擬了現實景物的闕如。留白，當然了，計白當黑麼。不過說實話，
　　我並沒有感覺不到什麼美。自然主義不追求美，而是追求原生態。美
　　國的確有大好河山，比這美的景色太多了。密西西比平原，從自然景
　　觀上來看是很單調的，這首詩的意味可能需要聯繫到〈美國組曲〉中
　　的另外幾首一起來看，我試圖表現的是那種單調、重複、密集。好像
　　菲利浦‧格拉斯的音樂，讓人難以忍受。這樣的詩，大概也只能偶一
　　為之。

王：對於所有以「後」字開頭的名詞，蘇珊‧桑塔格一概否認。而你恰恰
　　跟她有過一次強大的對話，面對一個對「後」毫無興趣的美國人，你
　　大擺特設「主義宴」，包括以「後」打頭的後傷口主義、後廢墟主
　　義，也有以各種語氣詞打頭的嘆主義、喔主義、嗚主義，而你將這樣
　　的「氾濫」之災歸結於二十世紀以來政治與文化的異象，可是你不怕
　　有人指認你蓄意製造「主義」，就像複製人體一樣，本身已經構成了
　　「氾濫」的一部分嗎？

楊：沒錯，我就是要造成氾濫的後果，這和沃霍爾要讓夢露和康寶罐頭氾
　　濫是一樣的。我們的語氣，真正忠實於內心的聲音，難道不值得用主
　　義來標榜嗎？難道不足以抗衡那些宏大的觀念、體制……嗎？桑塔格
　　的確是一個典型的現代主義者，雖然她寫過〈反對釋義〉這類十分接

近後現代精神的文章，鼓吹過「坎普」這樣的後現代藝術實踐，但她的出發點仍是堅定的知識份子主體。我更傾向於用調侃的、戲擬的方式來回應世界，所以我的「主義」也顯然不可能是「主義」，就像一切主義都是臨時的標籤。這有一點拖人下水的味道。不過我的策略跟胡適完全不同，我寧可要「多談點主義，充分談出主義的喜感」。

王：袁騰飛被警方逮捕的時候，他堅決地給自己定位：一名普通的中學歷史老師。以一個讀史人的身份，粗糙地反抗著，「我不是公共知識份子。」在他看來，宋朝就是一個文化大國，它的知識份子是最富的。當代的知識份子意味著獨立，恐怕宋朝的知識份子獨立不了，就算是你富有，那也是你得以信賴的宋朝富有。如果你是一個公共知識份子，而且是一個獨立的公共知識份子，那麼支撐你完成「獨立」的依據是什麼？權力、金錢在這一點上重要嗎？

楊：很重要，不過重要性在於它們的宰制形態是我主要的批判對象，在於權力和金錢的壓迫是我們這個時代最主要的對手。惡的源泉不在於金錢本身，而是那種等量交換的普遍原則，那種唯利是圖的人性。惡的源泉也不在於權力，適量、有牽制的權力也可以造福於人類，但絕對的權力就會成為暴力。

「獨立」不在於你是個知識份子。任何個體都應當是獨立的。獨立的含義無非是不受制於外在因素，不被自身以外的東西所牽制，不依賴於本來只是你工具的東西。但我也反對那種自以為站在歷史高度指點江山的知識份子，知識份子首先也必須有自我批判的精神。

王：據說意志不堅定的洛爾卡被長槍黨行刑隊槍斃之前，嚇得尿褲子，但好多人認為他的作品確實具有獨立精神的——這位「安達盧西亞之子」把他的詩同西班牙民間歌謠創造性地結合起來，創造出了一種全新的詩體。即使是這樣一位名氣大得驚人的詩人，依然恐懼死亡和老去。他從來不想長大，時不時深情地回首童年。他還開玩笑說，怕出版紐約的詩集，那樣會讓他老去。你害怕老去以致死去嗎？

楊：如果是我，從押送刑場的那一刻起就必定開始設法逃亡或搏鬥了，反正就是一死，也不會更糟。我從小就對死亡有深深的畏懼。不僅是個體的死亡，還包括整個人類以及宇宙的最終死亡。我清楚地記得五歲那年的一次噩夢，夢裡我突然接到從窗口飄進的一張字條，上面寫著：地球幾分鐘內就要爆炸。我站在我外公身邊，身高僅到他的腰間，我們在一瞬間灰飛煙滅。當然這時我也我驚厥醒過來，心臟狂跳不止。畏懼死亡是因為熱愛生活。我曾經跟胡續冬說，我們這類耽於世俗享樂的人，一定不會自殺。我小時候立志長大後要發明一種長生不老的藥，不過至今還沒開始動手，似乎看來還沒畏懼得那麼深。從更深的意義上說，也可能我並不是一個徹底的無神論者，我最多只能算是一個不可知論者，儘管止不住肉體的速朽，卻隱約地希望著「我」的精神永恆，哪怕這個「我」其實也是那麼分裂和不測……。

王：世紀之交，充斥著各色末日論。這種「死亡的氣息」同時蔓延至藝術界內，「小說的末日、音樂的末日、藝術的末日、文化的末日、作家之死或知識份子之死的聲音」不絕於耳。你也曾提醒人們去關注塞繆爾‧貝克特，關注他劇作中荒涼的末日景象，我發現這種景象貝克特在他的《終局》中得到了更好的表現：在一間空蕩蕩的、只在高牆上開了兩個小窗戶的房間裡，雙目失明的哈姆癱瘓在輪椅上，他的雙親早年出了車禍，摔斷了雙腿，現在只能待在牆邊的兩隻垃圾桶裡，屋裡唯一能行走的僕人克洛夫卻不能坐下來。房子外面發生的災難使這個世界上所有的生靈都已經滅絕而他們是僅有的倖存者……別爾嘉耶夫屢次提到了俄羅斯思想中的濃烈的末日論性質和揮之不去的彌賽亞意識，他認為世世代代的俄羅斯知識份子包括近代的果戈理，別林斯基，索洛維約夫，陀思妥耶夫斯基等等都具有這種思想。中國詩人孟浪曾在他的詩中描述了末日的情景：「末日不過如此／深淵裡一片光明／蒙面的女高音天堂般升起／一節危崖把我擋住／我看不見墮落的全過程／身處更危險的中間／歌聲兀自向天頂飄去／蒙面人浮到我的身邊……」楊煉在〈流亡的死者〉中對死者的定義是，「關在末日裡

流浪是永久的主人」。在我看來，你的一系列的「後」主義，就是在張揚一種末日情結，一種對未知可能的嘗試與探測。談到末日情結，英國心理學家傑克・博勒認為主要原因是由於人們「乏味」過度，才會設想所謂的「最糟糕情形」，對此你怎麼看待？能否以你的視角描摹一下中國當下藝術末日情結的圖景？

楊：你提到的那些中外作家，從貝克特到孟浪和楊煉，都是我十分推崇的。看來我對末日學也是頗有興趣的。不過我不覺得我的「後……主義」有那麼強烈的末日情緒。它反倒是對末日情緒的某種調侃。中國當代文學藝術由於社會歷史留下的精神創傷，不可避免地帶有對末日的敏銳感受。「後」，當然是一種延遲的爆發，一種「後設」意義上的批判觀察，也可以說既是陷入其中，又是置身其外的。正如拉岡所言，「我當然在看這幅畫，因為我就在這幅畫中。」

王：給我的印象之一，你是個娛樂至上的「嬉皮士」，客串過電影，主持過節目，搞過「虛擬招貼」，「出售」山西個別警察表情、宋人胎盤、新鮮哈欠……在博客裡將邱華棟鏈結為「球滑動」，將我的鏈結為「忘吸瓶」，呵呵，同時還用火星文進行詩歌實驗。這在一些人看來，幹這樣的事既浪費時間又毫無意義，與一個傳統的正襟危坐的「學者」形象有點不符，你怎麼認為呢？

楊：提起娛樂，我想起自己還欣然應邀替一份詩歌雜誌寫過一篇〈我的娛樂排行〉。我在某網路論壇的簽名檔是「楊丞琳的楊，小甜甜的小，濱崎步的濱」。我覺得藝術本身就是一種不產生意義和利益的生活方式，你也可以看作是浪費時間。但唯有被浪費的時間才是真正的時間，自由的時間，不受異化勞動束縛的時間。當然，娛樂也必須是高級的、智慧的、解放的、創造的，而不是單調的、機械的、受控的、弱智的。我十分不屑所謂的正襟危坐，那如果不是虛偽造作，就是古板無聊。你說的我的博客連接方式，說穿了無非是小學時給同學起綽號的方式。看來我也只不過是童心未泯罷了。前幾天正好碰到邱華棟，幾年未見，他果然有點圓滾滾了……。寫作詩歌，在很大程度上

也是對語言無限可能的探索，不然，又何必弄出些分行的非日常文字呢？

王：從超級「酸酸乳」到「三鹿投毒」事件，從極樂到傷痛，你為什麼關注人類的兩個極端？

楊：我不得不再次從拉岡的概念裡挑出一個叫做「創傷性快感」（traumatic jouissance）的來做說明。在人類最深層的內心世界，痛感和快感是混雜在一起的。也可以說，從極樂中我會體會到深刻的挫敗感和傷痛感，而從傷痛中我也會體會到某種極度的刺激、興奮。荒誕感無非是由此而生的，因為荒誕感就是無法協調的感受，顯示出某種裂痕，「痛快」就包含了痛感和快感。你舉的這兩個例子都具有強烈的荒誕意味。我的詩也比較多會去關注或揭示某種荒誕，以語言的錯位來體現現實或精神的錯位。簡單地道出某種單向的情緒或感受，對我來說就顯得過於淺易了。

王：你目前兼任台灣《現代詩》季刊、《現在詩》詩刊特約主編，以及《傾向》文學人文季刊特約策劃，就具體而言，做哪些工作？我們想瞭解台灣民刊的發展現狀，能否介紹一下？

楊：主編《現代詩》是十多年前的事了，總共編過三期，我記得有一期的主題是「台北·北京」，還有一期是「女性詩歌」。「女性詩歌」那期我用了一幅何多苓畫的翟永明作封面。不過內頁的排版我並不需要負責。目前正在編的是《現在詩》。《現代詩》在社長梅新去世後就日漸式微，其中幾位晚輩詩人夏宇、零雨、鴻鴻、曾淑美等之後又另起爐灶創辦了《現在詩》。每期《現在詩》由不同詩人主編，所以每次的樣式都是不同的。比如夏宇編過一本像粉紅色電話簿一樣的「來稿照登」；零雨編過一本真的日曆，每頁上有超短的詩；曾淑美編過一本紅色封面的「妖怪純情詩」（後來還入選了2010年法蘭克福書展）。我這次編的主題是「無情詩」，不過我最大的、前所未有的創意是把這期詩刊印成了一本時尚畫報——也就是說，從封面到內頁，看上去基本上是一本時尚雜誌，只不過文字全部改成了詩作。某一首

詩可能印在時裝美女的玉臂上或乳溝裡。當然，很多頁面我也設計成了對時尚畫報的調侃和解構。

台灣沒有民刊的概念，因為所有的詩刊都是民刊。老牌的《創世紀》也接受官方資助，但並非官方主辦的，它仍然定期出刊，但令人耳目一新的東西不多。本土派的《笠》詩刊大概也還有，但不寄送我，就基本無緣看到。蘇紹連主編的《吹鼓吹》比較新一點，也有些新穎的做法，我印象較深的有「同志詩專輯」等。最新的要算鴻鴻主編的《衛生紙》，主旨往往切近社會甚至國際問題，作者也有很多新面孔。還有《乾坤詩刊》、《歪仔歪》等。林德俊編的《詩評力》是一張報紙，全部是短評或短論。《台灣年度詩選》、《台北詩歌節作品選》，基本上也都是一年一本，如果可以算是民刊，那就是綜合性的。當然，我還是認為《現在詩》是最有活力、最具實驗性力量的。

王：談談最近熱門的話題吧。諾貝爾獎，以及中國的魯迅文學獎，尤其對於熱炒的「羊羔體」，你怎麼看待？

楊：諾貝爾獎還沒有成為敏感詞嗎？哈。我覺得諾貝爾文學獎的標準基本是可信的，雖然也會有失誤或遺漏。我一直認為莫言是最有資格得諾貝爾獎的中國作家，當然詩人就更多了。至於魯迅文學獎，又何必當真呢？如果我是評委，我也選車書記，很符合「魯迅文學獎」的水準，又不是要選諾貝爾獎。不用義憤填膺，那樣豈不抬舉這個獎了。話說回來，車書記有的詩比當今許多口水詩人還有意思點，所以也是實至名歸。但重要的是，更好的詩人只能被剔除，魯迅文學獎不能頒給更好的詩人作家，就像你千萬不能把西太平洋大學榮譽博士授予愛因斯坦。

*2010*

# 文學場內的界外玩法
## ——楊小濱與楊宗翰對談數位世代新文學

楊宗翰

林德俊

## 林德俊vs.楊宗翰vs.楊小濱

本對談由聯合副刊主辦

　　聯副自2008年10月起開辦遊戲性格濃厚的網路徵稿，以十分陽春之機制（部落格貼文），在無高額獎金為誘因下，每期徵稿竟動輒吸引上千人次投稿，掀起風潮，不少潛伏網海的優秀書寫者浮出水面。聯副特邀請詩人暨後現代詩學家楊小濱和台灣新世代書寫觀察家楊宗翰透過e-mail進行電紙筆談，觀察近十年來新世代創作及網路書寫的變貌。

## Q1 狂歡異托邦VS.豬哥亮電視版

林德俊：波赫士曾在一場名為「詩之謎」的演講中，提到關於詩的兩個關鍵
詞「熱情」和「愉悅」，對我而言，那是詩乃至文學的初衷，
也是終極目的。作為聯副文學遊藝場的企畫、執行者之一，我
也是這麼理解聯副文學遊藝場的，它已成為一個匯聚熱情和愉
悅的空間。

文學遊藝場已運轉兩年，陸續推出龍頭鳳尾詩、隱題藏頭詩、標
語詩歌（詩歌帶著水族箱去旅行）、復仇小說結局競寫、車票
詩大行動、十字小說、文案詩歌、武俠小小說結局競寫、便利
貼告白詩、遇見百分之百的街貓等多項徵稿，文類涵蓋詩、散
文、小說及其綜合（例如「十字小說」被認為相當接近詩），
活動領地則從線上到紙本雙軌進行，有時還擴張到實體展場。

我的第一個問題是，您會如何描述這個活動平臺、徵稿機制，它
到底是個什麼「場」？

楊小濱：我不得不用三組比較學院化的概念來描述它。其一是傅柯所稱
的「異托邦」（heterotopia），相對於烏托邦（upotia）而言，
「異托邦」是多面向的，是各種場域的混雜和拼貼。其二是李
歐塔所稱的「爭訟」式「遊戲」，強調的是不同的遊戲規則，
還有平等競技的觀念。其三是巴赫汀的「對話」、「狂歡」與
「眾聲喧譁」，傳媒與讀者產生了對話，並且形成某種狂歡的
特性，而形色各異的遊戲規則引發了眾聲喧譁的參與效果。

楊宗翰：請容許我用毫不學院化的概念來描述——它，就是個新的秀場！
早年的秀場天王豬哥亮，在高雄「藍寶石大歌廳」主持的節目
風靡全台，《豬哥亮歌廳秀》錄影帶更讓他成為家喻戶曉的人
物。去年他復出主持無線台綜藝節目，一度黯淡的歌廳秀文化
經過電視包裝，不但重新進入你我的日常生活，也開始虜獲年
輕人的目光。如果說老牌、紙本的聯合副刊是昔日群星匯聚的

大歌廳，僅僅兩歲、數位電紙的文學遊藝場就是網路時代的新秀場。「熱情」和「愉悅」，不也是秀場應該具備的元素？

## Q2 當代文學中無可迴避的表演性

林德俊：場域的混雜，其嘗試涵蓋了文類之間的跨界、平臺（紙本、網路、實體）之間的跨界；「不同的遊戲規則」意味著，規則也可以是創作的一環，文學徵獎到了網路世界，雖然甩不掉守門人的汰選機制，但規則變得靈活，當寫作貼近了一種遊戲活動，只要遊戲規則本身夠創意、夠魅人，誘發的「狂歡」或「眾聲喧譁」效果便會相應的「夠看」。另一方面，或許正因優勝作品稿酬不高（相較於獎金豐厚的傳統文學獎），反而讓投稿者能純粹的樂在其中，開出活潑的創作花朵。

若我們把文學遊藝場視為「網路時代新秀場」之一個局部，在華文文學圈裡，是否還存在著（過）其他值得關注的「場」？以及，據兩位觀察，網路世代的文學創作發展至今，是否已能歸納出鮮明的走向或特質？

楊小濱：華文詩壇，無論在台灣還是中國大陸，永遠都充滿著形形色色的詩人社群，形成了面貌各異的微觀文學場域。以大陸而言，今年五月來訪台灣的，以「劉麗安詩歌獎」評委為核心的詩人群體或多或少代表了大陸新詩「秀場」的某種「正劇」型態，儘管在「正劇」的細部有著各類誘人的特技表演。台灣詩壇目前較有活力的微觀文學場域如玩詩合作社、風球詩社等，至於走向，應該說是代表了新世代文化試圖解放甚至解構傳統文學的努力。我目前應邀主編的《現在詩》則是從《現代詩》蛻變而來的另一個重要的文學「場」，冀望以各類文化僭越的方式來取代傳統的文學表達。如果說有一個鮮明的趨向，那就是不斷改變文學表現形式、媒介、傳播等物質形態，不斷打破原有的遊戲規則，創立新的（哪怕是臨時的）規則。

楊宗翰：「秀」場也好，「玩」詩也罷，其實都說明了這是當代文學中無可迴避的「表演性」。表演需要舞臺，但誰才能提供舞臺呢？當然是傳媒——報紙副刊、網路平臺、空中廣播、電視節目……皆屬其中一環。台灣當代文學與傳播媒體間的複雜關係，從來就沒有被認真檢視過。作家代言廣告或主持節目也算是另類的「秀」與「玩」，其中表演性與文學性的struggle就很有意思，我認為這是另一個值得關注的「場」。至於台灣的網路世代，我的觀察是：歸納「網路世代的文學」特質不難，難在如何定義「文學上的網路世代」。生理年齡上的「老人家」，有時居然比「青少年」還會玩、能玩、敢玩！善用多媒體的詩人蘇紹連、白靈都是很好的例子。在網際空間，生理年齡的差距並非無法抹平：才三十歲的英國艾略特年度詩獎得主Jen Hadfield，被稱為Facebook詩人；年近六十的布克獎得主Ben Okri，不也選擇在Twitter上每天發表一行詩？

## Q3 創造新規則的勇氣和價值觀

林德俊：聯副文學遊藝場對文學場域（創、讀、編、評者、文化圈等），是否起到了什麼明確的作用？

楊小濱：其作用，應當說也是拓展了這樣一種多樣化、異質化的文學（甚至文化）表現空間，極大限度地示範了對於文化生活多元形態的追求樣式，也就是在各自不同的遊戲規則內如何取得最佳博弈成績的文化表達方式。它對文學場域的各類角色提出了各種挑戰。但它最主要的功能恰恰不在於建立某種語言規則，而在於通過規則的不斷更新變換，播撒文學和文化場域多元化的觀念，促使更多新的規則的出現，如果說它建立了什麼，那它所建立的是一種創造新規則的勇氣和價值觀。用通俗的話說，你有你的玩法，我也可以有我的玩法，玩法是無窮的。

楊宗翰：台灣的報業與副刊都面臨著「不得不變，不變必滅」的嚴重危

機，故聯合報系成立了聯合線上UDN.COM，聯合副刊則催生文學遊藝場。我認為文學遊藝場和玩詩合作社的命名，都只是障眼法——在「遊」「玩」之間，策畫人潛藏著更遠大的志向。對傳統文學人或聯副老讀者來說，副刊的樣貌應為「以有限字數與版面，呈現選擇後的菁華」。像文學遊藝場這種駐站作家起個頭，成千成百的貼文回應，恐怕都會被譏諷是網路蝗蟲過境，踐踏了美好的文藝園地。但為何非「有限」不可？如果報紙上的副刊採取減法機制，電紙化的文學遊藝場就是加法。加法本無罪，只是多數人還不習慣。遊藝場目前才兩歲，看久自然就習慣了。

## Q4 副刊文章金馬獎和金驢獎

林德俊：兩位從文學遊藝場的「場」內談到了「場」外，指出了更多不同「文學場」的現存樣貌及可能發展。最後，我想將發問權交給您們，有請各自提出一個問題問對方（或讀者）。

楊小濱：如果由你來設計一次文學遊藝場，你打算怎麼「秀」？

楊宗翰：現在的遊戲規則是：副刊與每期「駐站作家」評選出多篇優勝作品刊出。不難猜想其中的潛規則：傳統紙媒副刊面對網路原生創作，說到底還真像古代皇帝選妃——有幸陪宴陪寢，就得感天謝地（我紙媒就算百病纏身，僅憑昔日光榮傳統，還是比你網媒高上不止一級？）文學遊藝場若交給我玩，一定會想方設法號召電紙時代的新讀者，辦場大鳴大放的「副刊文章金馬獎」——當然也同時要辦「金驢獎」才有趣。

楊宗翰：若你明天就要接手一家有影響力文學副刊的編務，會如何規畫？做出什麼改變來面對電紙時代？

楊小濱：既然是假設，我所要完成的也就必須是不可能的任務，以證明我絕無可能被委以如此的重任。所以，假設要我主編副刊，首要條件是在我上任第一天，該報的所有版面，從頭版到廣告版，都必

須是副刊——所有文字都必須用詩體寫成。當然，我也會報答這樣的厚愛，在第二天把頭版的內容照搬到副刊的版面，有立法院高潮迭起的短劇，弊案的懸疑小說，分行的競選口號詩⋯⋯。第三天，副刊將會空無一字，特殊處理過的頁面只有讀者親自用筆往上寫的時候才會漸漸顯示字跡⋯⋯。不過，最宏大的目標無疑是，每天的頭版都是副刊！

*2010*

# 關於當代旅居海外詩人寫作的訪談

**張輝（簡稱「張」）vs.楊小濱（簡稱「楊」）**

張：您出國的動因或機緣是什麼，是否與詩歌有關聯？

楊：1980年代末，對國內形勢比較絕望，只是為了換一個更理想的生活、社會和文化環境，與詩歌沒有直接關聯。但事實證明「更理想」並不容易獲得。

張：您如何處理生存狀況與詩歌的關係？在工作與詩歌之間您更強調哪一點？

楊：我沒有詩歌崇拜。生存永遠是基本的。詩歌是對生存的語言回應、遊戲，甚至搏鬥。我不會為了狹隘的詩歌概念犧牲生存，但生存本身也可以是詩化的。至於工作，如果是職業、飯碗，那只是工具。如果是文化事業，那詩歌也是文化事業的一部分。你把世界變成詩歌，它就是。

張：您在國外有無自覺的身份意識？如果有，您認為原因何在，您如何平衡它？如果無，為什麼？

楊：如果是指國族身份，並沒有自覺的意識，因為別人會不斷提醒這樣的身份，不必老想著。

張：海外的生活對您的詩歌觀念、主題和風格有無影響，這種影響給您的寫作帶來哪些變化？

楊：對詩歌觀念、主題和風格沒有直接影響，對世界觀、文化想像等有極大影響。

張：您如何看待「國際風格」與「本土風格」？

楊：我只有自己的風格，哈。

張：您如何看待傳統？您如何處理您的詩歌與傳統的關係？

楊：傳統是積澱的，不是意識到的，所以我從來不去處理。

張：在海外您有自覺的「母語意識」嗎？它給您的寫作帶來了哪些變化？

楊：母語是根植在血液裡的。沒有變化。就像口味，很難改變。

張：身處中西方詩歌的互文之中，這種張力給您詩歌帶來了什麼？

楊：雜糅性。

張：您如何與國內與國際詩壇交流？您如何看待旅居海外寫作的得與失？

楊：與國內詩人交流較多，網上、當面都有。每年都會回國，至少一次吧。與國際詩壇交流不多，偶爾有——當面或書信，但沒有關係特別緊密的那種。得：異域的寫作會有某種疏離感，距離感，不至於太貼近現實。失：在實際的文壇、詩壇的傳播力或許會減弱。

張：您認為海外的詩人寫作，從小處說，給您自己的詩歌帶來了什麼？從大處說，給漢語詩歌帶來了什麼？

楊：疏離可以帶來一種歧異感，不隨波逐流，也不必在寫作中考慮某種實際的利益。

談海外的詩人群體很困難，雖然我也寫過〈異域詩話〉一文——我更多地是從個人（各人）的離散經驗出發。異域生活的經驗對於海外詩人的世界觀的影響比對狹義的風格的影響應更大。

張：在全球化的年代裡，您如何看待漢語詩歌在世界上的位置？漢詩的命運將會如何？

楊：我同意臧棣的看法，當代漢語詩的成就已居世界頂端地位。但漢語的特質使得這種優秀難以為非漢語為母語的（有眼光的）世界讀者、學者、批評家所認識。

如果一定要預測，我想漢語詩歌會在全球文壇獲得應有的地位，但可能需要漫長的時間。

*2008*

# 《中國電視報》書面訪談

## 1.您如何評價詩歌在當下生活中的極度邊緣的狀況，是生活缺乏詩意還是人們的內心貧乏了？

　　阿多諾曾斷言，奧斯維辛之後寫詩是野蠻的。從這個意義上說，當代詩對詩意的理解和表達和以往已經大不相同。傳統的風花雪月、柔情蜜意或者革命激情在這個失去純真的時代早已不再。當代詩歌需要處理的正是這樣一個曾經有過什麼而是失去了許多什麼的生活狀態。所以也可以說，生活失去了原來意義上的詩意，但卻提供了更加複雜、更加豐富、更加多樣的——我稱之為「後詩意」。在這樣的情形下，內心並不是貧乏了，而是豐富到了無法用原有的詩歌形式來表達的程度了。但這樣一種錯位，正好為詩歌形式的突破創造了條件。問題只是，突破之後的詩歌形式往往不能及時為大多數人所瞭解，所以詩歌邊緣化的狀況我覺得不必過多擔憂，通過教育等途徑，詩歌仍然會佔據當代文化構成中的重要位置。另外，現實地看，當代社會的文化表達與接受領域越來越多樣化，曾經是電影電視，現在是網路和遊戲，等等，取代了許多過去只有文學才能產生的功能。但只要人類還是語言的動物，只要語言文字的交流還是社會交流的主要途徑，文學本身，包括詩歌，一定仍然會是文化表達的重要媒介，是我們生活不可或缺的一部分。

2.您為什麼會選擇詩歌創作？詩歌對於您來說意味著什麼？其他形式
　的文學創作如散文、小說等又意味著什麼？

　　詩歌寫作的起源對於我個人來說應該不同於比我年輕的那一代，可
能更接近於比我年長的那一代。我成長的年代，是激情燃燒的歲月，許多
人把歌唱的衝動和語言表達的衝動放在詩歌寫作中。所以，寫作詩歌，可
以說是一種對內心韻律的語言表達，也可以說是對各種感性經驗的個人化
書寫。我從小最早接觸的可能是毛主席詩詞，然後延伸到唐詩宋詞，最後
才在西方現代詩那裡發現對當代生活與經驗的確切表達。舊體詩包含了中
國文化的隱秘資訊，也是我最初開始寫作詩歌時所倚賴的形式。慢慢地，
舊體詩的形式無法滿足對當代生活經驗的表達了，所以用自由詩體來寫作
是十分自然的。不過，中國詩的傳統是十分修辭化的——典故、譬喻、反
諷、寓言等——這些都是詩歌寫作與非詩寫作拉開距離的因素，修辭使得
詩歌寫作所表達的不是某種確定的思想或感受，而是多重的、繁複的、變
幻的、甚至矛盾衝突的內在感受。

　　這可能是詩歌寫作同其他文體寫作的關鍵差異。散文和小說具有更
強的敘事因素，至少在語句的表達上不會像詩歌那樣濃縮，那樣凝練，所
以說詩歌語言中信息量的密度是最高的。當代詩歌中也納入了不少敘事和
陳述的因素，但詩歌中的敘事和陳述並不是字面的表達，往往反而是似是
而非的、捉摸不定的，是以一種修辭的意義起作用的。應該說在語言藝術
中，詩歌藝術具有最接近自我內在的聲音，可以最大限度地體現自身獨特
的感受。散文和小說更加側重對外在事件的描述；而詩歌中，哪怕表面上
借助外在的事件，也是為了內在的表現。

3.您的日常生活除了文學創作，還有一些什麼事情要忙碌？能不能講
　述一下您最平常的一天的生活？

　　文學創作其實在我的日常生活中占很小一部分時間。詩歌寫作不像長
篇小說，需要投入幾個月甚至幾年的時間。詩歌寫作是一種靈感的召喚。

許多詩可能是一揮而就的。因此，我的日常生活中更多的是一些其他的事務，包括家務和職業所要求的種種作為。說到家務，我對烹飪的興趣往往可以類比於對寫作的興趣。對我來說，用我自己選擇的原料和調料來烹製出我想像中的菜肴，正如同我用自己選擇的詞語和句法來寫就一首我想要如此表達的詩篇。比如在烹調上，我喜歡海鮮類，喜歡辛辣等濃郁的風味；在詩歌寫作上，我喜歡日常的、甚至俚俗的語彙，獨特的、不拘一格的表達方式或句法。我不知道二者之間是不是有內在的關聯。

我目前的職業是文學研究和教學，不必每天坐班，有充分的時間可以自由支配。在閱讀、思考、寫作、教課之外，互聯網是我無法離開的生活的重要部分。在網上和朋友交流（比如MSN和QQ）、討論（比如某些論壇）、購物（比如淘寶和奇摩）、看新聞、搜索各種工作和生活上所需的資訊、打點自己的新浪博客，等等，似乎也是我每天生活中不可或缺的內容。

作為一個自我訓練的男高音，我每天的另一個興趣是練習演唱義大利歌劇。當然這並不是什麼正事，所以一般也就權當是休息或者鍛煉了。其實這個興趣也是近幾年來才有的，不知道會持續多久。不過就在這些時間的縫隙裡，我至今已練就了五六十首歐洲歌劇詠歎調和藝術歌曲，倒也頗感自豪。

我某一天的生活是這樣的：中午前後懶洋洋地起床，吃完餅乾加牛奶的早飯就開始做午飯，比如一條清蒸鱸魚，一份腐乳汁空心菜，午飯後到研究所就已經是秘書和圖書館員準備下班的時間了，看一下信箱裡的郵件（不是電子的），打電話給同事朋友，備課、找研究資料、交代助理工作內容，然後去參加一個早已開始的學術報告會，報告會的主講人很可能是多年未見的老友，結束後少不了要招待他去泰緬料理或變了味的老上海餐館，酒足飯飽後蹣跚地回家，感覺真正開始要寫什麼了，但又不知從何寫起，迷茫惶惑良久才動筆，寫的過程可能乾枯艱澀，也可能行雲流水，直到困倦襲來，或者天色漸亮……。這的確是我十分典型的一天。

4.能不能談一下在您的文學創作中，給您最大影響的一個人或是一件
　事情？

　　影響最大的人和事其實都不能說。不能說的原因也不能說。引一句
在此只能算是歪打正著的名言，維特根斯坦說：「凡不可說的，應當沉
默」。我再狗尾續貂一句：「沉默，有時候也是說的一種方式。」

5.在您的文學創作中，有沒有自己最喜歡的作品和最遺憾的作品？它
　們分別是什麼？為什麼喜歡和遺憾？

　　我本來想說沒有的，可問題的後半部分分明是逼我要說有。所以，本
來沒有的，想想也就有了。最喜歡的，就算是那首〈一家名叫「騷貨」的
時裝鋪〉吧。喜歡它的原因比較奇怪。是因為我本來寫的時候是虛構的，
寫完後偶爾發現北京西單的華威大廈裡真有一家叫「騷BABY」的時裝
鋪。可以說跟我那首詩的感覺相似極了——那真是充分凝聚了時代的風騷
感和身體全球化的欲望。當然那首詩本身也足以讓我感到滿意。

　　最遺憾的是我的組詩〈四季歌〉。不是因為我寫得不理想，而是網路
上以訛傳訛——所有詩歌網站、電子書庫或電子書籍裡（靈石島、中國詩
歌庫、中國現代詩歌三百首、中國現代詩歌大全、楊小濱詩選電子書、台
灣現代詩網路聯盟、百度百科的鏈結等等），全部都是錯漏的版本——其
中〈夏〉這一首只剩了上半首。所以，這首詩令我遺憾是因為它被傳抄成
了殘本（電腦和互聯網時代比竹簡或手抄時代更加可怕），並且沒有任何
可能到所有的網站一一糾正。我唯一能做的就是在博客上把完整的版本貼
出來。但大多數人讀到的，一定是令我遺憾的那個版本。我甚至不知道應
該追究誰的責任。

6.什麼樣的事情最能打動您，讓您有創作的激情和寫作的動力？

　　切身的體驗，尤其是日常體驗到的卻可能不為人所關注的事物，最
能打動我。我的著眼點往往在於所有人都能看見卻並沒有注意的那部分。

先扯開去說一下，我近年來一直在做的一個藝術專案是「平面系列」的攝影，說白了就是拍攝牆和門上的劃痕、印跡、塗抹、剝損……或者說，那些不經意留在人類日常生活表面的痕跡，也可以說是我通過觀察重新組合了生活表面的痕跡，使它們顯現成有意味的形式。我想說的是，在詩歌寫作上，也是如此，我更關注的是生活中並不重大的但深有感觸的事件，雖然這種感觸無法用理性的語言來界定。比如我前幾天寫的〈雙井即景〉，起源於北京雙井橋附近看見蹲在路邊看街頭美女的農民工，當然詩並不是美化或者同情，也不是責備或者譏諷，只是一些對所見情境的感慨罷了。這樣的情境或許極為平常，每天都會見到。但我還是傾向於從這些不起眼的感受裡去發掘與眾不同的感受。正在寫的一首〈過街地道的快樂週末〉來自對現實片段中超現實視覺速度的捕捉。當然除了這些從觀察的感受而來的，更多的也許從自身經歷而來的，比如〈田納西的砂鍋〉、〈佛羅里達，一個分時度假村的午後〉等，是美國生活中一些個人事件的呈現。日常的事物一旦進入了詩，會具有某種寓言性，不過從原初的事情來說，也就是日常不過的、雞毛蒜皮的瑣事，儘管瑣事會在對生活和社會的體驗方面產生不小的影響。〈田納西的砂鍋〉確是出自我某次把一隻砂鍋奮力砸碎在田納西一家東方食品商場，〈佛羅里達，一個分時度假村的午後〉也確實來自和迪士尼世界附近度假村推銷員虛與委蛇的某種啟迪。但這些事件本身退到了背景上，我更感興趣的是這些事件所透露的各種興奮點，它們往往和我在美國生活中匪夷所思的根本處境相關。

7. 讓您最難忘或是您最喜歡的一本書是什麼？在看這本書的時候您有
　什麼感覺？它為什麼受您的青睞？

　　我想所謂「最難忘」或者說對我影響最大的一本書應該是《西遊記》。其實我從來沒從頭到尾讀過《紅樓夢》，但是《西遊記》倒是小時候讀得不亦樂乎。《西遊記》裡變幻無端的怪力亂神、千奇百怪的妖魔鬼怪，對兒童時代的我太具吸引力，大概也塑造了我無拘無束的想像力。不過《西遊記》最讓我開心的是，它充滿了喜劇精神，神靈和英雄都是可以

被嘲弄的，或者說，正角和丑角是可以不斷互換的，正如孫悟空有時候也和豬八戒一樣無能。當然，總的來說，孫悟空是調皮得可笑，豬八戒愚笨得可笑，唐僧迂腐得可笑……。說出來不怕笑話，我小學時抄錄過很多《西遊記》裡的詩，那些詩要麼描寫出場妖精出場的怪模怪樣，要麼描寫妖界的陰森，要麼描寫眼花繚亂的打鬥場面，竭盡誇張和渲染之能事，絕對可與巴赫汀所論的拉伯雷媲美，也令人想起費里尼電影中經常出現的小丑形象。

　　不過，孫悟空那種天不怕地不怕的造反精神，不知道對一個幼小的心靈是禍是福。從某種意義上說，回想起來，孫悟空那種蠻不講理的形象也是塑造我文學性格的重要源頭。甚至可以說，那種蠻性是一代人的精神源頭，它與文革時代的「造反有理」有著千絲萬縷的聯繫（毛主席的詩「金猴奮起千鈞棒」深入人心），也影響到許多人日常生活中的社會交往模式。比如孫悟空去東海龍宮求一件兵器（還有披掛），幾乎就是違法的入室搶劫，但在《西遊記》中，這一切都是以正面的描寫來敘述的。當然，孫悟空的蠻性有其可愛率直的一面，有其不畏強權的一面，有其劫富濟貧的革命性，這些都同其他古典小說裡所隱含的社會意義有很大差別。比如喜愛《三國演義》的人一定也喜愛運用權謀，喜愛《水滸傳》的人一定也喜愛粗陋的暴力。而這些成人社會的僅僅與國家和幫會密切相關的無聊行徑在《西遊記》中卻呈現為為了取得幾本書而進行的好玩遊戲。孫悟空何不一個筋斗雲翻到天竺，省去那麼多麻煩？取經的劫難本來就是命運安排好的種種考驗，神明還常常在最無奈的時刻出現，施以不得已的救助，這首先就消解了人類自身歷史行為的嚴肅意義。

　　《西遊記》的影響還在於我自此對以唐僧為典型的刻版「導師」始終抱持鄙夷，對所有的教條式訓導，對所有的規則和束縛抱持反感。我想《西遊記》的革命性的確是非凡的。甚至它對豬八戒這個世俗形象的刻畫也是獨一無二的。和唐僧不同，熱愛凡間生活的豬八戒並沒有被醜化成受鄙視的形象，倒是常常透露出愚鈍的可愛。豬八戒最可愛之處就是對「散夥」的極度熱衷，這在小說中並沒有當作一個巨大的罪愆，而只是作為人

性中不可避免的可愛的小小缺點來呈現的。但八戒的散夥論可以說是對宏大歷史的不斷挑戰，他以極不嚴肅的方式把對「渾家」的興趣置於歷史偉業之上。

　　《西遊記》還教會了我十足的懷疑精神。變化無端的妖精，往往很難辨認真偽，或者說真假之間的變換是十分隨意的。可以說《西遊記》比《紅樓夢》更形象更深刻地體現出「假作真時真亦假，無為有時有還無」的道理。我小學時候曾經冒出的最可怕的想法是：這個世界上的所有人會不會都是神靈喚來在我面前作假的演員，我不看見的時候根本就是在休息，我一睜眼才各自表演起來？也就是說，整個宇宙會不會是為我一個人設計的一場戲？「悟空」這個名字也是意味深長的。但《西遊記》絕沒有教人消極出世，相反，遊戲也好，覺悟也好，都是必須在積極的行為中體會的過程。它教會我享受過程，所有奇妙詭譎的過程，無論是知其所終，還是不知所終。

*2007*

# 一個多重身份的詩人
## ——《科學時報》訪談

### 《科學時報》記者手札

　　第一眼見到楊小濱，他太輕鬆了，我很虛偽地裝了一把坦率，我說你看起來不太像詩人。他笑笑說：詩人該是什麼樣子？我心虛地說（我之所以心虛，是因為我也得承認我其實也不知道詩人該是什麼樣子）我以為詩人都是把自己搞得跟藝術家似的有點神經質，長長的頭髮、不修的邊幅、東張西突的鬍子、好像至少五天八夜沒睡過的樣子。他依然是笑笑說：是嗎？不過我得承認他的笑很燦爛很輕鬆，不像好多的人到了這個年紀都有種生活的滄桑，嘿嘿，這也許就是作一個輕鬆的詩人的好處吧。

　　我們來到他在北京租的一間兩居室的塔樓下，他自嘲地解釋說，這地方環境不太好，太髒了，我說沒事，因為我就是生活在這片髒亂和豪華並存的土地上，比這更糟糕的環境都見到，這一點都不在話下，不像他生活在美國密西西比河畔的一個優美而寧靜的小鎮裡，好的環境見多了，所以才覺著不安，我是安之若素。來到他的小屋，果然又是一番天地，整個房間乾淨明朗，牆上掛著工藝品，很有生活安適的味道。我說在國內生活的還不錯嗎，他說：是的，我比較注重環境，好的環境能給人以好的心情。（不過原話是不是這樣說的我有點模糊了，也可能比這說的更有哲理或是詩意吧）

　　後來我們發現坐在房子裡實在是有些不知所云。然後，正好他有個詩人的小聚會，他說可以順便捎上我，這也正中我的下懷，我想一則可

以完成我的採訪任務，二則可以混跡詩人之間，看看詩人是怎樣的，長長見識。

聚會是在他的一個朋友家裡，那裡可沒有楊小濱家裡那麼舒適，有空調、起坐寬敞。那裡最大的特點就是熱和悶，我只覺得全身上下汗乎乎的，像上一層糨子似的，因為我是半路殺出的局外人，所以也不好意思明目張膽地說熱死了，只是一個勁地扯餐巾紙擦汗，當然也不好意思隨便張嘴說話，怕露怯，只好埋頭默默苦吃，反正也不吃虧，小龍蝦的味道還不錯，這也是一個詩人的手藝。席間楊小濱說話不多，主要精力用在喝酒上，另外就是吃菜，他的胃口不錯（沒讓詩弄壞胃口，這說明他的確是在詩中游刃自如）。他們喝完啤的喝白的，白的喝完了又把兩瓶乾紅也幹完了，真是海量，而且敢喝混合酒，真是佩服。看樣子他們喝得很是酣暢淋漓，也許是因為熱不過，楊小濱還主動積極地要求吃了兩支霜淇淋，我是對這種甜膩膩的東西敬而遠之。

酒足飯飽，詩人們議論了一下有關精彩盜版光碟的事，於是放起了歌劇的著名片斷，因為我是音盲，所以也叫不出名字。楊小濱立馬放聲高和，果真有一副很好的男高音嗓子，雄渾而沉厚。我才發覺他的確是多才多藝。我看他喝完了，也唱完了，還是很清醒沒事人一樣，我說我們也該聊點什麼吧，於是就有了下面的對話。不過他的話語裡有些比較理論化的詞和一些我們不太熟悉的當代西方理論家的名字，但這並不妨礙我們對他的瞭解。總之他是一個詩化了的批評家和學者。

## 詩人・批評家・學者

科：你是詩人，又是批評家，又是學者，如果這麼多角色放在一個人身上也許會手忙腳亂，你是如何處理調和這些角色的？又是如何讓這些所謂多重性不相互干擾？

楊：如果真要自我推銷，可以說我是惟一一個詩人同時又寫小說評論和從事文學理論研究的。好像沒有別的詩人會像我去寫論述法蘭克福學派的《否定的美學》這樣的書。（不幸的是，那本書要比詩集賣得好的

多。）寫詩評的詩人就太多了，像歐陽江河、臧棣、王家新，直到更年輕的胡續冬、姜濤等都是很好的詩評家。記得我很晚，九〇年代中才正式開始寫詩評，以前只寫過一篇。當時有個朋友就說，完了，你一寫詩評你的詩歌生涯就完了，意思是本來感性的東西你去理性化了。這是一種偏見。詩歌裡就不需要理性的東西？好的評論就不要感性的成分？其實，從最根本的意義上來說，這都不是問題。寫作跟什麼有關呢？我覺得和參與世界的態度有關。如果說，說話、表達、語言是人類最基本的社會生存方式，那麼詩應該是一種最能體現語言的自由、表達的解放的文化形式。詩的語言自由是對現實束縛的挑戰。英文裡有個詞叫poetic licence，意思是，詩的語言可以有特許，破壞日常語言的規則。搞破壞當然是很愉快的事。也就是說寫詩的時候你可以創造一種與眾不同的聲音，至少是有差異的聲音吧。

同樣，批評也是對現實的疏離，也可以稱作批判，從這一點來說二者有相通的地方。

詩的語言的自由也是一種對現實的批判，是一種想像力的解放。不過寫詩的時候從來不考慮理論問題，如果把詩變成理論的闡釋，那就太糟了，反而會走向我宣導的理論的反面。

我推崇誰呢？像翁貝爾托·艾柯一邊寫小說一邊寫符號學論著，皮埃爾·布萊茲一邊作曲一邊做他的指揮家，君特·格拉斯不僅寫作還能畫畫。人一輩子幹同一樣活不太單調嗎？不過，說到學者，那只是職業而已，我一直不認為批評是一門職業，不過似乎不難把所謂學者的職業轉化成批評工作，這至少比美國詩人華萊士·史蒂文斯把保險公司的業務轉化成詩歌意象要容易多了。其實，目前美國大部分詩人都在學院裡，比如阿什伯利，學院對詩人來說只是一個飯碗。

科：在座的詩人朋友大部分是七〇年代出身的，而你與他們還是很投契的，起碼他們聚會不會忘了叫上你這個大哥，真是不錯，你的確有種流動的活力在詩裡面，但你和他們相比肯定有不同的，另外你和你同一代的詩人呢？

楊：我覺得五〇年代生的嚴力，六〇年代生的李亞偉，都是七〇年代人的先驅。我的詩也有相當的喜劇成分和反諷色彩，其實這在我八〇年代的一些詩裡早有體現。那些詩從現在來看不夠成熟，但是我覺得比當時的許多城市詩似乎更具複雜性。總的來說，我覺得我還是能寫不同風格的詩，儘管都有自己的印記，但是比起很多人來還是應該算變化比較大。說得好聽這是風格多樣化，像畢卡索一樣，說得不好聽是沒有自己的風格。所以就很難說不同，因為我有一部份作品在傾向上和七〇年代出生詩人相差不遠，而另一部分又接近同代的甚至上一代的詩人。

## 古典音樂的愛好者

科：我剛發現你是一個很好的男高音，說說你的業餘愛好？

楊：我最持久的愛好應該說是古典音樂。音樂是不可或缺的。不過我也可能不是一個很好的音樂鑒賞家，我大多在工作的同時放著音樂，有的朋友認為這是褻瀆。我不認為好的東西就一定是神聖的，就像對待親人並不非要像對待情人一樣專心凝視。現在除了聲樂，一般只聽鋼琴和室內樂，對交響樂表達的那種集體的整齊劃一越來越厭倦。我的音樂都在唱碟上，幾乎不去音樂廳，正如我的電影都在影碟上，幾乎不去電影院。這也是一種對集體活動的拒絕嗎？可能我覺得好的音樂應該是一個人靜靜傾聽冥想的東西。

我父母畢業於上海音樂學院聲樂系。我的男高音是跟錄音和唱片學的，聚會時常常用來助興，以至於有人覺得我要是不幹文學這一行，可以去唱歌劇，像當紅的伊安・波斯特里奇，他是地道的牛津的歷史博士。我的曲目大多是義大利拿波里歌曲，這可能是我惟一保存著浪漫情懷的管道。最喜歡的男高音是科萊里，女高音是雅諾維茨，有人說他們是男女聲中最性感的聲音。這是不是或多或少和我寫作中的知性傾向形成了一種平衡？

另外，那種藝術上的、以至於生活上的精英主義的傾向在我身上正在慢慢消失。我開始更多地發現不同事物的美，哪怕是不完美的美。

## 在美國做教授

科：說說你在美國的求學經歷，你是在耶魯獲得博士學位的吧？

楊：我從來沒有考GRE，很多人都覺得奇怪。其實不少美國學校和教授都注重實際能力。所以申請美國大學如何展示自己的長處是很重要的。在國外研究中國文學，也有不少人覺得不可思議。事實是海外的中國研究常常會有較大的空間，也有可能取得較大突破。耶魯當然是頂尖的大學，在文學理論批評界有傑佛瑞·哈特曼、哈羅德·布魯姆這樣的本地「大腕」，也經常有世界各地的學界「大腕」來串門，像李歐塔、哈伯瑪斯、本內迪可特·安德森、馬丁·傑伊等。讀人文學科比較大的考驗是畢業後的求職，一般以學院裡的教職為主，選擇就比較少，薪水相對來說也不是最高的，不過在大學裡工作自由的時間比較多，是一個最大的優點。美國教育中最大的優點當然是對創造力的啟發。尤其是那種討論班式的課，學生有比較多的參與，而不是教授一個人獨白式的講授。所以我現在講課也只是提綱挈領，更多的是誘導，啟發學生的聯想和思考。

科：你在美國大學裡做教授，有什麼特殊的感覺？

楊：是一個受到尊敬的文化裝飾。在我這個南方的大學，文化多元的觀念似乎還剛剛開始為人接受，或者說很多人還不大能接受。密西西比是一個被稱為種族主義最後堡壘的地方。對非西方文化感興趣的人在逐漸多起來，但還有很長的路要走。大多數學生對中國的瞭解大致就像我們對印度的瞭解一樣，知道是一個古老的文明，但具體是什麼，所知甚少。

這也體現在我所在那個系，大致上相當於國內的外文系，比如說北大有個東方語言系，可能有一個教印地語的教授，那個人就是我。這是一個比較特殊的例子，在東海岸和加州的大學裡，這種情況就很少。

總之我的課都是從中國語言、文學、文化的最基本開始，這樣我當然比較輕鬆，但也有一定的成就感，就是從無到有，讓對中國什麼都不知道的學生瞭解中國。我想最特殊的感覺就是你無法想像有些對我們來說是不加思考的東西西方人可能完全不懂。一個很極端的例子是——不止一次出現在我漢語班上——美國學生會把一個中文字拆成兩個，比如這個「如」字，它們會把「女」字留在上一行，「口」子寫到下一行去，就是這樣。

*2001*

# 一座充滿創造力和詩意的城市
## ——詩人楊小濱談詩論語話成都

蔣藍

蔣藍（簡稱「蔣」）vs.楊小濱（簡稱「楊」）

本文為2011年6月《成都日報》記者蔣藍所作採訪

## 《成都日報》採訪手記

　　十幾年前我就購買過楊小濱的作品《否定的美學——法蘭克福學派的文藝理論和文化批評》，他對班雅明和阿多諾的評判給我留下了深刻印象。去年我們一起應邀參加江陰「三月三詩會」，他雖然也朗誦了自己的詩作，但也許朗誦者太多了，聽眾昏昏欲睡。他乾脆再度登臺，以一曲高亢的詠歎調一掃話語的聒噪，打開天穹，讓那些被廣播站話語遮蔽的星斗

露出了容顏。

今年6月10日，詩人翟永明、楊煉、梁秉鈞、楊小濱和四位斯洛文尼亞當代詩人齊聚成都，以豐富的詩歌語言和多元方式，展示不同的地緣文化所蘊含的激情與魅力。在鶴鳴茶社，面對人頭攢動的茶客，坐在竹椅子上的楊小濱端起蓋碗茶，對著水面吹了一口氣，這種「很成都」的生活方式令他愜意。他拿出相機，留下了一組他對成都茶館的記憶。

楊小濱說，本次成都詩歌交流會由兩次朗誦會組成，是世界圖書首都──盧布爾雅那最重要的文學活動──「本地之內的世界」在成都的一次縱深。同時還將上演北京瓢蟲劇社實驗新劇《乘坐過山車飛向未來》。該劇融詩歌、舞蹈、音樂、戲劇為一體，是以當代女性詩歌文本為出發點進行的一次跨界表演，此次表演為該劇在全國的首場演出。「我們八個詩人現場組成詩歌翻譯工作坊，共同工作兩天，6月11日晚在名為『本土的世界』詩歌朗誦會上，發佈翻譯詩歌的成果。」楊小濱說。

談到女性詩歌，楊小濱侃侃而談：五月初自己就在淡江大學舉辦了一次《從黑夜意識到新紅顏寫作：當代大陸女性詩歌──網路時代的女性詩歌》的講座，台灣的大學生對大陸近年流行的「梨花體」「打工詩」、網路時代的女性詩歌「新紅顏寫作」等不太瞭解，很多說法他們感到十分新奇。這種類型的講座對促進海峽兩岸的文化交流很有必要。

穿越不同的語種是容易的，但要在不同語境裡獲得默契和認同，則顯得有些遙不可及，而且，不同文化的彼此「誤讀」甚至就是「正讀」，但楊小濱似乎並不悲觀，「我所能做的就是對那些尚未定型的『誤讀』觀念盡量予以矯正，希望讓人們有更深入的洞察……」

## 對話

### 成都詩人的創造力讓人震撼

蔣：你多次來成都訪問、講學，對成都的文學狀況感受如何？

楊：我第一次來成都是1988年，見到了翟永明、歐陽江河、萬夏、楊黎、

藍馬、石光華、劉濤等詩人，也被淹沒到四川的飲食文化中去。從那時起，我就對成都的飲食文化產生了濃厚興趣，從此不怕這種吃香喝辣的極端主義的味蕾風格。我曾經寫過一篇叫〈君子、漢子、鬍子、痞子等等〉的文章，描繪了當時四川詩歌界的種種生態。我覺得，儘管門派眾多，但成都詩人的創造力和川菜一樣令人震撼。

蔣：二十世紀八〇年代成名的一批詩人裡，至今還保持不衰創造力的人似乎不多了。

楊：是這樣。北京、上海也是如此。「四川五君」裡，柏樺、翟永明、歐陽江河、鍾鳴、張棗這五人中，柏樺和張棗以前在重慶；翟永明、歐陽江河、鍾鳴在成都，「五君」中除了張棗生於上世紀六〇年代外，其餘都是五〇年代出生的。加上蕭開愚、孫文波、萬夏、李亞偉、馬松、周倫佑、廖亦武、宋煒、胡冬、何小竹、蔣浩、胡續冬等，他們都是迄今為止十分優秀的川籍詩人。談到創造力，我的看法是，八〇年代漢語寫作深受西方文藝思想衝擊，加上十年文革的禁錮，閘門打開了，容易產生有新意的作品。旁觀者因此以為，八〇年代是一個容易出名的時代。如今思想資源太多了，讓人眼花繚亂，這需要甄別，思考，沉澱。而且更應該注意到，如今我們置身於一個創造的可能性已被窮盡、所有文學實驗已被前人嘗試過的時代，如果加上自身來自生命的衝動已經耗散的話，那麼再談創新就是難上加難的事。

蔣：你認為除了這些原因外，本土文學的創新似乎有點難以為繼，而得到漢語寫作領域認可的新人新作並不多。

楊：文化的多元的確分散了人們對文學的關注，而一些已經成名的人則過著「吃名聲」的日子，重複自己，或者以「後現代寫作」的表層性來為自己的乏味寫作尋找遁詞……

我在〈中國先鋒文學與歷史創傷〉中曾經提出：先鋒派的努力就是對原初壓抑的語言性毀形，從而瓦解和抵抗對過去的霸權式解釋。先鋒派通過召喚毀形的力量，把由震驚傳送來的精神創傷感受用畸形的語象敘述出來。新一代作家缺失這種毀形的力量。

蔣：為什麼四川詩人總是人才輩出，敘事文學寫作則顯得成績平平？

楊：這也許有地緣文化的原因。與其說詩是一種依賴母語的語言，不如說詩是講究方言的。詩人馬拉美就認為，詩使用的是一種「部落的方言」。我們的「口語」就是「方言」啊，「方言」的隱喻意義甚至可以顛覆權力話語的慣常意義。相比起來，本土的敘事寫作過於平淡了，儘管主流拼命扶持依然無濟於事。世間的反諷莫過於此。

## 海峽兩岸的「文學對望」

蔣：首先談談你的名字，筆名為何叫「杨小滨・法　镭」？

楊：我經常收到來自台灣的電子郵件，我電腦安裝的是簡體中文系統，就變成了亂碼，我從亂碼認出我的名字總是從「楊小濱」變成簡體字的「法　镭」，我乾脆把「杨小滨・法　镭」用作落款，有人認為我這個名字後來成為《如果・愛》之類命名法的濫觴。在繁體與簡體之間穿梭，也要冒「失名」的危險。

蔣：你在2006年起正式到台灣中央研究院任職，請你談談兩岸的文學情況。

楊：大陸的文學語境比較雄性，奔放；台灣的文學語境則顯得較為陰柔和古典，它們出現了一種頗有意味的互補。我在台灣多所大學舉辦過文學講座，發現一個現象，大學裡的中文專業主要是研究古典文學，包括著名的台大中系也大多只研究古典文學，而對大陸的當代文學較為生疏。他們熟悉的大陸作家除了余秋雨外，余華、莫言的書銷量不錯，像余華的《兄弟》在台灣是賣得最好的。

我注意到大陸圖書市場中，台灣作家如李敖、龍應台、張大春等出書很多。台灣目前粉絲最多的小說家駱以軍，大陸則很少介紹。近期李敖寫了一本書來展示其「屠龍術」，我認為很是偏頗。

蔣：你如何看待張大春？

楊：張大春在台灣地區算得上是非常優秀的作家，我對他的創作十分佩服。感覺他的寫作遠離陰柔、古典的意境，更靠近大陸文學裡的先鋒敘事類型。

蔣：台灣不同年齡的詩人有交往嗎？

楊：台灣青年一代的詩人很尊重老一輩詩人。老一代詩人的寫作較為書面化，他們縱向繼承較多，我稱之為「雅言體寫作」。近期出版了一套紀錄片，叫《他們在島嶼寫作・文學大師系列電影》，展示了鄭愁予、楊牧、余光中、王文興、林海音、周夢蝶的文學生涯，是「二十一世紀台灣文壇最重量的文學記錄，影壇最深刻的文學電影」，其實是晚輩向自己喜歡的詩人致敬。而青年詩人則有許多傾向於口語寫作，圍繞《現在詩》而結盟的一批詩人，但這並不妨礙彼此的交往。比如老詩人管管，堪稱老頑童，就與青年一代交往很多，其樂融融。

蔣：你主編的《無情詩》，今年媒體都轉載了這個消息。

楊：《無情詩》（《現在詩》第十輯）二月初在台北國際書展上引起了大家的關注和熱烈討論。這本刊物在封面、版式設計等方面大膽突破，通過戲仿當下時尚刊物的設計風格，使現代詩的文化符號與時尚雜誌的文化符號形成令人不安的張力，目的是找回因鉛字而丟失的某些「情感質地」，不是讓讀者站在文字之外，而要讓照片說話。攝影圖像這一次作為詩意的質地，與文字站到一塊兒。這本集子裡，我也選了多位大陸詩人的作品。

## 我無語地回到漢語懷抱

蔣：作為漢語領域最早研究法蘭克福學派的專著之一，《否定的美學》一書的寫作情況請你談談。

楊：我大學畢業後分配到上海社科院工作，寫了這本書，這本書由王德威教授推薦給麥田於1995年出版，這是我的第一本學術著作。1999年我也出版了另外一部學術專著《歷史與修辭》。坦率地說，《否定的美學》忠實地評述了法蘭克福學派的來龍去脈，但個人化觀點不多。最近在台灣又推出了增訂版。從二十世紀末開始，由於各種原因，我的興趣從痛感轉向了癢感，其實癢感是比痛感更複雜的感覺，它有時甚

至可以包含痛感。換句話說，我對這個世界的關係是反諷的，而不再是對抗的。

蔣：你何時到的美國？

楊：1991年我到耶魯大學攻讀博士學位，1996年畢業後在美國密西西比大學任教，教中國語言、文學、電影等。密西西比是福克納的故鄉，開始我很神往。本來我這樣的求學經歷跟很多留學者一樣，基本上就決定了自己餘生的道路，但幾件經歷讓我對如此學術生涯產生了懷疑。美國人具有強烈的美國中心主義，他們對美國之外的事情的確不關心，大學是如此，就不用說大眾了。大學裡有個學者聽說我來自東方，興沖沖來找我，問我可否教授菲律賓語？你想，這距離漢語何其遙遠！在他們心目裡，好像東方人就應該懂。我們系的秘書問我，密克羅尼西亞語你懂嗎？我說這是什麼地方？她說，不是你們亞太地區的嗎？你想想，怎麼把距離中國上萬公里的太平洋島嶼認為是在中國「附近」呢？還有一次，我給學生講述一個作品，講得口乾舌燥，我覺得大家懂了，不料一個學生發問：老師，抗日戰爭是否發生在「文革」期間？

我無語，我感到了一種比漂洋過海更遙遠的語境距離。就這樣，我決定回到自己的母語當中。好像反諷決定了我與世界的關係，我在詩裡寫到：「我把一隻中國砂鍋帶到田納西，砸碎，盛開魚羹的鮮香……彷彿只有碎的時候，砂鍋才會更香。」我打破砂鍋，我在暗渡陳倉。

蔣：你如何看待歐美漢學家們在漢語裡的表現？

楊：在漢語詩的領域他們的很多觀點隔靴搔癢。我特別注意到一些漢學家的文學言論，恐怕很不靠譜。他們描述的中國實驗詩歌發展全景圖太多停留在一種描述性層面上，並沒有為我們對文學事件的政治、文化複雜性和詩歌作品的美學複雜性提供太多深刻的理解，對此我曾撰文予以批評。至於中國文學的「二鍋頭」「五糧液」之類比喻，近乎無聊。

蔣：在寫作、研究之外，你對攝影頗有心得，在北京、台北舉辦過個展。

楊：2001年左右，我突然想關注那些「不入」攝影家法眼的東西。在街頭我看到很多開鎖、招生、辦證、招工、包醫百病的廣告傳單，廣告又被清潔工清洗，這其中包含勞動的過程，我想其中有動機的痕跡，更有思考的痕跡。歷史總是在擦拭、塗抹的過程中顯現出別樣的圖景。在我的鏡頭裡，有意識畫上去的東西我是不會「攝取」的。「攝取」這個詞我覺得太好了。這些塗抹既消泯了蹤跡，又產生了更多的蹤跡。這些不慎留下來的蹤跡在語言和符號的世界裡是隱秘的，但它們始終存在。「後攝影」要捕捉的就是被規範的攝影語言所遺忘和排斥的蹤跡影像。

*2011*

# 詩歌中的現代主義和後現代主義論辯

裴小龍

## 裴小龍（簡稱「裴」）vs.楊小濱（簡稱「楊」）

裴：你最近給我的一組詩我都看了。開個玩笑，如果說我的詩是現代主義
　　的，那麼，你的詩就是後現代主義的，因此我能給予的評價也許是你
　　不十分願意接受的。你的詩使我想到了前幾天我與美國當代作家洛普
　　茲的一次談話，他是從美國後現代主義詩歌的一個傾向談起的，詩在
　　本體論上是主體性的藝術，即詩都是從詩人的主體世界出發抒情的。
　　但是不少後現代主義詩人似乎簡單地把關於主體的一切就想當然地當
　　作了詩。洛普茲使用了「自我放縱」這個詞來批評這一傾向，並問我
　　中國現代詩歌中是否也有類似的傾向。我同意洛普茲的觀點，因為我
　　們的一些「新」詩人確實也有著「自我放縱」的危險，至少就我個人

而言，我不認為簡單地把圍繞著個人、自我、或主體所寫下的詩就能達到一種普遍的或者是深刻的意義。

楊：這一點我同意。雖然我不以為詩需要深刻。但是，我反而認為舒婷、北島這一類朦朧詩人更帶有你所說的個體性的東西。如果我記的不錯的話朦朧詩的口號就是要表現個人的情感。

裴：但是我倒認為舒婷在本質或氣質上更是浪漫主義的。浪漫主義同樣是圍繞著她的自我展開的，浪漫主義的抒情主體一般都與某種普遍接受的思潮或意義聯繫在一起。浪漫主義詩人如拜倫、濟慈等都是從個人情感寫起，但他們的作品與當時普遍的對作為理性對立面的情感推崇很容易地溶化起來了，舒婷筆下那種渴望愛情的女性聲音，無疑也是與當時帶有共性的一種心態有關的，可能是與我們缺乏浪漫主義有關吧。我不這樣看，我也看不到。後現代主義詩人的作品給人的感覺是，人似乎都已碎裂，成了再也不能聚合的原子。

楊：這恰恰是一種客觀存在的普遍性。難道這種不可挽回的碎裂感不正是我們的普遍感受嗎？我們難道可以指責那些個性化的語言式嗎？

裴：這裡恐怕還是涉及到艾略特「非個人化」的理論問題，當然一首詩的觸發是情感的、個人的，但一個成熟的詩人在創作過程又超越了這種個人情感因素，黑格爾說的具體共相也就是這個意思。一首詩既是具體的，又包容著某種普遍的意義，我並不是說詩人一定要有意識去追求什麼宏大的象徵，但是我在讀一些所謂的第三代詩人的作品時，卻感覺到他們的詩每往往始終是個人到個人，具體到具體，這樣的作品，我總覺得是少了一些什麼。

楊：這也許只能說明作為個別的你在這種「具體」中體驗不到歐陽江河、蕭開愚等人某種「共相」。就我個人的閱讀經驗，我完全可以體會第三代詩，或者說是「後現代主義」詩中所傳遞的感受，比如宋琳的一些詩。當然我並不覺得他們的詩是深刻的、偉大的作品，也許，不再有深刻和偉大，這就是普遍的現實性，這也就是為什麼會有一批第三代詩的緣故。

裴：當然，這個問題只是相對而言，而不能絕對論的。一個個人其實總是屬於這樣或那樣一個集團或階級作品中反映出來的總是與以集團或階級的意識型態有關係。但是問題的另一面，詩人又必須思考這樣一個問題，自己究竟在哪裡越出了個人的局限性，達到了個人與非個人化之間的意義張力，因為如果按照你的邏輯去推的話，一個人只要圍繞著自己的一切，似乎也就自然而然有了普遍的意義。

楊：可是從你這個邏輯來推論，只要我認識到了這個普遍性，它就必然存在。實際上這種普遍性也無非是從你這個個體那裡臆想出來的。普遍性客觀存在嗎？回答仍然是個體性的。我們無法越過個體性談所謂普遍性。

裴：我並不是說詩人一定要認定某種普遍性後再投入創作，但是我在讀美國一些後現代主義詩人或我們的第三代詩人的作品時，似乎總感到他們其實未能從個人的存在中跳出來。以你上面提到的中國詩人來說，在他們一些成熟的詩裡確實有著較大的意義，這是因為一個具有成熟豐富的心靈的詩人，即使他們是在寫自己，實際上也寫到了更大的存在。

楊：我認為某種深層的東西無論從個體性出發，還是有意識地從普遍性出發，都是無法達到的。在今天的社會裡，那種認為能夠獲得某種深層的普遍或絕對認識的幻覺應當被拋棄。從這個角度說，詩只是一種語式，一種語言姿態，而不是深層意義的載體。

裴：我是從相對的角度說，但你反而是把事情說絕對了。舉個例子，我最近在讀費德勒，我覺得他的理論也是把事說絕對了，他認為現代主義就是絕對的否定，但我認為他們之所以要去否定，本身還蘊含著更高的嚮往。

楊：這是無疑的。但是一旦你對於那些更高的嚮往——烏托邦也抱懷疑態度的話，那麼對這種「徹底否定」也不必看得過於嚴肅。

裴：對於更高的嚮往，並不是一定要說出來的。維特根斯坦說，凡是我們不能說的，只能不說，因為許多事物很難從正面說「是什麼」，而只

能說「不是什麼」，但我們說「不是什麼」時，不也就有「應該是什麼」的意思嗎？

楊：那你還是被黑格爾的絕對真理體系框住了。

裘：不，我剛才不是在引用維根斯坦的觀點嗎？普遍的東西，絕對地說，到底是有還是沒有，恐怕也還很難說。不過，對於它的尋找本身也就是一種意義，當然這只是從比喻的意義上說。詩歌創作也是一樣的。

楊：但是這種追求意義的現代主義的努力終究是徒勞的。

裘：我還不明白你的意思，怎麼會徒勞呢？我很喜歡西西弗斯神話，也許，西西弗斯永遠不能把石頭推到山頂上去，但是他通過自己不屈的努力向荒誕的宇宙提出了挑戰，同時，也證實了自己獨特的存在價值。詩人也一樣，既然存在著，就得去努力。

楊：既然知道它終將滑下來，為什麼還要推呢？的確是不必推了。或者說，我寧可伴做一種推的姿態，但同時不抱任何希望地嘲笑這種姿態。

裘：既然詩什麼都說明不了，也就不必寫了。但是，你為什麼還寫詩呢？現代主義詩歌講張力，就是指一首詩內部矛盾、衝突的因素的共存。但我覺得詩歌在現代社會中的存在，本身也就體現了這種複雜的張力，從這點說，我覺得不妨稱自己為一個存在主義者，就像有人說我的〈月亮的砍伐者〉或〈追太陽的人〉都有存在主義的味道，當然，那是開玩笑，不過加繆悲壯的反抗精神我是佩服的。

楊：對荒誕的苦惱本身就是很荒誕的。既然認識了荒誕的永恆性，那麼何必徒勞地作出對荒誕憤怒的姿態呢？這無非是加入荒誕迴圈的行為而已。內在苦惱的效應無法祛除荒誕，剩下的仍然是外在的荒誕。從這一點來說，我不是個存在主義者，不是因為我沒有認識荒誕，而是在充分認識它的不可決裂性之後不再具有痛苦意識。

裘：這樣的結論本身就是向荒誕屈服吧！你不再感到荒誕，是不是也是一種荒誕呢？用存在主義的話來說，你不選擇，本身也就意味著一種選擇，你完全可以閉起眼睛，不去看一種現實，但你卻不能因此說，這個世界沒有什麼荒誕可言。我覺得一方面要認識到自己的努力有限，

另一方面又不能不努力，這大約就是存在的張力，現代或現代主義詩到底有什麼意義，誰都很難斷言，但我們不都在寫嗎？

楊：所以你還是在苦苦地尋求一種生命的意義。你的〈月亮上的砍伐者〉表達的正是西西弗斯的精神。〈在伊卡路斯像旁〉也無非是對理想之不可及的悲歡和自我省悟。但既然省悟了，又何必用這樣一些文字堆砌起一座貌似隔絕痛苦的堡壘呢？我們何不把這種荒誕看作是一種可笑的、令人愉悅的東西呢？

裴：你的詩歌就帶有這種意味吧？

楊：我覺得我能做的只能是調侃這種荒誕，而不企圖對它表示憤怒或抗議。

裴：調侃也是有目的，你總是隱含了一個目的，現在流行說無目的的目的，這也只是在理論上說說而已，既然說什麼都無意義，我什麼都不說豈非更好，有時間的話，我去看電影、去逛大街，遊戲本身也是一種目的。

楊：我所說的目的僅僅存在於遊戲過程之中，不再有對外在的形而上意義的追尋。

裴：你能說得具體一些嗎？

楊：我在寫詩時很少考慮這個問題，例子也不好舉。

裴：後現代主義的出現是不是現代人被後工業社會的商品化經濟異化後的一個結果呢？寫詩也成了商品遊戲。

楊：我絕不是一個純粹的有意識的「後現代主義者」。實際上我也認為有某些「後現代主義」的思想傾向是衰退性的。比如說，某種癡愚的認同和油滑。

裴：這點我贊同，以艾略特的作品而言，尤其是〈荒原〉，既是他個人的心聲，又從哲學、人類學的高度對二十世紀人類的一些共同問題作了深刻的處理。所以這類作品值得永遠讀下去。但一些後現代主義的詩，寫床上僅僅就是寫床上，我是無法反覆讀下去的。

楊：剛才我說了一半，但後現代主義正是因為現代主義的失敗才覺悟的，現代主義無法拯救歷史，事實也證明它沒有拯救。北島的口號僅僅表

示了一種願望，實際上在這種歷史的無力感之外的有力姿態是一種虛飾。後現代主義至少看到了這一點，所以才拋棄了現代主義對它對內在意義和外在目標的不倦追蹤。

裘：在這一點上，或許你是對的。不過意義或許就在悲劇性的失敗中，再回到西西弗斯神話，他不可能勝利，但也沒屈服，這就是一種獨特的存在。

楊：這與其說是選擇的不同，不如說是態度的不同。西西弗斯的行為在加繆看來是悲劇，但在我看來卻未必。這或許就是現代主義與後現代主義的區別所在。

裘：這或許就是荒誕意識問題。加繆說過四種人是最富有荒誕意識的，演員、唐璜、政治家、作家。演員永遠有新的角色要扮演，唐璜永遠有新的異性要征服，政治家永遠有新的領土要佔領，作家永遠有新的世界要創造；這樣，他們永遠忙碌於他們所陶醉的事物中，因此也就再不會感到荒誕，可他們本身恰恰又是最富有荒誕意識的。

楊：貝克特《終局》中的一句臺詞很能說明我的意思，他說，「沒有什麼比不幸更有趣的了」。現代主義固有的嚴肅性被取消了，但卻更具有批判的力量，這種批判的力量是存在於遊戲感之中的。

裘：你的詩是不是也包含了這樣一種態度？

楊：我有些詩只想把嚴肅的現實玩耍一下，比如在〈五個半球家族〉裡，我這樣寫——「杜十娘的空中定格在相紙上無窮擴印。（她優美的後腦勺瞥見了月亮和愛情）」杜十娘的悲劇被戲謔化了。我想現代主義詩不可能有這種體驗。

裘：但我覺得這一點是現代主義的，語言遊戲說到底不是為了遊戲本身。

楊：不，我所說的遊戲僅僅在於這個過程表層具有一種拒絕認同的意味，而你所說的深層神話我覺得倒是現代主義的迂腐之處，你用吳剛的神話（〈月〉）和伊卡路斯的神話（〈在伊〉）表達的仍然囿於艾略特所說的「客觀對應物」的理論，它相信有那麼個對應物能顯現意義、內涵，它相信詩的能指就維繫著「原型」意義的所指。但現代詩的這

種意指鏈我認為是應當拋棄的。因為這個「原型」本身是不可信的虛假意義。要在文字背後尋找一個共同一致的意義結構，這實際上已經陷入了另一種異化──「原型崇拜」的異化。這種「原型」可能是人世世代代追錄的東西，但它在當代已被證明是個意義的空殼，只能想像而無法企及。這是現代主義走入窮途的根本原因。當然在現代主義文學中有許多清醒的意識，如批判感；後現代主義如果拋棄它那將是一種歧誤或幼稚化。所以我不喜歡第三代詩中的某些詩人，他們完全融入生活流之中，喪失了批判的距離，這是一種投降主義。但後現代主義是可以超越這一步的。宋琳在〈凡界〉、〈睡或醒〉中表現的就完全不同，其中已經完全沒有艾略特式的對拯救的呼叫了，但是殘酷得夠味：我還想提上海女詩人丁麗英的詩〈巫術〉，沒有體驗過精神裂變的人是寫不出這樣的詩的。因此就我個人來說，我不會回到現代主義那裡去，也拒絕那種將人拖回到純粹現實的所謂「平民化」──實際上是無知化。我希望──從某些意義上說──超越後現代主義的迷誤，在二者之間建立起一種新的詩的樣式。

裴：原型不是信仰，你信或不信都沒關係，但卻是實實在在地在你的無意識中的。也正因為明確的「意指鏈」──如你所言，應該拋棄了，原型所蘊含的複雜意義就能起到作用。或許你還處於現代主義和後現代主義之間，這或許是一個比較有利的立場，兩方面的利弊都能看得清楚一些，其實你說遊戲，我覺得有時也就是嘲諷，一些論者曾提到我的詩帶有某些自我嘲諷的色彩，其實這只是浪漫主義的減溫，關於自我的認識是不能抒得太高的，現代社會中的自我只是在一個很有局限的角落裡的存在。所謂朦朧詩人有個面具的問題──某種普遍意識或情緒的面具，而且他們戴上後往往就脫不下來了。現代主義詩人與浪漫主義詩人的一個不同點就是對自我看得更清醒，甚至幻滅。因此他們把寫詩的自我與生活的自我分離開來。舒婷的詩更多浪漫主義的氣質，北島前期的詩也有這個問題。顧城的詩更是個極端的例子，戴

著孩子面具，結果人也同化了，從這點說，遊戲或嘲諷總比一本正經好。

楊：楊煉最近在《人民文學》上的一些詩，似乎已經意識到再從周易、佛經中去尋找終極意義是沒有出路的了。他的《自在者說》是篇很出色的墓誌銘。

裴：楊煉最近的詩我看得不多，不過，我並不認為楊煉與北島、舒婷這些人代表著我們的現代主義，相反，他們在本質上更多是浪漫主義的。我有一次就對楊煉說過，我們之所以還沒寫出真正優秀的作品來，是因為我們還沒有充分準備好，現代主義不是一夜之間就可以冒出來的。

楊：楊煉原來的路子可能已走到巔峰了。

裴：楊煉也有一個「自我放縱」的問題。當然，他作了努力，盡力想把他自己的存在與更大的背景聯繫起來，如〈諾日朗〉、〈半坡〉等組詩，但實際上他恰恰是在扮演浪漫主義預言者的角色。當然，事物還有另外一面，如果自己不去尋找更大的一種存在，隨便寫什麼就算什麼也是不行的。我曾對楊煉說過，我們準備得不充分，但楊煉不同意，他認為是可以向高峰衝擊了。我們這一代人無論在先天或後天都有不足之處，在短時間內要寫出真正輝煌的作品，困難是實在的。但是我們又不能因為失敗就轉而隨便玩玩詩吧，其實，玩玩本身也是一個符號，譬如我們現在流行的玩笑，明天去賣茶葉蛋，開玩笑的本身也就表明了對現實的一種態度。

楊：但你們——這可能強加於你了——朦朧詩一代的人的共同之點恰恰在於蓄意地，即有意識地尋找這樣一種意義，至少我從你的和楊煉的詩中都看到了這一點。現代主義詩正是虛設了這樣一個「意義」的核心（實際上是陷阱），而在種種語象的迷宮裡企圖接近它、找到它，但最後卻無法脫身，連回到自身之路都找不到。而一些清醒的（不是迷誤的）後現代主義詩人卻看穿了這點，因此他們才拋棄意義。當然，正如你所說的，拋棄意義的行動本身也是想表達一種意義，這種悖論當然是不可解決的。但這種「意義」已不在語義背後了。

裴：我並不認為我自己寫詩是想表達一種意義，這是哲學家們的事，所以我自認為不是哲理詩詩人，但反過來說，也許因為我的專業關係，也會身不由己。我認為我的詩的毛病就是理念太強，但是你不能根據我的毛病來評價現代主義。

楊：可以說意義僅僅存在於無意義中，對無意義的探索正是為了撕破虛假意義的面具。

裴：這可有點黑馬白馬的味道，有些像玄學的爭論，要這樣說下去是說不到底的。扯開去說，你的詩是不是玄得自己也說不清什麼意義？

楊：這絕不是玄學的問題，相反它屬於社會學範疇。無意義性是社會的而不是形而上的命題，而尋找意義的哲學才是從形而上的思維方式出發的。我說的形而上，指的也就是你所說的玄學（metaphysics）。如果在第三代詩中有對語言不負責任的，而不是有意識的遊戲化作品的話，那麼這樣的詩是必然會被淘汰的。

裴：等而下之，獨特的感受方式等同於一個人所能有的獨特的感受方式。

楊：我覺得第三代詩和朦朧詩的根本區別並不在於如何把握個性和普遍性的關係，倒在於對世界之本體性感受的不同。只是一種理想化的對意義的虔信在第三代詩那裡被打破了。我們只關心語言表層的形式姿態。

裴：我倒想先指出你剛才提到對語言的戲謔態度，因為你有這個態度，你對語言進行了實臉，這不同於把語言當遊戲吧。你說，根本的區別在於世界的本體性感受不同，這我同意，感受不一樣，語言也可以不一樣，但在語言上的勞動則是一樣的。我不知道有什麼人從小就天才地掌握了語言的。關於意義，也有一些相同的方面，我們可以從不同的角度去說意義，甚至說沒意義，但詩作為一首詩存在著，本身也就是一種意義吧，這裡我恐怕得再次強調一下，我前面說詩有意義並不等同於一首詩所表達的意義。我承認自己在創作中有你所說的毛病，即努力要在詩中去表達什麼意義，這大約與我搞理論專業有關係，可要說清楚什麼這實在是理論的事。不過，我對詩的語言感性方式也下過

一些功夫，舉個例子來說，現代漢語詩歌的音樂性，法國象徵主義詩人就談過學校語言的音樂性使讀者得以偏離日常生活的世界進入詩人想描示的彼岸，戴望舒的〈雨巷〉在我國的新詩史上算是一篇名篇，論者甚多，但我覺得最關鍵的一點恰恰是在於這首用現代漢語寫成的詩的音樂性。

楊：我過去曾經很追求音樂性。但人們現在應當意識到，那種飄飄然的給人以和諧的音樂美的詩，往往是在形式上置人於流行曲式的虛假優美中忘卻自身和世界的不和諧性。今天的詩應當是反音樂性的。

裘：你的說法有一定道理。不過，不同的詩歌可以有不同的感性，否則詩的語言如果僅僅是一種形式上不同於日常語言的語言，也就太泛泛而談了。

楊：但我認為現代日常生活中的「音樂性」已經是氾濫了，甚至標準化、機械化了。流行歌曲，甚至莫札特，都已經成為「浪漫化」的典型消費品，把這種音樂性引入詩中只能使詩加入到物化的文化市場上去。

裘：這一點我不完全同意。首先詩與音樂這兩個不同領域的互相滲透還是很有意義的，我們不能把詩的音樂性與音樂的商品化相提並論。

楊：但詩的效果要追求「音樂性」必然和物化的音樂同一化，成為形式上的浪漫派，「內容」上的現代派的怪物。在今天現實中最惡劣之處就是虛假的「音樂性」的無所不在的偽飾。所以必須摧毀它，使詩成為非音樂化的，甚至是非詩化的。

裘：你還是用後現代主義的那種方式即用混亂來對抗混亂。太「詩化」自然是後期浪漫主義的一種氾濫，但詩本身沒錯。人們曾經說艾略特的詩也是混亂的，但事實上他的形式是內在地嚴謹的，我們不能因為現代社會的缺乏詩意，也就非詩化不可。關鍵在於詩是什麼？如果我們還是用傳統的浪漫主義標準來衡量「詩」，那自然行不通，但我們對詩，有自己的標準也有自己的形式，而且也正是在這樣的形式中，我們與現實拉開了距離，獲得了一種新的批判意識。

楊：用形式化和組織化的詩去拉開同現實的距離，事實上還是相信有那麼

一個形式和組織的東西可供依賴，但後現代主義認為這種完美的形式
也是虛幻的、不存在的。

裘：詩的世界本身就是一個虛幻的世界。記得波特萊爾有一個觀點，詩人
　　是把現象世界的片斷在心靈中重新組織起來，形成一個不同的世界，
　　正是在這個不同的世界中，人們才可能回過頭去看清楚日常生活在其
　　中的現實。

楊：你的觀念恰恰沒有停留在追求異於現實的形式上。因為你不贊成後現
　　代主義混亂的、偶然的和隨機性的表現方式。而後現代主義的這種形
　　式卻也同樣是「不同於現實的形式」。所以你進一步認為形式應當是
　　有組織的。

裘：對，這是我的觀點，重要的一點是在於詩人的重新組織，這種重新組
　　織不一定成功，卻是詩人的職責所在。

楊：現代主義詩歌對語言的組織同樣是有內在邏輯和內在意義的。因而只
　　能通過破壞這種內在邏輯化的組織才是破壞機械的整一性思維或感受
　　的手段。

裘：第一句話我是同意的，但下面一句話，既破壞語言，我無論如何都不
　　贊成。我明白你的意思，其實你也有改造語言的意思，但我們的途徑
　　不一樣。

楊：僅僅有意識地去創造一種「不同於日常語言」的語言，只能造成一時
　　的「陌生化效果」，而最終又必將被納入日常語言的範圍裡去。

裘：歷史上這樣的例子太多，新的意象、象徵在詩中創造出來，接著在一
　　般運用中磨去棱角，漸漸淹沒，但詩是在不斷的創造，這也正是詩的
　　意義。如意象派詩人，他們就談到過這一點，新聞語言鈍化了意象，
　　他們的任務就是要通過新的意象的創造來重新使語言充滿活力。

楊：詩的語言永遠不應該成為日常語言。這只有通過對語言習慣的徹底打
　　破，才能把它從現實的、虛偽的語言環境中撕裂開來。

裘：在這一點上，你是韓波的贊同者。韓波在一封信中說，要創造一種能
　　夠真正表達所有特殊感情色彩的語言，即與所指物幾乎是分不開的語

言，但他沒成功，也不可能成功，韓波後來什麼都不寫了，恐怕就是這一主張的結果。

楊：韓波的意思和我正相反。事實上，語言不能表達任何東西，它什麼都無法表達。現實語言的一切表達過程都不可信。因此促使語言解體的努力是必然的，解體後的語言意義僅僅在於語言遊戲本身。當然，我並不排除在這樣做的同時，詩的行動過程也具有了一種社會意味，但這已經不是詩的內在意義了。一方面，詩的意義在於它的遊戲狀態中變成無意義，另一方面，詩的社會意味在於它對現實語言的摧毀的姿態，這也就是我先前所說的批判性，但批判性不再可能存在於北島式的語言內容中。

裘：你本身也就在表達一個意義，至少是一個命題。

楊：我絕不表達任何意義，詩至多是意味，更確切地說，一種反語言的姿態。

裘：從詩的感受方式來說，比如我們讀唐詩，只要我們意識到是在讀唐詩，我們對語言的「預期接受」模式就會完全不一樣。這其實還是語言的問題，龐德等人對中國古典詩感興趣，也就是古代漢語詩歌語言感受方式，卞之琳等也試圖建立現代漢語的頓句問題。

楊：我感到你最近的嘗試完全是在於寫一些神話詩。

裘：我不認為這應該稱做「神話詩」。一個詩人的感受，在現代社會裡，只能是他個人的，但要寫到詩裡，要賦予一種普遍的意義怎麼辦？是不是能夠看到，其實你的問題也就是每一個人的問題？這樣，我們就得訴諸神話原型，因為神話是人類在漫長歷史中共同經驗的積澱，而進入我們的集體無意識。個人的經驗一旦能與某種原型對應起來，我在寫的時候彷彿也就有力多了，因為我覺得我說出的遠遠不是我一個人的聲音。我寫詩其實是有些自我鼓氣的意味在內，彷彿是從原型中吸取到了一些無意識的力量。

楊：這甚至有些阿Q精神了，只不過你的詩想用裝腔作勢外面的面具表現人在荒謬境遇中的矗立，還是浪漫主義的遺毒。

裴：我大約是實用主義者，哪一扇門推進去合適，我就進哪一扇門。這種
　　做法對我自己是有用的，原型本來就是與浪漫主義有這種或那種的關
　　係。從某種意義說，我們大約是缺了浪漫主義一課，我們所謂的現代
　　主義就有浪漫主義的成份。把悲慘看成是幽默，這基本上是後現代主
　　義。既然意義是找不到的，乾脆胡鬧一番，嘻嘻哈哈，也就混過了。
　　但你還在寫詩，寫的時候又在苦苦思想——包括我們現在談話的這一
　　刻，這本身又說明你不是太後現代的吧。

楊：也許，我們都無法完全擺脫一種內在的烏托邦，但至少有兩種態度，
　　一種是不斷尋找烏托邦，一種是不斷嘲笑和嬉弄非烏托邦，是否將來
　　會走到一條一致的道路上來呢？難說。

*1988*

釀文學60　PG0674

 語言的放逐
　　　——楊小濱詩學短論與對話

| 作　　　者 | 楊小濱 |
| 攝　　　影 | 楊小濱 |
| 責任編輯 | 鄭伊庭 |
| 圖文排版 | 邱瀞誼 |
| 封面設計 | 王嵩賀 |

| 出版策劃 | 釀出版 |
| 製作發行 | 秀威資訊科技股份有限公司 |
| | 114 台北市內湖區瑞光路76巷65號1樓 |
| | 電話：+886-2-2796-3638　傳真：+886-2-2796-1377 |
| | 服務信箱：service@showwe.com.tw |
| | http://www.showwe.com.tw |
| 郵政劃撥 | 19563868　戶名：秀威資訊科技股份有限公司 |
| 展售門市 | 國家書店【松江門市】 |
| | 104 台北市中山區松江路209號1樓 |
| | 電話：+886-2-2518-0207　傳真：+886-2-2518-0778 |
| 網路訂購 | 秀威網路書店：http://www.bodbooks.com.tw |
| | 國家網路書店：http://www.govbooks.com.tw |
| 法律顧問 | 毛國樑　律師 |
| 總 經 銷 | 聯合發行股份有限公司 |
| | 231新北市新店區寶橋路235巷6弄6號4F |
| | 電話：+886-2-2917-8022　傳真：+886-2-2915-6275 |

| 出版日期 | 2012年2月　BOD一版 |
| 定　　　價 | 360元 |

國家圖書館出版品預行編目

語言的放逐：楊小濱詩學短論與對話 / 楊小濱著. -- 一版. --
　臺北市：釀出版, 2012.02
　　面；　公分. --（語言文學類；PG0674）
　BOD版
　ISBN　978-986-6095-80-1（平裝）


820.9108　　　　　　　　　　　　　　　100027711

# 讀者回函卡

感謝您購買本書，為提升服務品質，請填妥以下資料，將讀者回函卡直接寄回或傳真本公司，收到您的寶貴意見後，我們會收藏記錄及檢討，謝謝！

如您需要了解本公司最新出版書目、購書優惠或企劃活動，歡迎您上網查詢或下載相關資料：http:// www.showwe.com.tw

您購買的書名：_____

出生日期：_____年_____月_____日

學歷：□高中 (含) 以下　　□大專　　□研究所 (含) 以上

職業：□製造業　□金融業　□資訊業　□軍警　□傳播業　□自由業
　　　□服務業　□公務員　□教職　　□學生　□家管　　□其它_____

購書地點：□網路書店　□實體書店　□書展　□郵購　□贈閱　□其他

您從何得知本書的消息？

　　□網路書店　□實體書店　□網路搜尋　□電子報　□書訊　□雜誌
　　□傳播媒體　□親友推薦　□網站推薦　□部落格　□其他_____

您對本書的評價：（請填代號　1.非常滿意　2.滿意　3.尚可　4.再改進）

　　封面設計____　版面編排____　內容____　文／譯筆____　價格____

讀完書後您覺得：

　　□很有收穫　□有收穫　□收穫不多　□沒收穫


對我們的建議：_____

_____

_____

_____

11466
台北市內湖區瑞光路 76 巷 65 號 1 樓

**秀威資訊科技股份有限公司**　　　收

BOD 數位出版事業部

⋯⋯⋯⋯⋯⋯⋯⋯⋯⋯⋯⋯⋯⋯⋯⋯⋯⋯⋯⋯⋯⋯⋯⋯⋯⋯⋯

（請沿線對折寄回，謝謝！）

姓　　名：＿＿＿＿＿＿＿＿　年齡：＿＿＿＿　性別：□女　□男

郵遞區號：□□□□□

地　　址：＿＿＿＿＿＿＿＿＿＿＿＿＿＿＿＿＿＿＿＿＿＿

聯絡電話：(日) ＿＿＿＿＿＿＿＿＿＿　(夜) ＿＿＿＿＿＿＿＿＿

E-mail：＿＿＿＿＿＿＿＿＿＿＿＿＿＿＿＿＿＿＿＿＿